Paul Beorn est né et il a grandi à La Rochelle, en face de la mer. Alors que ses parents lisent Tolkien et Roald Dahl à ses frères aînés, à cinq ans, il tend l'oreille et se promet lui aussi de devenir écrivain – si possible un bon écrivain, un de ceux qui vous font rire, pleurer et trembler d'émotion. Il est aujourd'hui marié et père de trois petits garçons, mais il n'a pas oublié sa promesse.

Le Jour où...

Du même auteur,
chez Castelmore :

14-14 (avec Silène Edgar)

Chez Imaginemos :

Le Club ds chasseurs de fantômes

Aux éditions Mnémos :

La Perle et l'enfant
Le Hussard amoureux
Les derniers Parfaits

castelmore.fr

Paul Beorn

LE JOUR OÙ...

CASTELMORE

Collection dirigée par Barbara Bessat-Lelarge

Loi n° 49-956 du 16 juillet 1949 sur les publications destinées à la jeunesse

Dépôt légal : octobre 2014

ISBN : 978-2-36231-104-8

CASTELMORE
60-62, rue d'Hauteville – 75010 Paris
E-mail : info@castelmore.fr
Site Internet : www.castelmore.fr

Remerciements

Le Jour Où… est mon sixième roman publié mais les choses ne changent pas sur un point : même si l'écriture est une activité solitaire, l'édition est un travail d'équipe et pour chaque nouveau roman, il y a toujours plus de gens que je souhaiterais remercier.
Barbara Bessat-Lelarge, la directrice de la collection Castelmore, non seulement pour avoir jeté son dévolu sur ce roman, mais aussi pour le souvenir de notre premier rendez-vous dans un café parisien, pour sa gentillesse et son professionnalisme (et ses inoubliables petits post-it de toutes les couleurs !).
Toute l'équipe de Bragelonne pour son accueil, sa bonne humeur et surtout son travail impeccable.
Et je serais vraiment un affreux ingrat si je ne remerciais pas aussi chacun de mes bêta-lecteurs, ces lecteurs tests qui ont eu droit aux toutes premières versions de *Le Jour Où…*, qui y ont cru avant moi et m'ont énormément aidé. Maëlig Duval, la première : je lisais ses mails à 3 heures du matin et les commentaires qu'elle insérait dans le texte me faisaient rire aux larmes. Et aussi Mathieu Matt, Emmanuelle Maia, Bénédicte Taffin, Silène, Agnès Marot et Silvie Philippart de Foy. Sans oublier le collectif CoCyclics qui m'a fait rencontrer la plupart d'entre eux, mon amie Lucie Fresneau qui a toujours cru très fort à ce texte, et ma propre famille, bien sûr.

« Faire rien qu'un feu ordinaire. On va être capables de ça quand même, hein ? Rien qu'une colonne de fumée pour alerter et qu'on envoie des secours. Sommes-nous des sauvages, ou quoi ? »

Sa Majesté des mouches, William Golding

1

LÉO

Moi, c'est Léonard. Léo, pour tout le monde. J'ai seize ans, j'habite dans un immeuble dans le quartier de la Butte. Enfin, ça, c'était avant le jour du Marchand de sable. Ce que je vous raconte, ça doit être un cauchemar, le genre de cauchemar qu'on a envie d'oublier une fois réveillé. Peut-être qu'un jour on me demandera de dire tout ce qui s'est passé. Peut-être qu'il y aura des adultes qui m'écouteront, qui essaieront de savoir si ce que j'ai fait est bien ou si c'est mal. Ce jour, j'espère qu'il arrivera : de toutes mes forces, j'espère qu'il arrivera.

En attendant, je dois cambrioler ce supermarché.

Je me retourne une dernière fois et j'allume la lampe torche : le parking pourrait paraître normal à première vue, sans ces grappes de voitures garées devant l'entrée en pleine nuit. Elles sont exactement aux mêmes places depuis huit jours.

Les autres me regardent en silence et attendent un geste de ma part. Le grand excité avec un piolet à la main, c'est Paul. Un mètre quatre-vingt-dix, toujours le sourire aux lèvres et beau comme un champion, on peut compter sur lui. Et la jolie métisse de mauvais poil derrière, c'est Sam, elle a fait huit ans de karaté et on peut compter sur elle, aussi.

Les petits descendent de vélo devant la rangée de caddies, éteignent leurs lumières et commencent à chuchoter entre eux. Je les appelle les « moitié-grands ». Ils ont entre douze et quatorze ans – grands pour les gosses mais petits pour nous. Il n'est pas question qu'ils mettent le pied à l'intérieur du bâtiment, je n'ai pas envie qu'ils se prennent des coups, ni une balle dans la tête. Tout ce que j'attends d'eux, c'est que chacun rentre avec un sac à dos plein.

— Alors c'est compris ? Vous restez devant la sortie de secours et vous ne bougez pas de là jusqu'à ce que je vous ouvre.

Sam fait oui de la tête en silence ; Paul m'encourage d'un sourire crispé et d'une tape sur l'épaule.

Il nous faut absolument du lait en poudre, on n'a plus le choix. Les réserves de l'hôpital et de la crèche municipale sont vides et il n'y a plus qu'un seul endroit où il en reste encore : le supermarché du quartier. Sinon, au lieu d'avoir trente gentils bébés sur les bras, on aura trente gentils cadavres.

Le petit souci, c'est que la bande des Cracheurs squatte le supermarché. Ils se sont installés dans l'entrée sur le carrelage. Ils ont déballé des matelas, des couettes, des oreillers, et puis ils se sont mis là, le ravitaillement à portée de la main. Derrière les caisses, les friandises ont déjà pris un sacré coup et au rayon alcools, c'est carrément le pillage : il y a des bouts de verre partout, des bouteilles explosées et ça pue la vinasse. Si on craquait une allumette, ça flamberait comme une crêpe au rhum.

Ces gars-là sont de vrais fous furieux et s'ils me trouvent en train de faucher dans leurs réserves, ils vont me démolir à coups de barres de fer avant de me crever la panse. Je les connais, je sais ce que je risque.

Le plan du cambriolage, c'est moi qui l'ai mis au point. C'est moi le chef de notre groupe. Enfin, c'est ce que disent les autres en tout cas. Je dois grimper sur le toit de la maison d'à côté par une gouttière, sauter à l'étage et entrer par une fenêtre entrouverte qu'on a repérée dans la partie des bureaux. De là, je file ouvrir discrètement la sortie de secours pour faire entrer les autres, on récupère le lait en poudre au rayon bébé sans se faire repérer et on met les voiles.

J'ai observé les Cracheurs un bon moment avec des jumelles. Sur le parking, il y en a un qui s'est battu avec leur chef dans l'après-midi. Il est encore allongé par terre, le visage contre le bitume.

Leur chef, c'est « le Flic ». Je ne connais pas son vrai nom à celui-là, c'est un grand con qui faisait déjà peur aux vieilles dames avec sa mobylette, avant le Marchand de sable. Il a récupéré une arme et une casquette sur un pauvre gendarme endormi, depuis c'est lui qui commande chez les Cracheurs. Les petits les appellent comme ça parce que, dès qu'un gosse vient au supermarché pour chercher quelque chose à manger, ils se plantent à trois devant lui et ils demandent : « Qu'est-ce que t'as en échange ? Du fric ? Des bijoux ? Allez, *crache* ! »

Et ils crachent, les petits. Il paraît qu'une gamine leur a donné une bague en or de sa mère. Ils l'ont forcée à les emmener jusqu'à chez elle et ils ont récupéré tout le coffret à bijoux : des rangs de perles, des brillants, des émeraudes ! En échange, ils lui ont refilé une bouteille d'eau et un paquet de gâteaux secs, et ils rigolaient, ces salopards.

Nous, on ne va pas *cracher*, nom de Dieu.

Tous les supermarchés de la ville sont squattés par des bandes de ce genre. Le lait en poudre, ils nous le refusent ? Eh bien, on va se servir et puis c'est tout. Tant pis si on doit y risquer notre peau, on ne va pas se laisser dicter la loi par ces gars-là.

Grimper sur le toit du supermarché, c'est facile, il y a au moins trois mètres d'écart avec la maison mais je peux les sauter. Grimper, sauter, faire des cabrioles, c'est dans mes cordes, je fais de la gym depuis dix ans. Je me tiens à la gouttière et je me laisse descendre sur le rebord de la fenêtre entrouverte. Mon cœur joue au marteau-piqueur dans ma poitrine. Rester calme, surtout. Aller doucement.

La vitre se tire vers le côté et les joints sont encrassés, il faut que je pousse comme un fou pour me faire une ouverture. Bon, me voilà dans la place. Dans les bureaux, il fait encore plus noir que dehors, et ce n'est pas le moment de se prendre les pieds dans une chaise. La lampe torche éclaire un tout petit cercle devant moi. Merde, j'ai failli marcher sur un employé affalé contre le radiateur éteint ; il risque d'attraper froid sous la fenêtre, ce crétin-là. Je le prends sous les aisselles pour le tirer à l'écart. On dirait vraiment un cadavre avec sa bouche ouverte et ses mains qui pendent dans le vide. Ils sont tous comme ça, les vieux : dans le coma. On ne peut pas vraiment dire qu'ils soient morts, puisqu'ils bougent de temps en temps et qu'on entend encore dix ou douze battements de cœur par minute.

J'enlève mes baskets pour faire moins de bruit et je me faufile en chaussettes jusqu'à l'escalier. Au rez-de-chaussée, je distingue une douzaine de formes allongées par terre.

Ça ronfle.

Je reste sans bouger à guetter un mouvement, mais non, les Cracheurs ont picolé toute la journée et maintenant ils cuvent. L'escalier en métal résonne un peu à chacun de mes mouvements. Arrivé en bas, comme un fantôme, je tâtonne dans le noir jusqu'à tomber sur la première tête de gondole. Ma main rencontre un emballage en plastique qui fait un horrible crac sous mes doigts. Un frisson glacé remonte le long de mon dos.

La terreur me prend aux tripes.

Est-ce qu'ils m'ont entendu ? On dirait que non.

Si je reste dans le noir complet, je vais finir par faire une connerie. La main gauche devant l'ampoule, j'allume la lampe torche histoire de désépaissir un peu l'obscurité : c'était juste un gros œuf de Pâques en promotion. *Saleté, va !*

Me voilà au rayon des surgelés. Parfait : la sortie de secours est au fond du magasin. Il faut éviter les cartons de pizzas éventrés et les chips écrasées, ce serait couillon de se casser une jambe maintenant. Bon Dieu, ce que ça pue devant le rayon boucherie, ils auraient pu nettoyer les bacs, quand même. Au croisement des allées, je jette un coup d'œil au cas où un Cracheur insomniaque serait en train de faire une petite promenade pendant que ses copains ronflent.

Je le connais bien, ce supermarché, c'est ici qu'on venait faire les courses avec papa le samedi matin. Je revois encore les vieux qui ronchonnaient et les gosses qui couraient dans les allées. Et ces adultes, tous ces adultes avec leurs sacs, qui fourraient leurs boîtes et leurs paquets dans les Caddie... Ces visages fermés, ces gens pressés de partir. Il y avait aussi des employés penchés sur des cartons, le grand moustachu avec son stylo à l'oreille et le black qui surveillait les poivrots du coin de l'œil.

La sortie de secours est entravée par les panières à pain mais ça va : elles ne sont pas lourdes et elles glissent sur le carrelage sans faire d'histoires. Il y a une chaîne et un cadenas sur la porte. Heureusement que j'avais prévu la pince-monseigneur dans le sac à dos. Le plus dur, c'est de lever les deux barres de sûreté en silence, mais la pluie sert de bruit de fond et puis je suis loin de l'entrée.

Quand je pousse le battant, c'est Sam qui entre la première.

— Tu en as mis du temps !

Et Paul la suit de très près, l'œil brillant.

— Léo, tu es génial, on a tout le magasin pour nous !

Je leur fais signe de la fermer et je chuchote tout bas :

— Il y en a au moins dix dans l'entrée. Apparemment, ils dorment mais soyez hyper prudents : le Flic a un flingue et il est assez dingue pour s'en servir !

Sam fait la grimace. Elle n'aime pas qu'on appelle ce type comme ça. Il faut dire que sa mère est flic. Enfin... *était* flic.

— Ça va, ça va... Au pire on leur fera un réveil un peu musclé.

J'attrape Paul par le col. Il mesure une bonne tête de plus que moi mais je le force à se courber. Je dois vraiment avoir l'air furax parce qu'il perd son sourire.

— On n'est pas venus pour se les cogner. On est juste là pour récupérer de quoi nourrir les petits, le lait d'abord et le reste si on peut, compris ?

— Oui, oui…

— Compris ? je répète en serrant les dents et la poigne.

— Compris, Léo.

Il recule un peu et baisse les yeux.

— Où sont les packs d'eau ?

J'indique le fond.

— Ils sont là-bas, mais le lait en poudre, j'en ai aucune idée.

— Moi, je sais ! dit Paul.

Paul fait partie de ces gens qui ne sauront jamais chuchoter.

— C'est en face des shampooings, de l'autre côté de l'allée centrale !

— OK, vas-y, mais fais attention.

— T'inquiète, je vais y aller en douceur.

Ça y est, il a retrouvé le sourire.

Je remets mes godasses. Les packs d'eau font toujours un peu de bruit quand on les porte mais ce n'est pas trop grave, ils sont rangés loin de l'entrée. Avec Sam, on les prend deux par deux et on les refile aux moitié-grands qui nous attendent dehors sur leurs vélos. Il y en a deux qui gloussent. Pour eux, tout ça, c'est un jeu : ils s'amusent, ils se croient dans un film de guerre.

— Vos gueules, les mômes ! On n'est pas ici pour rigoler ! s'énerve Sam.

— Calme-toi, c'est juste des gosses.

Elle soupire un peu mais elle n'ajoute rien. Sam m'obéit comme un petit soldat. Elle me fait confiance, je crois : ils me font tous confiance, allez savoir pourquoi… Moi non, même si ça ne se voit pas.

Paul revient avec un sac de sport plein.

— Euh... il y a un problème, les gars. J'ai fait le plein de couches et de lingettes en coton, mais...

« Les gars »... Sacré Paul. Est-ce qu'il a remarqué que Sam était une fille ?

— ... je n'ai pas pu aller au fond du rayon bébé : il y a un Cracheur qui s'est endormi juste devant les boîtes de lait.

— Merde !

— J'ai quand même récupéré quelques bouteilles de lait infantile...

— Ce sera bu en une soirée et les plus petits ne peuvent pas le digérer. Non, il nous faut du lait en poudre premier âge.

Dire qu'il y a huit jours je ne savais même pas à quoi ça ressemblait, une boîte de lait maternisé...

— Bouge pas, Léo ! j'y retourne !

— Non, Paul ! c'est à moi d'y aller, je fais moins de bruit. Toi, tu vas donner ton sac aux moitié-grands.

— D'accord, comme tu voudras.

Il me sourit toujours, le grand Paul, avec son piolet dans la main gauche. Si je ne le connaissais pas, je pourrais penser que c'est un vrai couillon, mais faut pas croire : c'est une pointure au lycée, un type vraiment solide. Quand on jouait au basket ou au foot, tout le monde le voulait dans son équipe. Peut-être trop gai ou trop confiant, c'est tout. Est-ce qu'il se rend vraiment compte qu'il y a un cinglé avec une arme à feu, ici ? Un instant, je l'imagine étendu par terre avec un trou dans la tête.

Ne pas y penser. Le lait. Penser au lait pour les bébés.

— Prenez des sacs vides et bourrez-les avec tout ce que vous trouverez dans les rayons du fond. Et attendez-moi ici.

Plus je m'approche de l'allée centrale, plus le carrelage est encombré de produits renversés. J'attrape quelques paquets de piles en passant, quelques boîtes de cassoulet et de raviolis. Les gosses aiment bien les raviolis. Un des employés est affalé les bras en croix au rayon lingerie, les Cracheurs lui ont enfilé un soutien-gorge autour du torse et l'ont barbouillé de maquillage : on s'amuse comme on peut. Arrivé au rayon bébé, je me cache derrière la tête de gondole et je me penche légèrement pour voir le fameux Cracheur endormi.

Il y a bien quelqu'un ici, juste sous mon nez. C'est un miracle que Paul ne l'ait pas réveillé. Est-ce que c'est un employé ? Non, c'est un ado : je l'entends respirer normalement. Sans un bruit, à pas comptés, je passe juste devant lui et je m'arrête une seconde. Bébé Joe ! Je le reconnais à la marque de son sweat-shirt. Il y a des rumeurs qui courent à son sujet : il paraît qu'il aurait écrasé la tête d'un bébé en lui marchant dessus dans la rue des Merciers. Mais d'autres disent que c'était juste une poupée. Ça lui vient de là, Bébé Joe. « Joe », je ne sais pas pourquoi… En tout cas, c'est le grand copain du Flic, un fils de bonne famille mais pas franchement fréquentable. Ces deux-là, je les connaissais déjà d'avant le Marchand de sable. Ils rackettaient les petits d'après ce qu'on racontait, comme quoi, ça ne date pas d'hier.

Dans son sommeil, Bébé Joe s'est recroquevillé dans une couverture, la tête contre le rayonnage. À cause de son nom, peut-être, je trouve qu'il ressemble à un gros bébé dans le ventre de sa mère… Sauf qu'il est cramponné à une batte de base-ball comme un ivrogne à sa bouteille. Je ne veux pas savoir combien d'os il a fracassés avec ce truc depuis le jour du Marchand de sable.

D'ailleurs j'ai mieux à faire, la récolte n'attend pas : des boîtes, des boîtes, des boîtes… Qu'est-ce que ça tient comme place, une boîte de lait, heureusement que j'ai pris deux gros sacs… De l'autre côté, des petits pots et des plats moulinés : j'en rafle quelques-uns aussi. Il faut faire attention à ce que les conserves ne s'entrechoquent pas au fond des sacs. Je les enveloppe dans des tee-shirts récupérés au rayon d'avant ; ça ne nous fera pas de mal de changer de vêtements.

Bling !

Un petit pot vient de m'échapper et d'exploser par terre ! Quel con ! Non mais quel abruti ! Est-ce que je l'ai réveillé ?

— Léo ? Ça va ?

Je me fige. J'éteins la lampe torche. Nom de Dieu, Paul se met à brailler comme une oie !

Je suis une statue, je suis fait de pierre, aucun muscle ne remue sous ma peau.

Malheureusement, Bébé Joe, lui, remue de plus en plus.

La tête de Paul apparaît à l'entrée du rayon. Il a vraiment l'air inquiet, ce crétin. Mais je ne suis pas le seul à le voir : Bébé Joe s'est tourné vers lui. Je distingue très nettement son visage, maintenant que Paul a allumé une lampe de poche et qu'il la braque devant lui.

Je sais ce que je devrais faire. Je devrais m'avancer d'un pas derrière ce salaud et lui cogner la tête avec une conserve. Ce serait facile : j'en ai déjà une dans la main et il ne m'a même pas vu. Il commence à se lever en grognant.

Et pourtant non, je n'y arrive pas. J'ai ce kilo de cassoulet au bout du bras, ce type qui va appeler ses copains et je suis incapable de bouger ! J'ai la tête qui tourne et les jambes en compote. Je suis coincé, bloqué, c'est la panique ! Tu parles d'un chef : un lâche, oui, voilà ce que je suis.

« Alerte ! » fait Bébé Joe d'une voix endormie, et puis « ALERTE ! » d'une voix nettement plus forte. Il se tient debout face à l'intrus. Tout à coup, je vois ce que Paul tient à la main : c'est son fichu piolet ! S'il frappe maintenant avec la pointe, il peut lui perforer le crâne !

Paul, un assassin ? Je ne peux pas laisser faire ça. Bébé Joe ne m'a toujours pas vu, il me tourne le dos, ce con. Il ne pense qu'à sa batte de base-ball qu'il tient comme si c'était une sainte relique. Il va se prendre un coup de piolet en pleine poire, est-ce qu'il va se remuer, oui ? Ça me vient d'un coup, sans réfléchir : je m'approche de lui et je le frappe à la nuque avec ma boîte de cassoulet. Il s'arrête au milieu de son troisième « Alerte » et s'effondre sur lui-même. Oh non ! est-ce que je l'ai tué ? Je me penche sur lui pour lui tâter la tête. Il y a du sang, je crois.

— Allez grouille, Léo, bouge de là, ils vont rappliquer ! Souviens-toi, le Flic a un flingue !

Je reste là, les bras ballants, la bouche ouverte. Paul me tire par le bras et m'arrache du rayon bébé. Mes yeux restent fixés sur Bébé Joe et ce n'est qu'au moment où le rayonnage le cache à ma vue que je reprends vraiment mes esprits.

— Bordel, Paul, qu'est-ce qui t'a pris ? Pourquoi tu as crié comme ça ?

Il faut courir maintenant, courir jusqu'à la porte et filer à vélo, vite !

— J'ai entendu du bruit, je pensais que...

— Tu croyais que je pouvais te répondre, peut-être ?

Ça craque, ça glisse sous nos godasses pendant qu'on court, il y a un moment où je dérape sur un tube de dentifrice et je dois carrément m'agripper aux étagères pour ne pas m'étaler par terre.

— Oh ! nom de...

Devant la sortie de secours, il y a déjà trois Cracheurs qui nous attendent de pied ferme. Comment ils ont fait pour arriver si vite ? Une forme se glisse derrière eux et le plus costaud s'affale en poussant un cri. C'est Sam qui vient de lui faire un de ses coups tordus de karatéka.

— Arrêtez, arrêtez ! crie l'un des deux qui restent.

Ils sont plus petits que nous, ces deux-là. Des moitié-grands de treize, quatorze ans peut-être.

— On ne veut plus être des Cracheurs, prenez-nous dans votre bande, les gars. Le Flic, c'est un dingue !

— Ils nous ont forcés à rester avec eux ! dit l'autre, qui a déjà lâché son arme, une espèce de bêche ou de pioche dégottée au rayon jardinage.

— Prenez-nous avec vous : on a piqué plein de chocolat.

Il fourre une main dans sa poche et en retire une pleine poignée de mini-Mars.

Est-ce qu'on peut leur faire confiance ? Deux gamins effrayés qui n'ont pas l'air méchants pour deux sous…

— OK, les gars. Venez avec nous.

Dans l'entrée, on entend déjà les cris des autres Cracheurs tirés de leur sommeil.

— Je vais vous faire la peau, bande de minables ! C'est *mon* supermarché ici ! hurle le Flic à l'autre bout du magasin – et sa voix se rapproche dangereusement.

Le temps de passer dehors et nous voilà tous les cinq à faire rouler un de ces énormes blocs de pierre du parking, qu'on avait poussé là en cas de coup dur. La porte s'ouvre vers l'extérieur : c'est une sortie de secours. Et le rocher devrait suffire à la coincer un bon moment.

De l'autre côté du supermarché vient d'éclater un boucan d'enfer, une pétarade comme à la kermesse, on dirait le 14-Juillet !

— Ouais, ça, c'est MJ ! fait Sam, les yeux brillants de fierté pour sa copine.

Marie devait balancer des pétards à l'entrée du parking en cas d'alerte, pour faire diversion. On en avait trouvé tout un stock dans la solderie des Chinois au coin de la rue Kléber.

Zut, j'y pense maintenant : les deux nouveaux, ils n'ont pas de vélo ! Paul et Sam enfourchent les leurs et les deux petits Cracheurs regardent de tous côtés d'un air misérable. Tout à coup, j'entends un truc siffler à mon oreille. Ça a fait un tout petit courant d'air, je l'ai senti sur le côté de ma tête, une ou deux mèches ont dû trembler.

Et puis je comprends :

— Couchez-vous, il est en train de nous canarder à travers la porte !

Les deux petits se jettent au sol et Sam s'éloigne de quelques tours de roue.

— Chacun le sien sur le porte-bagages, Paul, et on se tire de là !

La rue nous engloutit aussitôt.

Il ne faut pas deux minutes avant que les Cracheurs ne montent sur leurs bécanes, des scooters trafiqués qui font tout un chahut. Et que ça pétarade, et que ça fait hurler le piston ! Pendant ce temps nos vieux vélos, eux, ne font pas un bruit. On les entend de si loin, ces cons-là, que c'est un jeu d'enfant d'éteindre nos lumières et de se planquer quand ils passent à côté de nous.

Il faut dire que depuis le Marchand de sable et la panne d'électricité, il y a un grand changement. Des changements, il y en a beaucoup, mais celui-là est un des plus spectaculaires et des plus effrayants : la nuit est noire. Pas seulement sombre, pas jaune ou rose sous la lumière des lampadaires ou des enseignes lumineuses. Non, elle est *noire*, opaque, de l'encre. Avant de l'avoir vécue, on ne sait pas ce que c'est que l'obscurité. Dans le monde d'avant, ça n'existait pas. L'obscurité, c'est comme les yeux fermés. Pire : c'est comme les yeux bandés. On ne voit vraiment rien de rien, les yeux, c'est comme si on n'en avait pas. Pour peu que le ciel soit couvert, on ne voit même pas ses propres mains devant soi. Les phares des mobylettes sont bien trop faibles pour nous trahir. Ils passent à toute vitesse, un éclair blanc dans l'obscurité, un ramdam d'enfer dans la ville complètement silencieuse, et puis plus rien. Il a suffi d'un pan de mur pour leur échapper.

— Allez-y, tous les quatre. Moi, je retourne voir si Marie s'en est sortie !

Et, avant que Paul ne puisse ouvrir la bouche, je fais descendre mon passager et j'en rajoute une louche :

— Et vous me les surveillez, hein, ça pourrait aussi bien être des espions ! Je ne veux pas les avoir dans les pattes quand je serai devant le supermarché.

Je repars aussitôt. Sinon ça ergoterait à n'en plus finir pour savoir qui doit prendre le risque de retourner là-bas. Paul, c'est sûr, mais je sens bien que Sam aussi serait prête à jouer les Rambo. Sacrées têtes de mules ! Il faudra que je les surveille de près si je ne veux pas les voir finir en viande froide.

Marie devait se planquer sur le toit plat du magasin de literie et nous y attendre en cas de coup dur. Je monte sans bruit par l'échelle de la benne à ordures.

Ils ont allumé un feu avec quelques chiffons imbibés d'essence jetés dans un vieux bidon. On a une belle vue sur l'entrée du supermarché, d'ici. Je peux compter cinq silhouettes en cercle qui font de grands gestes excédés et j'entends des éclats de voix. Les Cracheurs doivent être en train de parler de nous. Est-ce qu'il y a Bébé Joe parmi eux ? Est-ce que je lui ai vraiment démoli le crâne ? Je sens mes jambes qui flanchent à nouveau et la nausée qui monte. Ce coup sur la tête, j'ai l'impression de le sentir sur la mienne ; je me passe la main dans les cheveux comme si j'allais y trouver mon sang à moi.

— Ça va ? Rien de cassé ? chuchote une voix familière dans mon dos.

C'est Marie.

— Fais attention : il y en a un autre au coin de la rue, regarde !

Elle a raison, j'aperçois la pointe rouge d'une cigarette qui brûle dans l'ombre. Les traits d'un visage s'éclairent une seconde et je le reconnais aussitôt : Bébé Joe !

Un poids énorme vient de m'être ôté des épaules.

— Ah… salut, Marie, tu m'as fait peur. Ça s'est bien passé ?

Tout va bien pour Marie, je le vois au premier coup d'œil. Et tout va bien pour Bébé Joe, surtout : il aura juste une bosse.

— Oui, ils ne m'ont pas repérée, il fait bien trop noir.

Il commence à faire froid. Elle hésite un peu, puis s'accroupit près de moi, sans me toucher. L'éclat orangé du feu lui donne un profil changeant. Je regarde son joli visage allongé, juste un peu trop carré, ses cheveux bien brossés. Et son petit air triste, un peu pincé. Je l'aime bien, Marie, avec son accent de snobinarde et ses lunettes d'intello. On habite presque en face l'un de l'autre et on se connaît depuis l'école primaire. Marie est mon amie de toujours.

Elle se tourne vers moi et se force à sourire.

— Qu'est-ce qui s'est passé au magasin ? Ils vous ont vus ?

— Bébé Joe a donné l'alerte, mais pas de panique : il n'y a pas de casse, juste une grosse frayeur. On a ramené deux déserteurs avec nous et on a pu remplir tous nos sacs. Demain, il y aura des conserves et du lait pour tout le monde.

— Alors ils savent que c'est nous. Ils vont essayer de se venger...

— Oui, je sais, on a merdé. Et plus question d'y retourner, évidemment, ils vont être sur le qui-vive.

— Il va falloir tenir des comptes et surveiller notre trésor. Les gosses du quartier se servent chez nous et ils se font des réserves personnelles.

— Si on ne les nourrit pas, ils vont crever de faim et de soif, ou alors ils vont avaler n'importe quoi et se rendre malades. C'est nous les grands, maintenant. Il faut qu'on fasse avec le monde que nous ont laissé les adultes. C'est fini le temps de papa et maman : depuis le jour du Marchand de sable, si un gosse meurt, ce sera notre faute.

Marie soupire et se passe une main dans les cheveux.

— Bien entendu, il faut nourrir les petits, mais il faut aussi les surveiller. Tout ce que je demande, c'est qu'on mette des règles. Sans organisation, on ne s'en sortira pas.

Sacrée Marie. *Miss Organisation.* Vous voulez une fête pour votre anniversaire ? une manif ? un projet scolaire ou une pétition contre les mines antipersonnel ? Demandez à *Miss Organisation.* Quelle que soit votre cause, elle ne la regardera pas de trop près du moment que vous la laissez *organiser.* Alors depuis le jour du Marchand de sable, elle s'en donne à cœur joie.

Le jour du Marchand de sable…

Ce jour-là, il y avait une atmosphère de fin du monde. Ce sont les petits du quartier qui l'appellent comme ça. Au début, on disait aussi « le jour de la maladie » ou « le jour du coma », mais c'est « le jour du Marchand de sable » qui est resté.

Tous ces gens dans le coma… En vingt-quatre heures, tout ce qui avait plus de seize ans s'est mis à jouer les Belles au bois dormant. On a tout essayé : crier dessus, coller des baffes, mettre la tête dans l'eau… On leur a fait avaler de force des amphétamines récupérées dans les pharmacies, on a même fait le bouche-à-bouche à nos parents… mais autant pisser dans un violon. C'était comme vouloir réveiller le mannequin de la piscine. Les plus acharnés ont continué pendant des jours à chercher des solutions, mais la plupart des enfants ont vite laissé tomber. De toute façon, on était tous persuadés qu'il suffisait d'attendre et qu'ils se réveilleraient tout seuls. On avait de grandes discussions à ce sujet, on se demandait si on allait être touchés, nous aussi, on se regardait les uns les autres en guettant les symptômes. Il y en avait qui pleuraient, qui se lamentaient, il y en avait aussi plein qui se terraient chez eux pour éviter la contagion. Je suis sûr qu'il y en a qui se cachent encore, bien qu'apparemment plus personne ne se soit endormi depuis ce fameux jour, comme si la maladie avait disparu depuis. Et, le lendemain, il y en a eu quelques-uns pour commencer à se dire que, tant qu'à faire, il fallait en profiter un peu. À ce moment-là, on pensait que ça ne durerait pas et puis, même s'ils nous avaient coupé l'électricité avant de faire dodo, les adultes nous avaient laissé l'eau courante, on ne manquait de rien.

Et alors ? Pour une fois qu'ils ne les avaient pas sur le dos, tous ces adultes, ces donneurs de leçons… Les bouteilles avaient circulé, les joints aussi, il y avait de la musique un peu partout. On s'était rassemblés en foule sur le port, on se regardait, on se parlait entre nous. Tout le monde avait sa théorie sur le problème, tout le monde avait peur et se demandait combien de temps ça allait durer.

— À quoi tu penses, Léo ?

Marie fixe le feu des Cracheurs en contrebas. C'est beau, ces flammes qui dansent dans la rue. Ce malheureux magasin, ce vieux machin sinistre : il n'a jamais été aussi beau qu'à cet instant, ses vitres flambant dans la nuit.

— Je pense au jour du Marchand de sable.

— Ah !

Elle garde un instant le silence, puis soupire en baissant la tête :

— Le premier endormi que j'ai vu, c'était notre voisin, M. Kovacs. Au matin, maman l'a retrouvé évanoui sur le pas de sa porte. Elle a appelé les urgences mais il n'y avait déjà plus personne au bout du fil : ils devaient être submergés d'appels. Toujours la même histoire...

— Oui... M. Machin est tombé par terre. J'ai retrouvé Mme Truc dans l'escalier... Tu parles, ils ont été vite dépassés à l'hôpital...

— Ensuite, poursuit Marie, j'ai pris le bus pour aller au lycée comme chaque matin. Les gens parlaient tous de cette aurore boréale qui était apparue au-dessus de la France pendant la nuit. Un collégien racontait à ses copains quelque chose qu'il avait entendu aux infos, à propos d'une épidémie, mais je ne l'ai pas écouté. Je me souviens de cette vieille dame en face de moi qui dormait sur son siège. Est-ce qu'elle était déjà dans le coma ou est-ce qu'elle était seulement en train de se reposer ? Je ne le saurai jamais... Il y avait un accident au carrefour de l'avenue Guitton et le bus était coincé. Tout le monde est descendu, on a continué à pied, Le centre-ville était complètement bloqué, les gens klaxonnaient comme des fous.

Moi, j'allais au lycée à vélo :

— Et tu as remarqué, en arrivant, le pion habituel, tu sais, le sadique avec une moustache... celui qui me faisait toujours descendre de vélo à l'entrée en me criant dessus... il n'était pas là.

— Il n'y avait aucun surveillant, ce matin-là.

— Non. Et je me suis dit : « Bonne nouvelle, il doit être malade, je vais avoir la paix. »

— Malade, si on veut, fait Marie, pensive.

Tu parles, il dormait, oui.

— Quand je suis monté dans la salle de maths, la prof était là, c'était Mme Chasse. Elle avait l'air tout ce qu'il y a de plus normal. Elle était juste un peu… absente, quoi. Comme si elle pensait à autre chose, comme si, au fond, elle faisait semblant de s'occuper de nous, mais qu'en fait elle n'en avait strictement rien à faire.

— Détachée, oui, indifférente.

Elle frissonne.

— Ils étaient tous un peu comme ça, avant de sombrer dans le coma. Moi, j'étais en cours d'histoire avec Mme Dubreuil et elle était comme d'habitude.

— Ah oui, elle est géniale, Mme Dubreuil ! Chez nous, Mme Chasse est sortie dans le couloir avant le début du cours. On a pensé qu'elle était partie se fumer une cigarette en douce, ou pisser peut-être. En tout cas, elle n'est jamais revenue.

Mme Chasse, c'était Marcello qui l'avait retrouvée. Marcel Poitevineau, l'intello de la classe. Il a un problème à la jambe, il a toujours une béquille. Et aux yeux aussi : il paraît qu'il ne voit rien de l'œil droit. Il se faisait moucher par tous les petits cons au début à cause de ça, et puis on est devenus copains lui et moi. Je ne sais pas si j'y suis pour quelque chose mais ils ont fini par le laisser tranquille. C'est un type bien, il est un peu pot de colle mais il sait tout sur tout, c'est incroyable.

Au bout d'un moment, presque tous les élèves s'étaient installés à leur place et on se demandait ce que la prof de maths pouvait bien fabriquer. C'était un de ces chahuts dans la 220 ! Alors je suis sorti dans le couloir avec Marcello et la première chose que j'ai vue, c'est que le chahut ce n'était pas que dans notre salle. La porte de la 221 était ouverte et toute une classe de seconde faisait la foire : il y avait des filles au tableau qui pouffaient de rire en dessinant des graffitis au feutre rouge, il y avait aussi un petit malin qui avait grimpé sur une table et qui braillait comme un âne. Et puis cette fille hyper maquillée avec une jupe ras la moule, l'Américaine arrivée en cours d'année : « Miss Allumette » on l'appelait ou « Miss Britney ». Elle était penchée à la fenêtre et, à tous les garçons qui passaient dans la cour, elle criait « p'tite bite ! » ou « couille molle ! » en rigolant avec toute une clique autour d'elle.

— Ils n'ont pas de prof, eux non plus ? j'ai demandé à Marcello.

Il ne savait pas. Il y avait peut-être une grève aujourd'hui ? On n'en avait pas entendu parler. La classe d'à côté, c'étaient des terminales. La porte était fermée mais on les voyait à travers les vitres. Ils n'étaient pas nombreux, juste une petite moitié de classe. Ça faisait des rangées vides devant et des paquets d'élèves sur les côtés : un contre le radiateur, l'autre presque devant la porte. Une jeune prof était en train d'engueuler une fille qui s'était carrément avachie sur sa table comme pour faire la sieste. La prof était furieuse, on l'entendait crier ! On a rigolé avec Marcello et on a continué à avancer.

Moi, je me suis arrêté à la salle suivante, c'était la seconde 4. Et en seconde 4 il y avait Sarah. Je ne pouvais pas simplement passer devant comme ça. Il y avait *Sarah*. Je savais bien que c'était sa classe : je connaissais presque tous ses horaires et toutes ses salles. Eux, ils avaient un prof, et un pas commode, c'était M. Grimmot. Et d'ailleurs ça ne rigolait pas dans la classe. Quand je me suis approché de la vitre pour mater un peu, il m'a vu et il a presque couru à la porte.

— Qu'est-ce que tu fais ici à traîner dans le couloir ? Tu n'as pas cours ? Et qu'est-ce que c'est que ce raffut dans votre classe ?

Pour un peu, je croyais qu'il allait m'attraper par le col et me secouer comme un cocotier.

— Eh, Léo, v… viens voir !

C'était Marcello, il revenait de l'angle du couloir en clopinant sur sa béquille. Marcello bégaie, c'est énervant mais il n'y peut rien.

— Mme Ch… Chasse…

Il s'est arrêté net en voyant M. Grimmot, comme un élève surpris en train de faire une bêtise.

— Mme Ch… Chasse… Elle est… V… v… venez voir.

Elle était couchée raide dans le couloir à deux mètres de la fenêtre ouverte, une cigarette toute neuve dans la main. Oh, quel mauvais exemple pour les lycéens, madame Chasse !

— Les méfaits du tabac…, j'ai dit pour rigoler.

Marcello a rigolé – un peu. M. Grimmot beaucoup moins.

— Tu as un téléphone sur toi ? Non ? Alors va prévenir le proviseur ! qu'il m'a dit.

Quand j'ai croisé son regard, j'ai compris pour la première fois de la journée que tout ça n'était pas très drôle, en fait.

— Et qu'il appelle les urgences tout de suite ! qu'il m'a crié alors que je courais déjà dans l'escalier.

Quand je suis revenu avec le proviseur, toutes les classes s'étaient rassemblées dans le couloir autour de la prof de maths. Discrètement, j'ai essayé de repérer Sarah. J'ai vu Paul qui fourrait ses mains dans ses poches, et puis j'ai aperçu une chevelure de dos et j'ai cru que c'était elle mais alors la fille s'est retournée : c'était l'Américaine, Miss Allumette. *Tiens,* j'ai pensé, *elles se ressemblent un peu toutes les deux.* Si elles ne s'habillaient pas de façon aussi différente, je l'aurais remarqué plus tôt. De toutes les filles du lycée, l'Américaine est sûrement celle qui se maquille le plus.

— Elle ne r… respire pas…, m'a soufflé Marcello qui ne rigolait plus du tout.

Pendant ce temps, le proviseur s'était approché de M. Grimmot, qui tentait un massage cardiaque sur Mme Chasse. Il avait dû arracher les boutons de son chemisier et on voyait ses deux nichons ballotter sous le soutif. Il y avait des garçons qui ricanaient, mais pas trop fort. Il faut dire qu'elle était plutôt bien carrossée et le soutif noir en dentelle, c'était sexy.

Ce qui était moins sexy, c'était de voir M. Grimmot en train de suer au-dessus d'elle et d'enfoncer ses deux poings dans sa poitrine comme une espèce de monstre. Ça me mettait mal à l'aise.

C'est à ce moment-là que tout a basculé. Jusqu'à présent, c'était juste bizarre. Je me disais : *Aujourd'hui il s'est passé un truc, on va en parler toute l'année.* Mais à cet instant précis, quelque chose s'est cassé. Ce n'était plus bizarre, c'était devenu carrément pas normal.

— Ils vont arriver, les secours, monsieur ? a demandé une fille au proviseur.

Une terminale.

Il l'a regardée comme si c'était une plante verte et il n'a rien répondu. Il pianotait sur son iPhone.

— Ils vont arriver ? a répété la fille, un peu surprise.

— Mais ferme-la, toi !

Il avait parlé fort comme un ado en colère. Et son visage exprimait exactement la même chose que ses paroles. La fille a reculé un peu, la bouche ouverte, et s'est tournée vers M. Grimmot qui faisait comme s'il n'avait rien entendu : il continuait son massage cardiaque et ça avait l'air vachement fatigant. Il avait ouvert son col de chemise et on voyait la sueur faire des auréoles sous ses aisselles. Il a relevé la tête, hébété, et comme il avait enlevé ses lunettes, ça lui donnait un air de hibou mal réveillé : il clignait des yeux, il cherchait quelque chose.

— Monsieur le proviseur !

Apparemment, c'était lui qu'il cherchait.

— Vous avez appelé les secours ?

— J'ai appelé le Samu et j'ai fini par avoir quelqu'un au bout du fil. Mais personne ne viendra, M. Grimmot, j'en ai peur, a répondu l'autre. L'hôpital est débordé.

Il parlait d'une voix douce, rien à voir avec le « ferme-la » de tout à l'heure.

— Ils parlent du phénomène aux informations. Je crois… je crois qu'il s'agit d'une sorte d'épidémie, il n'y a plus rien à faire pour Mme Chasse, vous feriez mieux d'arrêter cela et de rentrer chez vous…

M. Grimmot l'a regardé avec les yeux d'un poisson-clown qui vient par erreur d'avaler un cachalot.

— Monsieur le proviseur ?

— Oui…, a répondu l'autre d'une voix lointaine.

Il s'est levé, les paupières mi-closes, son iPhone est tombé par terre. Comme un somnambule, il s'est dirigé vers l'escalier et il a commencé à descendre. Tout le monde avait les yeux fixés sur lui : cette petite silhouette grise qui disparaissait un peu plus à chaque marche vers le bas…

— Monsieur le proviseur ! a hurlé M. Grimmot.

Et puis il s'est tourné vers nous.

— Eh bien quoi, ne restez pas là ! Toi, va le ramener, nom de Dieu !

Une fille s'est précipitée et, arrivée en haut des marches, s'est retournée et a mis ses deux poings devant sa bouche comme si c'était sa faute : le proviseur était tombé sur le palier entre deux étages, exactement dans le même état que Mme Chasse. Dans le même état que M. Kovacs, le voisin de Marie, que le pion à moustache et que tous les terminales qui manquaient dans les rangs de devant… Il s'était endormi.

M. Grimmot a regardé la fille pendant un long moment et puis il a tourné la tête vers nous. Et là personne ne rigolait plus. Tout le monde aurait voulu le voir très sûr de lui. Qu'il nous donne des ordres, qu'on n'ait plus qu'à obéir et que tout redevienne comme avant. Au lieu de ça, il a refermé le chemisier de madame Chasse comme il a pu, il a chaussé ses lunettes et, en titubant, il a descendu l'escalier à son tour.

Les élèves se sont regardés. Quelques-uns sont restés, d'autres sont retournés dans leurs classes. Moi, je cherchais toujours Sarah ;

j'ai jeté un coup d'œil dans les quatre salles. Dans la nôtre, j'ai vu des inscriptions sur le tableau, du genre : « Madame Chasse a la chiasse », et des élèves qui enfilaient leurs blousons.

— Salut !

Paul se tenait derrière moi et me tendait la main.

— Ben dis donc…, j'ai dit.

Je ne savais pas quoi dire d'autre.

— Ouais.

Il avait l'air tout drôle, Paul. Et puis il a rigolé, un peu forcé :

— Alors ça y est, tu crois que c'est la fin du monde ?

J'ai pouffé un peu bêtement, en fait on était tous les deux terrifiés. Et puis Marcello s'est ramené et il a dit :

— Il a r… raison, le proviseur. Sur le site de l'AFP, ils disent que ça touche toute la France et m… et même d'autres pays.

Marcello et Paul se connaissaient un peu, on avait déjà joué en réseau ensemble. Marcello avait ramassé l'iPhone du proviseur et il nous a montré des images de corps allongés sur des civières par centaines. Une légende disait : « Place Rouge, Moscou, 9 h 31 A. M. »

— Qu'est-ce qu'ils ont, tous ces gens ? a demandé Paul.

— Elle n'est pas m… morte, madame Chasse. Elle est dans le coma. C'est b… bizarre.

— Qu'est-ce que t'en sais, t'es docteur ?

— Son cœur bat dix ou d… douze fois par minute, peut-être moins, et elle respire un t… tout petit peu.

Paul a eu l'air paniqué.

— Mais qu'est-ce qu'on peut y faire, nous ?

— C'est une ép… ép… épidémie ? Vous croyez que c'est con… contagieux ?

Marcello, il a le chic pour dire tout haut ce que tout le monde pense tout bas. Est-ce qu'on allait tous tomber malades ? Est-ce qu'un microbe attendait de se développer quelque part dans notre cerveau ? J'ai pensé à papa. Et à ma grand-mère qui était là-bas, à Paris. Je crois qu'ils ont pensé à leurs familles, eux aussi, mais je ne le saurai jamais parce que, juste à ce moment-là, l'alarme à incendie s'est mise à gueuler. On a pris nos blousons et on est descendus dans la cour.

— Dans notre classe, quand l'alarme a sonné, Mme Dubreuil nous a dit de descendre dans le calme. dit soudain Marie, qui me tire de mes rêveries. Visiblement, elle ne s'était aperçue de rien.

— Sauf qu'une fois en bas on s'est rendu compte que, des profs, il n'y en avait déjà presque plus. Quatre ou cinq maximum.

— Il manquait beaucoup d'élèves, aussi.

— Les premières et les terminales, on les comptait sur les doigts des deux mains. Il ne restait pratiquement plus que des secondes, et encore... il en manquait pas mal.

— Le grand Jacques par exemple, fait-elle.

— Oui, mais le grand Jacques, il avait repiqué sa seconde. Tous les redoublants avaient disparu. Ils avaient un an de plus que nous.

— Pas uniquement les redoublants.

Comment le Marchand de sable avait choisi ses victimes ? On avait très vite compris que certains gosses jusqu'à seize ans n'étaient pas concernés. Mais on en connaissait plein qui avaient flanché aussi, allez savoir pourquoi.

J'ai voulu appeler grand-mère, puis papa mais, évidemment, tout le réseau était saturé. Alors je suis rentré à la maison à vélo en pédalant comme un fou. Dans les rues, il y avait des gens endormis sur les trottoirs, des voitures arrêtées partout, des sirènes et des alarmes qui gueulaient.

J'ai allumé la télé : on ne parlait que de ça. Sur TF 1, un type du gouvernement qui portait un masque à gaz était interviewé dans la rue devant l'Élysée. Il disait qu'ils étudiaient la situation en haut lieu, que l'agent pathogène avait été identifié. C'était un virus totalement inconnu, qui avait dû se répandre depuis des semaines dans le monde entier. Il était resté à l'état « dormant » sans que personne s'en rende compte et il s'était soudain « réveillé » aujourd'hui. Visiblement, on ne savait pas pourquoi, ni comment.

Un sous-titre est soudain apparu au bas de l'écran pour donner le nom du type au masque à gaz : c'était le ministre de la Justice. Il était où, le Premier ministre ? Et le président ? Ils s'étaient sûrement déjà endormis.

« *Le virus, une fois actif, libère une toxine qui a pour effet de placer certaines zones du cerveau en sommeil*, expliquait le ministre, *plongeant le malade dans une sorte de coma très... spécial. On constate un ralentissement du métabolisme avec une baisse de la température interne et une fluidification du sang. Certains médecins parlent d'un état d'hibernation. En tout cas, ce coma est sans danger à court terme.* »

« *Y a-t-il un rapport entre le virus et les aurores boréales exceptionnelles observées en Europe cette nuit ? ou avec le tremblement de terre survenu au Japon hier matin ?* »

« *Prenons garde aux rumeurs et aux explications fantaisistes. La population doit conserver son calme et ne pas céder à la panique. Nos laboratoires ont déjà plusieurs pistes de traitement très prometteuses à base de médicaments connus, qui nous rendront très vite poss...* »

Elles avaient intérêt à être sacrément prometteuses, leurs pistes, parce que le ministre n'a pas terminé sa phrase. Il a ôté son masque, il a regardé la camera d'un air ahuri et il s'est écroulé sur le trottoir en direct. Dans le coma, lui aussi.

J'ai éteint la télé et je suis allé sur Internet. Sur le site du *Monde*, quelqu'un prétendait que c'était une attaque terroriste. Un altermondialiste accusait les OGM, les labos privés, la CIA... mais, au fond, personne n'y comprenait rien.

Sur Facebook, il y avait des photos du monde entier, à Rio, à Bombay, qui montraient des gens allongés dans les rues, sur les bancs, devant les écoles. Une vidéo amateur circulait sur tous les profils : on voyait les quais de Londres en flammes et une rangée de camions de pompiers devant l'incendie, dont tous les occupants dormaient sur les sièges.

Papa était à son travail, il est inspecteur des fraudes. Il avait pris sa voiture de service le matin pour partir en contrôle… Il est rentré à midi et, quand il m'a vu, je devais avoir l'air sacrément retourné parce qu'il a passé son temps à me rassurer, à me dire que tout allait bien, qu'il se sentait en pleine forme. Je voulais qu'il aille voir un docteur mais il m'écoutait à peine. Un repas, un café et le voilà qui repartait, cette andouille.

Quand j'y pense, il ne m'a pas demandé une seule fois si moi j'allais bien.

— Ne pars pas ! que je gueulais. Tu es inconscient ou quoi ? Dehors, il y a l'épidémie ! Reste avec moi, papa !

Tout ce qu'il a trouvé à faire, c'est de secouer la tête et de me répondre :

— Je sais bien qu'il y a une épidémie, mais il faut que je continue mon travail. Je ne peux pas rester à la maison, je dois aller faire une saisie dans un entrepôt du port : on a trouvé tout un conteneur de jouets dangereux. Tu sais, des peluches en forme de canard, les yeux en plastique se détachent et ils peuvent être avalés par des bébés. Si on n'y va pas maintenant, ils les auront embarqués dans des camions d'ici ce soir et on devra les récupérer dans tous les magasins de France !

— Papa…

J'aurais dû lui dire que, ce soir, il n'y aurait plus de camions, plus de magasins et même plus de France. Qu'il suffisait de jeter un coup d'œil dans la rue pour le comprendre. J'aurais dû voir qu'il avait déjà l'air aussi absent que Mme Chasse juste avant de sortir fumer sa clope. Aller protéger les petits enfants contre les méchantes peluches canards !

Mon pauvre papa, si tu savais dans quelles conditions vivent les gosses, maintenant. Tes pauvres petites peluches avec des yeux qui se détachent, ça me fait bien rigoler… Mais non, jusqu'au dernier moment, il fallait que tu assures la sécurité des enfants. Pas de jouets dangereux. Pas de petits canards jaunes, surtout pas. Ben tiens.

Ces chers parents… Ah, vous vous en foutez pas mal, de nous laisser tout seuls après nous avoir appris un millier de choses qui ne servent à rien… Vous nous avez élevés dans un cocon de soie pendant toute notre enfance et, après ça, vas-y que je vous balance dans un monde dégueulasse où c'est chacun pour sa poire et que le plus fort gagne. Après nous avoir tellement protégés protégés protégés que maintenant on ne sait plus rien faire, on ne sait plus rien penser, on est complètement paumés !

Tout ce qu'on sait, c'est que l'avenir ne sera pas rose…

— Il ne faut pas leur en vouloir, fait Marie, silencieuse depuis un moment.

Comment elle a su que je pensais à eux ? Sûrement parce qu'elle y pense, elle aussi.

— Ce n'est pas de leur faute, c'est une maladie.

— C'est ça, une maladie… Moi, tout ce que je vois, c'est qu'ils pioncent, ces salauds de vieux, et qu'ils nous ont laissés tomber ! Combien de temps tu crois qu'on va tenir, à voler dans les cuisines des restaurants et à boire l'eau du caniveau ? Combien de temps tu crois qu'il faudra aux gangs pour flamber tout ce qui reste et nous faire crever de faim ? Tu sais comment on plante du blé, toi ? Tu sais comment on fait de la farine et du pain ? Moi, tout ce que j'ai appris, c'est à mettre le micro-ondes en marche et à me dépêcher-parce-qu'on-va-être-en-retard !

Finalement, papa est sorti et il est remonté dans sa petite voiture de service. Il a tourné la clé de contact et, moi, je suis remonté dans ma chambre regarder de nouveau les infos à la télé, mais quelque chose avait changé depuis le matin. Ça crachotait, ça neigeotait, je n'avais jamais vu ça. Au bout d'un moment, j'ai compris que c'était la même chose sur toutes les chaînes. Il y avait un message écrit en blanc sur fond bleu qui défilait comme un générique de film lu par une voix off. Genre la voix de la fille de la SNCF : « Attention, avis à la population, une maladie d'origine inconnue s'est déclarée dans notre pays. La contagion est foudroyante. Le gouvernement ordonne que la population reste calme et que personne ne sorte de chez soi. Fermez vos portes et vos fenêtres, évitez tout contact physique avec vos voisins, vos collègues ou vos amis. Les écoles sont fermées, n'allez pas chercher vos enfants : des éducateurs veilleront sur leur sécurité. N'allez pas travailler, n'utilisez pas vos lignes de téléphone, ni fixes, ni cellulaires, vous risqueriez de saturer les réseaux de communication et de perturber le travail des secours… »

Il m'a fallu dix secondes pour dévaler l'escalier et courir jusqu'à la petite voiture blanche arrêtée devant l'entrée : papa était là. Il avait enclenché le contact et il était resté dans sa voiture qui ronronnait doucement, une main sur le levier de vitesse, l'autre calée sous sa tête endormie…

2

MARIE

Je m'appelle Marie.

Je n'ai jamais fait de karaté, je ne sais pas sauter d'un toit à l'autre, ni tenir un piolet. Mais je suis plus intelligente que la plupart des gens et ça, c'est aussi une chose qui peut être utile par les temps qui courent.

Je n'aurais servi à rien au supermarché et c'est pour cette raison que Léo a refusé que je les accompagne. Je regarde mes mains, mes ongles à moitié vernis. Encore un de cassé, tiens. À quoi ça me sert d'avoir de jolies mains ? Il n'y a pas si longtemps, je les massais tous les soirs avec de la crème hydratante et je mesurais mes ongles en espérant qu'ils deviendraient aussi brillants et polis que ceux de Scarlett Johansson.

Je suis la première, je crois, à avoir compris ce qui se passerait si les adultes ne se réveillaient pas. Du moins s'ils ne se réveillaient pas tout de suite. Plus d'eau, plus d'électricité, plus de nourriture et, très vite, l'anarchie. Il fallait s'organiser dès le premier jour, avant les autres. « S'organiser », c'est peut-être un mot qui ne plaît pas à Léo, mais désormais il fait la différence entre ceux qui mangent et ceux qui meurent de faim. Pendant que certains petits malins s'amusaient en ouvrant des bouteilles volées dans les magasins,

Sam et moi, on avait déjà fait main basse sur les conserves des deux brasseries de la place : je savais bien que l'euphorie retomberait vite et qu'il fallait penser aux jours de vaches maigres.

— T'es malade ou quoi ? C'est du vol !

— Écoute, Sam, hier c'était du vol. Aujourd'hui, c'est du bon sens.

Sam avait fait sa tête de flic, les bras croisés.

— Compte pas sur moi, en tout cas. Si ma mère apprend ça…

— Si ta mère apprend que tu es morte de faim sur un tas de conserves, ce n'est pas une médaille que tu auras, c'est un cercueil.

Sam dit toujours non par principe. Mais, une fois qu'on a réussi à la convaincre, on ne regrette pas de l'avoir à ses côtés. C'est une fille solide. Les gens ne comprenaient pas pourquoi on était amies, elle et moi. Moi, la petite reine du lycée, la déléguée de classe, première dans toutes les matières, inscrite à toutes les associations scolaires… Je connaissais tout le monde, j'étais l'amie de tout le monde. *Miss Organisation*… Il n'a pas tort, Léo, c'est exactement moi. Et Sam, la fille têtue, renfermée, capable de casser le nez d'un terminale qui l'avait serrée d'un peu trop près dans un bar à musique du port.

Mais c'est un cœur loyal. Des amies, elle n'en a pas beaucoup, seulement celles qu'elle a, c'est pour toujours. Dans mon agenda noirci de rendez-vous et de coups de téléphone à passer, il y avait toujours une place pour Sam. Et, de son côté, Sam ne me refusait jamais son épaule en cas de gros chagrin : c'était ma conscience, la fille qui savait tout de moi, celle qui connaissait la vraie Marie.

Sam s'était révélée infiniment plus efficace que moi pour fracturer les fenêtres des maisons vides et voler les conserves. En général, le plus intéressant était stocké dans la cuisine, parfois dans une cave ou un garage. Si on trouvait un pack d'eau, il passait avant le reste : l'eau, c'était le plus important. Parfois, on croisait un ou deux gamins terrorisés, alors on ne touchait à rien, on tâchait de les calmer et on repartait. Au bout de vingt-quatre heures, on avait déjà amassé une jolie réserve de nourriture, le début de ce qui allait devenir le « trésor de guerre » de notre groupe.

Quand on a croisé Léo, le lendemain du Marchand de sable, il était avec Paul et Marcello. Lisa s'occupait déjà des deux petites sœurs de Paul et elle avait chargé les garçons de récupérer tous les bébés de la crèche municipale – et aussi tous ceux qui étaient restés sur des poussettes dans les rues, ou dans les maisons abandonnées. Sam les a repérés du haut de son immeuble avec son télescope et c'est moi qui ai insisté pour les rejoindre. Ils nous ont accueillis à bras ouverts et ils se sont empressés de nous expliquer leur projet. J'ai eu honte de ne pas y avoir pensé, et je crois que Sam aussi : retrouver les bébés, s'occuper des tout-petits, on aurait dû le faire dès la première heure.

Sam et Léo se connaissaient de vue mais ils ne s'étaient encore jamais parlé. En tout cas, j'ai tout de suite vu qu'entre eux deux, ça collerait.

Quand on voit Léo pour la première fois, on ne le remarque pas. Il est beau, bien sûr, et surtout il ne le sait pas, ce qui le rend plus beau encore. Mais il n'a l'air de rien, avec ses yeux un peu trop tristes, son nez un peu trop long, ses cheveux à la Daniel Radcliffe, qui sont bien sur le devant et qui partent toujours en pagaille derrière… On dirait un intello qui veut faire le dur, un chaton qui veut jouer dans la cour des matous. Et pourtant il vaut beaucoup, beaucoup mieux que ça. Ce n'est pas ce qu'on pourrait appeler un grand gabarit mais il est bien plus costaud qu'il en a l'air. Je l'ai vu torse nu à la piscine… eh bien, si d'autres filles ont vu ce que j'ai vu, il doit s'en trouver qui pensent à lui, le soir, en éteignant la lumière. Léo, c'est un timide, je le connais comme si c'était mon homme. Si vous n'avez pas besoin de lui, vous ne le verrez pas pointer le bout du nez : il restera dans l'ombre, il ira vers quelqu'un d'autre. Mais attention, s'il y a une urgence, si vous appelez à l'aide, alors vous le verrez arriver dans la minute et prendre les choses en main.

Il ne va pas se battre pour se faire une place dans un groupe : non, il va observer un moment, se faire son idée de ce qui manque, de ce rôle vacant qui fait défaut. Si vous avez besoin de détendre l'atmosphère, il vous sortira des blagues, si vous avez besoin d'un costaud, il va vous porter votre sac, si vous avez besoin d'un grand frère, il va inventer des jeux pour les gosses. Nous, il nous fallait un chef, alors il a pris ce rôle. C'est un chef-né, voilà ce que j'ai vu et je suis sûre que Sam aussi. Quelqu'un qui pensera toujours aux autres, qui mettra tout le monde d'accord, qui n'hésitera pas à prendre des décisions et à se faire obéir.

Et puis, il y a sa voix. Il dit qu'il n'aime pas l'entendre : impossible de l'enregistrer, mais bonté divine, quelle voix il a ! Elle me donne des frissons chaque fois qu'il ouvre la bouche ; c'est chaud, cette voix, c'est doux, on aimerait se blottir tout contre et se mettre à ronronner. Une vraie voix d'acteur ; dommage qu'il ne fasse pas de théâtre, il ferait un malheur.

Me voilà trempée comme un petit-beurre. Sur ce toit plat, il n'y a aucun abri pour se protéger de la pluie. Il ne manquerait plus que je tombe malade. Mais qu'est-ce que Léo peut bien fabriquer ? Pourvu qu'il ne lui soit rien arrivé.

Le plan était : si les Cracheurs se réveillent à l'intérieur, jeter des pétards et des feux de Bengale devant le supermarché pour faire diversion. Puis grimper sur le toit du magasin de literie, se cacher derrière le rebord, se faire toute petite, attendre qu'on vienne me chercher.

L'odeur de poudre brûlée flotte dans l'air. S'il y a une chose dont on ne manquera pas, c'est de pétards, il m'en reste une tonne. C'est incroyable toutes les sortes qu'on peut trouver dans le commerce, je n'aurais jamais imaginé qu'il y en avait autant : des mitraillettes, des *demon lights*, des fusées qui brillent et qui sifflent en tournoyant...

La pluie s'est arrêtée. Toujours accroupie, je vais jusqu'à la cheminée et je me glisse derrière : si quelqu'un monte par la benne à ordures, il me tournera le dos. Mes chaussures font un peu de bruit sur le toit humide. Qu'est-ce que c'est que ce matériau bizarre ? On dirait du gravier. J'ai été bien inspirée de jeter à la poubelle mes jolies chaussures à talons.

Et maintenant il ne me reste plus qu'à me tourner les pouces en attendant Léo. Et s'il était blessé ?

Notre père qui es aux cieux, que ton nom soit sanctifié, que ton règne vienne, que ta volonté soit faite sur la Terre comme au… Ah ! j'entends quelqu'un qui monte à l'échelle. C'est lui !

Je m'approche dans son dos, il ne m'a pas vue. Il s'installe aux premières loges, juste devant le supermarché. Qu'est-ce qu'il peut bien regarder ? Je le sens mal à l'aise.

— Léo, ça va ? Rien de cassé ?

Je ne vois pas de sang sur lui. Il se retourne, me sourit et reprend son observation

— Salut, Marie, tu m'as fait peur. Tout s'est bien passé ?

C'est à peine s'il m'a jeté un regard. D'accord, je vais bien, mais ce n'est pas une raison ! Je le déteste ! Il ne pourrait pas s'inquiéter un peu plus, non ?

— Oui. Ils ne m'ont pas vue, il fait trop noir.

Qu'est-ce que je peux être bécasse ! Il me prend pour une nouille, c'est évident. Autrefois on était amis, enfants, on jouait beaucoup ensemble. Je me souviens quand on avait joué à « se marier à la mairie » dans le terrain vague. Le maire était un mannequin en plastique, un Action Man en treillis. Et les témoins un ersatz de Barbie et un Playmobil avec un bras arraché. Juste après, on avait joué à « divorcer au tribunal »… Je suis sûre qu'à cette époque il m'adorait.

Mais il n'aime pas beaucoup celle que je suis devenue. Les petites reines de lycée, ça ne l'a jamais intéressé. Ce qui l'intéresse, lui, ce sont les gens qui ont besoin d'aide, les malheureux, les têtes de Turcs. Tous ceux qui ont l'air de bien se porter, il ne les voit même pas. *Bon Dieu, ouvre les yeux, Léo, je suis là, devant toi, et je vais mal. Tu ne pourrais pas sortir avec moi ?* J'ai envie de le secouer, de le frapper, de me coller à lui.

On discute un peu du jour du Marchand de sable et puis le silence s'installe entre nous. Autrefois, ça ne nous dérangeait pas, alors que là je dois me creuser la tête pour essayer de meubler le vide. Il ne pleut plus. D'un côté, toute cette pluie depuis des jours, c'était devenu insupportable mais, d'un autre côté, ça nous a bien aidés le tout premier jour, quand le quartier Saint-Nicolas a pris feu de l'autre côté du canal et que l'incendie s'est éteint avant d'atteindre le centre-ville. Maintenant, il n'y a plus d'électricité ni de gaz dans les conduites, il n'y a plus de feux allumés sous les casseroles ni de radiateurs électriques mal réglés qui pourraient prendre feu… Le risque d'incendie a diminué.

— Tu crois qu'on va tomber malades, nous aussi ? Est-ce qu'on va s'endormir quand on aura dépassé l'âge limite ?

Il hausse les épaules.

— Je ne pense pas. Plus personne ne s'est endormi depuis, c'est comme si le Marchand de sable avait juste balancé sa camelote sur la planète et qu'il avait foutu le camp. Et puis de toute façon, ils vont se réveiller bientôt, hein ?

— Oui, bien sûr.

Pas si sûr, en fait, mais je n'ai pas envie de le contredire.

— Et tu crois que c'est partout pareil ? Dans toute la France, dans le monde entier ?

— Il y avait des photos sur Internet quand il y avait encore du réseau, ça avait l'air de toucher tous les pays. En tout cas, il n'y a aucun signe de vie depuis huit jours, pas une radio, pas un avion, rien…

Je regarde l'asphalte humide de la rue sous nos yeux, les toits noirs des maisons, les formes floues des voitures arrêtées au carrefour :

— Le monde, à partir de maintenant, ce sera notre petite ville…

La première fois que j'ai vu Léo, c'était à l'école primaire. Je venais d'arriver en cours d'année ; papa et maman se séparaient. Du jour au lendemain, maman avait pris ses affaires – dont je faisais partie – et elle avait claqué la porte. Adieu la capitale et ses beaux quartiers. Bonjour la ville moyenne de province, les pâtes à tous les repas et le studio avec la musique des voisins qu'on entendait à travers les murs. Quand j'étais arrivée ici, je détestais tout le monde et tout le monde me le rendait bien. Sauf Léo. C'était lui qui m'avait fait rencontrer Paul et ses copains, qui était venu jouer avec moi les mercredis après-midi, et c'était lui aussi qui m'avait protégée de cet horrible chien de la rue de Paradis qui me faisait si peur sur le chemin de l'école. Du jour où je l'avais rencontré, j'avais commencé à aimer cette ville.

Ces dernières années, on ne se voyait presque plus, on n'était pas dans la même classe. On habitait encore tout près, mais le terrain vague de notre enfance s'était transformé en un immeuble de six étages. Ce qu'on avait pu faire comme bêtises, dans le chantier ! Je jouais à la sauvageonne, je rentrais avec des jupes déchirées, je me faisais passer un savon par maman et j'adorais ça. Je crois qu'elle aussi, au fond, était contente pour moi. Seulement voilà, le chantier avait disparu depuis longtemps, et Léo, je ne le voyais plus que par hasard, à la boulangerie, à l'arrêt du bus. J'ai toujours été plus ou moins amoureuse de lui mais j'avais une vie plutôt bien remplie. Il y avait eu d'autres projets, d'autres garçons aussi…

Enfin cette vie-là, bien sûr, c'était avant le Marchand de sable. Tout a changé depuis huit jours, on dort tous les deux dans le même appartement à un couloir de distance… Si j'usais les poignées de porte à chaque fois que je les franchissais en rêve, alors ça ferait longtemps qu'elles seraient tombées en poussière.

***

Ça y est, les Cracheurs rentrent bredouilles sur leurs scooters, ils se crient dessus, ils crachent par terre, mais ils ne pourront plus rien tenter cette nuit. Ils ont envie de dormir et nous aussi, d'ailleurs. Le mieux à faire, c'est encore de rentrer au quartier général. Il est à un quart d'heure d'ici.

— Tu crois que le petit Ugo est toujours là-dedans avec ses parents ? demande Léo à vélo en se retournant vers moi.

Sur le chemin, il y a une maison rose où vit un petit garçon extraordinaire. Les premiers jours, on avait essayé d'entrer chez lui, toutes les portes étaient fermées à clé mais il avait fini par nous ouvrir. Il avait refusé de nous suivre jusqu'au QG pour ne pas « abandonner papa et maman ». Quel âge pouvait-il avoir ? Huit, neuf ans ? Il avait hissé ses parents dans leur lit, il les avait déshabillés et mis en pyjama pour qu'ils soient plus à l'aise. À tous les repas, il essayait de leur faire boire un peu d'eau. Dans cette maison, on se serait crus dans une église : il ne fallait pas parler fort, on ne devait toucher à rien. Pour l'instant, ils dormaient mais « ils allaient se réveiller », dans sa tête en tout cas, c'était certain. On l'a laissé là avec ses conserves. Chaque matin, on vient lui demander s'il veut quelque chose. « Des rasoirs » c'est la seule chose qu'il veut : il rase la barbe de son père.

Je regarde la maison rose en souriant.

— Sûrement. À mon avis, il y restera jusqu'à la fin.

J'aime bien le petit Ugo. Un de ces jours, des voyous vont briser ses fenêtres à coups de cailloux et rentrer chez lui. Je suis certaine qu'il ne bougera pas de la chambre de ses parents et qu'il se fera tuer sur place plutôt que de laisser quelqu'un s'approcher d'eux.

— Attends-moi, j'en ai pour une seconde !

Je descends de vélo, je sors un livre de mon sac que je glisse dans la fente du courrier ; il le trouvera demain matin en se levant. Et puis je reviens vers Léo, qui a gardé ses lumières allumées.

— Je l'ai pris à la bibliothèque.

La télé, c'est terminé ; l'ordinateur, la VOD, la musique aussi... Les livres sont la dernière distraction qui nous reste.

— C'est un roman pour enfants, l'histoire d'une petite fille dont les parents sont partis et qui apprend à vivre toute seule dans sa maison en attendant leur retour.

— Et ils reviennent à la fin ? demande Léo.

— Évidemment.

Je souris.

— C'est un roman pour enfants.

Dans le quartier, les gosses ont eu de drôles de réactions après le Marchand de sable. La plupart se sont rassemblés en bandes, il y en a au moins une douzaine : ils vont d'un endroit à un autre, se trouvent des chefs et se battent parfois entre eux. Ce n'est pas le cas des tout-petits bien sûr, les moins de six ans. Ceux-là sont complètement perdus, on a dû les emmener avec nous et nous en occuper, enfin, ceux qu'on a pu retrouver... Mais les autres n'ont pas envie qu'on s'occupe d'eux, ils se débrouillent. À l'exception de quelques filles qui nous aident avec les bébés et d'une douzaine de timides, les enfants ne viennent nous voir que quand ils ont faim ou soif. Ils nous appellent « le distributeur » ou « la cantine ». Ils viennent au quartier général en groupes ; parfois, ils testent un peu nos limites pour voir si on les punit. Depuis que les adultes ont disparu, c'est nous, les ados, qui avons pris leur rôle. Au royaume des aveugles, les borgnes sont rois...

Je passe beaucoup de temps à les écouter, je me tiens au courant des rumeurs qui circulent dans le quartier. Certaines sont très utiles, d'autres complètement loufoques.

Les moitié-grands, ces adolescents de douze à quatorze ans, c'est encore autre chose. On en a beaucoup avec nous. Sacha par exemple : un geek qui passait sa vie devant son ordinateur avant le Marchand de sable. On ne l'a vu sortir de son trou qu'après la panne de courant. Il se tenait au milieu de la rue avec un air ahuri, en demandant aux gens pourquoi il y avait une coupure. Il n'avait même pas remarqué que ses parents étaient dans le coma depuis vingt-quatre heures. Depuis, il nous aide bien, il est gentil avec les petits. Il y a aussi Franck-le-Junkie, un ado de treize ans qui passe son temps à se rouler des pétards. On en a une douzaine de ce genre autour de nous.

Aujourd'hui c'est samedi, le huitième jour depuis le Marchand de sable ; je ne veux pas perdre la notion du calendrier et, plus le temps va passer, plus ce sera difficile. Je tiens aussi un carnet de route avec les noms des enfants du quartier, leur âge, leur description et ce qu'on dit à leur sujet. Les gens, je les connais, je les comprends, c'est dans mon caractère. Ce matin, j'ai noté les derniers potins :

« Rumeur n° 12 : la pizza géante

Taux de pertinence : 0/5

Julien, 10 ans et demi, prétend que la ville aurait été survolée vendredi soir par une énorme pizza à la sauce barbecue. En guise de preuve, il a exhibé à qui voulait les voir des échantillons de rondelles de saucisson. Ces rondelles, inutile de le préciser, ont disparu avant d'arriver jusqu'à nous, probablement dans son estomac. »

« Rumeur n° 13 : l'ogre du quartier

Taux de pertinence : 2/5

Amadou, 8 ans, prétend qu'il existe dans le quartier un « ogre » qui dévore les enfants. Il indique que deux petites filles (sans plus de détail) ont disparu depuis plus de trois jours.

Plusieurs sources (Farid, 10 ans et demi, Clara, 7 ans, Théo, 8 ans) parlent aussi de disparitions d'enfants. Les causes

possibles sont nombreuses : chiens affamés, accidents, maladies, errance d'une maison à l'autre, etc.
Y aurait-il dans le quartier un détraqué qui enlèverait des enfants ? »

Nous voilà en bas de l'immeuble de Lisa. Notre vieille camionnette jaune est garée devant l'entrée. Léo appuie son vélo contre le mur et me regarde avec une drôle de tête :

— Marie, est-ce que je suis un lâche ?

Il a un air tellement sérieux que je suis incapable de me retenir de pouffer.

— Arrête, ce n'est pas drôle…

Pour la première fois cette nuit, il attend vraiment de moi une réponse. Je vois bien que ce qui va sortir de ma bouche a une réelle importance pour lui. Voilà qui me change.

— Qui est le crétin qui a dit que tu étais un lâche ? Un des Cracheurs ?

— Non, personne… C'est juste une question que je me pose. Me battre… me battre vraiment, je ne l'ai jamais fait. Je me demande comment je réagirai quand viendra le moment… quand il faudra montrer ce que j'ai dans le ventre.

Il hésite un peu et, finalement, il se décide à me confier ce qu'il a sur le cœur. Je me sens gonflée de joie et de reconnaissance pour cette marque de confiance.

— Dans le supermarché, j'avais Bébé Joe devant moi, il me tournait le dos et il était en train de donner l'alerte. Et moi j'aurais pu le frapper par-derrière, seulement…

— Tu ne l'as pas frappé ?

— En fait si, mais…

— Tu as eu peur de lui faire mal ?

Son visage s'éclaire. Son regard jusque-là un peu fuyant, qui furetait par terre, se fixe sur moi d'un coup.

— Tu t'imagines ? Si je lui avais fracassé la tête ?

— Il va très bien, je l'ai vu dans la rue en train de fumer une cigarette.

— D'accord, mais ça aurait pu arriver. Si j'avais cogné trop fort, si j'avais cassé quelque chose de vital ?

La lune s'est un peu dégagée et je vois nettement son visage. Tiens, on dirait que mon beau Léo vient de me montrer une nouvelle facette de sa personnalité : la pitié, l'empathie un peu trop vive d'un garçon qui ressent dans sa chair la douleur des autres.

— Tu sais, Léo, ce monde nouveau, c'est un monde dur. Il va nous prendre, il va nous tordre et nous transformer tous. Pas dans le bon sens, je crois.

Avec un geste d'une incroyable audace, je lève ma main jusqu'à sa joue. Qu'il est bon, qu'il est doux, mon Léo, comme j'en suis fière. Évidemment, mon geste se change en une petite tape virile sur l'épaule mais ce contact me suffit, à moi, pour le transformer en une orgie de sensualité. Je l'ai touché. Je l'ai touché avec ma main ! Je vais y repenser toute la nuit.

— Tu es un quelqu'un de bien, Léo. Mais souviens-toi que l'important, c'est que les bébés puissent continuer à boire leurs biberons. Si Bébé Joe ne veut pas comprendre ça, alors il peut bien crever : moi, ça ne m'empêchera pas de dormir.

L'immeuble de Lisa est une grande barre interminable, une des plus grandes de toute la ville. Douze étages, trois entrées, presque un demi-millier d'habitants… La plupart se sont endormis dans les bureaux et les magasins de la ville. Les habitants, c'est nous maintenant, et on ne manque pas de place.

On s'est installés dans plusieurs appartements. Au cinquième, il y a celui des parents de Lisa où on a logé les bébés et celui d'en face où on s'est installés, Paul, Sam, Léo et moi. Entre nous, on les appelle « chez Lisa » et « le QG », c'est là qu'on vit, qu'on dort et qu'on mange. Et puis il y en a un autre en dessous pour les moitié-grands et deux au-dessus où dorment les tout-petits.

Certaines portes étaient restées ouvertes avec leurs propriétaires à l'intérieur de l'appartement et celle d'en face, c'est une petite fille qui nous l'a ouverte d'elle-même. Le seul logement qui nous tracasse, c'est celui de nos voisins directs : il est fermé par une porte blindée et une triple serrure. S'il y avait un bébé là-dedans, eh bien à l'heure qu'il est… Mais Lisa dit que non, que ce sont des retraités. Dans la cage d'escalier, un gosse a écrit à la bombe : « Ici, c'est ché nous ! » Des mots qui me font chaud au cœur chaque fois que je passe devant, même si ce ne sera jamais « ché nous ». Notre chez-nous, ce sont nos parents. C'est maman qui revient le soir et c'est papa que je vois pour les vacances, c'est Internet, le téléphone portable, la baignoire remplie d'eau chaude, les clémentines sur la table et le lycée tous les jours. « Chez nous » me manque tellement.

Paul nous attend en bas et nous fait signe en nous voyant arriver.

— Dis donc, MJ, tu as drôlement assuré avec tes pétards !

Je lui fais un joli sourire. Il a toujours été adorable avec moi. À l'époque de l'école primaire, on formait une bande à quatre avec un autre gosse, William, on inventait toutes sortes d'histoires extraordinaires remplies de robots tueurs, de fantômes et de parents remplacés par des clones. William a déménagé, je ne l'ai plus jamais revu. Dans nos jeux, Paul était Superman, Léo Batman et moi, j'étais MJ, la fille qui passe son temps à se faire sauver la vie par les superhéros. La plupart des gens m'appellent toujours MJ, sauf ce ronchon de Léo qui m'appelle bêtement Marie…

Je lui réponds avec une grimace :

— Malheureusement, il nous faudra plus que quelques pétards pour tenir tête aux Cracheurs, maintenant, j'en ai peur.

— Sur qui est-ce qu'on pourrait compter pour nous donner un coup de main, à votre avis ? demande Léo en calant son vélo contre l'escalier.

— Les cathos de l'église Saint-Sauveur peut-être ? dit Paul, dont la grosse voix résonne sur les murs de l'entrée.

Je les connais par la paroisse.

— C'est une bonne idée, je crois qu'ils s'occupent des enfants, eux aussi.

Combien de grands ados parmi eux ? Six ou sept, peut-être, en comptant les filles.

— Et Toto, de l'association sportive du lycée ? Ça ne ferait pas de mal de l'avoir avec nous, c'est un sacré morceau. Il pourrait t'en bouffer quatre à lui tout seul, des Cracheurs !

— Toto ? Tu veux dire Théophile ? fait Léo en fronçant les sourcils. Ouais, Paul, mais on ne l'a pas revu depuis le Marchand de sable. Il s'est peut-être endormi lui aussi, pour ce qu'on en sait. C'est aussi arrivé à plein d'enfants et d'ados.

En fait, on n'a aucune nouvelle de la plupart des adolescents de notre connaissance. La fameuse Sarah par exemple, cette sainte-nitouche qui fait briller si fort les yeux de Léo : aucune trace. Et on peut en dire autant de presque tous les autres.

— Les ados doivent rester chez eux et crever de trouille, poursuit Léo. Ça ne fait que quelques jours, après tout. La plupart des gens gardent à la maison de quoi boire et manger pour une semaine en raclant les fonds de tiroirs.

— Les enfants attendent sagement que leurs parents se réveillent, ils restent à la maison en espérant que ça passe. C'est normal. Sauf que ça ne passera pas. Ils devront bien sortir de chez eux un jour ou l'autre, et là, il sera trop tard : ils se rendront compte que d'autres se sont partagé le monde à leur place...

Léo et Paul me regardent comme si un crapaud venait de sortir de ma bouche.

— Putain MJ, fait Paul. Parfois, tu me fous les jetons.

Les escaliers me scient les jambes, comme d'habitude. Arrivée au quatrième, je fais une pause pendant que Paul grimpe le dernier d'une traite et que Léo m'attend gentiment.

— Léo !

Il se retourne, me sourit dans le vague en pensant à autre chose.

— Avant de retrouver Sam et Marcello, tu sais où tu mets les pieds, n'est-ce pas ?

Il se contente de hausser les épaules :

— Je suppose que Sam ne sera pas contente. On n'était pas censés se faire repérer par les Cracheurs…

— Elle va carrément exploser, tu veux dire. Méfie-toi d'elle, ne te laisse pas déborder et dis-toi une chose : on n'avait pas le choix.

Je le vois sourire. Léo a trop confiance dans les gens, ça le perdra.

— Je n'ai pas envie de me méfier de Sam. J'ai déjà assez à faire avec les Cracheurs.

Sam était opposée depuis le début au cambriolage du supermarché, on avait dû lui jurer qu'on le ferait tellement discrètement qu'ils ne se rendraient compte de rien. Elle n'a pas encore compris qu'il n'y avait pas d'autre option possible.

Quand Léo et Paul y étaient allés en délégation ce matin, ils savaient bien que les Cracheurs étaient des racketteurs qui profitaient de la situation, mais dans leurs têtes de gentils garçons bien élevés, ils ne pouvaient pas imaginer qu'on leur refuserait du lait en poudre. À quoi ça pouvait bien leur servir, le lait pour bébé ? Ils avaient eu tort. Le Flic leur avait craché au visage en braquant son arme sur eux.

La dissolution de la vieille société a déjà bien commencé et ce n'est pas terminé, ça va empirer. Bientôt, toutes les règles d'avant seront oubliées. Ça ne fait que huit jours que les adultes se sont endormis, mais encore une semaine et le Flic aurait tiré sur eux, j'en suis certaine. Dans cette tête de serpent, il n'y a pas de pitié, pas de sentiment. Un ego énorme et insatisfait, voilà ce qu'il y a. Une soif de conquête et de reconnaissance. Tôt ou tard, il tuera quelqu'un. Les Cracheurs vont progressivement revendiquer tout le quartier comme leur territoire, ils n'ont même plus le choix : d'autres bandes se sont formées dans la ville, tous les supermarchés sont déjà contrôlés. Bientôt il y aura des pénuries, des rivalités de clans et le sang va couler. Dans la logique des bandes armées, les chefs qui s'en sortiront seront les plus violents, ceux qui sauront se bâtir une réputation par la terreur et rassembler de grands groupes autour d'eux. Et nous aussi, on va devoir faire la même chose : rassembler autour de Léo toutes les bonnes volontés possibles. Sinon, on disparaîtra.

3

LÉO

Tout le monde est rentré au quartier général sain et sauf. Les moitié-grands qui ont participé au raid rigolent et se font mousser auprès des filles de leur âge. Lisa range les boîtes de lait avec son air perpétuellement affairé. Les morveux braillent dans tous les coins : on les a réveillés en pleine nuit.

Les deux petits Cracheurs qu'on a récupérés au supermarché ont l'air un peu effrayés par la vision de cauchemar de chez Lisa. Des bébés partout, étalés sur des couvertures et des serviettes, déposés dans toutes les pièces, comme on a pu. Quand on marche, il faut faire attention où on met les pieds, sinon on pourrait en écraser un. Là c'est la nuit, mais ça chiale quand même joyeusement et il y a deux ou trois petits malins qui marchent à quatre pattes. J'ai une mioche de douze mois qui s'accroche à ma jambe pour se mettre debout. Pas moyen de m'en débarrasser : chaque fois que je bouge, ça la fait rigoler.

C'est Lisa « la mère en chef » de la crèche. Marcello et quatre ou cinq gamines font leur possible pour l'aider à nourrir et changer les bestioles. Et les câliner quand ils peuvent. Dans l'arrière-cuisine, on a stocké notre trésor : des piles de boîtes de conserve, les médicaments et les bouteilles d'eau. En fait, le plus gros est remisé sur le balcon derrière, qu'on a fermé à clé. Normalement, Marcello a pour mission de surveiller que les enfants du quartier ne viennent pas chaparder, mais on en voit toujours un ou deux en embuscade dans l'appartement, qui s'enfuient en gloussant avec des boîtes dans les mains. En fait, Marcello est tout le temps en train d'aider Lisa. Faut dire que trente bébés, ça occupe.

Je me tourne vers les deux anciens Cracheurs et je demande au rouquin :

— Je t'ai pas déjà vu dealer dans la cour du collège, l'année dernière ?

— Ben… il faut bien vivre. On a déjà revendu quelques DVD tombés du camion et un peu de shit, mais jamais rien de méchant.

Est-ce qu'on peut faire confiance à des gosses de quatorze ans qui vendaient du shit ?

— Comment tu t'appelles, toi ?

— Fred.

— Et toi ?

— Moi aussi, c'est Fred.

— Merde. Nous voilà avec deux Fred, fait Paul. Ça va être coton, déjà que vous vous ressemblez comme des jumeaux…

C'est vrai qu'ils ont la même bouille, ces deux-là : mêmes oreilles décollées, mêmes joues creuses, même nez en galoche.

— Toi, tu seras Fred-l'Esquimau.

Avec sa parka et son espèce de chapka sur les oreilles, il l'a cherché.

— Et toi… euh… tu seras Fred-le-Rouquin.

Content de moi, je cherche l'approbation de Paul, qui me la donne d'un hochement de tête.

— Ça vous va, les mômes ?

Ils ne disent pas non. Et, quand on leur sert un grand verre d'eau à chacun avec une tranche de pain de mie, ils ne disent rien non plus.

— Le Flic, il nous laissait presque jamais boire. L'eau, fallait la mériter, il disait, fait Fred-le-Rouquin.

— Sauf que lui, Bébé Joe et les copains de leur gang, poursuit Fred-l'Esquimau, ils buvaient tout le temps : du Coca, de la vodka et plein de trucs qu'ils trouvaient dans les rayons. Au début c'était marrant d'être des Cracheurs, on faisait partie d'une bande, on avait des tas de copains. Mais après, c'est devenu carrément lourd : ils criaient tout le temps, ils faisaient pleurer les gosses. Et, à la fin, le Flic, il devenait dingue. Il mettait tout son « trésor » dans une boîte en carton, il comptait et il recomptait ses billets et ses bijoux en rigolant. Si on s'en approchait, il devenait parano. Ce soir, y a un gars de notre âge qui lorgnait d'un peu trop près. Ben mon vieux ! il l'a pris par les cheveux et il l'a complètement massacré avant de le jeter sur le parking. Le gars, il y est toujours, vous l'avez vu ? Nous, après ça, on a décidé de se barrer.

— Et encore, c'est pas le pire.

— Ouais, ça lui suffit plus, l'argent : il veut des meufs maintenant. Quand j'ai demandé si elles allaient entrer dans notre bande, il a rigolé.

Pas de doute, Fred-l'Esquimau est le plus bavard des deux.

— Ils sont combien, les Cracheurs ? je demande, un peu nerveux. Il y a des costauds, à part le Flic et Bébé Joe ?

— Ben, il y a Jumbo. Il a seize ans et il rote comme un gros dégueulasse.

— Pis il y a Ricky-Banzaï.

— Lui, c'est un vrai taré. Il se balade avec une espèce de sabre, un truc qu'il a trouvé dans un magasin de jeux. Une fois, il a taillé le bras d'un mec de quatorze ou quinze ans qui s'enfuyait en emportant une canette de Kro.

— C'était vilain à voir.

— Il y a aussi Jacquot-le-Fou. Lui, c'est le plus zarbi. Il fume tout le temps des pétards, on dirait qu'il a une case en moins. Il est vachement grand. Je crois qu'il a un couteau de chasse.

— Ouais, et il est pote avec Tonton-la-Barre.

— Tonton-la-Barre, c'est un black dans les seize ans, super balaise. Il a une barre de fer super lourde. Son trip à lui, c'est de taper sur tout ce qui dépasse. Les vitrines, les fenêtres des bus, les phares des bagnoles. Tout ce qui dépasse…

Je compte sur mes doigts :

— Bon, résumons… Si j'ai bien compté, on a six Cracheurs de seize ans, tous avec des armes blanches. Sauf le Flic qui a un flingue.

— Nan, me répond Fred-l'Esquimau. Ces six-là, c'est le noyau dur. Ceux du début. Mais après il y en a plein d'autres qui se sont rajoutés. Nous, par exemple, on venait juste de temps en temps au début, jusqu'à ce que Bébé Joe nous mette à surveiller les réserves. Il disait qu'il nous casserait les doigts si quelqu'un arrivait à rentrer par là. Dans le quartier, il y a plein de garçons qui s'ennuient ou qui veulent juste manger. En cas de coup dur, le Flic peut compter sur au moins trente ou quarante excités dont une moitié aussi costauds que lui.

On se regarde avec Paul, Sam et Marie.

— Putain ! je vous avais dit de pas y aller ! se met à crier Sam. Demain, ils seront furax et ils n'auront qu'à acheter le premier mioche venu avec une barre de chocolat pour qu'il les amène droit jusqu'à nous !

— Merde, répond Paul, on n'allait quand même pas se laisser marcher sur les pieds par ces branleurs ! Qu'est-ce que tu aurais voulu, qu'on les laisse faire la loi dans le quartier ? De toute façon, un de ces jours, ils nous seraient tombés dessus pour nous faire *cracher* notre trésor. Et puis peut-être aussi nos meufs en prime, vu qu'il a les hormones qui le travaillent…

— Non mais tu as un petit pois dans la tête ou quoi, Paul ? Demain, il y a quarante tarés qui vont se pointer ici et massacrer tout le monde à coups de barres de fer ! Et qui va nous défendre, hein ? Les bébés ?

— Du calme, Sam…, fait Marie.

— Quoi, du calme ? Ça va nous aider, le calme, quand ils seront là ?

— Oh ! vos gueules ! je fais en haussant le ton.

Si on commence à se battre entre nous, on n'est pas rendus.

— C'est sûr, les Cracheurs vont se monter la tête, ils n'ont que ça à faire de toute façon. Demain, ils n'auront qu'une idée en tête : nous retrouver et nous faire la peau. Qu'est-ce que tu crois, Sam, que je n'y avais pas pensé, hein ?

Bien sûr que j'y avais pensé. Vaguement. *Bon Dieu, dans quel pétrin je nous ai fourrés ?* Bah… De toute façon, les Cracheurs et nous, ça ne pouvait pas coller bien longtemps, tôt ou tard on se serait foutus sur la gueule. Et puis on manquait de lait de toute façon.

Sam se calme un peu. Chaque fois que j'ouvre la bouche, elle se calme, je ne sais pas pourquoi. Ça doit être son côté fille de flic, la hiérarchie, l'autorité…

— Les enfants du quartier détestent les Cracheurs. La plupart nous aideront. Ils n'ont pas le choix s'ils veulent continuer à manger.

— Ouais, approuve Paul.

— Super ! lance Sam, les bras au ciel. On va envoyer les gosses en première ligne, ils vont nous massacrer les Cracheurs, ha ha ! Alors c'était ça ton plan, Léo, t'as rien d'autre ? Bon, moi je vais me barrer d'ici, je ne vais pas rester avec des inconscients qui…

— Vous vous croyez où, tous les quatre ? fait soudain Lisa en déboulant dans le salon. Vous ne voyez pas que vous êtes en train de réveiller tous les bébés ? Ouste, du balai, allez brailler ailleurs !

C'est ce que j'appelle un coup de chance.

— Marcello ! fait-elle encore. J'entends les tout-petits pleurer là-haut, va voir si Théo n'a pas fait pipi au lit !

Marcello apparaît à la porte de la cuisine et me jette un de ses regards entendus par-dessus ses lunettes. Je crois qu'il a compris que j'avais besoin d'un coup de main.

— T… tu viens avec moi, Léo ? S'ils sont plusieurs à pleurer là-haut, j'aurai bien besoin de t… toi pour leur lire une histoire.

Ça sent le prétexte à plein nez : personne au monde ne sait lire une histoire mieux que Marcello. Perché sur sa béquille et de sa démarche bizarre de crabe, il s'approche de la porte que je lui ouvre bien volontiers.

— Eh ! vous trois ! fait Lisa aux autres. Ne partez pas les mains vides, j'ai des poubelles pleines de couches sales à mettre aux conteneurs.

Lisa n'est pas exactement une fille de rêve. Boulotte, quelques furoncles sur le front et une tête de grenouille… elle ne jouera jamais dans *Gossip Girl*. Mais je n'ai jamais vu quelqu'un d'aussi tendre. Avec trente bébés et deux fois plus de tout-petits à s'occuper, il y en a beaucoup qui auraient foutu la tendresse au placard depuis longtemps. Pas elle. Elle est comme ça : un chien perdu, un oiseau tombé, un chaton à caser, hop, il y a toujours Lisa pour les tirer d'affaire. Et les bébés, oh là ! les bébés, ça la rend folle. Et que ça gagatte, et que ça fripouille : une vraie fille à bébés, une maman née. Rien qu'à la voir, je sais pourquoi je me bats.

— Salut Léo, salut Marcel !

Deux gamins de dix-onze ans nous croisent sur le palier. C'est pas possible, quand est-ce qu'ils dorment, ceux-là ? Je suis vanné, moi.

— Salut Farid, salut Gabin.

— Nan, moi c'est Jean, me répond le blondinet, qui me regarde avec de grands yeux admiratifs.

Comme si j'étais le Messie en personne, ou au moins SpiderMan.

— On a trouvé une fille de sept ans qui s'occupait d'un bébé toute seule ! me dit fièrement Farid.

Et il tire derrière lui une misérable petite chose puante, aussi dégueulasse qu'un fond de conteneur à poubelles, avec ses cheveux longs pleins de crasse et son visage carrément noir.

La gamine me regarde par en dessous, sérieuse comme un pape.

—Salut, comment tu t'appelles?

Elle ne répond pas, méfiante. Dans ses bras, elle porte un truc beaucoup trop lourd pour elle. C'est le bébé, bien sûr.

—Bonjour ma grande, fait Marcello en s'accroupissant devant elle.

C'est dingue: quand il parle à un gosse, il ne bégaie plus. On dirait qu'il change de voix; en fermant les yeux, c'est Eddy Mitchell. Les enfants l'adorent, c'est un vrai Dieu pour eux.

—Moi, je m'appelle Marcello. C'est ton bébé?

—C'est mon frère, répond enfin la gamine, toujours aussi sérieuse, avec une toute petite voix mais une sacrée fermeté.

—Derrière cette porte, tu vas rencontrer une fille très gentille qui s'appelle Lisa. Elle s'occupe de plein de bébés, elle va t'aider. Si tu veux, tu pourras l'aider toi aussi quand tu auras envie. Mais cette nuit, il faut te reposer. Si tu as faim, tu peux venir me voir. Je vais à l'étage juste au-dessus et je t'attends.

—Je m'appelle Salomé, fait la gamine pour toute réponse.

Puis elle suit Farid et Jean, qui viennent d'entrer chez Lisa.

—Tu es incroyable avec les gosses, je fais en l'aidant à monter l'escalier d'une main sous son bras.

—L... laisse, j... j'y arrive très bien tout seul. Tu sais, les g... les gosses, c'est facile: il s... suffit de les comprendre. Et pour ça, il s... suffit de se souvenir comment on était, nous, à leur âge.

—Il suffit, il suffit... T'en as de bonnes, toi.

—A... attends, arrête-toi, pas la p... peine de monter jusqu'à l'étage. Les tout-petits ne pleurent pas du tout. Lisa a d... dit ça pour calmer le jeu avec Sam et p... pour que je te parle.

—Ah ouais, je me disais aussi.

Fine mouche, la Lisa.

—Ton problème avec les Cra... les Cracheurs...

—Oui?

— Ton problème, tu ne le prends pas par le b… bon bout. Pas par le b… bon bout du tout.

— Quoi, quel bout ?

— Qu'est-ce qui fait leur force, à ces s… sales cons ?

— Ben, c'est des costauds et ils sont plus nombreux que nous.

— Alors t… tu n'as rien compris. Ce qui fait leur force, c'est leur n… leur nom. Sans leur nom, c'est j… juste deux ou trois voyous. Sam et Paul peuvent les réduire en b… bouillie tous les jours au petit déjeuner.

— Hein ? T'as pas écouté ? Ils sont au moins six ados de seize ans et ils peuvent rassembler trente excités en cas de coup dur !

Marcello secoue la tête.

— Si tu les attaques quand ils sont forts, t… tu n'as aucune chance. Attaque-les par où… où ils sont faibles.

— Qu'est-ce que tu veux dire ? Quand ils ont bu ?

— Non. R… réfléchis. Qu'est-ce qui f… fait notre force à nous ?

Je réfléchis. Notre force, c'est Sam qui est ceinture je-ne-sais-quoi de karaté, et Paul qui est le gars le plus costaud du quartier. Et puis aussi le fait qu'on ait un chef. Et une fierté surtout, un but solide : les bébés.

— Les bébés, les enfants ?

— T… tout juste Auguste. Sans les bébés, on ne serait que d… des petits cons, d… des grains de sable. Alors que là, on est comme un bloc. C'est du solide, c'est du bé… béton.

— Tu parles ! Sam vient de dire qu'elle allait foutre le camp.

— T'inquiète pas p… pour ça. Elle v… va rester, tu verras. Elle n'abandonnera j… jamais sa copine Marie.

Ce qui est bien avec Marcello, c'est qu'il a toujours de bonnes idées. Mais ce qui est chiant, c'est qu'il tourne toujours autour du pot.

— Bon, tu veux dire que les Cracheurs, c'est juste une bande de mecs qui n'ont rien en commun, c'est ça ?

— Leur nom, c'est tout ce qui les relie. Et la p… peur qu'il inspire.

— Ouais… enfin, c'est bien gentil tout ça, mais comment je peux m'attaquer à un nom, moi ?

Il écarte les mains, comme si c'était une évidence.

— J… je n'en sais rien, moi. C'est toi le chef, à toi de décider. Le t… le tout, c'est que demain, les ados du quartier, quand ils entendent le nom de « Cr… Cracheur », au lieu d'avoir une peur bleue, eh bien ils se m… mettent à rigoler.

Ben voilà. Pouvait pas le dire plus tôt, ce sacré bavard ?

— Il faut couper les cheveux de Samson, c'est ça ? Comme ce type dans l'histoire que tu m'avais racontée. Si on lui coupait ses cheveux, il perdait toute sa force. C'est un symbole qui faisait sa force et c'est la même chose pour les Cracheurs. C'est ça, j'ai bon ?

— F… fais gaffe. Les ch… cheveux de Samson repoussent, dans l'histoire.

— Et à la fin, Samson fait s'écrouler le temple sur les Philistins…, fait une petite voix derrière nous.

Nos regards se baissent vers Salomé, qui vient d'apparaître au bas des marches et qui connaît mieux que moi l'histoire de Samson. Nom de Dieu, cette gamine est flippante.

J'ai trouvé le gosse dans l'escalier en me levant ce matin. Je ne sais pas depuis combien de temps il était là.

Il n'ose même pas nous regarder : il garde les yeux baissés, il se demande s'il ne va pas recevoir des coups. Bon Dieu, qu'est-ce qu'ils lui ont fait pour qu'il ait une telle trouille ? En tout cas, il a une plaie bizarre au front.

— T'inquiète pas, ici tu es chez les gentils. Alors respire un grand coup et quand tu seras prêt, lance-toi.

Le môme n'a pas bougé d'un cheveu et continue à fixer les chaussures de Sam.

— Il a dit... il a dit que vous devez rendre tout ce que vous avez volé.

— Qui ça ? Le Flic ? C'est lui qui t'a fait ça au front ? demande Paul, qui ne peut pas décoller les yeux de sa balafre.

— Ils m'ont tenu à deux et il y en a un troisième qui m'a... qui m'a tracé un « C » sur le front avec un couteau à légumes.

On se regarde tous pendant une seconde. Il y en a des choses qui se disent, en une seconde de silence. Les deux Fred gardent les yeux baissés. Qu'est-ce qu'ils auraient fait si on ne les avait pas tirés de là ? À l'heure qu'il est, ils seraient avec les autres, au supermarché, avec un couteau à légumes entre les mains ? *Non, ils sont venus tout seuls, n'oublie pas ça, Léo.* Et c'est grâce à eux si on s'en est sortis sans casse.

— Dis donc, petit, il a dit autre chose, le Flic ?

Je sens bien qu'il n'a pas encore craché tout le morceau.

— « Il faut qu'ils rendent tout ce qu'ils ont volé », c'est ce qu'il a dit. « Ils ont jusqu'à demain minuit, après ça, on ira les massacrer. »

— Ouais, compte là-dessus..., murmure Paul.

Je suis étonné qu'ils attendent jusqu'à demain minuit. Peut-être qu'ils ne savent pas encore où est notre QG ? ou alors, ils ont besoin de temps pour rassembler leurs troupes ? ou c'est juste pour la frime, pour lancer un ultimatum comme dans les films de gangsters ?

— Et en plus, « je shooterai un môme » il a dit. « Répète bien à leur chef : je shooterai un môme. »

Cette fois, le silence ne fait pas juste une petite visite. Il nous tombe dessus, il s'installe. C'est que ça pèse lourd, parfois, le silence. Ce que vient de dire ce gosse... On ne joue plus à cache-cache, là. Ils sont allés un cran plus loin, ils ont dépassé le point de non-retour, la ligne qui sépare les gens normaux des salauds. C'est Marie qui avait raison à leur sujet : le prochain coup, ce sera un meurtre.

***

Je n'aime pas ça.

Sam était contre, évidemment.

Même Paul n'était pas très chaud pour ce coup-là.

Nous revoilà au supermarché et en pleine nuit, exactement comme hier.

Revenir sur les lieux du crime… est-ce que je suis en train de faire n'importe quoi ? Non : c'est tellement énorme que les Cracheurs en seront comme deux ronds de flan. Faut être complètement allumé pour penser à un truc pareil. Il n'y a que Marie qui m'ait soutenu : les deux Fred, elle dit qu'on peut compter sur eux. Nom de Dieu, j'espère qu'elle a raison ; mais je lui fais confiance pour juger les gens, elle se trompe rarement.

Qu'est-ce qu'il fait noir ici ! De l'autre côté du mur, ça rigole bien, les basses font trembler le sol, je les sens jusque dans mes dents. On dirait qu'ils leur plaisent bien, nos petits cadeaux.

— Putain, qu'est-ce qu'ils font ? Ils vont se pointer, oui ou merde ? chuchote Paul.

— Ta gueule, Paul, tu ne sais pas chuchoter ! fait Sam.

— La ferme, Sam. La ferme, Paul.

Je braque la lampe de poche vers ma montre. C'est bon, pas de panique, ce n'est pas encore l'heure.

Les réserves. Je n'étais jamais entré ici. Des cartons, des cartons, des cartons, il n'y a que ça. Ils s'empilent, ils s'entassent en lignes bien rangées, sauf dans le fond où c'est un peu n'importe quoi : on voit de vieilles décos de Noël, un vélo pour enfant, des escabeaux dépliés… Paul est planqué derrière la porte, Sam contre une palette plastifiée. Moi, je suis dans le chariot élévateur. Marche, arrêt : juste une clé à tourner. Là, c'est pour avancer, là, pour tourner. *Allez Léo, arrête de jouer.* Je dirige de nouveau la lumière vers la poignée de la porte. Manquerait plus qu'ils se pointent en avance et qu'on ne les voie même pas entrer.

— Pfff, quelle musique de nazes !

Paul, qui remuait doucement les bras en rythme avec la techno, s'arrête aussitôt et se demande si Sam l'a vu faire. C'est du *doomcore* : Crossbones, je dirais, ou peut-être Dark Invaders. Un rythme lent, des kicks lourds, étranges, un peu tristes.

Je me fous pas mal de la musique du moment qu'elle est forte. Justement, le volume sonore se met à baisser lentement, le morceau est terminé, place au suivant. Celui-ci commence doucement. J'espère qu'il sera plus punchy que ça, le moment venu. En tout cas, chapeau Marcello : le baladeur marche du feu de Dieu, c'est une idée de génie. On l'avait trouvé chez les voisins du dessus, un machin énorme sur batteries, hyper puissant. La musique, on avait oublié ce que c'était. Et puis on avait oublié que ça existait, les baladeurs sur batteries.

Attendre dans le noir, là-dedans, toute cette tension qui s'accumule, c'est insupportable. J'ai envie de hurler. Ah, ils s'amusent bien de l'autre côté : c'est ça, mes jolis, picolez, fumez notre shit, dévissez-vous la tête. Après tout, c'est demain le grand jour, hein ? Vous allez massacrer ces intellos de la Cantine, maintenant que vous connaissez l'endroit où ils se planquent. Ce sera un grand moment, c'est qu'elles sont mignonnes, nos petites meufs à nous. Bon Dieu ! et dire qu'avant le Marchand de sable, c'étaient juste des gosses du quartier.

Est-ce que j'y serais retourné, moi, à leur place ? Ils en ont eu du cran, les Fred, même avec leurs cadeaux en poche et leur histoire toute prête : « On les a infiltrés, on voulait savoir l'adresse de leur QG, on leur a piqué un baladeur et du shit. » Ouais, ils ne sont pas bien grands peut-être mais ils ont des tripes. Le shit, on l'a piqué à Franck-le-Junkie pendant qu'il était défoncé. Ça y est, la musique crache à nouveau ses décibels.

— Et s'ils s'étaient foutus de nous ? dit soudain Sam. Et s'ils avaient trop les jetons maintenant qu'ils sont revenus chez leurs anciens copains ?

— T'inquiète, Sam. S'ils avaient voulu jouer les traîtres, on serait déjà faits comme des rats depuis longtemps.

N'empêche. La trouille, ça peut ronger un gars. Ils avaient peut-être préféré reprendre leur place au chaud avec les autres ? Ils avaient peut-être tellement peur que…

— 'tention, ça vient ! fait Paul.

La poignée tourne une fois. Elle revient à sa place. Elle tourne une seconde fois, revient à sa place. Dans mes veines, il y a du feu, je sens mon cœur qui cogne comme un fou. C'est le code, ils vont entrer, il faut qu'on soit prêts. Bon Dieu, c'est moi qui ai tout décidé, tout planifié, ce sera de ma faute si… Trop tard pour y penser. J'éteins.

La double porte s'ouvre en grinçant, le flash d'une lampe torche remplace celui de la mienne. La musique entre à flots, on se croirait presque en boîte. On dirait que le Flic a mordu à l'hameçon.

— Je vous préviens, les morveux, fait une voix qui n'est pas celle d'un des Fred, j'espère qu'il y a un paquet de fric et que ça vaut le coup. Si c'est une embrouille, vous aurez même plus assez de doigts pour compter les os cassés.

Une forme sombre se glisse à l'intérieur avec une casquette de flic sur la tête. La vache, qu'est-ce qu'il est grand !

Sam sort de son trou et lui saute dessus, oh nom de Dieu ! il l'a vue, il évite son coup, merde de merde ! Je saute de mon chariot. C'est en train de tourner vilain. Putain, il vient de filer un grand coup de poing à la pauvre Sam, nom de… Ça va foirer, vite, il faut lui sauter dessus avant qu'il fasse demi-tour. Si le Flic arrive à franchir cette porte en sens inverse, on est morts. Il se retourne et fait un pas vers l'ouverture mais là, il y a quelqu'un qui l'attend. Une silhouette encore plus grande, encore plus massive. Avec la mauvaise lumière, on dirait une énorme statue. C'est Paul.

Il frappe. Je ne bouge pas d'un millimètre, je ne vois pas grand-chose et je n'entends rien avec la musique à fond dans le supermarché. Le Flic se plie en deux, touché au ventre. Je vois Paul, son bras qui se lève et qui fait un demi-cercle dans les airs. Le Flic est carrément tordu comme une éponge qu'on aurait serrée à deux mains en tournant. Ça fait un mouvement bizarre, la tête qui part sur le côté, qui entraîne le buste, les bras qui tournent comme les ailes d'un moulin et ce grand corps qui tombe par terre. Paf! premier round KO debout. *Paul, je t'adore, tu es le plus grand cogneur du monde.* Les deux Fred referment la porte, la musique reflue un peu. Elle était tellement forte: impossible qu'ils nous aient entendus à l'intérieur.

Je ne sais pas ce que je fais là, je me retrouve derrière ce type à le ceinturer. J'ai dû courir jusqu'ici, sans doute, me jeter sur lui quand il était à terre. Me souviens pas quand. S'il est armé, faut le maîtriser, le fouiller. Mais il ne bouge même pas, il a les yeux fermés. Nom de Dieu! il ne l'a pas arrangé, le père Paulo: la bouche en sang, la lèvre fendue. On voit déjà en rouge la trace des phalanges sur le menton et la joue. Paul, lui, se masse le poing en faisant la grimace.

Sam s'est penchée sur le Flic et commence à lui fouiller les poches.

—Merde! dit-elle.

Les deux Fred nous éclairent, l'Esquimau répond:

—Ouais, je sais, il n'a pas son flingue sur lui, c'est Bébé Joe qui l'a.

Pas de flingue? Ça, c'est un coup dur. Ce flingue, il fait peur à tout le monde. Voilà le symbole auquel j'avais pensé: le Flic et son arme. Si on a juste le chef, est-ce que ce sera comme les cheveux de Samson, est-ce que ça suffira à ôter toute leur force aux Cracheurs? Est-ce que ça va jeter le ridicule sur leur foutu nom?

—Bébé Joe? Pourquoi Bébé Joe? fait Sam, visiblement en rogne.

Elle a dégusté quand le Flic l'a cognée. Sur sa jolie peau cuivrée de métisse, il y a du sang qui a coulé. Vexée, la Sam.

—Ben, Bébé Joe… il a dit qu'il avait besoin du flingue pour… pour jouer avec une des filles.

J'ai un doute tout à coup.

— Une des filles ? Quelles filles ?

— On les a pas vues. Elles étaient à l'intérieur, dans les locaux du personnel. Ils disent qu'ils en ont embarqué deux chez elles et que… que…

« Il lui faut des meufs, maintenant », avait dit Fred-le-Rouquin. Pas besoin d'être Madame Irma pour deviner ce qu'ils vont leur faire. Flingue ou pas, on ne peut pas s'en aller sans rien faire.

— On ne partira pas sans elles.

— Quoi ? crie Sam. Tu es complètement malade ! C'était pas du tout prévu, ça !

— Merde, Léo…, fait Paul. Les locaux du personnel, c'est juste devant l'entrée. C'est moche mais là il faut laisser tomber, c'est carrément pas possible.

Est-ce qu'elles sont du même lycée que nous ? J'essaie d'imaginer une des filles de ma classe toute nue au milieu des Cracheurs. Non, je n'y arrive pas.

— Il faut se tirer, chef !

Fred-le-Rouquin me regarde avec un air suppliant. Il a vaincu sa trouille comme un vrai guerrier et maintenant il trouve ça injuste. On veut le faire revenir au feu alors qu'il a rempli sa part de la mission.

— Rentrez tous au QG si vous voulez, moi je ne bouge pas d'ici.

Sam soupire bruyamment.

— Tu es vraiment trop con, Léo.

Mais quelque chose dans sa voix, je ne sais pas pourquoi, me fait dire qu'elle pense exactement le contraire. Ou plutôt les deux à la fois : je suis con, oui, seulement ce con-là, elle ne le laissera pas tomber. Si Sarah me voyait, sûr qu'elle tomberait amoureuse de moi. Nom de Dieu, où est-ce qu'elle peut être ? Paul a de nouveau le sourire : alléluia, on dirait que tout rentre dans l'ordre.

— Tant pis pour les palettes d'eau minérale qu'on voulait embarquer : toi, Paul, donne-moi la casquette du Flic, et toi, Sam, sors les cordes. Déshabillez-le, attachez-le bien et fourrez-lui son caleçon dans la bouche, histoire qu'il nous fasse pas de surprise au réveil. Vous, les Fred, vous me le roulez sur le monte-charge et vous me le fourguez dans la camionnette.

— C'est quoi, le plan ? demande Paul en faisant mine d'aider Sam, alors que c'est elle qui fait le plus gros du travail.

De mon côté, j'ai déjà tombé le jean et le pull-over, encore un peu et me voilà quasiment à poil.

— Vous allez me dire si je suis crédible en Flic.

Sam glousse un peu en me reluquant, Paul regarde le type qu'il vient d'assommer.

— Il est plus grand que toi, non ?

— Ça devrait passer, il n'y a pas une telle différence. Et puis ils seront tous défoncés de toute façon, fait Sam, qui nous surprend tous les deux par son élan d'optimisme.

Les deux Fred testent le chariot élévateur et moi j'essaie les fringues du Flic. Je nage un peu dedans mais moins que j'aurais pensé. Ah, ce qu'elles puent ! Pour les baskets, tant pis, je garde les miennes, il y a au moins trois pointures d'écart : il ne faudrait pas que j'aie l'air d'un clown, non plus.

— Vous me récupérez mes fringues à moi, hein ? Pas de blague ?

Paul rigole un peu et les enfourne dans son sac à dos. Sam est toujours en train de tirer sur les cordes en grimaçant :

— Mets-lui son bâillon, tête de lard, au lieu de rigoler.

Je fais quelques pas, remonte un peu les manches, mets les mains dans les poches. Bon, et la casquette, comment il la mettait ? Sur le côté, non ?

— Eh, regardez-moi : je fais bien le Flic, comme ça ?

Sam se relève et s'approche de moi. D'un geste brusque, elle me tire le col du sweat.

— N'importe quoi… Tu l'as mis à l'envers. Fais un peu gaffe, merde.

Bon.

Cette fois c'est le grand jeu.

On va bien voir si je suis un lâche ou non. C'est facile de prendre de belles décisions à l'abri dans la réserve avec les copains. C'est autre chose de franchir cette fichue porte et de foncer droit vers tous ces cinglés. Marie a beau dire que je ne suis pas un lâche, la dernière fois, je n'ai pas réussi à frapper Bébé Joe. Pas eu le cran pour ça.

Vers l'entrée, il y a de la lumière : des bougies, des lampes de poche. Je m'avance dans les rayons. Ça ne s'est pas vraiment arrangé depuis ma dernière visite : encore plus de boîtes par terre, encore plus de saletés partout. Tiens, attention, il y en a un qui ronfle étalé en plein dans le chemin, s'agirait pas de lui marcher dessus. La musique est toujours à fond, ils ont poussé le bouton du volume au maximum ; à ce train-là, les batteries seront fichues dans pas longtemps. Aucune importance. Elles tiendront assez pour ce que j'ai à faire.

Les voilà, nos petits copains. L'entrée, c'est devenu un de ces foutoirs : des bouteilles vides partout, des clopes écrasées, des bouts de verre… Ils sont avachis là, ça dort, ça fume, ça continue de boire… Combien il y en a ? Trente ? Quarante ? C'est pas possible, ils se sont multipliés depuis la dernière fois ! Le goût du sang, l'appel de la guerre, voilà ce qui attire ici les ados du quartier. S'ils nous tombent dessus demain au QG, on n'aura plus qu'à prier très fort : ils vont nous tailler en pièces et les bébés avec.

L'odeur prend à la gorge, ce mélange d'alcool, de shit et de cigarettes, et de sueur rance aussi. Cette odeur des endroits qui manquent d'air, où s'entassent les corps sales. Il paraît que le Flic a interdit qu'on pisse dans son supermarché, mais ça sent la pisse quand même. Et le vomi, aussi.

Les basses vibrent encore plus fort ici. Comment il peut dormir, celui-là ? Sous mes pieds, dans ma poitrine, on dirait qu'il y a un tambour et son battoir. Et boum et boum et boum. Elle a raison, Sam : quelle musique de nazes. Ou alors c'est juste mon cœur qui cogne. Respirer doucement. Grandes goulées d'air, par le ventre. Expirer doucement. Je sens déjà le tee-shirt qui se trempe de sueur sous mon sweat. Sous *son* sweat. Nos sueurs mélangées.

Je garde les yeux baissés comme si je cherchais où mettre les pieds pour avancer. D'ailleurs c'est vrai : il faut faire attention, c'est couvert de saloperies, par terre. Je vois même une seringue. Mais la fille n'est pas ici. Putain, là-bas il y en a un qui est en train de jouer avec un couteau grand comme mon bras. Ne pas le regarder, il a l'air encore vif. Et ces trois-là, qu'est-ce qu'ils fabriquent ? Ils mélangent de l'alcool et de l'essence dans des bouteilles pour faire des cocktails Molotov. Ces cons-là se sont peint le visage comme des Apaches sur le sentier de la guerre... Que ferait le Flic en passant devant ses troupes ? Il avancerait sans dire un mot, il aurait l'air d'un chef, il n'entrerait sûrement pas ici à petits pas en regardant tout le temps derrière lui.

L'entrée du personnel, ça doit être cette porte, de l'autre côté. Je continue d'avancer. Personne ne me regarde, personne ne bronche. Qui pourrait se douter qu'on est revenus se jeter dans la gueule du loup, ici au milieu de leur supermarché, une seconde fois ?

Nos regards se croisent dès que la porte s'ouvre. La fille à l'intérieur me voit, elle écarquille les yeux, bouge un peu le torse. Ils lui ont attaché les mains dans le dos et ils l'ont bâillonnée. Ses lunettes ont disparu. Par contre, ses seins, c'est comme s'ils me sautaient à la figure. Je la reconnais, c'est Vanessa Dubois, on a été dans la même classe au collège.

Je peux encore refermer la porte. Il n'est pas trop tard. Ils ne m'ont pas vu, pas entendu. Je laisse ça là et on n'en parle plus, je dirai aux autres que je n'ai pas trouvé les filles.

C'est qu'ici, ce n'est pas Bébé Joe. C'est Jacquot-le-Fou. *« Vachement grand »,* avait dit Fred-l'Esquimau *« et avec un grand couteau »,* ça ne peut être que lui. Le plus zarbi, qu'il disait. *« On dirait qu'il a une case en moins. »* Ouais, ce type fout carrément les jetons. L'autre, impossible de se tromper : c'est Tonton-la-Barre, le seul black de la bande. Bon Dieu ce qu'il est balaise, presque autant que Paul, je crois. Et sa fameuse barre, la voilà : elle est à mes pieds. Eh oui, évidemment. Pas facile de violer une fille avec une barre de fer entre les mains, il faut bien la poser quelque part. Je peux encore refermer la porte, mais non, pas question. Je ne serai pas un lâche. Je la ferme, cette foutue porte, mais derrière moi. Et je ramasse la barre.

Jacquot-le-Fou m'aperçoit en premier et il voit tout de suite que je ne suis pas le Flic. Il bouscule Tonton-la-Barre pour le prévenir et prend son couteau. Il voudrait se jeter sur moi mais il trébuche : il a dû oublier qu'il venait de baisser son pantalon. Cette barre pèse une tonne, juré. On dirait carrément un lampadaire. Une fois lancée, je ne peux pas l'arrêter. C'est Jacquot-le-Fou qui l'arrête. Je n'entends rien à cause de la musique mais je sens tout ce qui passe à travers le fer : le craquement du bras, non, les craquements. On a combien d'os dans le bras ? Radius, cubitus, je n'en sais plus foutre rien. Dans mon propre bras, je ressens les fractures qui me remontent l'échine.

Un frisson incontrôlable. Je ne peux rien faire. Je viens de casser le bras à ce type avec une barre de fer, je l'ai senti, je l'ai senti ! Je vois sa bouche qui hurle, je vois ses yeux ronds injectés de sang : la surprise, la panique, la souffrance aiguë qui balaie tout. Une douleur insupportable, un craquement qui ébranle tout son squelette jusqu'aux plus minuscules cartilages des pieds. Un point qui éclate, qui grossit, qui devient énorme. Là où le fer a frappé, il prend toute la place dans le corps de Jacquot, il n'y a plus que la douleur. Bientôt, il y aura la peur, le calcul, la haine : qui va me soigner ? Qu'est-ce que je vais devenir ? Qu'est-ce que je vais faire au salaud qui m'a fait ça ? Mais pour l'instant, il n'y a que la douleur, elle est trop vaste, elle a tout envahi… Le reste, ça disparaît complètement. Et je la sens, je la vis, sa douleur, ça me foudroie sur place. La barre, je la lâche, ma bouche, elle s'ouvre aussi, et mes larmes jaillissent en même temps. C'est tout juste si je vois encore ce qui se passe : moi, accroupi devant Jacquot, Jacquot qui s'est agenouillé, qui tient son bras cassé.

Quand Tonton-la-Barre me balance son pied dans le ventre, ça fait un choc qui me remonte jusqu'à la tête et, quand il me plaque contre le mur et qu'il me serre le cou par-derrière, je ne bouge même pas. Je vomis sur la tapisserie. Il crie, Tonton-la-Barre : il colle sa bouche à mon oreille et je l'entends qui crie. Ce qu'il dit, je ne le comprends pas. De la colère, et de la rage aussi. Ce type ne s'est même pas penché sur son copain, c'est sur moi qu'il s'est jeté. Je l'avais complètement oublié, je ne voyais que Jacquot et son bras. Mais lui, il n'a vu que moi, il ne s'est souvenu que de moi.

Au début, il est trop occupé à me crier dessus pour me faire vraiment mal. Il me bloque, je ne peux plus bouger mais il ne serre pas. Maintenant, il a fini de beugler. Ses doigts, on dirait des pinces en acier, ils se referment autour de mon cou, je les sens qui s'avancent, qui s'enfoncent. Ils vont jusque devant, là où on parle, là où on respire, ce truc qui sert à avaler. Et ils se mettent à tout écraser. Respirer, moi, je voudrais bien, mais je ne vois pas comment, et appeler au secours, faut pas y compter non plus. Il n'y a plus que la panique dans ma tête, l'hébétude. Trop d'émotions, trop de souffrance en trop peu de temps, ça bloque là-haut, quelque part dans le cerveau. Mes bras s'agitent, on dirait qu'ils voudraient se mettre à voler, franchement, c'est con les bras.

Quand ça s'arrête, tout est devenu rouge. Il y a l'air qui rentre tout seul comme une grosse bulle qui remonte dans l'eau, sauf que, là, elle descend dans mes poumons. Il y a l'air qui rentre et pendant un moment, ce qui se passe, je le vois comme en rêve.

Dis donc, ça castagne. Il y a Fred-l'Esquimau avec sa chapka sur la tête qui est en train de filer une sacrée rouste à Tonton-la-Barre. Un coup dans le plexus. Il est rapide, Fred, j'aurais jamais pensé, et il a du biscoto. C'est presque joli à voir quand il met sa jambe en arrière, qu'il tourne sur lui-même et qu'il file une grande volée avec le plat du pied. Il y a combien entre eux deux ? Quinze centimètres de différence ? Et Fred lui rend, allez, vingt kilos. Ben mon vieux, c'est le petit qui est train de foutre une raclée au grand, et pas dans les détails. Double coup de poing dans l'estomac, coup de coude derrière la tête et pan, re-coup de genou dans les cervicales… Il est cuit, le Tonton, il n'aura pas fait un pli : il s'est tout pris sur la tronche comme un nounours. Pas une seule fois il a eu l'occasion de se mettre en défense, c'est un vrai massacre. *Bravo Fred, bravo mon gars, t'es un vrai pro.* Et moi, je serais mieux assis, tiens, c'est que ça tourne ici, y a un de ces roulis…

—Léo, Léo, réponds-moi, putain !

Il n'est pas si moche que ça, Fred, en fait. Et il a la peau drôlement bronzée pour un blanc-bec. Eh ? Qu'est-ce qui lui prend de me claquer des gifles comme ça ?

Je tousse, je tousse, je n'arrête pas de tousser.

—Oh, oh, on se calme, c'est quoi ton problème ?

—Léo ? Léo ? Ça va ?

Tiens, ce n'est pas Fred-l'Esquimau, finalement, c'est Sam. Elle a mis sa chapka sur la tête et son blouson pour ne pas se faire repérer, mais je la reconnais : purée, elle a un sacré coquard sur la joue depuis que le Flic lui a fait le baisemain tout à l'heure, façon Hulk.

—Ouais, je crois que… faut juste que…

—T'es tout rouge, j'ai cru qu'il allait te crever sur place !

Tu as cru juste, Sam : il allait me crever sur place.

—Il est où, Jacquot ?

C'est épuisant de devoir hurler pour se faire comprendre, cette foutue musique…

— Qui ça ?

Elle fait celle qui n'entend pas.

— Ah, lui ?

Elle se retourne sur un petit tas écrasé contre la porte.

— Il sortait quand je suis arrivée, me crie-t-elle, les mains en porte-voix. On s'est dit deux ou trois mots d'amour tous les deux.

Purée. Ne jamais mettre Sam en colère. Souviens-toi de ça, Léo.

— Et Ness ?

Ness est toujours là. Toujours bâillonnée et attachée dans le dos. Elle est aussi attachée par la cheville : une longue corde orange qu'ils ont nouée au radiateur. Pas beaucoup d'imagination, le Flic...

— Il faut... il faut couper cette corde et l'emmener avec nous.

— Qu'est-ce que tu dis ?

Je me lève, ça tourne encore un peu mais ça va mieux. Je récupère le couteau de Jacquot par terre. Quand je m'approche, Ness recule et se met à chialer. Le nœud sur sa cheville est hyper serré : son pied est presque bleu. Comment trancher ça vite fait sans lui faire mal ? Sam sort son propre couteau, me pousse sur le côté et, avec une précision chirurgicale, se met à trancher un à un les torons de la corde.

À ce moment-là, la musique baisse un peu. C'est la fin d'un morceau.

Il y a un autre bruit, maintenant. Celui d'un petit jet d'eau qui coule dans du liquide, le bruit de... Il n'y a qu'un garçon qui puisse faire ça aussi fort : le bruit d'un garçon qui pisse debout au milieu de la cuvette. On l'entend tous les deux, Sam et moi.

— Sam..., je fais tout bas.

Faut dire qu'il n'y a plus de musique du tout. Elle va reprendre dans quelques secondes mais là, il n'y a plus de musique. Ça fait comme un océan de silence.

— Il faut retrouver l'autre fille.

— Ta gueule, Léo ! répond Sam, furax. Je viens de te sauver la mise, tu te souviens ? Alors maintenant, tu m'écoutes et tu fais ce que je dis : on se barre d'ici, compris ? L'autre fille, elle se dé-merde !

De toute façon, je me suis déjà relevé. J'ai peut-être merdé avec les deux autres mais là, je vais me racheter… Je ramasse la barre de ce bon vieux Tonton et, tout doucement, j'ouvre la porte. C'est peut-être pour ça qu'ils m'ont choisi comme chef : parce que comme soldat, je suis nul, j'obéis trop mal.

Dans l'autre pièce, quelqu'un a posé une bougie dans un angle, on ne voit pas grand-chose. Une chevelure blonde, très longue, bouclée. Nom de… est-ce que c'est elle ? Est-ce que c'est Sarah ? Une fille toute nue est recroquevillée sur le sol, couchée en rond comme un bébé dans le ventre de sa mère, attachée par une corde à un tuyau en fonte. Un bureau a été renversé sur le côté, des papiers par terre, partout des papiers. Un calendrier des pompiers est épinglé de traviole et un vieux téléphone mural pend dans le vide au bout de son fil à spirale.

Et, de l'autre côté, il y a une porte entrouverte. Un bruit métallique vient de là-dedans, une boucle de ceinture qu'on remet en place. Les toilettes sont juste derrière ! En trois pas, je cours jusqu'à la porte et je la referme violemment.

— Eeeh ? fait une voix de l'autre côté.

Une voix que je connais déjà : celle de Bébé Joe.

— Ça va pas la tête ? Ouvre-moi, salope !

Mais on ne l'entend déjà presque plus, Bébé Joe : la musique a repris. Doucement d'abord, et puis de plus en plus fort. La barre, je ne casserai plus d'os avec. Je ressens encore les craquements dans le bras de Jacquot et j'ai envie de vomir. Je vais la laisser là en cadeau, coincée dans la poignée.

— Ça va ? je fais à la fille, qui me regarde avec des yeux immenses, des yeux affamés de secours.

Ce visage crasseux, barbouillé de larmes… est-ce que c'est elle ? Dans cette pénombre, on ne voit rien.

— Mm… mm… mmm.

Elle n'a pas de bâillon, c'est juste l'émotion, la terreur : elle n'arrive plus à parler.

— Viens, ramasse tes affaires, on se tire.

Je prends doucement son visage entre mes mains. C'est humide ; elle pleure, je crois. D'un mouvement très doux, elle penche la tête pour se frotter à mes mains, comme une caresse de chat. Elle ferme les yeux et crie encore « mm... mmm... » Elle est toujours bloquée en rond, elle tremble, on dirait qu'elle ne peut pas déplier les jambes et les bras. Ils la protègent, ils sont tout contre elle et la protègent.

Et puis c'est comme un déclic. Elle tend le bras, une fois, deux fois, ça ne veut pas se déplier mais, avec le doigt, elle montre quelque chose : ses vêtements, je crois. Je les ramasse en tas, elle les serre comme des reliques.

— Bon, si tu ne peux pas marcher, je vais te porter.

Je coupe la corde avec le couteau de Jacquot-le-fou. Je la soulève dans mes bras pendant que Bébé Joe commence à défoncer la poignée, et nous voilà dans la pièce d'à côté dont je ferme la porte au loquet. Sam est là, Ness tient sa corde dans sa main, elle la serre si fort que tous ses doigts sont blancs.

— Allez Sam, grouille, c'est parti ! je dis en joignant le geste à la parole à cause de la musique.

Je sors le premier dans le hall.

Le type au couteau s'est endormi ; une bougie crachote, une autre s'est éteinte. Je m'avance vers les rayons avec la fille nue entre mes bras ; personne ne dit rien. Deux gars sont occupés à défoncer le distributeur de bonbons à coups de pioche ; visiblement, il n'y a plus un seul bonbon là-dedans : ils s'entraînent juste, ils se font la main avant de cogner sur des gens. En me voyant passer, ils s'arrêtent, ils nous regardent la fille et moi. Je marche tranquillement, tête baissée, visière baissée. Même pas peur. À l'intérieur, mes tripes sont en train de faire des nœuds et mon cœur se prend pour un tam-tam mais, à l'extérieur, je suis le Flic, point barre.

Et puis un Snickers qui devait être coincé dans les circuits tombe soudain à leurs pieds. Du coup, ils m'oublient.

Derrière moi, ça suit. Enfin j'espère parce que je ne regarde pas. J'avance, j'avance. Bon Dieu ce que c'est lourd, une fille. J'avance toujours. Voilà la porte de la réserve. Paul nous ouvre quand je frappe le code convenu. Pas facile de frapper à une porte avec une fille dans les bras.

— Prends-moi la fille ! je lui dis.

Il tend les bras mais elle roule des yeux terrifiés, s'accroche à moi et reprend ses « mm ! mmm ! » de plus en plus fort.

— Laisse tomber...

— On aura toute la bande sur le dos d'ici pas longtemps ! crie Sam, qui pousse Ness devant elle.

— On grimpera sur le monte-charge pour aller jusqu'à la camionnette. Est-ce que les Fred sont revenus avec toi ?

Paul hoche la tête et nous éclaire le chemin jusqu'au quai de déchargement. Il fait toujours aussi noir, dehors. Les deux Fred sont là sur leurs vélos, les pieds sur les pédales. Ils ont la trouille mais ils sont là. C'est Marie qui avait raison : anciens dealers ou pas, on peut compter sur eux, ce sont des types sûrs.

— Parfait, les gars, vous avez fait votre boulot, vous avez mis le Flic dans la camionnette ?

L'Esquimau répond oui de la tête, trop terrifié pour oser ouvrir la bouche. Sam y conduit Ness comme un petit chien et la dépose sur un des deux bras mécaniques à moitié levés. Moi, je m'installe sur l'autre bras mécanique avec la fille toute nue, qui ne veut pas se décrocher. On dépose nos vélos en travers et Sam prend les commandes : direction, la camionnette.

— C'est tout droit, fait Paul qui se tient accroché à la cabine d'un bras sur le toit et qui nous éclaire de l'autre avec une lampe torche.

Le moteur électrique lancé à fond se met à gémir quand le chariot dévale la pente. On n'a pas fait trois cents mètres que la musique s'arrête. On entend déjà les mobylettes qui pétaradent sur le parking.

— Bébé Joe s'est enfin sorti de la merde ! je crie à Sam et Paul, qui, évidemment, ne comprennent pas l'allusion aux chiottes coincées.

Tant pis, je rigole tout seul. De toute façon, c'est trop tard pour les Cracheurs, on est déjà devant la vieille camionnette jaune. Paul sait conduire – un peu. Il a fait la conduite accompagnée avec ses parents pendant deux mois. La camionnette, c'est ce qu'on a trouvé de mieux pour le transport. Faut dire que des voitures avec les clés dessus, il y en a partout, on n'a qu'à se servir.

— En avant l'artiste ! crie ce grand con avant de monter prendre le volant.

Il me tape dans la main pour faire bonne mesure et aussi dans celle de Sam, parce qu'il n'y a pas de raison, et hop nous voilà montés dedans.

— Ferme la porte, Sam : moi je suis coincé, je ne peux pas bouger.

Sam claque les deux portes en bougonnant.

— Va bien falloir qu'elle te lâche un jour, la Miss Pot-de-Colle. Et qu'elle se rhabille.

Dans la camionnette, il fait tout noir. Mais on s'y sent bien. Ici, ça sent le gazole, le carton pourri et la saleté : ça sent chez nous, le monde d'avant, le monde des adultes…

4

MARIE

« Rumeur n° 18 : l'adulte réveillée

Taux de pertinence : 1/5

Jean, onze ans, prétend avoir vu une jeune femme adulte sur le pont Saint-Michel. Elle lui aurait volé une boîte de conserve après l'avoir frappé avec un bâton muni d'un crochet (drôle d'arme ?). Il prétend qu'il s'agit de la clocharde de la grosse horloge, qui criait et tenait des propos incohérents.

D'autres enfants ont confirmé l'existence de cette femme sans qu'il soit possible de déterminer le sérieux de ces témoignages. Les faits paraissent peu probables : d'après ce que l'on sait, les adultes se sont tous endormis. Toutefois, Jean a réellement été blessé à la joue par un objet pointu. Tout porte à croire qu'il s'est bien fait attaquer, mais probablement par une adolescente de grande taille, peut-être mentalement dérangée. Il l'aurait confondue avec la clocharde. »

La journée a été longue. Il a fallu attendre la nuit noire pour revenir au supermarché.

Évidemment, les autres n'ont toujours pas voulu que je vienne avec eux. Ils ont raison, à quoi j'aurais pu leur servir ?

Tant pis, j'ai quand même une mission importante. Je suis là, avec Jean et Farid, toujours cachée devant le supermarché. On dirait que c'est la place que Dieu m'a donnée sur cette terre. Paul a bricolé une remorque pour mon vélo : quand il m'a demandé si je serais assez forte pour tirer le blessé, j'ai crâné un peu. Maintenant, je regrette.

Les deux gosses sont vraiment étonnants. Pour eux, c'est très sérieux, c'est la guerre, ils se croient dans un jeu vidéo de commandos. Farid porte une espèce de cagoule, un bas de laine troué au niveau des yeux. Et Jean s'est peint le visage en noir pour se fondre dans la nuit. Vingt minutes qu'on attend sous la bruine et aucun d'eux n'a bougé, aucun d'eux n'a dit un mot : de vrais petits durs. Seigneur, ils ont à peine onze ans ! Quel monde prépare-t-on, où les enfants ne sont plus des enfants ?

— C'est l'heure, Farid, vas-y.

Cette nuit encore, la lune est couverte. Dans les rues, c'est le noir absolu. La seule lumière vient de la vitrine du supermarché : quelques bougies, des lampes de poche et le boum-boum-boum insupportablement fort de la techno. Avec ce bruit et cette lumière au milieu du silence, on dirait que le monde entier a sombré dans le néant et qu'il ne reste plus qu'un seul endroit encore gorgé de vie : ce supermarché. Dans tout le quartier, on doit entendre cette saleté de musique. C'est comme le tam-tam avant la guerre. Ils marquent leur territoire, ils intimident l'adversaire.

Farid se glisse en rampant vers le corps inanimé sur le parking, comme un mulot courant sur le carrelage d'une cuisine. Sa silhouette forme une ombre à peine plus sombre que les autres. Accroupi sur le corps, il reste là quelques secondes puis nous fait le geste convenu de la main : le blessé respire, il est vivant.

— Jean, tu sais ce que tu as à faire ?

Le gosse hoche gravement la tête. En cas de coup dur, Jean fera le rat. Une pierre dans la main à jeter au premier qui pointe le nez et en avant la course-poursuite. Les Cracheurs poursuivront le rat. Personne ne sait jeter une pierre comme Jean et personne ne grimpe sur les toits comme lui : c'est le meilleur. Avec la balafre sur la joue que lui a faite la folle de la grosse horloge, il a vraiment l'air d'un tueur. Je sais que c'est un bon petit, gentil avec les autres gosses et toujours prêt à rendre service. Mais, à voir cette lueur de défi dans ses yeux, il me fait peur. Je m'avance à mon tour, tellement courbée que je suis presque à quatre pattes. Avec la lumière à l'intérieur, les vitres doivent faire miroir, du moins je l'espère. J'ai enfilé tout ce que j'avais de noir, j'ai même ramené mes cheveux sous un drôle de béret emprunté à Lisa. Il me fait une jolie coiffure, selon Marcello.

— Aïe, j'ai mal, j'ai mal partout... Attention! fait le blessé en me voyant arriver.

— La ferme! chuchote Farid.

Un poids mort qui parle et qui gigote, ce n'était pas prévu au programme. Je m'avance à mon tour pour évaluer les dégâts. Une jambe cassée, sans doute. Il tient une canette de Coca vide entre les mains, c'est sûrement tout ce qu'il a eu à boire et à manger depuis deux jours. Il va falloir le transporter jusqu'aux vélos, maintenant.

— Faites attention à mon genou, bordel.

— La ferme! répète Farid, un peu plus fort.

— Ça se voit que t'as pas la jambe cassée, toi...

Je prends la parole. Il y a des fois, il faut savoir mettre les points sur les « i » :

— Écoute-moi bien, mon petit bonhomme : soit tu te tais tout de suite, soit on te laisse crever là tout seul.

Le garçon me regarde avec de grands yeux effrayés. Il a dans les quatorze ans, je dirais. Costaud pour son âge, mais les traits encore juvéniles, dans le genre bouille ronde et dents de travers.

— Si on te laisse là, demain ta langue va gonfler dans ta bouche, tes lèvres vont se dessécher, tu commenceras à avoir des hallucinations… Mourir de soif, c'est très long et très douloureux.

Il est déjà à moitié mort de soif et il voit très bien de quoi je parle. Il me fait signe d'un geste nerveux de la tête : oui.

Quoi, oui ? Oui, c'est douloureux ? ou oui, il va enfin la fermer ?

Je le tire par les bras. Farid m'aide comme il peut. Quant au blessé, il gémit, il gigote, mais dans l'ensemble il se tient tranquille.

La remorque est juste derrière l'angle du mur. Notre blessé proteste un peu quand on le monte là-dedans, mais finalement la promesse d'une nouvelle bouteille d'eau à l'arrivée lui fait ravaler ses plaintes. Les enfants m'escortent et m'éclairent le chemin, j'ai l'impression d'être le président de la République avec deux motards de chaque côté de la limousine. Sauf que la limousine a du mal à monter cette saleté de côte. Suant et soufflant, en danseuse sur les pédales et les vitesses au minimum, je réussis à lancer la machine et à grimper jusqu'en haut. Zut, un nid-de-poule, mon honorable fessier fait un bond sur la selle.

— Ah, j'ai maaaal…, gémit mon passager. Tu l'as fait exprès, connasse !

Celui-là, je commence à comprendre pourquoi le Flic s'est acharné sur lui.

On est presque arrivés au QG. Ici, la musique n'est plus qu'une vague rumeur derrière nous et mon passager crie de plus en plus fort au fur et à mesure qu'on s'éloigne de ses anciens copains. Bon, mission accomplie : j'ai récupéré le blessé sur le parking. Léo avait raison, les Cracheurs l'auraient laissé crever là tout seul, il fallait bien qu'on fasse quelque chose. J'espère que, de leur côté, ils auront réussi à capturer le Flic avec son arme.

— Va plus lentement, bordel ! Tu vois pas que j'ai mal ?

Le QG est en vue et je suis complètement épuisée par la course. Toute la tension s'est envolée et il ne reste plus que la fatigue.

Je descends de ma selle, la remorque se penche brusquement en avant quand le vélo bascule sur le côté.

—Aïe! mais c'est pas vrai, ça te fait kiffer hein, de me faire mal? Attends, je vais te démonter la tête, moi, espèce de pute!

Cassée en deux, je reprends mon souffle comme je peux et puis je me penche vers lui. Qu'est-ce que j'ai fait du béret de Lisa? Perdu? Ah non, tiens, je l'ai toujours sur la tête. Je l'enlève pour avoir un peu de fraîcheur. J'ai tellement chaud que j'aurais envie de tout enlever.

—Écoute-moi bien, le Cracheur. Là où on vit, il y a des règles. On ne s'insulte pas. On ne crie pas. On ne se plaint pas.

—Ta gueule, la grosse! Si tu crois que c'est une bourge de gonzesse qui va me dire comment je parle! Je suis un dur, moi, j'en ai cogné des meufs comme toi!

Jean braque sa lampe torche sur le Cracheur. Avec toute la concentration dont je suis capable, les muscles tendus à l'extrême et la mâchoire douloureuse à force de serrer les dents, j'avance mon poing sur sa jambe cassée et j'appuie aussi fort que je peux.

Le hurlement qui s'ensuit me hantera encore longtemps.

Il n'a pas fait un geste pour m'arrêter. Jusqu'au bout, il a cru que je n'en serais pas capable. C'est exactement pour cette raison que je devais le faire. Mes propres paroles résonnent encore dans ma tête: *« Tu sais, Léo, ce monde nouveau, c'est un monde dur. Il va nous prendre, il va nous tordre et nous transformer tous. Pas dans le bon sens, je crois. »*

Pardonne-moi Seigneur, parce que j'ai péché.

Mais j'ai eu raison.

Quand le cri s'arrête, c'est pour laisser place à des pleurs, des hoquets, des gémissements plaintifs. Quand je le regarde de nouveau, il recule, je lui fais peur. Désormais, pour lui, «Marie» égale «souffrance.» C'est inscrit en lettres de feu dans son petit esprit mesquin.

— La ferme ! fait soudain Farid, qui vient de relever la tête.

Avec son nez en l'air, on dirait qu'il hume le vent comme un chat, comme une bête des forêts. Il regarde Jean, puis il se tourne vers moi :

— La musique, je l'entends plus.

En voyant la camionnette faire un arrêt brutal devant l'entrée, j'ai l'impression que mon cœur va éclater. Les voilà, ils sont revenus. Les freins crissent, le châssis fait une secousse vers l'avant et les roues dérapent un peu derrière. Elle avance encore d'un mètre ou deux en hoquetant et puis le moteur cale. Paul a juste quelques heures de conduite derrière lui, alors faire la course dans le noir et dans des rues encombrées de voitures arrêtées n'importe où… C'est vraiment un coup de chance qu'ils s'en soient sortis sans casse. Ou presque, on dirait qu'ils ont perdu le pare-chocs avant.

La camionnette, je m'en fiche pas mal. C'est Paul, c'est Sam, c'est Léo que je veux voir indemnes. Paul, ça va, il sort le premier pour aller ouvrir à l'arrière. Bon, s'il ouvre à l'arrière, c'est qu'il y a quelqu'un à l'intérieur. Et s'il en manquait un ? Et s'il manquait Léo ? Je ne veux pas regarder. Et pourtant je regarde, je vois la lumière d'une lampe de poche. Pourquoi ils me font ça à chaque fois, me laisser en arrière, à devoir attendre de les voir revenir ?

Voilà Sam. Oh mon Dieu ! Il lui est arrivé quelque chose, je vois du sang sur son visage. Et celle-là, qui c'est ? Je la connais, c'est Vanessa Dubois, une fille du lycée ! Qu'est-ce qu'elle fait là ? Ce n'était pas dans notre plan. *Sacré Léo, ça c'est un coup de toi tout craché. Allez, maintenant sors. Je t'en supplie, sors de cette fichue camionnette, montre-moi que tu vas bien, que tu n'es pas resté là-bas…*

Bon. Bon. Le sourire me monte aux lèvres.

Il est là, il est revenu. Mais… on dirait qu'il a du mal à marcher, il est blessé ? Qu'est-ce qu'il tient dans… Un paquet ? Des packs d'eau ? Pas des packs d'eau : ça gigote, ça tremble, ça fait même des petits bruits, qu'est-ce que c'est que cette bestiole ? Non mais je rêve !

Le sourire retombe tout seul.

Je reconnais ces cheveux blonds, ces beaux cheveux blonds et bouclés, c'est Sarah, la Sarah de Léo. L'amour de sa vie, soi-disant… Qu'est-ce qu'elle fait là ? Mais elle est complètement nue, la garce ! Et elle aurait tort de se priver, tiens : mère nature n'a pas trop raté son coup, on dirait. Je la déteste. Ça ne fait pas deux secondes que je la connais mais je la déteste. Elle est blottie dans les bras de mon Léo, elle lui fait le coup du petit oiseau fragile.

— Ça va aller, maintenant, on est arrivés, tu peux descendre.

C'est la voix de Léo que j'adore : celle qu'il a pour rassurer, pour consoler. La voilà qui déplie un peu ses jambes, qui tourne vers lui ses grands yeux effrayés, regardez-la, non mais regardez-la un peu comme elle lui fait du rentre-dedans ! Eh non, finalement, elle ne le lâchera pas. Tu vas devoir te monter les cinq étages avec ta princesse dans les bras, mon pauvre vieux…

Il passe devant moi et me fait un sourire. Comme une idiote, je le lui rends. De près, je dois reconnaître qu'elle est bonne actrice. Ou peut-être… non, elle est vraiment en état de choc. Oh ! je suis horrible, je comprends tout à coup. Ils ont dû la violer.

— C'est…

Je la connais, cette fille : ce n'est pas la Sarah de Léo, même si elle lui ressemble un peu, c'est…

— C'est Joan l'Américaine, dit-il. Tu sais, de la seconde 5. Celle qui est arrivée en cours d'année.

— Quoi, Miss Allumette ?

La fille qui est sortie avec trente mecs en trente jours, elle s'en vantait partout ! Plus allumeuse, tu meurs.

« Mm… mmm… », fait-elle entre ses lèvres serrées, et dans sa langue bizarre à elle, moi j'entends des « je t'aime, je t'aime ».

Je la déteste.

— Léo, ça va ?

Je viens de remarquer les marbrures violacées autour de son cou, et sa grimace quand il monte l'escalier de l'entrée.

— Ça va, oui, grâce à Sam. Tiens, va voir si elle n'a pas besoin d'un coup de main, elle s'est pris un méchant coquard.

Mais Sam n'a besoin de personne, Sam couve Ness Dubois comme une louve son louveteau. Il faut dire que la pauvre Ness n'est pas bien vaillante : le corps penché en avant, la grimace au visage, elle regarde ses pieds, secouée de frissons. Ness Dubois n'a jamais été particulièrement vaillante de toute façon, mais quand même. Ce n'est pas bien difficile de deviner qu'ils sont arrivés trop tard…

Au moment exact où cette pensée se forme dans ma tête, elle relève les yeux vers moi et son regard me glace jusqu'à la moelle : elle a deviné. Je ne sais pas comment, mais elle a deviné que je pensais au mot « viol » et jamais elle ne me pardonnera d'avoir pensé à ce mot en la regardant. C'est de la haine que je lis dans ses yeux, une haine froide et implacable, pour moi, pour tous les hommes et pour le monde entier.

— Eh, MJ ! fait Paul qui est monté à l'arrière. Tu pourrais me tenir la portière, s'il te plaît ?

Paul a le dos plié sous une énorme charge. Je tire la poignée et contemple le spectacle de ce colosse de Paul en train de descendre de la camionnette le chef de bande le plus célèbre du quartier.

— Belle prise, hein ?

Le Flic est presque nu et aussi mou qu'un pantin aux ficelles coupées. Il faut que je fasse un effort sur moi-même pour me souvenir à quel point ce nom était empreint de terreur dans nos bouches et dans celles des enfants du quartier. Le Flic… Regardez-moi ça maintenant : on dirait une poupée en caoutchouc, un clodo en coma éthylique. Avec son caleçon troué, il pue la sueur et le tabac, ses cheveux sont raides de crasse. Et les miens ? Je me passe la main dans les cheveux. Demain, pénurie d'eau ou pas, je me les lave.

— Il n'y a pas eu de casse ? je demande, anxieuse. J'ai vu que Léo était blessé ?

— Ouais, il a été un peu secoué mais t'inquiète : il est solide, ton Léo…

Mon Léo ? Pourquoi il dit « mon Léo » ? Ça se voit tant que ça, que je suis raide dingue de lui ?

— Sam a pris un bon coup sur le caillou aussi, mais elle a carrément dégommé Tonton-la-Barre. Je sais pas si tu vois le morceau… C'est une sacrée cogneuse, la Sam, j'aurais bien voulu voir ça. Et toi, tu as récupéré le blessé ?

Je fais un geste du pouce derrière moi. Le fameux blessé gémit toujours dans sa remorque. Pourquoi il a dit « mon Léo » ? Est-ce que tout le monde le sait ? Est-ce que Léo le sait ?

5

LÉO

Monter les cinq étages avec l'Américaine dans les bras, c'est sûrement le plus bel exploit que j'aurai accompli cette nuit. Dès le deuxième, j'ai les poumons qui n'en peuvent plus, et le cœur je n'en parle même pas: ça crame là-dedans, ça surchauffe. Je m'arrête un peu pour souffler. Et elle, avec sa tête contre ma poitrine et ses « mm... mm... » qui n'en finissent pas, avec ses mains autour de mon cou, c'est fou ce qu'elle me fait... Bon Dieu, elle vient peut-être de se faire violer... Mais elle ne se rend pas compte à me regarder comme ça, à me coller au corps, qu'elle me fiche une trique d'enfer?

Faut pas que je regarde ses nichons. De toute manière, je les ai tellement regardés que je les connais par cœur. *Là, remets-moi ce tee-shirt sur ta poitrine, nom de nom...* Rien à faire: dès que je lui remonte une fringue, elle se crispe là-dessus comme si c'était sa planche de salut. Bon d'accord, je n'y touche plus à tes vêtements, garde-les en tas sur ton ventre. De toute façon, qu'est-ce qu'il y a là-dedans? Des bottines en cuir, des collants transparents, une jupe genre qui remonte jusqu'aux fesses, un soutif et un string en dentelle noire et... Bref, tu serais aussi bandante avec que sans. Bon Dieu, faut pas que je regarde. C'est l'Américaine, quoi, tout le monde sait que c'est une allumeuse. « Miss Allumette » comme dit Marie. Oui, mais ça n'empêche rien : cette fille a vécu un enfer. Dans son regard, ce n'est pas seulement de l'attachement que je lis, c'est la peur de l'abandon, la terreur de ce qu'elle a vécu. Elle a besoin de nous et on va l'aider autant qu'on pourra. Ouais. Et si je retrouve Bébé Joe un de ces quatre, peut-être bien que je lui casserai la gueule, cette fois...

Sam et Ness nous doublent. Je n'aurais jamais cru que Sam serait aussi patiente : marche par marche, elle soulève presque Ness, avec un mot gentil à chaque fois, avec un regard tendre. C'est vraiment une fille bien.

— Dis donc, Sam !

Elle se retourne et me sourit. C'est rare de la voir sourire. Je tends la main :

— Tope là ma vieille, cette nuit, tu as été la championne du tatami. J'en suis resté sur le flanc. Tu es la meilleure, tu le sais, ça ?

Elle rigole un peu, elle envoie sa main dans la mienne et ça claque dans la cage d'escalier.

— Eh, viens par là.

Je m'approche un peu et je la regarde bien au fond des yeux. Il y a de la force, là-dedans, de l'amour et de la rage de vivre. Ils sont beaux, les yeux de Sam.

— Merci.

Je crois que ça suffit. Dans ce petit mot, il y a ma vie qu'elle a sauvée. Je ne lui avais rien demandé : elle est venue toute seule, contre son idée, juste pour m'aider. Et si elle ne l'avait pas fait...

— Merci à toi, Léo. Tu avais raison, tu sais. Tu as toujours raison : si on était repartis sans elle, on aurait été aussi salauds que les Cracheurs. Quand je t'ai vu entrer tout seul là-dedans avec ta casquette de flic, eh bien... je peux te dire que je me suis sentie trouillarde.

Je ris un peu. C'est qu'on a l'air malin avec chacun une fille dans les pattes, à se dire nos vérités.

— Toi, trouillarde ? C'est quoi cette blague ?

— Ben oui, je suis trouillarde, évidemment...

Elle me jette son regard en coin que je connais bien, elle hésite un peu avant d'ajouter :

— Tu sais… ce qu'elle dit sur toi, MJ, c'est vachement vrai.

— Et qu'est-ce qu'elle dit, MJ ?

— Qu'on a tous nos défauts, qu'on n'est pas parfaits. Mais quand on est avec toi, on devient meilleurs, chacun d'entre nous.

— Oh.

Je ne vois pas ce que je pourrais répondre. Ça me prend à la gorge, là où les émotions s'étranglent quand il y en a trop. Un plus beau cadeau que celui-là, je ne crois pas que Sam aurait pu m'en faire, ni Marie. Marie, mon Dieu, ce que je peux être dur avec elle… S'il n'y avait pas l'Américaine sur mes genoux, s'il n'y avait pas Ness contre elle, je crois que j'aurais serré Sam dans mes bras et que j'aurais pleuré. Je sais, ce ne sont que des mots, quelques mots entre deux paliers, mais après huit jours de chaos complet, à prendre toutes les décisions, pour moi et pour les autres, ce sont exactement les mots que j'avais besoin d'entendre. C'est fou comme on peut avoir soif de mots. On ne s'en rend même pas compte, on s'agite, on pense à autre chose. Mais quand ils sont là, quand ils sont prononcés et qu'ils se mettent à flotter en l'air, alors on s'en aperçoit : de ces mots-là, on en crevait de soif.

— Bon, fait Marie qui vient d'arriver derrière nous et qu'on bloque dans l'escalier. On peut passer ou il faut prendre un ticket comme à la Sécu ?

Il en faut du temps, pour que tout le monde arrive au cinquième, y compris le blessé et le prisonnier qu'il a fallu porter. Les deux Fred nous ont dépassés depuis longtemps et sont partis se coucher. Finalement, on s'assoit directement par terre sur le palier : Lisa refuse de nous ouvrir la porte de son appartement. Faut dire que la dernière fois, on avait réveillé tous les bébés.

— Puisque tout le monde est là, il nous reste deux ou trois questions à régler avant d'aller tous au dodo.

— Ouais, grouille-toi…, dit Paul en étouffant un bâillement.

— D'abord, Marcello, qu'est-ce que tu penses de notre blessé ?

Marcello va encore jouer au docteur.

— Tu sais, Léo, je ne suis pas un doc… un doc…

— Peut-être bien, mon pauvre vieux, mais tu es ce qui s'en approche le plus ici.

— Bon, alors il f… faut que je voie la blessure.

Il s'avance vers le blessé étendu sur un plaid, qui le regarde venir avec méfiance.

— Il n'y a pas de f… fracture ouverte au moins…

— Aïe, arrête de me tripoter, pauvre con ! Tu vois pas que ça fait mal ?

— Le fémur a l'air b… brisé. Il d… doit beaucoup souffrir en tout cas.

— Ouais, putain. Un peu que je dérouille. T'es un caïd comme docteur, toi…

— Il faudrait r… réduire la fracture, remettre les deux morceaux d… dans l'axe. Et après ça l'immobiliser avec une at… attelle bien solide, bien fixée à la jambe.

— Une attelle ? On doit pouvoir trouver ça, fait Paul. Un bâton du genre manche à balai, du fil de fer, ça devrait aller… Si je peux trouver une chignole, ce serait encore mieux.

— C'est p… pas l'attelle qui me soucie le plus…

Évidemment. Ce qui le soucie le plus, c'est de remettre les deux morceaux dans l'axe…

— Bon, voilà ce qu'on va faire : Marcello, tu vas nous chercher tous les antalgiques qu'on a sous la main, et aussi les antibiotiques tant que tu y es, on lira les notices. Quand on l'aura bien gavé de ces trucs-là, on lui fera boire une demi-bouteille de Smirnoff ou de ce qu'on a de plus costaud en stock. Après ça, en avant la musique : un petit crac et ce sera réglé.

— Un petit crac ?

Le blessé se redresse sur les coudes et me fixe comme si je venais de lui arracher sa foutue jambe.

— Un petit crac, non mais t'es malade ? T'es qui, toi, pour décider à ma place ? Ma jambe, on n'y touche pas, t'as compris ? Si t'approches, moi je te casse les dents !

Je m'approche quand même et je me plante en face de lui. Je commence à comprendre ce que Marie voulait dire, quand elle me chuchotait qu'on aurait dû le laisser là-bas.

— C'est quoi ton nom ?

— C'est Mana.

— Eh bien, Mana, puisque tu as commencé, on va faire les présentations. Lui, là, c'est Paul. C'est lui qui a mis le Flic dans l'état où tu le vois.

D'un geste du pouce, je montre le prisonnier toujours attaché et bâillonné, encore complètement sonné par le coup qu'il a reçu sur la tête. Il est calé contre le mur mais on voit bien que, si on le secoue un peu, il retombera tout seul.

— Elle, c'est Sam. Elle vient de dézinguer à mains nues Jacquot-le-Fou et Tonton-la-Barre l'un après l'autre. Ouais, regarde-la une bonne fois et repenses-y tranquillement quand tu auras deux minutes. Marie, je te la présente pas, tu la connais déjà, hein ?

En regardant Marie, Mana a un léger mouvement de recul.

— Et moi, c'est Léo. Ici, c'est moi qui commande à ces trois-là et si je commande qu'on te remette tes os droits, on te remet tes os droits, ça se discute pas. Maintenant, si elles ne te plaisent pas, nos règles, demain on te renvoie là où on t'a trouvé, est-ce que c'est clair ?

Dans le regard de Mana, je lis déjà la soumission. Ce cœur-là ne battra jamais avec les nôtres, ça, il ne faudra pas y compter. Mais au moins, il a les jetons et il obéira, c'est un début.

L'Américaine continue de me regarder comme s'il n'y avait que moi dans la pièce. Depuis que je l'ai décrochée de mes bras et déposée par terre, elle se blottit contre moi et elle gémit si je m'écarte. D'un côté, une fille aussi canon qui me colle de cette façon, c'est cool, évidemment. D'un autre côté, c'est flippant : elle a vraiment l'air dingue. Il faudra que je demande à Marie ce qu'elle en pense et comment la soigner. Notre chirurgien, c'est Marcello, mais notre psy, c'est Marie.

— OK, maintenant que c'est réglé, Mana, tu dormiras sur un des deux lits d'enfant dans la chambre des garçons. Ness et Joan iront dans la chambre des filles, Sam et Marie dans le salon sur les canapés. On verra demain si on peut trouver un peu de place ailleurs.

Comme elle ne dit toujours rien et qu'elle regarde toujours ses mains, je me tourne vers Ness.

— C'est un lit à deux places, ça ira, Ness ?

Elle se lève d'un bond et, avec un geste d'une force incroyable, elle me balance la main sur la tête avant que j'aie eu le temps de réagir. Je sens la casquette de flic qui s'arrache et qui s'envole à l'autre bout du palier.

— Tu vas l'enlever, cette PUTAIN de casquette ?

Puis elle se jette dans un angle en pleurant de rage, aussitôt suivie par Sam.

— Merde, fait Paul.

Et, en regardant l'Américaine, il ajoute tout bas à mon oreille : « Finalement, je me demande laquelle est la plus dingue des deux. »

La force de Ness m'a sonné. Je regarde mon sweat puant et je me rends compte que je porte encore les fringues du Flic. Je les avais complètement oubliées.

— Bon... il nous reste un dernier point : le Flic, qu'est-ce qu'on en fait ?

— On le crève, voilà ce qu'on en fait ! hurle Ness en se retournant.

— On n'a qu'à l'attacher au radiateur, glisse Sam, sournoise.

— Ouais, il ne faudrait pas qu'il puisse se faire la belle…, je réponds, embarrassé. Marie, qu'est-ce que tu en penses ?

Marie me désigne discrètement Ness de la tête. *Oui, tu as raison Marie : il n'y a pas que le Flic qu'il faudra surveiller.* Il faudra aussi serrer Ness de près, sinon elle risque d'en faire de la charpie dès qu'on aura le dos tourné.

Voilà Marcello qui revient avec les antalgiques et les antibio, il a même une bouteille de Jack Daniel's coincée sous le bras. On va « opérer » ce petit merdeux et quand il sera dans les pommes, on pourra déjà souffler un peu. Ah ! je te jure, on était quand même plus peinards tous les six. Je me tourne vers mon Américaine assise en tailleur avec son tas de vêtements toujours posé sur ses genoux et tout à coup, je le vois : une crosse noire dépasse de son tee-shirt roulé en boule, avec une surface rugueuse pour bien tenir dans la main.

— Bordel de merde…

C'est un objet compact, froid et brillant. Guettant l'approbation de l'Américaine, j'effleure le canon et je glisse le doigt sur la détente. L'arme semble guetter ma main comme un chat qui attend une caresse, elle est si légère, si bien équilibrée. Je la repose délicatement là où je l'ai trouvée, entre ses genoux : c'est sûrement le truc le plus laid que j'aie jamais vu de ma vie.

« Mm ! mmm ! mm ! » fait-elle les yeux exorbités en désignant l'arme du menton comme pour me dire de la prendre, incapable, semble-t-il, de la toucher avec ses propres mains.

Pas si folle que ça, la Joan… Ce n'était pas ses vêtements qu'elle voulait que je prenne, et c'était pour une bonne raison qu'elle voulait les garder sur son ventre : fallait pas laisser le flingue aux Cracheurs ni le faire tomber dans l'escalier.

Ce vilain Bébé Joe qui voulait jouer aux armes à feu avec les filles…

6

MARIE

« Rumeur n° 22 : l'enfant exécuté

Taux de pertinence : 3/5

Jean prétend avoir vu le cadavre d'un petit garçon de neuf ou dix ans dans le quartier de la Porte Royale. Le cadavre était exposé à l'entrée du boulevard de Cognehors, bien en évidence. Il avait été pendu à un lampadaire la tête en bas. Quelle horreur !

Ce ne serait pas étonnant qu'une bande d'ados martyrise un enfant, mais peut-être que le gosse était encore vivant, juste inconscient ?

Personne n'a pu confirmer ce témoignage : Jean était seul et la plupart des petits ne vont pas s'aventurer si loin. Cependant, c'est un gosse fiable, il n'est pas du genre à inventer des histoires. Il m'a raconté tout cela d'un air très sérieux, avec beaucoup de détails. »

Je ne dors pas.

J'entends déjà Sam ronfler doucement.

Sans faire de bruit, je repousse la couverture et je me lève. Le canapé grince un peu. Sam cesse de respirer une seconde, sa bouche fait un bizarre bruit de succion et puis elle se remet à ronfler. Un seul clic et la lampe de poche transforme le noir absolu en un banal salon de mauvais goût, avec deux canapés marron. En chaussettes, je gagne la porte et je sors sur le palier.

J'ai besoin d'aller voir maman.

Dans les appartements d'en bas, on a transporté tous les adultes ramassés dans les rues. Il fallait bien les mettre à l'abri, à cause des corbeaux qui leur arrachent les yeux à coups de bec et surtout des meutes de chiens errants. Il y en a de plus en plus, de ces bestioles : privés de maîtres et de nourriture, les chiens domestiques sont retournés à un état quasi sauvage en quelques jours à peine. Quand ils trouvent un corps endormi, ils sont capables de le dévorer ; on a déjà retrouvé des restes, ce n'est pas très joli à voir... Alors on a fait ce qu'il fallait faire : on est passés dans les rues avec la camionnette, on les a embarqués comme des paquets, des choses mortes. Et puis on les a transportés jusqu'ici, au rez-de-chaussée, sur des tapis et des matelas. Au début, on les retournait de temps en temps pour éviter les escarres, mais ils n'ont pas besoin de ça, en fait. On s'est aperçus qu'ils changent très souvent de position, on les met sur le dos et on les retrouve sur le côté ou sur le ventre. Ils ont des phases de sommeil plus actives, des phases où ils peuvent faire des mouvements. Au bout de deux ou trois jours, il a fallu les nettoyer : certains s'étaient salis pendant leur sommeil. Ils ont sûrement besoin d'eau, on leur en fait avaler quelques gorgées tous les matins et tous les soirs, je ne sais pas si ça sert à quelque chose. Comment ils arrivent à survivre ? Est-ce qu'ils vont mourir de faim ? On n'en sait rien.

Dans l'escalier, je retiens la porte pour qu'elle ne claque pas. J'ai l'impression d'enfreindre un règlement imaginaire : nos parents sont un sujet tabou entre nous, on n'en parle presque jamais.

Dans l'entrée, sur le tapis, une dizaine de corps sont allongés côte à côte. Aucun ne bouge. Les deux derniers, à gauche, ce sont les parents de Paul ; leurs têtes sont tournées l'une vers l'autre et leurs cheveux sont emmêlés. Où se trouve-t-il aujourd'hui, mon père à moi ? Est-ce que quelqu'un l'a ramassé, là-bas à Paris, pour le mettre à l'abri ?

Les parents de Marcello et de Sam sont dans l'appartement d'en face, le père de Léo est dans la salle de bains et ma mère dans le salon, juste à côté de la table basse. Il y en a tellement que c'est difficile de se déplacer ici. En poussant un vieux monsieur, je trouve la place de m'accroupir contre elle et je me mets à prier. *Notre père qui es aux cieux...* Et j'ajoute à la fin, comme toujours : *Seigneur, toi qui es juste et bon, fais qu'ils se réveillent et qu'ils voient le monde qu'ils nous ont laissé.*

Sa main est très froide au toucher et étrangement rugueuse. On dirait presque du carton. Maman est vivante. Elle est loin, très loin d'ici, mais elle est vivante, j'en suis sûre. Je glisse mon doigt sous son corsage, effleure la bretelle du soutien-gorge et pousse l'exploration jusque sous son aisselle : il y a quelque chose ici, qui gratte la pulpe de mon doigt, les pointes de poils durs. Il n'y avait rien à cet endroit le jour du Marchand de sable, maman s'était rasée le jour même. Sur les messieurs, on voit aussi la barbe qui perce très lentement sur les joues. C'est donc qu'ils vivent encore. Pour combien de temps, personne ne le sait, mais ils vivent encore.

— Bonsoir, maman, je chuchote à son oreille.

Maman, évidemment, ne répond pas. Je lui ouvre la bouche, je lui colle le goulot d'une bouteille en plastique entre les lèvres et je lui fais avaler quelques gorgées d'eau. J'ai dilué de la vitamine C et de la caféine dedans. Je sais que ça ne sert à rien, mais j'en mets toujours dans son eau. Peut-être qu'à force, ça aura un effet ?

Elle déglutit plusieurs fois par réflexe, s'étrangle et tousse un peu. Un petit filet d'eau s'écoule de ses lèvres jusque dans son cou.

— Je suis contente d'être là, avec toi, de t'avoir emmenée jusqu'ici. Je n'arrivais plus à te parler, avant. Parfois, quand je rentrais à la maison, je ne voulais même pas te voir, je ne voulais même pas que tu existes. J'avais toujours cette vieille rancœur, comme un poison. C'était facile de t'accuser d'être partie et d'avoir quitté papa. Si c'était de ta faute, alors j'étais une victime, c'était confortable. Mais je regrette, maman, c'était injuste de ma part.

Avec la lampe de poche, j'éclaire ses boucles auburn. Nous avons les mêmes cheveux. Les mêmes seins lourds, les mêmes yeux noisette. D'ailleurs tout le monde le dit : « C'est fou ce que tu ressembles à ta mère ! »

— Vous me manquez, toi et papa. Maintenant, je voudrais rentrer à la maison et que tu sois là. Je voudrais être gentille et que tu me prennes dans tes bras comme autrefois...

Le reste, je n'arrive pas à le dire : ma voix se casse et les larmes recommencent à couler.

— Mmh, fait maman

— Maman ? Maman ?

Je pointe la lampe sur son visage.

— Mmh, vas-y, mmh, embrasse-moi, serre-moi fort, mon amour...

Je recule, écrasant la main du vieux monsieur derrière moi. Quoi, maman prononce ses premiers mots depuis dix jours et c'est pour un rêve de sexe ? Ah ça, pour ce qui est de baiser, maman, tu as toujours été très forte, ce n'est pas un père que j'ai eu à la maison, c'est trente au moins ! Mais pour t'occuper de ta fille, c'était autre chose ! Les larmes se tarissent, remplacées par une colère froide que je connais trop bien.

— ... serre-moi fort... ma petite fille...

C'était moi, c'était moi qu'elle voulait serrer fort ! Quelque chose se met à fondre dans ma poitrine, ça me fait mal et en même temps, ça me fait tellement de bien.

— Maman ! je suis là, c'est moi, Marie, réveille-toi !

Et voilà que je sanglote comme une gamine, ma tête contre la sienne et maman qui ne dit plus rien. Et je passe mes deux bras sous elle et je la serre aussi fort que je peux, en la berçant, en murmurant : « maman maman… » C'est donc à ça que tu rêves, ma petite maman ? C'est pour ça que tu t'es endormie ? Où se sont-ils perdus, vos rêves d'adultes, ces rêves si profonds qu'ils vous retiennent loin de nous ?

— Marie ? C'est toi ?

Léo se tient là, debout devant la porte du salon. Les faisceaux de nos lampes de poche se croisent.

Il ne s'avance pas : il se sent peut-être un peu embarrassé de m'avoir surprise en train de pleurer. Je me lève et, avec précaution pour ne pas écraser quelqu'un, je me dirige vers lui. Il a pleuré, lui aussi. Soudain, je me fiche de savoir comment il va réagir, je me fiche de savoir ce qui pourra bien se passer : je me jette dans ses bras, je mets ma tête sur son épaule, je sens sa peau à lui, chaude, bien vivante, et ses mains qui se posent doucement sur mon dos.

— Allez, ça va aller, Marie…

Je me remets à sangloter et à renifler.

— Elle va… elle va bien, ta mère ?

Je lève la tête et je croise son regard. Il m'a prise dans ses bras juste pour me consoler, il n'a pas compris que je voulais beaucoup plus. Ou alors, il a très bien compris. Je suis obligée de faire comme lui, je vais encore devoir jouer la comédie des bons amis…

— Elle m'a… Je crois qu'elle m'a parlé.

— C'est vrai ?

Son visage s'éclaire, il s'écarte.

— C'est vrai, elle a parlé ?

— Enfin… elle a juste dit quelques mots dans son sommeil…

— Ah.

Il a l'air heureux quand même. Quelques mots, ça lui suffit.

— Mon père n'a rien dit mais… je crois qu'il m'a souri. Il avait l'air heureux en tout cas, alors je suis parti sur la pointe des pieds. C'est con, hein ? Comme si j'avais peur de le réveiller…

Le voilà déjà qui s'en va. Léo vivait avec son père depuis des années : sa mère est partie de la maison quand il était petit, elle n'est jamais revenue. Et son père ne s'est jamais remarié.

— Demain, il faudra demander aux deux Fred où sont leurs parents, histoire de les ramener ici.

— Léo !

Il se tourne vers moi. Il se contrôle bien mais je peux sentir son émotion, sa peur, son amour pour son père. C'est un sensible.

— Je pourrai dormir avec les garçons, cette nuit ?

Il rit un peu et me tend la main pour m'aider à enjamber une grosse femme au visage de bébé.

— Pourquoi, Sam ronfle encore ?

— Tu parles... Un vrai moteur d'avion.

— On va te faire une petite place, mais je te préviens : c'est serré chez nous depuis qu'on a pris le blessé, et puis Marcello n'arrête pas de causer en dormant, c'est un vrai moulin à paroles. Je te jure, parfois il me réveille en sursaut, ça fiche les jetons...

Je me force à rire un peu :

— Excuse-moi, mais d'abord il faut que j'aille aux toilettes.

Des toilettes, évidemment, il ne nous reste que le nom. C'est comme ça qu'on appelle la cour intérieure de l'immeuble.

— Je t'accompagne. On va pisser ensemble.

« Pisser ensemble. » Oui, puisque c'est tout ce que nous ferons jamais ensemble, Léo, je devrai bien m'en contenter, je suppose.

— Tiens, vous êtes là, vous deux ?

Un Paul endormi vient de descendre les escaliers en pyjama pour la même raison et nous emboîte le pas jusqu'à la porte de derrière.

— Batman, Superman et MJ en train de pisser, ça fait un sacré casting..., commente-t-il en s'écartant un peu, étudiant le sol avec précaution pour éviter de se crotter les pieds avant d'éteindre sa lampe.

— Il ne manque plus que Hulk pour que le show soit au complet, répond la voix de Léo quelque part au fond, dans le noir absolu.

— Ouais, ce bon vieux Will… Quel cabochard, celui-là.

Il ne pleut plus. Dire qu'il y a deux heures à peine, j'étais sur le parking du supermarché à récupérer un blessé sous le nez des Cracheurs.

Sans prévenir, la lune se découvre brusquement et nous illumine d'une clarté presque aveuglante, comme un projecteur. Paul se tient juste devant moi, en pleine action et la bouche ouverte, il me contemple le pantalon baissé en train de remonter ma petite culotte. Je me dérobe à sa vue et il détourne le regard en essayant de ranger son engin le plus vite possible. J'ai rêvé ? Il m'a semblé que je lui avais fait un drôle d'effet.

Un soleil encore timide filtre à travers les volets de la chambre. Paul m'a laissé l'un des deux lits d'enfant et s'est couché par terre avec Léo, mais je suis tombée pendant la nuit. Je me réveille entre eux deux. Une tête d'un côté, une tête de l'autre : je suis entourée de superhéros. Je sens leurs souffles réguliers sur mes deux joues, lents et tièdes ; je voudrais rester couchée comme ça pendant mille ans…

Je me lève sans faire de bruit. Dans la salle de bains, je fais une toilette de chat dans la bassine d'eau de pluie qu'on a remplie la veille sous une gouttière. Du savon de Marseille surtout, pas de gel douche : c'est trop difficile à rincer. Je changerais bien de vêtements mais je n'ai presque plus rien de propre : un corsage vert olive, un pull-over bleu marine, un jean cintré… Ça va faire trois jours aujourd'hui. Je renifle ma culotte, un peu dégoûtée, et essaie de la frotter avec du savon. Je mets un peu de déodorant aux endroits stratégiques et me voilà prête pour une nouvelle journée. Prise de remords, je jette un coup d'œil dans le miroir et je me lamente sur mes cheveux qui rebiquent de partout ; ils sont tellement gras qu'on dirait que j'ai renversé une bouteille d'huile dessus. Avec ça, si je n'ai pas des boutons qui reviennent sur le front… Je n'aime pas mes cheveux couleur de rouille. Je préférerais des cheveux blonds et bouclés comme ceux de Sarah, cette fille qui plaît tellement à Léo… Tu parles, ils ne sont même pas sortis ensemble. En fait, c'est à peine s'il la connaît. Je me demande ce qu'il peut bien lui trouver.

Derrière la porte, je trouve Marcello en pyjama qui attend son tour. Il me sourit et s'efface pour me laisser passer.

— B… bonjour, MJ.

Je pourrais passer mon chemin mais un mauvais diable me pousse à faire un peu plus que cela. En me penchant en avant pour lui offrir un bel aperçu de ma poitrine, je passe la main sur son épaule et je lui fais une double bise appuyée en lui souriant gentiment. L'expérience m'a déjà montré que les sens de la vue et du toucher suffisent à mettre en émoi n'importe quel garçon. Qu'est-ce que je me prouve exactement ? Je n'en sais rien. Marcello en tout cas devient tout rouge et bafouille encore plus. Il ôte ses lunettes, les remet et s'enfuit dans la salle de bains.

Lisa est levée depuis longtemps, elle s'affaire à verser des dosettes de lait en poudre dans une douzaine de biberons, avec un bébé en pleurs sur un bras et un tube de crème pour les fesses rouges coincé dans la bouche. Le bébé est cramoisi à force de hurler. Avec sa houppette et ses plis sous la gorge, on dirait une espèce de gargouille monstrueuse.

— Chalut MJ.

Je la débarrasse du bébé et du tube de crème mais le temps de me retourner et voilà qu'elle a deux autres marmots dans les bras.

— Macha est malade…, me dit-elle en guise d'explication avant de l'emmener dans la salle de bains, le thermomètre à la main.

J'aime bien les bébés, je trouve ça mignon. Seulement là, trente en même temps… Non, je ne peux pas rester ici une minute de plus. Je ne sais pas comment fait Lisa pour supporter ça : moi, je ne peux pas. Il y en a trop.

Comme tous les matins, je monte jusqu'au toit. On y accède par une porte rouillée ornée d'un vieux tag coquin un peu délavé. Le télescope n'est plus devant la porte : Sam a dû me précéder. La pluie s'est arrêtée, le vent s'engouffre dans mon corsage et me fait un peu frissonner. Je serre mes bras contre moi et m'avance en contournant les flaques : mes nouvelles baskets n'aiment pas l'eau.

— Bonjour, Samantha.

Fidèle au poste, elle s'est levée avant l'aube pour observer la ville. D'ici, on peut voir à vingt kilomètres à la ronde, par temps clair. Pas une voiture qui roule, pas un bateau qui avance, et ça dure depuis neuf jours. On ne sait pas ce qui se trame dans le reste du monde mais, si tout se passe comme ici, chacun doit rester dans sa bulle. Les images de Londres en flammes me reviennent en mémoire… Je revois Marcello dans la cuisine avec son microscope récupéré au lycée, en train d'essayer de repérer le virus dans des échantillons de sang.

— Alors, toujours pas de fumée, là-bas ?

Elle me répond par un grommellement. La lunette pivote entre ses mains, se fixe sur un point très lointain. Le port de commerce, peut-être.

— Non, rien du tout.

Au nord, par temps clair, on pouvait les voir même sans télescope au-delà de la ville : les vapeurs des cheminées de la centrale électrique. Elles ont disparu dès le lendemain du Marchand de sable et, tous les matins, Sam va voir si elles ont réapparu. Si le cauchemar est fini.

— Regarde-moi un peu cette saloperie…

Elle parle de la rivière des parcs, ce long ruban paresseux à la couleur nauséabonde. Si elle n'était pas si polluée, l'eau ne serait pas une chose si rare.

— Tu as regardé du côté du supermarché ?

— Z'ont pas bougé d'un poil. Les mobylettes sont revenues sagement sur le parking...

Elle décolle enfin son œil de l'objectif et consent à me faire la bise.

— Je suppose que les mecs sont toujours en train de roupiller.

Je ne réponds pas à sa question qui n'en est pas vraiment une. Évidemment qu'ils dorment, ces fichus lève-tard... Ce qui m'intéresse, ce matin, c'est l'église Saint-Sauveur derrière l'école maternelle. Je peux voir d'ici la porte fermée : deux enfants nettoient les marches, un troisième court sur le parvis avec un cierge entre les mains.

Sam est sceptique :

— Tu crois qu'ils nous donneront un coup de main contre les Cracheurs ?

Il y a une communauté de catholiques réfugiés dans l'église.

— J'irai leur parler. Je suis de la paroisse, je les connais tous et je pense qu'ils nous apporteront leur aide.

— Mouais... Tiens, regarde plutôt par là. Tu vois cette fumée qui monte ?

Oui, je la vois : une fumée noire qui vient d'un grand bâtiment tout en longueur avec un toit en tuiles, de l'autre côté de la ville. Le télescope n'est pas assez puissant pour qu'on voie plus de détails.

— Ça vient des abattoirs, dit Sam avec une note d'espoir. Quelqu'un a eu l'idée de cramer toute cette viande pourrie qui pue dès que le vent vient de l'est.

— J'espère qu'ils ne vont pas mettre le feu à la ville...

Le risque d'incendie, c'est ma grande terreur. Les deux premiers jours, outre l'incendie du quartier Saint-Nicolas, un immeuble a explosé au quartier de Laleu et aussi un hôtel près de la plage, à cause du gaz. Ça a mis le feu à toute une rangée de maisons. Heureusement, il pleuvait fort à ce moment-là mais, dès que le soleil viendra sécher les rues et les toits, il suffira d'un imbécile pour tout faire flamber.

— T'inquiète, il n'y a rien autour des abattoirs, ils sont complètement isolés. Mais en tout cas, il y a quelqu'un là-bas. Quelqu'un qui s'organise, quelqu'un qui pense à faire le ménage. Je ne sais pas qui c'est, mais c'est bon signe.

— Il y a une rumeur chez les enfants du quartier. À l'est de la ville, il y aurait un groupe d'adolescents, les « Hommes Droits », qui essaient de s'organiser…

Sam me sourit maintenant, un de ces sourires que je ne sais pas comment prendre. C'est une drôle de fille, Sam. On dirait parfois que je l'ennuie, que je la gêne et, d'autres fois, elle me sourit comme si j'étais la seule personne qu'elle aimait vraiment.

En redescendant les escaliers, elle se met à me pincer le cou en pouffant et je réplique en réprimant un fou rire, et voilà qu'on dévale les marches, nos pas claquent et nos cris résonnent contre la cage en béton. Je la coince sur le palier du septième et je l'attaque au niveau des poignées d'amour : elle est tellement chatouilleuse qu'elle finit par demander grâce. Et, quand on arrive chez Lisa pour le petit déjeuner, l'angoisse a disparu, ne restent que les corps apaisés, le rire sur les lèvres, les cheveux défaits…

— Salut les filles, fait Paul en train de se bâfrer de cookies au chocolat.

Marcello, la bouche pleine, agite la main en signe de bienvenue. Lisa fait chauffer de l'eau. Les garçons nous ont récupéré des bouteilles de gaz et un réchaud dans une maison de l'avenue.

— Où est Léo ? demande Sam.

Paul rigole.

— Encore en train de dormir dans l'appartement d'à côté ! Mana faisait tellement de boucan dans la chambre des garçons qu'il s'est réfugié dans la cuisine pour terminer sa nuit.

Un cri nous fait tous sursauter. De l'arrière-cuisine surgit un gamin en pleurs, qui secoue la main et la suce en jetant un regard noir derrière son épaule.

— Elle m'a mordu ! Même que ça saigne !

La petite Salomé apparaît à la porte, le regard aussi dur que du cristal :

— Il a essayé de voler dans le trésor !

Le gamin, c'est Julien, il a plus de dix ans et il dépasse la gamine d'une tête mais, visiblement, en voilà un qui ne se risquera plus à chaparder dans la réserve. Marcello se lève et Salomé vient se blottir contre lui. Il se penche vers elle et plante un bisou sur son front. La fillette est méconnaissable : la petite souillon de la nuit dernière s'est transformée en papillon. Ses cheveux étaient tellement crasseux que j'avais cru qu'ils étaient gris, mais ils sont en fait d'une belle nuance de brun – de magnifiques cheveux bouclés. Ses vêtements déchirés, raides de saleté, ont laissé place à une jolie salopette jaune aux motifs élégants. Sur son petit visage résolu, débarbouillé, on peut maintenant voir des traits ravissants et de beaux yeux vert d'eau.

— C'est bien, mon ange, tu as défendu notre trésor.

Mais le plus frappant, c'est la métamorphose des gestes et du regard : elle a vécu un enfer, elle a cru mourir et la voilà maintenant qui renaît à la vie. Pour elle, cette vie, c'est à Marcello qu'elle la doit. Elle a reporté sur lui tout son amour et toute sa tendresse. Il n'a fallu que quelques heures et quelques paroles douces pour que son cœur meurtri se gorge de reconnaissance.

À les voir tous les deux si proches, il me revient le souvenir de bonheurs d'enfance, d'un papa qui me serrait contre ses jambes quand j'étais toute petite. L'émotion est si forte que je dois me pincer la main pour ne pas me mettre à pleurer ; une grosse boule s'est formée au fond de ma gorge. Marcello aime déjà cette enfant comme si c'était la sienne : cet amour, il le reçoit et il le rend. Ce sera un homme bon, Marcello. J'espère qu'il trouvera une femme qui saura le voir.

7

LÉO

Le carrelage, pour dormir, c'est vraiment pire que tout, même avec un sac de couchage et un coussin sous la tête. Je n'aurais pas dû me recoucher ici mais dans la chambre des garçons, Mana n'arrêtait pas de gémir. De toute façon, le sommeil n'a plus envie de me rendre visite : on joue à cache-cache un bon moment tous les deux et puis je me lasse. Je suppose que les autres doivent être déjà réveillés depuis longtemps.

— Léo ?

— C'est toi, Marie ?

Elle pousse la porte et s'accroupit près de moi. Le soleil du matin éclaire son visage à travers la fenêtre.

— Un peu dur, le carrelage ? fait-elle. Je t'entends remuer dans ton sac depuis le salon… Tu fais la grasse matinée ?

— Tu parles, la nuit a été courte…

— Les autres sont en train de prendre le petit déjeuner dans l'appartement d'à côté. Il n'y a plus que Ness chez les filles et Mana chez les garçons – il s'est enfin endormi. Tu pourrais 'installer sur un canapé à côté de moi ? On devrait être tranquilles.

Je lui jette un regard soupçonneux.

— Tu veux te recoucher, toi aussi ?

L'idée de dormir juste à côté de Marie, ça ne me plaît pas du tout. C'est trop dangereux.

— Oui, je suis fatiguée.

Et elle ajoute :

— Allez, t'inquiète, je ne vais pas te sauter dessus.

Elle rit un peu et finalement, c'est le silence qui s'installe.

Me sauter dessus ? Alors comme ça, Marie vient de faire son choix : elle préfère briser le mur des faux-semblants, elle lance le grand jeu, elle se déclare. Très bien. On ne jouera plus aux bons copains, on va se dire des choses qui fâchent. Mon cœur s'emballe un peu, moins que le sien sans doute mais quand même : je l'aime bien, Marie, je l'ai toujours bien aimée. Sans ça, j'aurais peut-être joué un peu avec elle au collège, je suis un garçon comme un autre après tout, pas pire, pas meilleur. Je sais qu'elle est amoureuse de moi et, sortir avec elle, ça aurait été facile. Et puis il n'y a pas tant de filles que ça qui me courent après. Seulement ça ne peut pas coller. Lui dire oui, ça aurait été lui mentir et je ne voulais pas mentir à Marie.

— Tu seras toujours mon amie, hein ?

Et si tout était brisé ? Et si dorénavant elle n'était plus là, auprès de moi ? Marie et moi, c'est l'éternité. Avant ? Je ne me souviens pas de l'avant-Marie. Quand j'ai compris qu'elle était amoureuse de moi, je l'ai évitée le plus possible en attendant qu'elle se lasse et qu'elle trouve un autre garçon. Être froid avec elle, toujours sur mes gardes : je m'en voulais et elle m'en voulait aussi. Elle a peut-être raison de crever l'abcès, après tout.

Elle se couche contre moi et je vois ses yeux briller comme des étoiles. Pourquoi est-ce que je n'aime pas Marie ? Pourquoi je n'ai pas envie de la prendre dans mes bras, de l'embrasser et de lui dire des mots d'amour ? Parce que c'est ça, « aimer », non ? Elle est plus jolie que la plupart des filles, elle a son caractère mais c'est une fille très chouette. De la bonté, de la joie, de la jugeote, elle a tout ça. Alors pourquoi ?

Je ne sais pas.

— Il n'y a pas de « toujours », Léo, répond-elle finalement. Tout change et tout disparaît. L'éternité, ça n'existe pas. Un matin, tu te réveilleras, tu auras grandi et tu le comprendras.

Je déteste l'entendre dire ça.

— En tout cas, je me sens bien avec toi. Depuis que je te connais, je me suis toujours senti bien avec toi.

— Mmh, fait-elle pour toute réponse.

Elle est amoureuse de moi mais elle me déteste aussi : elle voudrait me faire payer tout ce mal qu'elle ressent à cause de moi, et je peux le comprendre.

— Marie… toi et moi, ça fait longtemps, non ?

— Mmh.

Elle me déteste, mais je continue : depuis que Sam m'a parlé tout à l'heure, je connais le pouvoir des mots sur les blessures. Peut-être qu'elle ne répond pas, là, tout de suite, pourtant mes mots, elle les attend, elle les boit. Et, longtemps après, elle s'en souviendra, ils lui réchaufferont le cœur. Mes mots contre tes mots, Marie.

— Tout le monde t'aime bien mais, entre toi et moi, ça a toujours été quelque chose de… spécial, non ? Quelque chose qui était à nous, à personne d'autre ?

— Et ta Sarah, tu te sens bien avec elle aussi ? Il y a quelque chose de « spécial » entre vous ?

Évidemment non. Je ne la connais presque pas.

— Sarah… c'est autre chose.

— Tu parles. C'est juste un joli visage et un millier de rêves que tu as construit autour. Une image, une illusion : tu as tout inventé toi-même.

Mais toi, Marie, ton visage, je le connais tellement bien que j'ai oublié qu'il était joli. Et des rêves, désolé, mais ce n'est pas toi qui vas m'en inspirer : toi, tu es la copine d'avant, du temps où j'étais gosse. Je ne suis plus un gosse, maintenant, je veux grandir. L'enfant que j'étais, je le méprise, c'était un nullard. Je veux un avenir, je veux devenir un homme. Pas question de regarder en arrière.

— Allez, viens, il est glacial ce carrelage, fait-elle en frissonnant.

Elle me tend la main et m'aide à me relever. Je sors du sac de couchage, m'étire un peu et regarde ma montre. Bah, le jour est à peine levé, je peux bien dormir encore un peu. L'appartement est silencieux, Mana a fini par s'endormir. On entend juste les ronflements d'une fille, étouffés derrière la porte. Quelle saleté par terre : le tapis du salon mériterait un bon coup d'aspirateur.

— Assieds-toi près de moi, dit-elle une fois sur le canapé.

Ça mijote quelque chose ici. Il y a un je-ne-sais-quoi de résolu sur ce visage qui ne me dit rien de bon. *Méfiance, Léo ! Je sens le piège.*

— Prends-moi dans tes bras.

Je la regarde, perplexe.

— Allez, quoi, tu me dois bien ça.

Je m'approche du bout des fesses. À travers la baie vitrée du balcon, le soleil encore couché sur l'horizon jette une lumière dorée. J'aurais dû le remarquer tout de suite : elle a les cheveux mouillés qui sentent le propre et elle a tombé son vieux pull-over bleu marine. À la place, il y a un petit débardeur prune hyper moulant et en dessous, une jupe qui s'arrête bien avant le genou.

— Mais… tu t'es parfumée ou quoi ?

— Et alors, tu as le nez délicat ?

De son corps s'élève une odeur de temps révolus : une odeur de douche chaude, de savon à la vanille, de salle de bains propre. Je pose une main sur son épaule, elle la tire vers elle, la place loin dans son dos et me voilà tout contre son visage : je sens la chaleur de son souffle contre ma bouche.

— Je croyais… je croyais que tu n'allais pas me sauter dessus ?

J'aurais dû m'en douter : tout ça, c'était prémédité. De toute façon, avec elle, tout est prémédité. Jamais elle ne perd le nord,

Marie : un cœur plein de fureurs et d'émotions associé à une tête toujours froide. Je ne sais pas comment elle fait.

— Ça ne t'arrive jamais, à toi, un petit mensonge de temps en temps ?

— Tu as à peine seize ans, merde !

— Et alors ? Seize ans, ça ira très bien. Et puis seize ans, c'était il y a une semaine. Après ce qu'on a vécu, c'est comme si j'en avais trente.

— Marie, c'est mal de faire ça, c'est pas bien… Tu sais que moi… Tu sais que de mon côté…

— Je sais. Tu n'es pas amoureux. Tu ne veux pas abuser de la situation. Tu es un gentil garçon plein de gentils scrupules. Et si je m'en fiche, hein ? Si j'ai envie que tu abuses, moi ?

La bretelle de son débardeur lui tombe sur l'épaule, dévoilant la courbe d'un sein.

— Oh tiens, on dirait que je n'ai pas de soutien-gorge, là-dessous…

Je voudrais bien me dégager, retrouver ma place à l'autre bout du canapé, mais je ne suis pas un surhomme. J'ai seize ans et je suis puceau. Jamais je n'ai été aussi près de le faire. C'est que Marie n'est plus du tout la même, maintenant : la gamine du terrain vague avec ses deux couettes à barrettes, elle a complètement disparu. Et l'hyperactive du lycée avec ses corsages boutonnés, où elle a bien pu passer, ça j'en sais rien. D'ailleurs je m'en fous. Tout ce que je vois, c'est qu'à la place de ce que je prenais pour Marie, il y a une sacrée surprise : un vrai corps de femme affolant de chaleur, avec cette peau si douce et cette odeur de… Bon Dieu, j'ai le corps en feu, ça s'affole là en bas, ça grimpe, ça durcit, ça réclame.

Sous le petit haut, il y a ses deux seins ronds qui jaillissent. Ces machins-là, c'est pas loyal, on ne se bat pas à armes égales. Les seins, c'est deux morceaux de paradis sous le soutien-gorge. Rien qu'à voir leurs bosses sous les vêtements, il y a la panique qui nous monte au cerveau. On n'a pas le droit de les regarder, on n'a pas le droit de les toucher, mais bordel, on ne pense qu'à ça ! Alors quand une fille vous prend la main et vous guide gentiment là-dessus, c'est un peu comme Saint-Pierre qui vous tend les clés du royaume des cieux.

— M… Marie.

J'ai du mal à parler. Avec sa langue entre mes dents, c'est vachement pas commode.

— Tu as pensé à… Tu prends la pilule ? Et si tu tombais enceinte ?

— Je pense toujours à tout Léo, tu me connais…

Apparemment, ça ne l'empêche pas de saisir mon tee-shirt par le bas et de le passer violemment par-dessus ma tête.

— Mais je m'en fous. Dans neuf mois, peut-être que tout le monde sera mort dans cette ville. Et peut-être que ce que tu refuses de prendre là, demain il y en aura un autre que toi pour le prendre par la force. Cette nuit, c'est toi que je veux recevoir dans mon ventre. Je veux que ce soit toi le premier et tout le reste, je m'en fous. Tu ne veux pas me faire de peine, c'est ça ? Tu penses à moi, tu veux qu'on soit toujours amis ? Alors ton amie, elle te dit que ça ne lui fait pas de peine du tout, et elle te dit « tais-toi » : à partir de tout de suite, il n'y a plus que moi qui aurais le droit d'ouvrir la bouche…

Bon Dieu… bon Dieu… ouvrir la bouche ? Qu'est-ce qu'elle veut dire exactement ? Le bouton de mon jean saute sans faire d'histoire, à vrai dire ça faisait un bout de temps qu'il attendait ce moment-là. Sur mon nombril, je sens la caresse de ses cheveux, et leur parfum me rend complètement fou.

La porte du salon claque derrière nous.

— Vous dérangez pas pour moi, surtout, faites comme si j'étais pas là.

La silhouette de Ness s'avance droit vers la porte-fenêtre, qu'elle ouvre d'une seule main avant de filer sur le balcon. Au bout de quelques secondes, un éclair jaillit dans ses doigts et se change en braise rouge…

Ah, la conne !

Évidemment, Marie s'est arrêtée. Les seins ont regagné leur place sous le petit haut et mes fesses à l'autre bout du canapé. Le moment est passé, on le sait bien, elle et moi. Les filles, c'est quand même pas fait comme nous, il n'y a pas à dire. Comment on pourrait y comprendre quelque chose ? Ness est à moitié dingue parce qu'un mec a couché avec elle, et Marie est à moitié dingue parce qu'un mec n'a *pas* couché avec elle. Pour nous, les gars, c'est carrément plus simple : à la base, on voudrait coucher avec toutes les filles sans exception.

— Elle l'a fait exprès, cette connasse…, siffle Marie entre ses dents.

Le ciel commence déjà à pâlir à l'horizon. Ness écrase sa clope contre la rambarde, rentre au salon les bras serrés autour du corps et jette en passant, presque comme une excuse :

— Je n'arrivais pas à dormir.

Marie se lève brusquement et sort du salon. Une seconde après, j'entends la porte de l'appartement qui claque. Je remets le bouton de mon jean, qui n'a plus aucune raison de protester, et je me roule en boule contre les coussins. Je ne sais pas ce que m'a fait Marie – sûrement pas ce qui était prévu – mais en tout cas, ça m'a fait sauter quelque chose là-haut dans le cerveau. La tension, les idées noires, tout ça s'est envolé : sur le canapé, il ne reste plus que moi et le gars Morphée, qui n'a pas à me bercer longtemps.

Quand je me réveille, j'ai un sale goût dans la bouche et la tête qui tourne un peu. Le soleil, ça fait longtemps qu'il a quitté l'horizon ; il se promène quelque part là-haut, loin au-dessus de l'immeuble d'en face. On dirait qu'il y a déjà un bon moment que j'ai passé l'heure du petit déjeuner. En tout cas, les Cracheurs ne nous ont toujours pas attaqués cette nuit, alléluia.

Je déplie lentement les jambes, j'ai l'impression d'être une momie qui sort de sa boîte. Mal au cou, mal au dos, mal partout. Ah oui, c'est vrai, je me souviens du petit cadeau de Tonton-la-Barre : je sens des creux et des bosses là où ses ongles sont rentrés dans la chair. Je me dirige vers la chambre des garçons. Quels goûts de chiottes, les proprios, c'est atroce, ces tapisseries à fleurs et ces statues de nymphettes en plâtre sur la commode. Mana dort sur le dos. Il n'a pas vraiment le choix : on l'a coincé avec des cordes pour qu'il ne bouge pas sa jambe en dormant. Qu'est-ce que j'ai encore comme affaires propres ? Tiens, ce tee-shirt-là, je l'ai déjà porté mais ça fait une semaine, allez hop, il fera l'affaire. Depuis une semaine qu'il traîne quand même… il ne doit plus être si sale.

Avant de sortir, j'ouvre tout doucement la porte des filles pour y jeter un coup d'œil. Sam est levée, bien sûr, c'est toujours la première, et Ness a disparu. Il ne reste plus que Joan l'Américaine. Je m'approche un peu et je la regarde sans faire de bruit. Elle s'est remise dans sa position naturelle : le fœtus sur le côté, bras et jambes repliés, elle suce son pouce en dormant, c'est mignon. Je referme tout doucement la porte et je sors sur le palier.

Je me demande ce que devient le Flic. Est-ce qu'il a eu à boire et à manger ? J'ai confié la mission à Paul et je n'ai qu'à moitié confiance. Je monte les sept étages qui me séparent du toit de l'immeuble. Le château d'eau nous sert de prison, encore une idée de Marie. C'est une sorte de grand réservoir en béton de la forme d'une boîte de camembert géante. Il n'y a plus d'eau là-dedans mais les parois sont solides et on a enlevé l'échelle intérieure : le seul accès, c'est par en haut. Des barreaux en métal sont fixés les uns en dessous des autres. Normalement, il y a un clapet de protection devant la trappe, seulement tout est rouillé depuis longtemps. Paul l'a fait sauter hier soir.

Une fois là-haut, il me faut un bon moment pour habituer mes yeux à l'obscurité qu'il y a au fond. C'est humide, il y a un courant d'air qui siffle un peu, qui enfle comme dans une grotte. Je distingue une forme de plus en plus nettement : un type accroupi, la tête en l'air, les yeux brillants. Paul lui a laissé un seau pour ses besoins et des épinards en boîte. Personne n'aime ça ici.

Le Flic n'a pas dit un mot depuis qu'on l'a capturé. Je me demande ce qu'il peut bien y avoir dans la tête de ce gars-là. Un racketteur d'enfants, un violeur… ou juste un mec ordinaire dans une situation extraordinaire. Il n'est peut-être pas si mauvais après tout ? Seulement quand on commande à une bande d'excités qui ne demandent qu'à prendre votre place, il faut toujours aller plus loin, il faut s'imposer. Je ne crois pas qu'il ait violé l'Américaine. Ness oui, mais après ça, il a refilé l'Américaine à Bébé Joe. Pourquoi ? Mystère.

Enfin… mauvais ou pas, il a passé la ligne. Il n'y a pas grand-chose comme différence entre un mec bien et un pourri. Seulement quand on change de catégorie, c'est un aller simple : une fois qu'on a passé la ligne des salauds, on n'est plus jamais un type bien. Quand il me regarde d'en bas, ce n'est pas moi qu'il voit, c'est cette foutue ligne : *lui, là-haut, il est toujours du bon côté,* voilà ce qu'il doit se dire. *Moi non, c'est trop tard.* Cette putain de ligne, elle sera là toute ma vie, alors moi aussi je veux la voir de près.

En fait, c'est peut-être juste un paumé qui avait trouvé un flic endormi sur le trottoir. Je tâte de la main la crosse du flingue. Je ne sais pas où le mettre : devant, ça me rentre dans le ventre, derrière, ça n'arrête pas de glisser. Quelle saloperie ! *Pourquoi fallait-il que tu ramasses ça, hein mon cochon ? T'aurais pas pu le foutre dans la flotte et qu'on n'en parle plus ?*

Tout seul sur le toit, je me sens tellement plus léger. Je n'ai plus trois cents gosses à nourrir et à protéger. Je n'ai plus ma demi-douzaine de têtes de mules à commander. Avec le flingue, je fais quelques essais de tir dans toutes les positions : accroupi, debout, couché, en me retournant… Mouais. C'est facile de tirer sur un salaud imaginaire, mais le jour où j'aurai un vrai visage en face de moi, ce sera une autre paire de manches. Je sors le chargeur et je compte les balles : il en manque deux. J'en ai senti une voler près de mon oreille le soir du premier raid au supermarché. Pour l'autre, je ne sais pas.

Dès le premier jour, on est allés au commissariat central avec Paul et Marie : toutes les armes étaient sous clé dans un caisson blindé. Il y avait des flics dans le coma mais pas un seul flingue. Soit quelqu'un était passé avant nous, soit les derniers à tomber dans les pommes avaient fait le ménage avant de commencer leur gros dodo. Tant mieux, moins il y aura d'armes à feu dans cette foutue ville et mieux ça vaudra pour tout le monde.

Quand je redescends à l'appartement, je trouve des étages de plus en plus encombrés par des tout-petits déchaînés.

— Eh, du calme, les morveux ! je fais à deux excités qui se jettent des boulettes de papier mâché dans l'escalier.

Je m'en prends une dans l'œil.

— Chut, regarde, c'est le chef ! dit un blondinet au nez sale, de cinq ans au maximum et très impressionné de me voir.

— Bonzour, Léo ! dit son copain avec un grand sourire.

Il s'approche et me fait même un bisou : c'est mignon à cet âge-là… mais qu'est-ce que ça bave.

— Dites donc les nains, c'est la fête, on dirait !

— Elle va rester, la fille avec un piercing dans le nombril ? me demande le blondinet.

Une fille avec un piercing ? Je ne vois pas.

— Quand est-ce qu'il y aura la télé ? fait l'autre.

— Et quand est-ce qu'elle va revenir, ma maman ?

Je rigole un peu. Bien obligé. Et puis ça vaut toujours mieux que de pleurer, hein.

— Ouais, vous avez raison, les morveux. Moi aussi, je voudrais bien regarder la télé.

Sur le palier du cinquième, il y a des gosses de tous les âges, des têtes inconnues. C'est tellement noir de monde qu'on dirait carrément une rave party. Qu'est-ce qui se passe ici ? Qu'est-ce qu'ils font chez nous, ceux-là ? Je prends le flingue et je le passe côté ventre, c'est plus sûr.

— Je reviens tout de suite ! fait la voix d'un Fred surexcité.

Et voilà qu'il déboule du QG et court vers chez Lisa en face, poussant du coude un ou deux gamins et moi en prime, fonçant comme un fou.

— Eh, fais gaffe !

— Salut Léo, fait-il un peu gêné en se retournant. Attends, je reviens tout de suite !

Il n'a pas menti, le rouquin, il revient tout de suite. Mais pas les mains vides : le voilà avec une belle guitare en bandoulière, celle de la grande sœur de Lisa, et il repasse en sens inverse. Je ne l'avais jamais vu en aussi grande forme. Il faut dire que ça braille dans le QG, ça rigole et ça commence à chanter aussi. Clap-clap, je ne sais pas ce qu'on applaudit mais ça doit valoir le coup. À l'entrée, Marie se tient le dos contre la porte, l'air butée.

— Alors, toi aussi tu viens au spectacle ?

Je suis trop abasourdi pour lui répondre. Qu'est-ce que c'est que cette foire, dans le QG ? Il faut que j'aille jeter un coup d'œil. Dans le couloir de l'entrée, il y a des tas de gosses en nage qui braillent et qui essaient d'avancer jusqu'au salon. Il faut dire que là-bas, c'est la chaude ambiance : Fred-l'Esquimau, écarlate et les yeux fous, est en train de danser en sautant sur place, et avec lui Sacha, et Fabien, et toute une farandole de moitié-grands complètement déchaînés, tous tournés vers le fond du salon. Je vois Marcello rouge brique, qui a lâché sa béquille pour applaudir, et Paul à côté de lui qui pousse des cris de joie comme un vrai cow-boy, en train de faire tournoyer d'une main un truc qui ressemble à un pull de fille à paillettes.

I made it through the wilderness
Somehow I made it through[1]

— Ouaaaaaais ! braille Paul.

D'où vient cette voix ? On dirait vraiment Madonna, c'est incroyable. À la place du salon bien rangé où j'ai dormi tout à l'heure, je me retrouve dans une salle de concerts. Tous les meubles ont disparu, sauf la table et les canapés, qui ont été poussés tout au fond pour faire une scène. Et là-dessus, il y a une femme archimaquillée et fringuée comme une pin-up qui nous fait le show le plus bandant que j'aie jamais vu. La fameuse blonde avec un piercing dans le nombril dont parlaient les gosses, c'est elle, aucun doute.

Didn't know how lost I was
Until I found you

— Ouaaaaaaaaais ! braille de nouveau Paul, et avec lui des tas d'autres garçons.

Et des filles aussi. Et… nom de Dieu, je ne connais pas tous ces gens, qu'est-ce qu'ils fabriquent chez nous ? La petite grosse hystérique, là devant, qui agite les mains, et ce grand mec à la barbiche noire, tellement bien rasé autour ? Inconnus au bataillon.

Like a virgin
Touched for the very first time
Like a vi-i-i-i-rgin

Cette femme, je ne sais pas qui c'est, mais elle a ça dans le sang : la voix, le rythme, la provoc et… et le physique aussi, faut

1. *Like a Virgin*, paroles de Madonna, chanson issue de l'album *Like a Virgin*, 1984 (*NdA*)

dire ce qui est. Je ne suis pas particulièrement fan de Madonna et, pourtant, quand elle chante, il y a une beauté poignante, quelque chose dans la voix, dans le corps. Ce n'est pas possible, elle a au moins vingt ans, d'où est-ce qu'elle sort ?

Gonna give you all my love, boy
My fear is fading fast

Paul m'aperçoit et me fait signe de venir le rejoindre, heureux comme un bébé.

— C'est la folie, hein ? Tu aurais dû voir ça tout à l'heure ! J'ai attrapé son pull quand elle l'a jeté dans le public ! qu'il fait en me gueulant directement à l'oreille.

C'est un tel boucan autour. Il se met à secouer son trophée en l'air et ce truc me jette une pluie de paillettes dans les cheveux. Tiens, le type à barbiche essaie de monter sur scène pour mettre la main sur les gambettes de la starlette. Pan, un coup de talon sur les doigts, tu ne l'auras pas volé celui-là : un point pour la starlette, elle garde les pieds sur terre même dans le feu de l'action. Ça le calme on dirait, ouais c'est ça, rigole mon vieux, c'est encore la meilleure chose à faire.

Bon, il faut que je demande à Marie qui est cette fille et d'où elle vient. Je me fraie un chemin en sens inverse pendant que la chanson se termine. Marie est toujours là, à la porte, on dirait qu'elle m'attend. Il y a quelque chose de triste dans ses yeux mais il y a tellement de colère aussi qu'on ne voit presque pas la tristesse.

— Tu sais qui c'est, ce grand machin qui est monté sur la table ?

Elle hausse les épaules, fait la moue.

— Tu parles, elle n'est pas grande si tu enlèves les talons.

Et puis elle me prend par le bras et m'emmène dans la cage d'escalier, on peut déjà parler plus tranquillement.

— Alors, tu ne l'as pas reconnue ?

— Qui ça, Madonna ?

Elle rit un peu.

— C'est Joan. Ton Américaine. Tu sais bien : Miss Pot-de-Colle.

— Quoi ? Miss Allumette ? Celle qui ne pouvait même pas décoller les mâchoires pour aligner deux mots ?

— De ce côté-là, il y a du progrès, fait-elle, philosophe. Eh oui, c'est la Miss Allumette du lycée, la fille qui est sortie avec trente garçons en trente jours. Elle a bien récupéré, non ?

— Tu rigoles ? Ça ne peut pas être elle, après ce qu'elle a vécu avant-hier ! De toute façon, cette fille a au moins vingt ans !

— Mais non, elle a juste une demi-tonne de fond de teint, c'est tout.

On entend du salon *Oops!... I Did It Again*, imité de Britney Spears. Je revois la fille à moitié folle qui se cramponnait à moi et j'essaie de faire coller cette image avec le corps souple et rythmé de la chanteuse du salon. Difficile, mais bon, il va falloir s'y résoudre.

— Je comprends comment elle arrive à chanter Madonna sans accent. C'est facile, pour une Américaine.

— Sans accent ? Hin ! attends de l'entendre parler français !

— Et les autres, le blond qui joue du djembé et le grand à barbiche, d'où ils sortent ?

— Ça, c'est la rançon de la gloire, Léo. Depuis que les Cracheurs sont allés chercher deux filles chez elles pour les violer et que, par la même occasion, ils ont forcé quelques portes et pris tout ce qu'il y avait derrière, les gens du quartier viennent se réfugier ici. Les rumeurs vont vite et les enfants sont bavards : tout le monde sait déjà que tu as capturé le Flic et que tu as récupéré son arme. Pour eux, la question est réglée : c'est nous les plus forts.

— C'est dingue ! Hier, personne ne voulait nous suivre. Et les Cracheurs sont au moins quarante !

— Le grand à barbiche, il s'appelle Charles. Charly pour tout le monde. Je le connais de réputation : il avait sa petite cour au lycée, c'était un de ces garçons hyper lourds avec les filles. Une fois, il a mis une main aux fesses à la stagiaire d'anglais devant tout le monde…

— Ah oui, je m'en souviens. La prof d'anglais voulait le renvoyer du lycée ; mais dis donc, il était en terminale, non ? Il doit avoir au moins dix-sept ou dix-huit ans ?

Elle hausse les épaules.

— Je sais, c'est bizarre qu'il ne se soit pas endormi. Il avait peut-être un an d'avance. Le blond au djembé, c'est un garçon du lycée Balzac. Il paraît qu'il est bien gentil.

— Gentil, genre… « gentil » ?

Autrement dit, pas très malin. Gentil, c'est une insulte… Dans quel monde on vit…

— Eh, chef !

La tête de Jean apparaît à la porte de l'escalier. Comment il m'a trouvé, celui-là ? Ce petit est effrayant, on dirait qu'il sait toujours tout. En tout cas, on peut compter sur lui comme sentinelle : il n'a pas mangé son tour de garde malgré la fête.

— Il y a une fille qui veut te parler. Une grande.

C'est une gamine de quatorze ans au plus, qui me regarde avec un tel air suppliant que j'ai l'impression d'être un empereur romain. Elle a entendu parler des Cracheurs et de ce qu'ils faisaient aux filles, alors elle vient ici demander notre protection. Je suis sûr qu'elle s'attendait à devoir coucher avec quelqu'un pour avoir à manger. Comme je lui réponds doucement, en souriant, elle ne sait plus quoi faire : elle nous regarde, Marie et moi, un peu perdue. C'était à de la violence qu'elle s'attendait, à des cris. Celle-là n'est sûrement pas sortie de chez elle depuis une semaine, les gosses ont dû lui raconter des tas d'histoires horribles.

— Est-ce que vous êtes ceux qu'on appelle « les Hommes Droits » ?

— Non, ici c'est la Cantine. Les Hommes Droits, c'est de l'autre côté de la ville. On ne les connaît pas.

La fille acquiesce alors que je ne lui ai pas posé de questions et elle se rend chez Lisa, où je lui ai dit qu'elle trouverait de quoi manger. Marie la regarde trotter comme une souris et soupire.

— Pauvre gamine, encore une semaine de terreur et elle tournait folle.

Elle a raison : il y a tellement de gosses qui ont pété les plombs déjà…

— Bon, je suis allée voir deux autres appartements ouverts, au quatrième. Je pense qu'on peut y loger tous les nouveaux. J'ai déjà fait la répartition des chambres.

Bon Dieu, qu'est-ce que je ferais sans Marie ?

— Tu sais quoi ? On va peut-être s'en sortir vivants, finalement !

Je rigole un peu, elle non. Je poursuis :

— Peut-être que Madonna pourrait nous faire venir encore plus de monde, avec ses concerts ? Après tout, le quartier s'ennuie à un tel point qu'un peu de musique, ça pourrait nous ramener des troupes !

Revenir jusqu'à la scène me prend presque dix minutes en jouant des coudes mais, au moins, quand Joan me voit monter sur la table, elle ne me jette pas son talon dans la figure. Son sourire se fane et elle dit seulement :

— Okay, okay, le fête il est fini, hein ? Rigoler un peu ici, c'est *forbidden*[1], c'est ça ?

On dirait que je suis le papa qui engueule sa fille, celle qui vient de monter un groupe dans le garage et qui fait trembler les murs. Je commence à la regretter, ma folle d'avant-hier qui jouait les koalas.

— Regarde sur le balcon, tous ces petits inconscients qui sont montés sur la rambarde pour mieux voir. Si tu continues,

1. « Interdit »

Joan, il y a deux ou trois gosses qui vont finir par se fracasser la tête en bas.

— Oh, c'est bon, j'ai compris, j'arrête.

La voilà toute ronchon maintenant, et vingt fans déçus me sifflent et me jetteraient des tomates s'ils en avaient sous la main.

— *That's all, folks*[1]. C'est fini. Descendez le balcon tout le monde, *thank you everybody.*[2]

— Alors tu te sens mieux, ce matin ?

Dans son regard, je ne croise que du vide : elle m'évite, elle m'affronte seulement d'un petit coup d'œil oblique. Pas un merci, pas un sourire, même pas une larme.

— Je me souviens plus rien du tout. J'ai perdu ma mémoire. Trou noir. Mais ils m'ont dit tu as été très *cute*[3] avec moi. C'est sympa.

— Hé ! Joan, tu veux une sèche ? propose Sacha, les yeux remplis d'amour et les mains de cigarettes.

— Ouais, cool !

Et la voilà qui me plante là avec son « c'est sympa », qui emboîte le pas à son premier fan avec un joli sourire de toutes ses belles dents blanches. Le grand barbichu l'attend déjà sur le balcon. Ils sont une demi-douzaine autour d'elle, Paul compris, qu'elle tient par le bras. Il ouvre la bouche et lâche une vanne débile à laquelle elle rigole beaucoup trop fort.

Marcello me rejoint.

— Ben dis donc…, je lui dis. Elle a sacrément changé depuis hier.

— Spec… spectaculaire, oui.

— Joan ! je lance à la fille, qui fait comme si elle n'entendait pas. Elle est bouchée ou elle se fout de ma gueule ?

1. « C'est fini tout le monde ! »
2. « Merci à vous tous ! »
3. « Gentil »

— JOAN !

Sa jolie tête se tourne enfin vers moi, un sourire figé sur les lèvres. Je lui fais signe d'approcher et, à contrecœur, elle abandonne son petit cercle, qui la suit des yeux.

— Quoi ? C'est interdit fumer sur le balcon, aussi ?

— Mais non… Je voulais te demander, tu as fait de la scène ? Tu as appris à chanter ? Tu te débrouilles super bien, ça décoiffe.

Ses joues rosissent un peu. Elle me regarde les cheveux. Décoiffer… Peut-être qu'elle ne connaît pas l'expression ?

— Ma mère m'a payé des leçons. J'aime ça beaucoup, chanter.

— On a besoin de faire venir du monde ici, au moins pour cette nuit. Tu comprends, plus il y aura de gens qui viendront vivre avec nous, plus on sera en sécurité. Et tu pourrais nous aider : si j'annonce un concert mettons, à 18 heures, tu serais partante ?

Maintenant, ses joues sont carrément tomate. Et, pour la première fois, je peux la regarder dans les yeux : elle a levé la tête et je sens déjà l'excitation qui la gagne.

— Pour aider vous ? Pour foutre les Cracheurs une bonne trempe ? C'est ça ?

— C'est l'idée, oui.

Ou plutôt, chère Joan, pour éviter que les Cracheurs, eux, ne nous foutent une bonne trempe.

— Tu peux me compter dedans, *boy*, tope là !

8

MARIE

« Rumeur n° 34 : les Hommes Droits
Taux de pertinence : 4/5
De nombreux témoignages d'enfants indiquent qu'un groupe d'adolescents appelé les Hommes Droits s'impose progressivement dans les quartiers est de la ville. Ils sont connus pour porter des vêtements militaires pris à la caserne ; ils auraient lancé un appel à tous les enfants, proposant de les nourrir et de les héberger.
Apparemment, ce sont eux qui ont brûlé les abattoirs pour éviter les épidémies.
On ne serait donc pas les seuls dans cette ville à penser à autre chose qu'à nos nombrils ? »

L'église Saint-Sauveur n'est vraiment pas très belle à regarder, le clocher ressemble à une fusée spatiale avec ses plaques de fonte sur les côtés. J'y ai passé tous mes dimanches matin depuis qu'on a emménagé dans cette ville avec maman : une église de quartier, une petite paroisse, un vieux curé de province. Je viens d'une famille catholique et j'ai toujours été profondément croyante.

Tout ce que j'ai refusé à mes parents de confiance et d'amour, je l'ai confié au Seigneur.

Les pigeons sur le parvis m'accueillent avec des battements d'ailes frénétiques : ils doivent mourir de faim, les pauvres. Les miettes de pain ont disparu des trottoirs. Léo et Paul sont mal à l'aise ; ils ne sont jamais allés à l'église.

— Tu crois vraiment qu'ils vivent là-dedans ? fait Paul, dubitatif.

Je hausse les épaules et frappe trois coups sur la petite porte latérale, avant de m'effacer pour laisser passer Léo. Une jeune fille d'une douzaine d'années ouvre lentement le battant. Elle porte une étrange coiffe bleu marine et une robe grise qui lui descend jusqu'aux pieds.

— Bonjour... euh... ma sœur..., commence Léo, qui ne s'attendait pas à voir cette gamine déguisée en nonne.

La jeune fille garde le visage baissé. Elle a de jolis traits fins, de belles mains blanches. Ses gestes sont lents et timides. C'est vers moi qu'elle se tourne finalement, dévoilant ses yeux bleus :

— Sœur Marie, c'est vous ? fait-elle d'une voix surprise.

Comme prise en faute, elle se retourne aussitôt et disparaît à l'intérieur. Je la reconnais enfin sous son déguisement : c'est une des filles Sion, de la paroisse. Mais je n'ai pas le temps de lui répondre, un jeune homme portant la tunique de sous-diacre apparaît à la porte.

— Adrien ?

Le nom m'est sorti de la bouche, la surprise me fait le dévisager un peu plus que nécessaire. Adrien n'a jamais été très porté sur le culte. Il faisait toujours semblant de chanter pendant les cantiques et bâillait à en mourir. Et à chaque fois qu'il en avait l'occasion, il me draguait à la sortie de la messe. C'était un de ces petits plaisantins qui appelaient notre vieux curé « gros pif » dans la cour de récréation. En fait, ce fameux curé le soupçonnait même d'avoir été l'auteur du « sacrilège » du Noël dernier : sur le tableau d'affichage de l'entrée, à côté de l'appel aux dons du Secours catholique, quelqu'un avait épinglé trois ou quatre photos cochonnes…

— Sois la bienvenue en ces lieux, sœur Marie. Nous sommes honorés de ta visite, quel que soit son motif.

— Adrien, je… Mes amis et moi, on a pensé que vous pourriez nous aider.

— Tes amis peuvent rester sur le seuil de la maison de Dieu, fait-il en arrêtant Léo et Paul d'un geste de la main.

— Mais…

Interloquée, je quête d'un regard l'approbation de Léo, qui me fait oui de la tête. Et je m'engouffre dans l'église à la suite d'Adrien.

À première vue, l'endroit n'a pas beaucoup changé depuis le jour du Marchand de sable. La travée centrale est toujours cernée de bancs vides, nos pas résonnent toujours sur le marbre glacial. Personne n'a brisé les vitraux et j'en suis soulagée, mais comme elle est sombre, cette malheureuse église ! Aux deux extrémités du transept, on a disposé des couvertures et des coussins ; j'aperçois des visages curieux d'enfants aux yeux brillants. Ce qu'il fait froid, ici.

— Dans l'église vivent les femmes et les petites filles. Nous, les hommes, nous sommes installés dans la maison paroissiale. C'est avec joie que nous t'accueillons parmi nous, sœur Marie. Comme tu le vois, nous ne manquons ni de place ni de couvertures, et deux bras de femme nous seront précieux pour s'occuper de nos enfants et de nos nourrissons…

— C'est-à-dire que… frère Adrien, je ne viens pas m'installer ici. Je viens seulement vous demander de l'aide…

Il se retourne, me regarde, et l'éclat de son regard me remplit d'épouvante.

— Tu veux continuer de vivre avec ces gens que j'ai vus à la porte ? Si ce sont de fidèles croyants, ils ont leur place ici, bien entendu…

— Eh bien, non… ils ne sont jamais allés à l'église.

D'ailleurs, je crois que Paul a des origines juives. En tout cas, il porte une étoile de David en médaillon, mais je ne vais pas le dire à Adrien. Il s'est arrêté à la croisée des ogives et je devine que mes dernières paroles n'ont pas fait bon effet.

— Qu'attends-tu de moi, ma sœur ?

— Nous avons besoin de volontaires pour se battre à nos côtés. Nous nous occupons de trente bébés et de beaucoup de très jeunes enfants. Et presque tous les petits du quartier viennent chez nous pour ne pas mourir de faim et de soif. Tout ce que nous voulons, c'est pouvoir continuer à les aider jusqu'à ce que les adultes se réveillent. Seulement, les voyous qui se sont installés dans le supermarché menacent de venir chez nous et de tout saccager…

Après cette longue tirade, je lève les yeux vers lui : rien dans l'expression de son visage n'a changé, pas un muscle n'a bougé.

— C'est la vie de ces enfants qui est en jeu, Adrien : on ne peut pas laisser le quartier aux mains des pillards. Ils ne s'intéressent pas du tout aux petits et ils sont capables de tuer quelqu'un…

Cette fois, je m'arrête pour de bon et j'attends une réponse. Il laisse passer un long silence avant d'ouvrir la bouche, comme à contrecœur :

— Sœur Marie, tu commets une grave erreur de jugement : les adultes ne se réveilleront jamais.

Je soupire un peu trop bruyamment. L'Adrien que je connaissais n'était pas si tête de bois.

— C'est possible. Mais les Cracheurs sont bien réveillés, eux, en tout cas.

Adrien fait alors un geste étrange : un signe de croix sur son front. Je ne l'avais jamais vu faire cela en dehors de la messe. Il lève les yeux vers le ciel et dit lentement, comme pour lui-même :

Des cieux, le Seigneur se penche
vers les fils d'Adam

pour voir s'il en est un de sensé,
un qui cherche Dieu.

Tous, ils sont dévoyés;
tous ensemble, pervertis:
pas un homme de bien,
pas même un seul!

N'ont-ils donc pas compris,
ces gens qui font le mal?
Quand ils mangent leur pain,
ils mangent mon peuple.
Jamais ils n'invoquent le Seigneur.

Et voilà qu'ils se sont mis à trembler,
car Dieu accompagne les justes.

Je l'écoute, bouche bée, je n'aurais jamais imaginé que le petit Adrien pouvait citer un psaume par cœur.

— Tu... tu crois vraiment que cette maladie nous a été envoyée par Dieu?

Il se tourne vers moi, stupéfait:

— Et par qui d'autre? (Il écarte les bras et sourit.) N'a-t-Il pas déjà noyé le monde sous son déluge pour en exterminer les méchants et les pécheurs?

C'est à ce moment-là que je comprends ce qui cloche chez Adrien: pas une seule fois il n'a jeté son petit coup d'œil habituel sur ma poitrine. Il m'a regardée dans les yeux, ou plutôt légèrement au-dessus des yeux, comme s'il cherchait mon auréole. C'est effrayant: on dirait qu'il a subi un lavage de cerveau. J'ai l'impression absurde que, peut-être en le secouant un peu, ou en prononçant une certaine formule, je pourrais le libérer de son enchantement et retrouver le vrai Adrien. L'ado rigolard, le pro du blasphème…

— Tu veux que les Cracheurs envahissent tout le quartier, c'est ça ? Tu veux qu'ils fassent la loi et qu'ils deviennent les maîtres ici ? À ton avis, ils vont laisser ton église tranquille une fois qu'ils auront brûlé la Cantine ?

— Eh bien, les mécréants peuvent les craindre… mais, en ce qui nous concerne, je n'ai aucune inquiétude, sœur Marie.

Mon bouclier est en Dieu,
Qui sauve ceux dont le cœur est droit.
Si le méchant ne se convertit pas, il aiguise son glaive,
Il bande son arc, et il vise ;
Il dirige sur lui des traits meurtriers,
Il rend ses flèches brûlantes.

Il y croit maintenant, il croit vraiment que Dieu punit les incroyants et protège les fidèles, il y croit littéralement : il attend un miracle. Pour lui, Léo ou Bébé Joe, ça ne fait guère de différence. Si l'un des deux se fait tuer par l'autre, il n'y verra que la main de Dieu.

— Tes amis sont des infidèles, sœur Marie, ils n'ont que le sort qu'ils méritent aux yeux du Tout-Puissant. Qu'ils viennent à moi et se convertissent : la maison de Dieu leur sera ouverte. Sinon, je ne puis les aider.

Autour de nous s'est formé un cercle de visages : plusieurs adolescents nous regardent avec curiosité. Ce sont tous des garçons de quinze ou seize ans qui pourraient nous venir en aide. J'en compte sept, huit, neuf… Je ne les connais pas tous : il y a eu des conversions récentes, j'en suis certaine. Les filles n'osent pas s'approcher, elles restent à l'écart, le museau baissé en signe de soumission. Quelques garçonnets s'avancent, l'un d'eux fait deux pas vers moi puis, me reconnaissant soudain, file se cacher derrière les autres.

— Ça alors, je t'ai déjà vu, toi !

Je m'élance à sa poursuite, aussitôt arrêtée par les grands.

— Tu nous as chapardé des conserves ! Tu crois qu'on ne t'a pas vu ? Avec tes petits copains, vous êtes venus avec des grands sacs et vous vous êtes servis dans notre trésor ! Non mais je rêve...

Je me retourne, furieuse :

— Alors c'est comme ça que vous trouvez à vous nourrir ? Vous allez voler dans nos réserves la nourriture qu'on doit arracher des mains des voyous ? Et, après ça, quand on vous demande de l'aide, vous jouez les Saints-Pères ? Comment tu arrives à les nourrir, tes enfants, hein ? Où tu les trouves, tes conserves et tes bouteilles d'eau ? Vas-y, raconte !

Pour toute réponse, Adrien lève les yeux au ciel et joint les mains.

L'Éternel est mon berger, je ne manquerai de rien.
L'Éternel m'a traité selon ma droiture,
Il m'a rendu selon la pureté de mes mains ;
Car j'ai observé les voies de l'Éternel,
Et je n'ai point été coupable envers mon Dieu.

— Ah, tu la connais bien, ta Bible, tu as appris les trente premiers psaumes par cœur, c'est ça ? Tu n'as pas eu le temps d'apprendre le reste ? Mais je suis allée au catéchisme, moi aussi, figure-toi. Tu te prétends croyant et tu restes dans ton église quand la ville brûle, là-dehors ? Tu te prétends croyant et, quand un pauvre garçon vient à ta porte, un garçon qui donne sa vie pour venir en aide aux faibles, qui t'a donné son propre pain, tu le chasses et tu l'abandonnes ? Mon pauvre Adrien, tu ne comprendras jamais rien à la foi. Avant le Marchand de sable, tu n'y comprenais déjà rien du tout, mais maintenant tu la comprends complètement de travers !

— Hors d'ici, fille d'Ève, va retrouver tes infidèles ! répond Adrien, qui tend la main devant lui comme s'il avait le pouvoir de commander aux éléments.

Son visage est crispé par la rage, mes dernières paroles l'ont atteint au cœur. Il se met à hurler et à marcher sur moi :

— Retourne te vautrer dans le péché avec les pourceaux. Ton « pauvre garçon » veut sauver des enfants, dis-tu, mais c'est pour les éduquer dans le mensonge et les livrer à l'enfer ! Il attend les enfants de notre ville, il les attire avec sa nourriture et les entraîne à ne point croire en l'Éternel ! Non, nous n'irons pas prêcher la guerre pour lui ! Et toi, créature de Satan, va-t'en hors de Son église et ne reviens plus jamais parmi nous !

De dix, vingt, trente bouches sortent alors des sifflements de fanatiques : « Satan ! Satan ! Satan ! » Ils se rapprochent de moi et je recule dans la travée. Ils sont comme fous et agitent des bras menaçants : « Satan ! Satan ! » Je me mets à courir. Le cœur battant, je tire la lourde porte et me réfugie dehors. Paul et Léo se précipitent vers moi. Je suffoque, je pleure, j'étouffe… *Mes frères, qu'avez-vous fait de Dieu ? C'est une idole que vous adorez, oubliez votre veau d'or ! Hérésie, superstition ! Adrien, si tu avais écouté les prêches de ton curé, tu n'aurais pas détourné les yeux de ton vrai Dieu !*

— Calme-toi, Marie, calme-toi, là… C'est rien, c'est pas grave, on va se débrouiller autrement, hein ? Tu as été formidable. Ces gens-là sont devenus fous, c'est tout.

Léo me sourit, me prend les mains dans les siennes.

— Un peu comme la folle qui a attaqué Jean avec un crochet, sauf qu'ils sont devenus fous à plusieurs. Ils cherchent des causes et des raisons pour se rassurer, c'est tout. À chaque catastrophe, on en voit des comme ça, faut pas faire attention. Dieu n'a rien à voir là-dedans, va…

Je regarde ce garçon qui n'a jamais fréquenté une église et qui me parle avec une douceur incroyable, qui trouve exactement les mots qui referment mes blessures, juste parce qu'il voit que je souffre. Je le regarde et je me dis : *Il ne croit peut-être pas en Dieu, mais ça n'empêche rien, Dieu parle par sa bouche. Mon Dieu à moi, qui tisse un lien d'amour entre les hommes...*

Dans l'entrée de l'immeuble, deux chats maigres à faire peur s'enfuient devant nous, crachant et feulant. Le jour, ça va encore. La nuit, il faut faire attention à ces bestioles : elles sont capables de vous sauter dessus si elles se sentent menacées. Il y a un petit de six ans qui a perdu un œil en voulant ramasser une saucisse par terre. Évidemment, plus personne ne leur donne à manger et ils doivent se débrouiller tout seuls.

— Et les deux taupes qui vivent dans les caves ? suggère Paul.

On se croisait souvent les premiers jours : deux jeunes en manteaux de l'armée, hirsutes et couverts de piercings, qui fumaient des joints avec des airs blasés.

— Ils n'en ont rien à taper, de nous, répond Léo.

— On peut quand même essayer, ils ne sont peut-être pas si cons qu'ils en ont l'air !

Paul nous devance et descend vers les caves. Pas de chance, ils ont dû tout entendre : ils étaient là, tous les deux accroupis près de l'escalier. Le premier est grand et maigre, il pue la sueur faisandée et ses cheveux emmêlés lui donnent un air d'homme revenu à l'état sauvage. Ses quelques poils de barbe sont encore bien trop clairsemés pour dissimuler les cratères d'acné qui pullulent sous son menton. L'autre était un peu enveloppé au début, il l'est moins maintenant. Il pue tout autant et, vu sa rage de se gratter tout le temps, il doit avoir des puces. Au début, ils écoutaient en boucle leurs baladeurs MP3 et ils ne nous jetaient jamais un regard, mais les batteries se sont vite épuisées. Depuis, ils passent le plus clair de leurs journées à discuter entre eux de ce monde pourri et des pourris qui le rendent pourri, sans bouger un seul de leurs petits doigts crasseux pour essayer de le changer.

— Qu'est-ce que tu leur veux, aux deux taupes ? fait le grand avec sa voix traînante en nous regardant comme tout ce qu'il regarde : comme si on était un tas d'ordures.

— Ça vous dit de devenir citoyens cracheurs sous le règne de Bébé Joe Ier ? attaque Léo. C'est demain, les gars. Tout ce que vous avez à faire, c'est de rester ici le cul vissé en bas des marches !

— Laisse béton, mec. Ton baratin, ça me fout la gerbe.

Paul intervient :

— Et comment tu vas bouffer, ducon, quand ils nous auront fait la peau ? Qui vous donne gentiment votre pâtée tous les matins ?

Il est un peu impressionné à cause de la carrure de Paul mais, dès qu'il comprend qu'il n'y a pas de danger, il répond :

— Votre bouffe, vous pouvez vous la foutre au cul, nous, on nous achète pas. Vous avez un flingue, maintenant, non ? Alors tirez dans le tas, faut pas vous gêner. Faites comme tous les régimes oppresseurs avant vous...

— Et puis nous, on s'en branle..., renchérit l'autre de sa voix aiguë qu'il a du mal à rendre aussi traînante que son copain. Vous avez la trouille, p'tits bourges de merde, parce que vous savez même pas ce que c'est que de crever la dalle. Nous, on se trouvera une autre combine, c'est tout.

— Laisse tomber, Paul..., fait déjà Léo en se détournant.

— Ouais, c'est ça mon gars, laisse tomber. Tu crois que tu es un dur, hein ? Tu crois que tu es un caïd ? Au temps du lycée, t'étais un bon élève, je parie, hein, raie sur le côté, cartable en cuir, avec des putains de bonnes notes. Ben maintenant c'est fini. T'es plus qu'un petit con qui avait le cul bordé de thunes et qui se retrouve sans papa et maman tout à coup. Moi, mon père, il me filait des trempes. J'le regrette pas, il peut crever et toi avec.

Léo se retourne mais c'est moi qui réponds la première.

— On n'a jamais manqué de rien, c'est vrai. On ne se plaint pas, on avait des parents qui nous aimaient. Et maintenant, tout ce qu'on a eu, on le rend : « Il sera beaucoup demandé à ceux qui ont beaucoup reçu. » Ça ne veut pas dire que les autres doivent rester les bras croisés.

Le grand me lance un regard mauvais. La religion, évidemment, ça ne leur plaît pas non plus.

— C'est toi, la cul-bénit, qui a piqué sa réserve de shit à Franck ?

Il rigole un peu.

— « Tu ne voleras point », ça te rappelle quelque chose ? Allez, barrez-vous : le système s'est effondré de l'intérieur, moi, ça me fait kiffer comme un malade. Et vous, là, vous vous prenez pour des keufs. Vous voulez construire quoi exactement ? Un nouveau système ? Faudra pas compter sur nous, démerdez-vous.

On se regarde tous les trois dans le hall de l'immeuble. Survivre, sauver des gosses, il appelle ça un « système » ? Qu'est-ce qu'il a dans le cerveau, cet abruti ?

Paul rigole et lance tout à coup : « Chou blanc sur toute la ligne ! » et il a une telle gaieté, ce sacré Paul, qu'on ne peut pas s'empêcher de rigoler nous aussi. Après tout, cette nuit, on sera peut-être tous morts, autant rire un bon coup.

Nous revoilà dans la camionnette jaune, tous les trois sur la banquette avant. C'est une vieille radouille bonne pour la ferraille, les fauteuils sont mités et la ceinture du milieu ne fonctionne même pas. En se retournant, on a directement accès à l'arrière, il suffit d'enjamber la banquette. Mais il n'y a rien à voir au fond : c'est vide et noir, les fenêtres sont peintes pour occulter la lumière.

— Tu as encore de l'essence ?

Paul regarde la jauge.

— Le réservoir était plein quand je l'ai récupérée, il en reste encore.

Direction : la piscine. La porte de devant a déjà été fracturée et le distributeur de bonbons pillé. Dans les bassins, l'eau croupit malgré la Javel, le niveau a baissé. C'est vert là-dedans et ça sent le pourri.

— Il doit bien y avoir quelque chose d'intéressant ici…

Paul enfonce une porte de bureau, on se met à fouiller dans les armoires : un kit de premiers secours, six extincteurs, des barres en métal, des cordes… C'est incroyable tout ce qu'on trouve dans une piscine.

Au centre-ville, les choses se compliquent un peu. Sur la chaussée, les voitures arrêtées bouchent toutes les entrées. Ici, une ambulance est montée sur le trottoir et a percuté un mur, je m'en souviens : la sirène avait sonné pendant plusieurs heures avant que quelqu'un la fasse taire à coups de caillasses. Sous les arcades, les trottoirs sont couverts de cochonneries. Des produits de beauté, des tablettes, des consoles de jeux éparpillées. Absurde. La ville déborde de marchandises complètement inutiles et les enfants rampent dans les rues pour trouver quelque chose à manger…

Dans une ruelle autrefois très passante, Paul surprend une gamine à moitié sauvage en train de boire l'eau du caniveau. Elle s'enfuit dès qu'elle nous voit arriver.

— Tiens, qu'est-ce que c'est que ce signe bizarre ?

Léo pointe un tag noir sur le mur d'un ancien hôtel particulier : un petit bonhomme stylisé contenu dans une grande main noire. Le mur en est couvert sur toute sa longueur. Les tags se sont multipliés depuis le jour du Marchand de sable, mais je n'avais encore jamais vu celui-ci.

— Il y en avait d'autres sur le monument aux morts, à l'entrée de la place de Verdun, fait Paul en pointant le pouce derrière nous.

Mauvaise nouvelle : le magasin de chasse de la Monge a déjà été pillé, il ne reste plus que quelques couteaux et des boîtes de balles inutiles. Les râteliers à fusils sont intacts et inviolés : ils sont sous scellés dans des armoires en plexiglas, mais le reste du magasin a été complètement saccagé. Quelque part, pas très loin, sur le port peut-être, on entend la pétarade de scooters en maraude.

— C'est peut-être Bébé Joe ? fait Paul.

Il se tourne vers le ventre de Léo et sur la belle crosse noire qui dépasse de sa ceinture, rassurante.

— Allez, il y a peut-être encore des trucs à récupérer, dans ces foutus magasins…

En fait, ce n'est pas la première fois qu'on « descend en ville ». Et on n'est pas les premiers, bien sûr. Cette fois, il nous faut des armes et tout ce qui pourrait servir à nous défendre. Ici, les rues sont désertes et jonchées de branches et de brindilles. Je ne suis pas dupe : derrière les fenêtres et les portes closes, des enfants nous épient et attendent notre départ. Au centre-ville, ils ont pu trouver à se nourrir dans les boulangeries, les épiceries… du moins les plus grands. Les petits, je préfère ne pas savoir s'ils sont encore vivants…

Les rideaux de fer des magasins ont été forcés depuis longtemps, presque toutes les vitrines ont été explosées à coups de pierres et on retrouve des bris de verre jusque dans les jardins publics, mélangés à des boîtes de conserve ouvertes ou à des paquets de biscuits éventrés. Je trébuche sur un téléphone portable qui traîne sur le trottoir, un circuit imprimé d'un jaune douteux essaie de s'en échapper, retenu par deux fils minuscules. Sur un balcon, que Paul escalade non sans mal, on trouve quelques fraises encore vertes. Un peu de fraîcheur après une semaine de conserves : rien ne m'a jamais semblé aussi bon. J'avale les fruits avec la queue tant mon corps a soif de verdure ; en fait, j'aurais bien mangé tout le fraisier si Paul l'avait rapporté.

— On va finir par choper le scorbut ou une saloperie de ce genre, à force de bouffer des conserves à longueur de journée…, marmonne Léo en mâchant une ou deux feuilles. Il faudrait trouver des potagers dans les jardins. Qu'est-ce qui pousse au mois d'avril ?

— Pas grand-chose, je crois… En juin, il y aura des cerises, en avril… euh…, répond Paul en se grattant la tête.

Fichus citadins que nous sommes : au supermarché, il y avait des fruits et des légumes toute l'année. Et dire qu'on se plaignait tout le temps. Pas assez mûrs, pas assez juteux, pas assez sucrés… Je rêve d'un ordinateur connecté à Internet : « fruits légumes avril » et hop, cherche pour moi, petit Google. Le réseau me manque, je ne suis pas particulièrement geek, mais il me manque. Marcello pourrait peut-être nous le dire : quels sont les légumes de saison ? Il doit bien y en avoir quelques-uns, quand même. Tout à sa nouvelle idée, Léo escalade un muret de jardin et disparaît derrière.

— Il y a des pissenlits, ici, un peu de thym et du romarin…, fait sa voix étouffée derrière le muret. Et ça, je crois que c'est du persil et du fenouil.

Paul grimpe à son tour, plus maladroit avec ses grands bras qui peinent à trouver des prises.

— *Hey! Hello, boy.* Quoi tu fais là-haut ?

Je me retourne en sursaut et je la vois juste à côté de moi, avec un casque de roller. Ses jolis yeux bleus me regardent en biais et se reportent aussitôt sur le grand et beau Paul, beaucoup plus intéressant que moi.

Le grand et beau Paul en question, complètement surpris, rate sa montée et dégringole du mur en s'écorchant les mains. Mais, bien sûr, il serre les dents devant l'Américaine et il se rattrape du mieux qu'il peut. Regardez-la, celle-là, avec son petit rire coquin, son petit tee-shirt qui lui moule le Wonderbra, sa jupette ras la moule… Elle n'a pas froid habillée comme ça ? Et puis d'où elle les sort, ces vêtements ?

— Oh, c'est toi, Joan ? Qu'est-ce que tu fais ici ?

Ses rollers la grandissent de dix centimètres, je me sens minuscule à côté d'elle, alors qu'on fait la même taille.

— Je fais un peu shopping, tu vois… Pour le concert ce soir, répond-elle en désignant son sac à dos. C'est un peu comme vos… vos soldes quoi. Tout il est pas cher, suffit d'arracher le *label.*

— « L'étiquette ». On dit « l'étiquette ».

Je perdrais une occasion de la moucher, moi ? C'est pas demain la veille, ma cocotte.

— *Thank you, sweety*[1]. Et toi, tu joues à Tarzan ? fait-elle à Paul avec sa petite moue et son regard de midinette en manque, qui fait semblant de jauger son physique.

Elle tâte son bras musclé du bout des doigts et conclut :

— Mmh, en fait pourquoi pas ? Tu pourrais.

Ce gros imbécile ricane fièrement, bombant le torse et tâchant de faire oublier sa dégringolade.

— Dis donc, si tu veux rentrer, je te ramène en voiture.

Vas-y, Paul, fais comme si je n'étais pas là. Dire que je le croyais amoureux de Sam, celui-là… Décidément, la pêche aux garçons, c'est vraiment trop facile.

— À qui tu les as volés, ces rollers ?

— À la sœur de Lisa qui est dans coma, dit-elle sèchement de mon côté, et de l'autre côté : Okay, tu fais à moi une petite place dans ton van ?

Il faut voir ça, comme elle minaude. Trente garçons en trente jours, hein ? Elle aurait pu en avoir soixante si elle avait voulu. Et, mon Dieu, ce qu'elle roule des hanches… Sur des rollers, c'est encore pire.

D'un seul coup, les hanches se figent, le sourire en coin disparaît et Miss Allumette s'éteint, comme soufflée par un coup de vent : la tête de Léo vient d'apparaître par-dessus le muret. Visiblement, elle ne savait pas qu'il était là. Avec trois fois plus de classe que Paul, il

---

1. « Merci, chéri. »

enjambe les tuiles, passe les genoux du bon côté et, d'un seul saut, le voilà retombé parmi nous sur ses deux pieds. Souple comme un chat.

— J'ai mis plein d'herbes aromatiques dans le sac à dos. Avec ça, on pourra pimenter un peu la tambouille, ce sera quand même mieux que rien : mon père disait qu'il y avait plein de vitamines dans le persil. Et puis on n'aura qu'à croquer des pilules de pharmacie et en donner aux gosses.

Il lève les yeux de ses doigts pleins de terre et il la voit enfin. Sauf qu'il n'y a plus grand-chose à voir maintenant : elle s'est changée en statue. Fini les minauderies et les clins d'œil, fini Miss Soleil, place à Miss Nuit. On dirait que Léo lui rappelle de mauvais souvenirs, même si elle raconte à tout le monde qu'elle a tout oublié.

— En fait, bof, j'aime mieux non..., bafouille-t-elle. Rentrer seule, ça me fera du bien, déplier les jambes.

— Allez, viens avec nous, il y a de la place pour tout le monde, insiste Léo. Et puis c'est pas prudent de se promener toute seule, il y a des...

Il allait dire « des Cracheurs qui pourraient t'embarquer », mais il se retient à temps, certains souvenirs n'ont pas besoin d'être sortis de leur boîte.

— ... il y a des chiens errants.

Après un arrêt à la pharmacie – jonchée de boîtes de médicaments renversées et d'éclats de verre des bocaux brisés – nous voilà tous en route pour aller retrouver la camionnette. Je dois dire qu'elle se débrouille plutôt bien en rollers malgré le sol couvert de débris. Paul essaie de relancer une vanne ou deux, mais elle répond à côté de la plaque et ses sourires sonnent faux. Je peux la comprendre : la pétarade des scooters se rapproche de plus en plus. Il y en a un tout près, peut-être dans la rue Monge qu'on vient de quitter, et puis il y en a d'autres aussi devant nous, sûrement sur la place de Verdun.

— Tous à la camionnette ! On court maintenant, on court ! lance Léo, le visage fermé.

Alors on court, Paul devant et lui derrière, les deux filles en sandwich. Il sort son automatique et se retourne constamment. C'est lui le meilleur coureur et le plus endurant. Il n'y a que Joan qui pourrait le dépasser sur ses machins à roulettes, enfin, sauf quand il faut passer sur les graviers du square. Je me tourne vers elle :

— Donne-moi la main !

Elle me regarde comme s'il y avait un piège. Entre elle et moi les jeux sont faits, on ne sera jamais des amies. Mais il n'y a pas de piège : je préfère que ce soit ma main qu'elle prenne plutôt que celle de Léo, c'est tout.

Vram vram vraaaaam. Ils se rapprochent, ces fichus scooters, j'entends même des éclats de voix. Ce que je peux détester ce bruit. Déjà avant, je ne le supportais pas, maintenant, ça me met la tête en panique. On dirait de gros insectes.

— La voilà ! fait Paul en retrouvant la camionnette.

Je n'ai jamais été aussi contente de revoir sa bonne vieille peinture jaune.

— Couchez-vous ! hurle soudain Léo.

Et, pour bien faire, il nous saute dessus et nous fait choir dans les giroflées qui débordent des axes bien tranchés des jardiniers de la ville. En tombant, je mets les mains en avant par réflexe, ça n'empêche pas une longue tige brune de me gifler jusque dans la bouche. Mes lèvres prennent un goût de sang. Joan avec ses rollers est tombée plus loin, elle a les mains sur le gravier du chemin. Qu'est-ce qui a pris à Léo de…

PAAN ! fait un fusil derrière nous à bout portant.

Juste au-dessus de nous, dans les massifs de lauriers, dans les lilas et les arbres à papillons aux couleurs de printemps, il y a des feuilles qui volent, arrachées, il y a des branches qui tombent sous nos yeux : Seigneur, c'est de la chevrotine !

Léo, à moitié couché sur moi, s'est déjà retourné, l'automatique au poing. On dirait que le fusil a décidé de se taire. Le tireur a dû jeter un œil sur Léo et voir ce qu'il risquait.

— Bordel, ça ne tire pas ! chuchote-t-il. J'arrête pas d'appuyer, mais…

— *Wait*, fait Joan qui s'est accroupie. *You just have to… No… Give me the gun.*[1]

D'un clic, elle abaisse un minuscule levier sur le côté, au-dessus de la queue de détente. Est-ce qu'elle va le garder ? Est-ce qu'elle va tirer elle-même ? Non, elle lui rend l'arme.

— À trois, foncez toutes les deux !

Dans la camionnette, Paul a déjà mis le moteur en marche.

— Un. Deux. Trois !

Léo nous tourne le dos, les bras bien tendus devant lui, les mains jointes sur la crosse et les doigts blancs. Dans la ruelle de l'autre côté du square, le scooter du tireur continue de tourner à vide, renversé sur le bitume. On sent d'ici les gaz d'échappement. Une tête dépasse soudain du muret, le canon d'un fusil de chasse s'élève en un éclair et s'abaisse vers nous.

Notre-père-qui-es-aux-cieux, que-ton-règne…

Paa !

La balle de Léo claque sur le muret. Le bout du fusil redescend aussitôt et la tête disparaît.

— Fais pas le con ! crie Léo. Je sais où t'es. Au prochain coup, je ferai pas semblant !

Il tourne les yeux une fraction de seconde et, quand il me voit toujours accroupie à côté de lui, il se met à me crier :

— Casse-toi, bordel, tu veux crever ici ?

C'est bon, j'ai compris ! Pas la peine de hurler ! Joan m'a laissée tomber : elle est déjà derrière la grille. Léo avance à reculons en fixant l'autre bout du square. Le Cracheur attend derrière son mur. Il attend ses petits copains. Les bruits des autres scooters se sont tus mais ça ne veut rien dire : leurs propriétaires sont sûrement descendus pour

1. « Attends. Il faut juste que tu… Non… Donne-moi le pistolet. »

s'approcher discrètement. Joan a ouvert les deux portes arrière en grand : je me jette à l'intérieur. Dès que Léo saute dans le fond, Paul écrase la pédale et démarre en trombe. Les pneus crissent, le diesel crache un souffle noir et le moteur vrombit tellement fort que c'est tout juste si on entend le nouveau PAAN ! et le bruit de casserole du métal perforé. Et celui de la vitre latérale qui explose à l'avant.

— Ça va, Paul ? Tu n'as rien ?

La camionnette continue de foncer droit devant. J'en conclus que ça va, pour Paul. Maintenant, il y a des tout petits trous de lumière sur la paroi de gauche. On ne pourra plus dire que cette camionnette n'a pas de fenêtres à l'arrière. Quelques billes d'acier minuscules roulent sur le sol en tintant.

Attention, un tournant ! Je me sens soulevée, projetée sur le côté, aïe, saleté de… Je lâche mon sac et je rencontre un truc dur, les roues des rollers je crois. Joan pousse un cri elle aussi, je la bouscule sans le vouloir, elle a dû se cogner la tête.

— *Get off, bitch* ![1]

— Et toi, pousse tes jambes de là, pouffiasse !

Derrière, les deux portes restées ouvertes tournent et claquent sans se fermer. Léo s'accroche à la banquette, il a toujours son automatique à la main. Il hésite : regarder devant ? derrière ? Le bruit des scooters est revenu : Vram vram vraaaaaam ! Il y en a plusieurs, trois, quatre. Je ne sais pas au juste mais en tout cas, ils sont tout près.

— Nom de D… accrochez-vous derrière !

Coup de volant à gauche, coup de freins, qu'est-ce qui lui prend, à Paul ? Il devenu fou ou quoi ? Une douleur fulgurante me traverse la tête : la camionnette a heurté violemment quelque chose, ça nous projette en avant, Joan m'agrippe par les cheveux et elle m'entraîne de tout son poids. Dehors, il y a un bong ! qui ébranle

1. « Dégage, pétasse ! »

toute la carcasse ; une roue se soulève d'un seul côté, passe sur un obstacle. On saute de vingt centimètres en hauteur et on retombe.

— Merde ! Merde ! fait Paul.

Bon Dieu, il a écrasé quelqu'un ?

PAAN ! lui répond un dernier coup de fusil derrière nous. Mais le tireur est beaucoup trop loin maintenant : on a fait du chemin depuis le square. Ça redémarre en trombe.

— Espèce de connasse !

J'ai la tête en feu, j'ai l'impression que Joan m'a arraché la moitié du crâne. Dans ses doigts crispés, je vois des grappes de cheveux auburn. Elle évite mon regard, lance, mal à l'aise :

— Désolée, je pas fais exprès.

— Merde ! Merde ! Merde ! refait Paul.

Coup de freins. Je vole dans la camionnette et j'écrase Joan, qui hurle.

— Désolée, je pas fait exprès moi non plus.

Le moteur cale. « Merde ! » Redémarre. « Merde ! » La boîte de vitesses craque. « Merde ! » Et la camionnette fait un bond en arrière, le moteur gémit dans les aigus. Me revoilà emmêlée avec Joan et avec des bouts de Léo aussi, qui n'avait pas prévu ce coup-là. Je relève la tête juste au-dessus des sièges : au bout de la rue, il y a un gros camion de déménagement qui bloque toute la voie, trottoir compris. Un camion qui déménage la même maison depuis dix jours.

— *Shit !* répond Joan qui, elle, regarde vers l'arrière.

Entre deux claquements des portes, je vois le danger moi aussi : trois scooters qui nous foncent dessus. Trois casqués en blouson de cuir, celui du milieu tient d'une seule main un fusil grand comme moi. Ils sont aussi surpris que nous en nous voyant faire marche arrière : il y en a deux qui s'écartent à temps sur les trottoirs mais le troisième va se prendre notre pare-chocs. Il y a un tong ! quand le scooter rencontre la camionnette. Le casqué fait le plus beau vol plané que j'ai jamais vu.

La tête cogne, le corps s'écrase dans la camionnette, rebondit comme un pantin et se retrouve projeté à nos pieds. Ou plutôt, il se serait retrouvé projeté à nos pieds si nos pieds étaient encore là. Si on n'avait pas tous été écrasés à l'avant contre la banquette, par l'accélération de la camionnette qui fonce en arrière. Ses mains s'avancent pour trouver une prise mais ses jambes sont happées par le vide, il glisse, il va basculer, se faire broyer par les roues.

Léo s'arrache à la banquette, fait une roulade vers le fond et lui attrape une main. D'une bonne traction, il empêche le corps d'être aspiré. Le casqué rampe vers nous, relève la tête. La camionnette s'arrête brutalement, Joan et moi, on se retrouve jetées au sol. Et voilà que ce petit salaud, casque en avant, fonce dans le ventre de Léo qui vient de lui sauver la vie ! Un coup de poing dans les parties sensibles : manqué, Léo est trop rapide. *Attends, tu vas voir un peu !* Je m'approche en rampant mais Paul redémarre et braque à fond. Le casqué valse à gauche. Léo, couché au sol, lui attrape une jambe et la tire violemment vers lui pour le faire tomber. Paul lui donne un sérieux coup de main sans le vouloir : la camionnette bondit de nouveau en avant. Les mains du casqué battent l'air comme celles d'un funambule, une fois, deux fois et, sous la traction de Léo, il bascule en arrière à travers les portes ouvertes. La poignée à moitié défoncée lui fait une longue griffure au cou. La visière noire du casque, impénétrable, semble me regarder une dernière fois comme pour chercher à comprendre, et puis elle disparaît. En rampant, j'arrive jusqu'aux portes : je vois la silhouette par terre, déjà loin de nous, qui se relève en titubant.

— C'est bon, il s'en est sorti, ce con ! je crie à Léo qui essaie de se rasseoir.

— Elle, me répond-il une fois le dos bien calé, en reprenant son souffle. C'était une fille.

***

— Les Cracheurs n'ont pas filles avec eux !

Paul est en nage et il tremble un peu en ouvrant la portière.

— Alors, c'étaient pas des Cracheurs, répond Léo.

— Eh ! Paul, qu'est-ce que tu as, là ?

Il me regarde sans comprendre.

— Sur la main !

Dans la paume, il y a un petit trou, tout rouge.

— Nom de Dieu !

Il devient livide et agite sa main, comme si ça allait chasser le trou.

— *Oh my God!* c'est pas une bout de verre qui a fait ça.

Le rond est net, on dirait que la peau a été poinçonnée comme un billet de train.

Je lui dis pour le rassurer :

— Ce n'est rien, la bille est passée entre deux os, mais tu as eu une sacrée veine,

— Tu parles, ça fait hyper mal… Tu crois que ça va repousser, le trou va se reboucher ?

En fait, ce n'est pas sa seule blessure : Paul a été égratigné par des éclats de la vitre, son bras et son visage sont couverts de petites entailles.

— J'ai été découpé de partout, putain !

C'était une balle de chevrotine comme en utilise mon père à la chasse. La carrosserie ressemble à une écumoire géante, il manque un morceau de métal de la taille d'une main et il y a des petits trous un peu partout autour, sauf à l'emplacement de la vitre du conducteur, qui a éclaté sous le choc. Le dos de Paul a été sauvé par la banquette : elle est lacérée et truffée de plomb par-derrière, on dirait un schéma de géométrie.

La camionnette a pris un sérieux coup de vieux. Une des portes arrière a du mal à fermer : de la poignée, il sort une tige en métal ensanglantée. C'est là que la fille casquée s'est griffée au cou. Paul jette un coup d'œil sous le châssis :

— J'ai roulé sur un scooter, mais la roue a tenu bon.

Il ramasse une petite bille d'acier qui vient de tomber par terre et la regarde, pensif.

— La chevrotine, ça ne donne rien de bon à cette distance…, explique Léo qui nous fait son docteur en balistique.

Il nous jette un regard, à Joan et à moi :

— Les plombs arrivaient en bout de course. Dans le square, par contre, le tireur était à bout portant. S'il avait touché l'une de vous deux, il en aurait fait de la bouillie.

Joan se mord la lèvre et tend la main vers lui.

— Donne-le-moi. *The gun*.

Elle le prend et le fait jouer entre ses doigts.

— Sig-Sauer Pro ? Un bon arme, conception américaine, tu peux faire confiance. Avec *mummy*, j'ai déjà tiré avec. Tu sais comment tirer ? Je suis bonne à tirer.

Paul pouffe un peu sur le jeu de mots involontaire mais elle l'ignore complètement.

— C'est la première fois que je touche à une arme à feu, répond Léo. C'est interdit en France, ces trucs-là.

— Je sais. Excellent chose. Autrement, nous seraient vraiment dans la merde. Maintenant essaie, bras tendus, mains devant. Œil – truc-là – cible.

— Viseur.

— *Yeah*. Œil – viseur – cible. Stopper respiration. Bloquer tout. Feu. Attention au choc. Ici, tu as levier pour empêcher tirer, là, tu enlèves le magasine. (Elle fait glisser le chargeur entre ses doigts.) Tu as des munitions en plus ?

Léo secoue la tête.

— *Shit*. Les *bullets*, ça part vite. Viens, prends-le. Essaie, comme si tu tirer sur ce bidule, là.

— Le lampadaire devant l'entrée de l'immeuble ?

— *Yes*.

Léo lève la crosse à deux mains, pointe le canon vers le haut.

— *Okay*. Bouge pas.

Maintenant, sa voix est très douce, on dirait presque un secret murmuré. Elle s'avance vers lui, l'admire des yeux : son visage éclairé par le soleil, son dos arrondi, la courbe de ses épaules élargies par la posture... Très lentement, elle avance un doigt jusqu'à l'œil gauche.

— *Close this one.*[1]

Elle tourne autour de lui, toujours figé, prêt à massacrer ce pauvre lampadaire.

— Les bras.

Elle pose la main au creux de son coude.

— Un peu pliés. À cause le choc.

Paul et moi, on reste là, à regarder, bouche bée.

— Jambes...

Elle se penche dans son dos, chuchote tout bas. Ses doigts s'abaissent jusqu'à ses genoux...

— ... un peu pliées aussi.

Satisfaite, elle s'écarte et admire son œuvre : Léo ressemble à un vrai tueur. Elle se met devant lui et, de la main, exerce une petite poussée sur le canon. Les bras de Léo se plient un peu, son dos reste ferme.

— *Now... you've got it.*[2]

Il se détend comme une tente à piquets dont on viendrait d'ôter les sardines.

— Tu devrais le prendre, toi. (Il lui tend la crosse.) Puisque tu sais tirer, tu devrais le prendre.

Elle secoue la tête et fait la grimace.

— J'aime pas ces trucs-là, moi non plus. Et puis... C'est toi le *leader*. Tu as besoin ça plus que moi.

1. « Ferme cet œil-là »

2. « Maintenant, tu y es. »

Léo sourit et remet son arme à sa ceinture. Bonne réponse. Est-ce que c'était un piège de sa part ? Est-ce qu'il voulait voir si elle accepterait ?

Elle a raison en tout cas : cette arme, c'est le symbole du pouvoir. Avec toutes ces nouvelles têtes qui vont arriver dans notre camp, rester chef, ce sera autrement plus difficile que dans un petit groupe de copains qui se connaissent tous. Et pourtant, la Cantine a plus que jamais besoin d'une autorité. Je dois lui reconnaître ça, à l'Américaine : elle n'a pas seulement de jolies jambes, elle a aussi une tête et elle sait s'en servir.

— Mais si c'étaient pas des Cracheurs, alors c'était qui ? demande Paul, qui se remet à examiner son petit trou dans la main. Merde, il va falloir désinfecter..., ajoute-t-il en marmottant.

— Peut-être quand même des Cracheurs, *you know... deserters* ?[1]

— Des dissidents ? Pour les garçons peut-être, mais pas la fille, répond Léo.

— Pourquoi pas, c'était peut-être une fille cracheur. La régulière de Bébé Joe par exemple...

— *No*, Paul. Bébé Joe pas de copine. Les Cracheurs pas de copines. Que des garçons. Les Cracheurs n'aiment pas les filles.

Elle connaît le sujet de près, évidemment, et elle nous dit ça avec un tel calme, une telle absence de passion... J'avoue que je l'admire un peu.

Je prends la parole :

— Souvenez-vous du tag qu'on voyait sur les murs. Moi, je crois que c'est tout simplement une autre bande. Quelque chose comme la bande du centre-ville.

Léo m'approuve de la tête.

— Je crois aussi. Mais pourquoi ils nous ont tiré dessus ? On ne leur avait rien fait !

---

1. « Tu sais... des déserteurs. »

— Le centre-ville a déjà dû attirer du monde. Toutes ces boutiques, ces restaurants, ces boulangeries… Je pense qu'ils ont déjà eu à se défendre. Quand ils nous ont vus arriver, ils l'ont interprété comme une intrusion dans leur territoire, une déclaration de guerre. Peut-être aussi qu'ils nous ont confondus avec un autre groupe. Un groupe avec qui ils sont déjà en guerre.

— Les Cracheurs ? me demande Léo.

— Possible. Ou alors d'autres qu'on ne connaît pas.

— *Yeah*, et c'est les *kids*[1] qui les renseignent. Vous vous souvenez les bandes de *kids* qui nous espionnaient cachés derrière les fenêtres ?

— Quand même, dit Paul, ils auraient pu discuter avant de tirer, on ne faisait rien de mal !

Ce pauvre Paul. L'ancien monde ne lui est pas encore sorti de la tête, il pense toujours comme un citoyen d'avant.

— En tout cas, dit Léo, plus question d'aller au centre-ville sauf urgence vitale. Et plus question de se promener toute seule, compris Joan ? Si on n'avait pas été là, tu aurais pu y rester.

Elle fait la moue :

— On aurait pu tous y rester, tous de nous. On a été très, très chanceux, vous savez ça ?

Oui. Moi je le sais. Léo et Paul non. Oh, ils le savent en théorie, bien sûr, ils le calculent de loin, mais dans leurs cœurs de garçons de seize et quinze ans, ils ne ressentent pas le danger. Ils l'oublient dès qu'il est passé. Un coup de fusil, une course à pied, quelques émotions fortes… Léo a connu la peur au supermarché, j'en suis sûre, celle qui vous noue les tripes, celle qui vous change la tête en chiffon. Mais c'était différent : il avait eu le temps de la voir monter, il avait pu l'imaginer. Aujourd'hui, elle lui est tombée dessus trop vite.

---

1. « Gosses »

Il suffit de regarder Paul pour comprendre : il se lamente pour son petit trou dans la main, il ronchonne contre les éclats de verre emmêlés dans ses cheveux. Ça lui est déjà sorti de l'esprit qu'à vingt centimètres près, il avait la tête arrachée.

— Et aller visiter ma mère, je peux ? J'habite pas loin de ici, sur l'autre côté de l'avenue Coligny.

C'est idiot mais je ne sais pas pourquoi, ça me fait bizarre de m'imaginer qu'une fille aussi délurée que Joan tienne à voir sa mère. Léo hésite et finalement lui tend l'automatique.

— Tu peux, mais alors tu prends ça.

— Mais…

— Tu prends et tu discutes pas. Et, dès que tu as fini, tu me le rends.

La tête basse, elle prend le pistolet qu'elle fourre sous son tee-shirt serré, coincé dans le soutien-gorge. Léo l'a joué malin : il n'interdit pas la visite mais il lui fait comprendre à quel point c'est important de rester ensemble. Il se doute bien qu'elle serait partie quand même, avec ou sans sa permission. Maintenant, elle ira voir ses parents endormis, d'accord, seulement ce sera pour leur dire adieu : il n'est pas question de priver Léo de son arme bien longtemps et elle le sait. À la voir s'éloigner sur ses rollers en pas de danseuse, en bougonnant un charabia d'anglais, il est facile de voir qu'elle a très bien compris le message. Je crois même qu'au fond, elle est ravie : Léo vient de lui prouver qu'elle était admise dans notre petit cercle et qu'il lui faisait une confiance absolue.

Bah… moi aussi, Léo me fait une confiance absolue.

9

LÉO

— Elle est passée où, l'autre pétasse ? Elle va nous faire poireauter encore longtemps ? De toute façon, Madonna, c'est complètement has been. Vous savez quel âge elle a, Madonna ? Mes parents, ils se roulaient déjà des pelles en l'écoutant !

Mana pérore. Sam lui balance mollement son pied dans le ventre, ce qui déclenche un torrent de gémissements. Quel boulet, ce gars-là, on devrait le traîner en sens inverse, lui et son matelas : direction la chambre.

On est encore loin de 18 heures, mais moi aussi je m'inquiète : ça fait plus de deux heures que Joan est partie. Nom de Dieu, j'ai eu tort de la laisser filer, je suis vraiment trop con.

Pendant toute la journée, les petits ont décoré la « salle de concerts » : il y a des guirlandes de Noël qui pendent du plafond, des bougies partout, une grosse lampe de camping accrochée au lustre. Pour qu'on puisse danser, ils ont bazardé tous les meubles, je ne sais même pas où ils les ont mis. Et ils ont ouvert le balcon en grand, il fait bon dehors.

— C'est ici, le concert ? me demande un moitié-grand de onze-douze ans qui est venu avec deux copines de son âge, excitées comme à leur première teuf.

À 18 heures, il y aura encore un peu de soleil et une heure après il fera noir. Plus personne ne pourra rentrer chez soi, tous les joyeux lurons seront ici à pied d'œuvre, ça nous fera autant de combattants en cas d'attaque.

— Ouais, c'est ici, je dis aux trois gentils petits loups. Mais comme tu n'as pas treize ans, toi et tes copines, vous dégagez. C'est un concert réservé aux grands, ici.

Si les Cracheurs décident de passer pour une petite visite, les trop jeunes risquent de se prendre des coups. Mais je suis trop occupé avec la petite Clara pour m'en soucier pour l'instant :

— Tu es sûre de ce que tu dis ? Tu es absolument sûre ?

— Oui ! Oui ! Même que c'est ceux de la bande à Memel qui nous l'ont dit, et ils le tenaient de la bande à Cathy-Princesse. La bande à Cathy-Princesse, ils racontent pas des salades, la Cathy, elle laisserait pas faire ! dit Clara.

Je me tourne vers Marie. Marie en sait long sur les gosses du quartier et sur leurs foutues bandes. Elle sort son carnet de notes et son stylo et acquiesce de la tête. Clara me regarde avec ses grands yeux de gamine tout brillants, très fière d'être sous les feux de la rampe.

— Répète-moi exactement ce que tu as entendu, dit Marie.

— La bande à Memel nous a dit que les Cracheurs s'étaient battus entre eux pour choisir un nouveau chef. Et c'était la guerre là-bas, il y avait un camp pour Bébé Joe et un camp pour Tonton-la-Barre. Et ils se battaient tellement qu'ils ne pouvaient pas attaquer la Cantine. Bébé Joe, il a dit qu'ils repenseraient à la Cantine quand ils auraient fini de se battre. Tonton-la-Barre, il était d'accord. C'est Zoé qui me l'a dit en premier, mais, ensuite, avec Théo, on a rencontré Madeline parce qu'on jouait à sauter sur les toits des voitures, et Madeline…

— Et ensuite ? fait Marie, gentiment mais fermement.

— Ben ensuite, Madeline, elle nous a dit pareil : que les Cracheurs s'étaient battus, et même qu'il y en avait un qui était mort ! Elle le savait parce qu'elle le tenait de la bande à Cathy-Princesse.

Marie passe la main sur les cheveux de Clara, qui s'en va en courant.

— Je donnerais une fiabilité de quatre sur cinq. On ne peut jamais être sûr de rien avec les gosses, ils en rajoutent toujours pour se rendre intéressants. Mais Clara est au moins la troisième qui nous dit la même chose. Et puis elle a raison : la bande à Cathy-Princesse est assez fiable. Ce sont des enfants un peu plus grands commandés par une fille à poigne. Je lui ai parlé une fois à cette Cathy, c'est une fille bien, je crois.

— Merde.

— Allez, c'est plutôt une bonne nouvelle, non ?

— Mais non ! C'est ce soir qu'on sera forts. Demain, la moitié des fans de Joan seront rentrés chez eux.

— Mmh, et aussi tous les petits qui n'ont rien à faire dans une bagarre. Tu sais bien que je n'aime pas beaucoup ton idée.

— On a interdit l'accès aux moins de treize ans. Dis plutôt que c'est Joan que tu n'aimes pas beaucoup.

Aïe, c'était une gaffe, elle est vexée maintenant. Il est trop tard pour me rattraper mais je peux encore essayer de noyer le poisson.

— Tu sais où est passée Ness ?

— Elle est avec Lisa dans l'appartement d'en face.

Plus sèche que ça, on ne peut pas.

— Mais je ne sais pas si on peut vraiment me faire confiance : après tout, il paraît que je n'aime pas beaucoup Ness non plus.

Sur ce, madame me tourne le dos et va tirer la tronche un peu plus loin. Décidément, Marie prend la mouche de plus en plus souvent, ces temps-ci.

Je me tourne vers Sam, qui n'a pas prononcé un mot :

— Eh bien quoi, c'est vrai, non ? elle n'aime pas beaucoup Joan.

J'ai beau chercher un soutien de sa part, tout ce que je lis dans ses yeux furieux, c'est une sorte d'accusation silencieuse : « Vous l'avez fait, vous avez couché ensemble ! »

Je réponds sous le coup de la colère :

— Non ! Marie et moi, on n'a pas couché ensemble !

Sam en reste la bouche ouverte à gober les moucherons.

— Co... comment tu as deviné que je pensais à ça ?

Et puis, c'est vrai, on n'a pas couché ensemble... techniquement.

— Tu le penses tellement fort que je l'entends d'ici.

— Et c'est... parce que vous ne l'avez pas fait ? dit-elle d'une petite voix qui ne lui ressemble pas. C'est pour ça que Marie te cherche tout le temps des poux dans la tête ?

Qu'est-ce que je suis censé répondre ?

— Quand je comprendrai ce qu'il y a dans la tête de Marie...

Curieusement, Sam n'a pas l'air satisfaite pour autant. Elle fait toujours la tronche. Quand je comprendrai ce qu'il y a dans la tête de Sam, aussi...

— Eh, chef, elle va vraiment venir, Joan ? me demande Fred-le-Rouquin en passant avec sa guitare en bandoulière, impatient comme un gamin.

Je suis bête : *c'est* un gamin.

— Elle t'a donné son programme de concert, non ?

— Ben oui, ce matin, mais...

Mais elle a disparu. Nom de Dieu, elle aurait dû être là depuis longtemps. Elle a disparu. Une angoisse mortelle me prend les tripes.

— Alors elle viendra, point barre. Il est là, le batteur, il est prêt ?

Je cherche des yeux le blond au djembé.

— Jonathan ? Ouais bien sûr, il est dans le coin, je l'ai vu tout à l'heure..., répond Fred.

Décidément, il va être beaucoup trop petit, ce salon, si ça continue. On dirait qu'elle a du succès, notre petite fête, tout le monde veut en être. Il est temps pour les gens du quartier de sortir de leurs trous et de recommencer à vivre ; personne n'osait plus mettre le nez dehors, il n'y avait plus de lieux publics.

Lisa m'accueille en ronchonnant : ce concert juste à côté de la pouponnière, ça l'énerve. Et d'être coincée ici avec les bébés, alors que toutes ses apprenties lui faussent compagnie, ça l'énerve aussi.

— Pourquoi je ne pourrais pas y aller, moi, c'est pas juste !

Elle me dit ça à moi, comme si c'était ma faute.

— Au moins, tu éviteras la bagarre. À propos, ce soir, tu fermes à clé et tu n'ouvres à personne avant d'avoir regardé par l'œilleton.

On aurait dû évacuer les bébés dans un autre appartement, mais puisque apparemment les Cracheurs ne sont pas décidés à nous attaquer, je ne veux pas imposer un déménagement inutile à Lisa.

— Rester enfermée ici avec les trente larves… Moi, j'en ai marre des bébés ! Je les aime, bien sûr, mais ça fait une semaine que je ne suis pas sortie, c'est tout juste si j'ai le temps d'aller faire pipi ! Je reste ici comme une pauvre cruche alors que, vous, vous pouvez tout le temps aller vous balader !

— Nous balader ? Attends… Avant-hier j'ai failli me faire étrangler, tout à l'heure on m'a tiré dessus à coups de chevrotine, et ce soir je vais peut-être encore me battre contre trente costauds avec des barres de fer. Et moi, par-dessus le marché, je dois subir vos putains de mauvaises humeurs à tous ! Tu la veux, ma place ? Tu ne crois pas que j'en ai marre, moi aussi ?

Elle baisse le menton et me tourne le dos, toujours en train de bercer le petit Théo dans ses bras, à moins que ce ne soit Baptiste. Je les confonds tous.

— Dis donc, tu ferais mieux de parler à MJ plutôt que de crier après moi…

Lisa me lance un coup d'œil du genre « je sais tout » qui me met hors de moi.

— Bon, je ne suis pas venu pour ça, est-ce que tu as vu Joan ?

— Euh… non. Par contre, on a vu Ness à la cuisine.

Ness ? Qu'est-ce qu'elle voulait, celle-là ? Je vais droit à la cuisine et je trouve Salomé sur les genoux de Marcello. Il est en train de lui lire un roman pour enfants, *L'Ogre et la boîte d'allumettes* – c'est celui que la gamine réclame chaque fois. Quand je les vois tous les deux, j'ai l'impression d'entrer dans une bulle où le temps n'avance pas.

« Il était une fois un pays où les ogres mangeaient les enfants… » lit Marcello.

— Dis-moi, Salomé, est-ce que Ness est passée ici ?

La petite lève les yeux de son ogre et me regarde, toujours un peu effrayée quand j'ouvre la bouche. J'ai dû parler trop fort. Mais elle me répond quand même fièrement :

— Oui, et je lui ai rien donné.

— Qu'est-ce qu'elle voulait, tu te souviens ?

— Des somnifères et du chocolat. J'ai dit que c'était rationné : pas plus d'un somnifère par jour et une plaque de chocolat par semaine.

— Si elle demande encore du chocolat, tu peux lui en donner. Une plaquette par jour. Mais pour les somnifères, tu refuses. C'est compris ?

— Elle… elle a fait toute une scène, dit Marcello. Elle prétend qu… qu'elle n'arrive pas à dormir. Qu'elle fait des c… cauchemars.

— Mouais. Tu parles. Je sais pourquoi elle veut des somnifères. Manquerait plus qu'on ait un suicide sur les bras.

— Elle… elle a aussi voulu prendre ça, dit Marcello. Il a fallu que L… Lisa m'aide à la lui arracher des mains.

Il me tend une bouteille de Jack Daniel's toute neuve. L'étiquette a été rayée à coups d'ongles : on s'est battu pour cette bouteille, on dirait.

— Tu as bien fait. On ne va pas la laisser se bousiller la santé sans réagir, non plus.

— Et jusqu'où est-ce que t… tu comptes aller, pour décider de sa vie à sa place et tout lui interdire, j… juste pour son bien ?

— Je fais avec Ness comme avec tout le monde ici : je la maintiens en vie jusqu'au réveil des adultes. Après, ce sera leur problème.

— Et s… s'ils ne se réveillaient j… j… j… s'ils ne se réveillaient j…

— Mais si, ils se réveilleront.

— Est-ce qu'elle est malade ? demande Salomé.

— Oui, elle est malade. Seulement il n'y a pas de médicament pour ce qu'elle a. Il faudra qu'elle guérisse toute seule. Tu as compris ? Pas de médicament. Pas d'alcool. Si elle en demande, tu envoies quelqu'un me trouver. C'est très important.

Avec ses grands yeux graves, Salomé me fait penser à quelqu'un de beaucoup plus âgé. Je suis sûr qu'elle a inscrit dans sa mémoire chacun des mots que j'ai prononcés.

— D… dis donc, Léo, je crois que tu ferais bien d'aller jeter un coup d'œil s… sur le balcon, me dit Marcello en me tendant la clé.

— Sur le balcon ? Dans la grande réserve ?

L'arrière-cuisine, c'est pour les produits sensibles ou pour les consommations courantes ; le gros du stock, le vrai trésor, c'est sur le balcon. Il est très grand, dans cet appartement, c'est presque une terrasse, et un auvent le protège complètement de la pluie. Intrigué, je retourne au salon et j'ouvre le cadenas qu'on a posé sur la porte vitrée. Il fait encore beau. Le soleil a commencé à descendre, maintenant, je l'ai juste au niveau des yeux.

Il ne reste pas beaucoup d'espace. La terrasse est beaucoup plus vaste que le balcon de l'appartement d'en face, chez Lisa, et pourtant les caisses et les boîtes s'empilent partout jusqu'à hauteur d'homme. Les packs d'eau entassés devant la porte vitrée, on les a trouvés dans les réserves du restaurant qui fait l'angle, juste en bas sur la petite place. Avec des conserves de gésiers confits grosses comme des barils. Je m'avance un peu dans ce fatras quand j'entends soudain des rires de l'autre côté de la muraille de bouteilles.

— Et alors ? Qu'est-ce que tu as dit ?

— Ouais, tu as répondu quoi ?

C'est Charly le barbichu et Fred-l'Esquimau, je reconnais leurs voix. Alors ils étaient planqués ici, ces deux-là ? Je me demandais où ils étaient passés. L'accès à la grande réserve est interdit, pourquoi est-ce que Marcello leur a donné la clé ?

— Moi, je ne suis pas d'accord, je veux répondre à lui. Seulement j'ai le temps de dire rien du tout. *He goes like...* [1]

Ça, c'est la voix de Joan, aucun doute : personne n'a un accent comme elle.

— « Tu prends et tu discutes pas, petite conne. »

Cette grosse voix de garçon qu'elle vient de prendre, ces mots que je reconnais... Mais c'est moi, ça ! C'est moi qu'elle imite ! Elle est en train de leur raconter ce qui s'est passé en bas de l'immeuble, tout à l'heure, quand je lui ai fourré le flingue entre les mains !

— Il avait exactement le même voix que *daddy* quand il fait une colère : *just like*[2], tu sais, Vin Diesel. « Tu prends et tu discutes pas, petite conne ! »

Ben voyons, ils ont tellement rigolé à la première imitation qu'elle devait bien le refaire une deuxième fois... Faut dire qu'elle a un vrai talent, il n'y a pas que la voix de Madonna qu'elle sait imiter à la perfection.

Je m'avance les bras croisés.

— Je n'ai jamais dit « petite conne ».

Les deux abrutis s'arrêtent de rire en me voyant, ça fait comme un robinet ouvert à bloc qu'on referme d'un seul coup. Et je vois le visage de l'Américaine qui fond comme une jolie crème glacée

---

1. « Il dit : »
2. « Exactement comme »

posée en plein soleil. Pour ce qui est de la couleur, c'est pâle d'abord, et puis rouge, avec des zones marbrées au-dessus des pommettes et sur le cou. *Ce que tu es laide, ma pauvre Joan.*

— Donne-moi ce flingue que tu viens de montrer à tout le monde et que j'attends depuis deux bonnes heures.

Elle le tenait entre ses doigts, ça faisait partie du mime. Elle me regarde, la bouche toujours entrouverte, et puis elle le regarde lui, ce petit machin noir et froid.

— C'est ça, regarde-le bien, parce que tu n'es pas près de le revoir.

Je le lui arrache d'un coup sec et je le fourre dans le pantalon côté ventre. Côté méfiance.

— Et dire que je voyais l'heure qui tournait et que je m'inquiétais pour toi… Foutu con que je suis !

— Je voir ma mère et rentrer tout de suite comme tu as dit. C'était… c'était juste pour rester cachée ici, pour effet de scène. Arriver cinq minutes en retard, tous les gens dire « aaah » et applaudir quand je monter sur scène.

Cette toute petite voix qu'elle prend, prête à pleurer. Ces putains de verbes qu'elle ne sait même plus conjuguer dès qu'elle me voit. Quoi ? Je fais si peur que ça ? J'ai des grandes dents et des griffes au bout des doigts ?

— Écoute-moi bien, l'Américaine. Je ne suis pas ton *daddy* ni Vin Diesel. Maintenant, si tu trouves que tes fesses étaient mieux là où je les ai trouvées, faut pas te faire prier surtout : va donc les y remettre. Mais alors pour aller les chercher, il faudra plus compter sur moi, « petite conne » !

Pendant une seconde, je suis sûr qu'elle va se déchirer, qu'elle va se mettre à chialer pour de bon. À vrai dire, il y a une partie de moi qui n'a pas du tout envie de la voir souffrir, mais il y a une autre partie qui n'attend que ça. La faire couiner. Lui faire ravaler ces rires et son imitation.

Mais non. Chialer, ça, ce ne serait pas Joan. Joan, elle se redresse et elle me crache un glaviot sur le pantalon juste à l'endroit où il faut, et ce n'est pas un coup d'essai à en juger par la précision du geste.

Ça, c'est Joan.

Et ce n'est pas fini. Elle me tourne le dos et à ma grande horreur, elle se baisse, elle relève jusqu'en haut son espèce de robe blanche bizarre et elle me montre ses fesses moulées dans une petite culotte de soie.

— Mes fesses, moi je les mets ici.

Une claque sur le derrière, un petit coup des hanches.

— Et le jour où tu voudras venir les chercher, *boy*, il faudra pas compter sur moi ! *And now piss off, Frenchy !*[1]

Quand Marie est en colère, elle s'en va. Joan non : Joan, c'est moi qu'elle met dehors. Jamais je n'aurais pensé qu'il pouvait brûler autant de haine dans ces yeux-là. C'est que ce genre de filles, je ne connais pas, moi. Je découvre.

— Toi... toi...

Il y a trop de surprise dans ma voix, trop d'émotion... J'ai fait une horrible erreur, je commence à m'en rendre compte. Mais je ne peux pas lui laisser le dernier mot, je n'ai pas le droit de faire ça ou alors je laisse tomber le boulot de leader et je suis bon à rendre mon tablier.

— Toi, ma vieille, tu me craches dessus encore une fois et je te fous dehors. T'auras plus qu'à chanter pour les clébards !

Évidemment, elle a quand même gagné. C'est moi qui sors. D'ailleurs, j'ai à peine le temps de refermer la porte que les deux autres s'en vont aussi, la tête basse.

1. « Et maintenant, fous le camp, le petit Français ! »

— T'es vraiment trop con, toi ! me siffle Charly le barbichu en passant.

— Ta gueule ! je réponds sur le même ton, mais il me tourne déjà le dos.

Dans le salon, il y a Lisa et Marcello qui me regardent avec des yeux grands comme des soucoupes. Et il y a aussi les bébés, bien sûr, qui piaillent et qui s'en foutent pas mal.

— C… c'était une surprise, Léo. T… t'as même pas vu comment elle s'était habillée ?

Hein ? Non. Tout ce que j'ai vu, c'est une petite culotte de soie et les plus belles fesses de la création. Si, peut-être, j'ai vaguement aperçu une robe blanche…

— C'est la robe de ma… mariée de sa maman. Elle est allée la chercher chez elle spécialement pour ch… chanter *Like a Virgin*, comme dans le clip de M… Madonna.

Quoi ?

— La robe de mariée de sa mère ? Mais… c'est dingue !

— Charly et Fred ont vu sa robe quand elle remontait l'escalier, alors elle les a kidnappés ici avec interdiction de sortir jusqu'au concert, ajoute Lisa. Elle voulait les empêcher de le raconter à tout le monde. En fait, je crois… je crois qu'elle voulait un peu t'épater. Mais quand tu es passé ici, tu avais l'air tellement inquiet pour elle que Marcello a voulu te mettre dans la confidence…

— Nom de Dieu, vous vous rendez compte qu'elle agitait notre flingue sous le nez de ce Charly qu'on n'a jamais vu avant ce matin ? Fred, je veux bien, c'est un type réglo, mais Charly-la-Barbiche, moi je ne le connais pas ! Et s'il le lui avait arraché des mains ? Et s'il était parti avec ?

— En… enfin, Léo, Charly, elle le connaît : c'est son f… frère.

— Son quoi ?

— En f… fait, c'est son beau-frère, le fils de son p… père adoptif. Ils vivaient sous le même toit avant le Ma… Marchand de sable.

Alors celle-là, elle m'achève. Je m'aperçois que je ne sais rien de Joan. Et le peu que je sais, on dirait que je l'ai déjà oublié : pas plus tard que la nuit dernière, cette fille était en pleine crise de tétanie et moi, ce soir, voilà que je lui passe un savon. Quel con je fais ! À force de devoir décider en un coup d'œil si je peux faire confiance ou pas, j'ai oublié que les gens ont une histoire. Ils ont une famille, des amis, toute une vie d'avant que je ne connais pas. Est-ce que j'ai déjà parlé à Fred-l'Esquimau de sa famille ? Et Fred-le-Rouquin, ils se connaissaient tous les deux avant le Marchand de sable ? Il était à quel collège, on a peut-être eu les mêmes profs ?

— Je crois que j'ai besoin…

Il faut que j'arrête de courir, il me faut un endroit tranquille, à l'abri.

— J'ai besoin de Marie. Vous savez où elle est ?

Ils ne savent pas, évidemment. J'ai la tête en vrac, remplie de la voix de Joan qui me résonne aux oreilles, de son visage rouge et marbré, de sa rage. Je sors de cet appartement. Les cris des bébés, ça me tape sur les nerfs. En fait, je ne sais pas comment Lisa les supporte, moi je préfère encore la chevrotine. Je monte un étage, un deuxième, un autre… finalement je me retrouve sur le toit.

Ness y est déjà. Je jette un coup d'œil au château d'eau : est-ce qu'elle sait que le Flic est là ? Elle se tient assise sur le rebord, elle ne me jette même pas un regard. Ses jambes qui se balancent dans le vide, ça fait un drôle d'effet. Il y a au moins quarante mètres là-dessous : deux ou trois secondes à battre des mains comme un oiseau et après ça, la grande claque. Je m'assois près d'elle en silence.

Ness a des frissons de temps en temps. Elle ne dit pas un mot, elle se tord les mains l'une contre l'autre, ses doigts craquent. Une main prend l'autre, la tord en arrière jusqu'à ce que le poignet fasse clac. Et puis l'autre main prend la première et fait exactement pareil.

Je sors de ma poche un paquet de chewing-gums, j'en place un sur ma paume et le lui fourre sous le nez. Elle le regarde longtemps.

Elle le prend du bout des doigts et elle mord là-dedans comme si c'était un morceau de bois. Pendant une, deux minutes, elle arrête de se tordre les mains. Et puis, tout à coup, elle crache le chewing-gum en bas. Ça fait un tout petit point vert qui dégringole. Après, elle recommence à se tordre les mains.

Bon Dieu, je suis où ? Ah, sur le toit, c'est vrai. Quelle heure il peut bien être ? J'ai complètement laissé filer le temps ; je crois que j'ai fermé les yeux et que je me suis endormi au bord du vide. Le soleil est déjà sur l'horizon, tout rouge et gonflé comme un ballon. Ness est partie. Et où sont les sentinelles ? J'avais demandé qu'il y ait toujours un veilleur sur le toit, bordel, avec un tour de garde.

— Faut se réveiller, maintenant. Ça va bientôt être l'heure du concert, chef.

Oh, nom de Dieu ! il m'a fait peur ce con.

— D'où tu sors, toi ?

C'est Jean, la sentinelle. Quand on parle du loup...

— Pour guetter, le meilleur endroit, c'est l'antenne-relais du téléphone.

Il me montre le grand machin métallique au bout du toit.

— C'est là que je grimpe. Quand on est en haut, on voit tous les accès de l'immeuble.

Il était là depuis le début et je ne l'avais même pas vu. Il me regarde avec ces foutus yeux qui ne laissent passer aucune émotion. Tous les gens ont des émotions. À quoi il pense, là, tout de suite ? Qu'est-ce qui fait battre son cœur, à ce petit ? Qu'est-ce que je pourrais lui donner en échange de tout ce qu'il fait pour nous ?

Je tends la main, paume ouverte :

— Tope là, mon gars, toi au moins on peut compter sur toi.

Là, je l'ai vu. C'était bref, mais ça a brillé très fort. Ce qui fait battre son cœur à ce petit, c'est moi, c'est le groupe qu'on forme, c'est sa place là-dedans et le rôle qu'il tient de son mieux. Il me tope dans la main et je me relève.

—Il faut que tu parles avec MJ, chef. Si elle est revenue.

Quoi, il ne va pas s'y mettre lui aussi ? Parler avec MJ, parler avec MJ… On n'est pas mariés, merde !

—Revenue ? Et elle était partie où ?

—Il faut que tu lui parles. Moi, je dois rester ici. Et n'oubliez pas de surveiller le « fil du SMS » en bas.

Décidément, il est de moins en moins bavard, celui-là. Dans les escaliers, je croise encore quelques tout-petits très excités par le concert. Ils n'ont pas le droit de descendre au cinquième ce soir et ils le savent, certains se sont perchés sur les balcons et regardent les gens qui arrivent de tout le quartier. De cette façon, ils ont quand même l'impression de participer.

—Ah, te voilà, toi ! Où tu étais passé ? Je te cherchais partout ! fait Marie en me voyant.

Elle était en grande discussion sur le palier avec Ben, un gosse de onze ans qui a toujours été de notre côté.

—Je… j'étais là-haut.

—Viens, il faut que je te parle !

Elle me tire par le bras, et elle tire Ben aussi.

—Tout de suite ? Tu as vu Joan, au fait ?

—Oui, je l'ai vue. Et oui, tout de suite.

Elle nous entraîne jusque sur le palier désert du sixième et s'assoit par terre, en tailleur. Je ne vois plus de colère chez elle, rien que ses yeux brillants. Marie n'arrive jamais à être longtemps en colère contre moi.

—Tu te souviens de ce que nous a dit la petite Clara ?

—Sur les Cracheurs ? Comme quoi, ils n'allaient pas nous attaquer ? Oui, évidemment.

— Eh bien moi, je me suis méfiée : dès le premier gosse qui m'a raconté cette histoire, j'ai demandé à Ben ce qu'il en pensait.

— Et qu'est-ce qu'il en pense, Ben ?

Le gosse nous regarde, un peu timide. Un coup d'œil vers moi, un coup d'œil vers Marie qui lui sourit pour l'encourager. Il porte toujours un sweat noir à capuche et un vieux jean rapiécé. Ce n'est pas un timide pourtant, Ben : je le connais, il a la langue bien pendue, il est toujours au courant des derniers ragots.

— Euh… MJ m'a demandé de faire une petite enquête, comme d'habitude.

Première nouvelle. Marie demande des enquêtes aux enfants. À bien regarder celui-là, je dirais qu'il en pince secrètement pour elle, d'un amour de gosse.

— Le premier qui a lancé cette rumeur comme quoi les Cracheurs se battaient entre eux, ça a été Gabin. C'est un petit de la bande à Yassine. J'ai fait des recoupements en discutant avec tous les gars que je connais. Alors je suis allé le trouver et je lui ai demandé d'où il tenait ça. Il m'a dit que tout le monde savait que les Cracheurs avaient pendu un gars de leur bande, aujourd'hui…

— Ils ont pendu quelqu'un ? Ah, les cons !

— Ouais, ça c'est du sûr : tout le monde le dit, même la bande à Cathy-Princesse. Mais pour le reste, je me suis méfié. Cette histoire sur les Cracheurs qui s'étaient mis d'accord pour ne pas attaquer ici ce soir. Gabin, tu vois, c'est un microbe, il suit les autres, il imite, il répète. Qu'il ait un tuyau de première main, je trouvais ça bizarre. Alors je l'ai secoué un peu et là, il a fini par m'avouer que c'était Johnny qui lui avait dit ça.

Secouer un peu ? Qu'est-ce qu'il veut dire exactement ?

— Sauf que, Johnny, c'était du louche. Il n'a pas de bande, personne veut de lui : il se bagarre avec tout le monde. Moi, je connais sa planque secrète. C'est dans les terrains de tennis derrière l'École normale, des fois, il joue tout seul sur le mur de pelote basque. Je suis allé là-bas et j'ai trouvé le vestiaire fermé, c'était sûr qu'il était dedans alors je lui ai dit que s'il sortait pas, j'allais foutre le feu.

Ce petit commence à me faire très peur.

—Pendant qu'il crevait de trouille, j'ai explosé la fenêtre avec une raquette et je suis rentré par là.

Il nous montre les paumes de ses mains entaillées de partout.

—Il s'était caché dans un coin et il avait sorti un couteau, genre Opinel, une grande taille. Et il m'a sauté dessus en me traitant de bougnoule. Il m'a dit qu'on était tous des cons, qu'il se vengerait. Il est grand mais c'est une chochotte: il est mou, ses biscotos, c'est du yaourt. Moi, je lui ai pris le poignet et j'ai mordu, ça l'a fait lâcher prise, même qu'il a crié vachement fort.

Bon Dieu, c'est ça qu'on nourrit? C'est ça qu'on protège? *Marie, tu fais vraiment confiance à ce gosse?*

—Une fois que c'était moi, du bon côté de l'Opinel, il a eu tellement les chocottes qu'il a craché le morceau. Il sait que je suis de la bande de la Cantine, faut dire. Et que maintenant on a un flingue.

—Raconte à Léo ce qu'il t'a dit, fait Marie.

—Il m'a dit qu'un mec, un grand, l'avait vu dans le quartier et lui avait donné un Opinel en échange de... de dire partout que les Cracheurs n'attaqueraient pas ce soir.

—Quoi?

—Ouais. Bon, il a un peu menti: je suis sûr qu'il est allé lui-même au supermarché. Il a dû tenter sa chance là-bas parce que la bande à Yassine l'empêche de venir à la Cantine, il devait avoir faim.

—Et ils l'ont acheté pour faire de l'intox auprès des autres gosses, c'est ça que tu es en train de me dire?

Le gosse acquiesce gravement.

—C'est pour ça qu'il en a parlé au petit Gabin: il a pu l'approcher facilement. Et en plus, tout le monde l'aime bien, Gabin.

— Et le fameux grand, le mec qui lui a donné l'Opinel, c'était qui ?

— Il a dit qu'il savait pas qui c'était, que c'était un nouveau. Petit et gros, il a dit, brun avec un tee-shirt blanc.

Comme toujours quand ça va mal, je me tourne vers Marie. D'un seul coup, la menace est tombée sur mes épaules. Ils vont attaquer ce soir, maintenant c'est certain ! Je me rends compte que j'avais vraiment cru à la rumeur. Je m'étais laissé bercer, j'avais perdu le mordant.

— Après son enquête, enchaîne Marie, Ben est revenu me trouver et il m'a fait son rapport.

Voyez-vous ça : Marie, chef du contre-espionnage…

— Et pendant ce temps, moi aussi j'ai mené ma petite enquête. Tu te souviens de Jonathan, le blond au djembé ? ajoute-t-elle.

— Le batteur de Joan ? Celui qui est venu ici ce matin ?

— Il a passé son après-midi à fouiner partout. C'est Salomé qui m'a mis la puce à l'oreille : il est entré chez Lisa sans frapper et il a commencé à fourrer son nez dans la réserve, elle a fini par le mettre dehors. Ensuite, j'ai demandé aux tout-petits s'ils l'avaient vu, et tu sais ce qu'ils m'ont dit ? Ils m'ont dit qu'il cherchait un certain Dylan. Tu connais un Dylan, toi ?

— Dylan ? Non.

— Si, tu en connais un. Le Flic s'appelle Dylan, figure-toi. C'est Jonathan lui-même qui l'a dit aux tout petits : « *Vous savez où est Dylan ?* » et il a précisé, parce qu'ils ne comprenaient pas : « *celui qu'on appelle le Flic ?* »

— Ouais, bon, il regarde les réserves, il cherche le Flic. C'est un fouineur, quoi, un petit curieux.

— Tu oublies qu'il appelle le Flic par son vrai nom. Et ce n'est pas tout. Il a voulu monter jusqu'au toit, heureusement Jean l'a envoyé sur les roses.

— Il a vu notre fil du SMS ? Et nos sacs de cailloux ?

— Je ne crois pas.

— Tu penses que ça pourrait être un Cracheur, un infiltré ?

— Souviens-toi de ce qu'a dit Johnny à Ben, de la façon dont il a décrit le nouveau Cracheur qui lui a donné l'Opinel : brun, petit, gros, avec un tee-shirt blanc. Et comment tu le décrirais toi, Jonathan ?

— Je ne sais pas trop, moi je regarde surtout les filles. Les garçons… je ne fais jamais attention.

— Il est blond, il est grand et il est mince.

On dirait que Marie l'a bien regardé, elle…

— Et son tee-shirt, je te le donne en mille : noir.

— Johnny, faut dire, fait Ben avec un hochement de tête, il est vraiment pas très malin. C'est pas difficile de voir quand il ment…

— Nom de Dieu !

— Ne dis pas ça, Léo.

— Pardon Marie.

Il faut que je me lève, je ne tiens plus en place.

— Et où il est passé, ce petit salopard de Jonathan ?

— À ton avis ?

— Il est encore au concert ?

— Il a eu tout le temps de descendre au coin de la rue et de leur décrire nos appartements, de dire combien on était, comment on était armés et où étaient toutes les entrées et les sorties… Et oui, maintenant, il est remonté tranquillement à sa place, au concert.

Je me sens lucide, plus lucide que je ne l'ai jamais été. Je connais cet effet-là : c'est l'adrénaline, l'excitation… et la trouille aussi. Il y a une heure, je me sentais comme un boulet à traîner. Les fesses de Joan dans la tête et les seins de Marie qui n'en finissaient pas de me hanter. Et voilà que tout a disparu, balayé par l'urgence.

Dans le salon, ça danse, ça rigole, ça braille pendant les refrains, quand je fais mon entrée, j'en vois plusieurs qui se tiennent la main ou qui s'embrassent. La voix de l'Américaine, c'est le soleil de ce petit monde : je ne peux pas la voir d'ici mais c'est comme si elle était tout près de moi, comme si elle était tout près de chacun d'eux. « Amuse-toi ! » qu'elle leur dit, « remue-toi, bouge, vis ! » Elle a vraiment un don. C'est une chanson triste qu'elle a commencée, une chanson que je ne connais pas. Pourtant, on ne peut pas être longtemps triste à l'écouter, on ne peut pas rester dans sa bulle : on se regarde, on se sourit, on se met à danser ensemble…

Seulement, quand ils me voient, leurs sourires se figent, leurs danses s'arrêtent. Ça rigole encore un peu dans le fond, mais le silence gagne le salon comme une onde qui se propage dans un étang.

La voix de Joan s'est arrêtée, son visage figé en grimace, sa haine dans les yeux, ses mains qui tremblent. Il n'y a plus que Fred-le-Rouquin qui continue encore de jouer de la guitare : il ne s'est rendu compte de rien. Mais finalement, il relève la tête et il s'arrête aussi.

— Quoi ? Il y a un problème ?

Je m'avance vers elle. Derrière moi, il y a Paul et quelques autres qui viennent d'arriver.

— Qu'est-ce que tu fous là, toi ? je dis à Charly, qui est sur l'estrade avec Joan.

Il se met à me hurler dessus :

— Un pas de plus et tu es mort, espèce de salopard !

— Qu'est-ce qui te prend ?

— *You…*, commence Joan.

Elle se penche vers moi et, rien qu'à voir son visage, on ressent toute la souffrance du monde. Et la rage. Tout son corps s'est crispé dès qu'elle m'a vu, chacun de ses muscles s'est tendu comme une corde de guitare. C'est effrayant à voir. Elle est devenue aussi rouge que tout à l'heure sur le balcon de la réserve.

Ptiou ! Son crachat me rate complètement. Trop nerveuse pour viser, la Joan.

— *You bastard !*

Je me tourne à droite, à gauche : tous les visages sont fermés, on se recule, on se détourne. Quelque chose s'est passé ici en mon absence, quelque chose a circulé de bouche en bouche…

— On ne veut plus de toi ici, Léo.

Je me retourne : c'est Marie. Elle porte une robe à couper le souffle. Impossible de détacher mes yeux de son décolleté.

— Marie ? Bordel ! qu'est-ce qui vous prend, tous ? Vous êtes devenus dingues ou quoi ?

Sur l'estrade, Joan s'est mise à genoux, elle tremble comme une feuille et, au fond de sa gorge, on entend un gémissement qui remonte : de ses yeux jaillissent des larmes, sa bouche est toute tordue, elle est prise de spasmes.

— Barre-toi, connard ! répète Charly en hurlant.

— J'aurais jamais cru ça de toi…, me dit Marie avec un calme qui me touche cent fois plus que n'importe quelle insulte de l'autre barbichu.

— Quoi, quoi ? T'aurais cru quoi, de moi ?

Charly continue de hurler :

— En fait, tu voulais le flingue pour faire tes saloperies, hein ? Tu voulais faire la loi ? Eh bien vas-y, sors-le ton putain de flingue, sors-le !

— Tu es devenu comme lui ! poursuit Marie. Tu es devenu comme le Flic !

Je me tourne, me retourne. Paul hausse les mains, il me fait signe qu'il ne comprend pas, lui non plus.

— Tu vas toutes nous violer l'une après l'autre, hein ? C'est ça, ton plan ? me crie une moitié-grande qui aide Lisa à la crèche en face.

— J'ai jamais violé pers…

— *Shut up!*[1] hurle Joan.

Et sa voix éraillée par la souffrance me fait aussi mal que ses chansons me mettaient le cœur en fête.

— Je chanterai pas pour lui ! Je chanterai pas pour lui !

Autour de moi, ça commence à grogner, à s'agiter.

— Eh, c'est du délire ! Je ne l'ai pas touchée. Cette fille est dingue, enfin quoi, tout le monde le sait…

— Tu parles, je t'ai vu, moi ! crie la moitié-grande hystérique en me montrant du doigt.

Jeanne, elle s'appelle Jeanne. Ça me revient maintenant.

— C'est vraiment dégueulasse, ce que tu as fait, Léo ! me balance Bastien, un moitié-grand du premier rang.

Charly descend de l'estrade et se met à marcher vers moi. Je cherche un visage amical autour de moi mais il n'y en a pas. Des faces horrifiées, des mains qui tremblent, des gens qui me détestent et qui ont peur de moi. Il suffirait que Charly me tombe dessus maintenant et ils seraient capables de me balancer par-dessus le balcon. Il ne reste plus qu'une seule chose à faire : je sors le flingue et je tourne sur moi-même, une fois, deux fois, je le pointe sur Bastien, sur Charly, sur cette grosse fille en rouge que je ne connais pas.

Un murmure s'élève autour de moi, on recule.

— Tu n'aurais pas dû le sortir, Léo ! me crache Charly.

Il n'empêche qu'il s'est quand même arrêté. Marie se met entre nous, écarte les bras.

— C'est bon, on ne va pas s'entre-tuer, laissez-le partir. Et toi, Léo, va-t'en, tu as fait assez de mal comme ça.

Derrière elle, il y a Marcello et aussi Sam, que ça a l'air de démanger de me sauter à la gorge et de me crever sur place.

— OK, ça va, j'ai compris, je me barre. De toute façon, ça faisait un moment que j'en avais marre de torcher des mômes et de

1. « Ta gueule ! »

leur filer toute la bouffe. Venez, les gars, on met les voiles ! On n'a plus rien à faire avec ces pisseuses !

La haute silhouette de Paul s'avance vers moi. Derrière lui, il y a Fred-l'Esquimau, Sacha, Théo, Ahmed et quelques autres. Pas nombreux.

— Maintenant, vous aurez cette partie de l'immeuble et, nous, on aura l'autre moitié, le 15 bis. Et si j'en vois un seul qui pointe son nez, je tire à vue, je le dirai pas deux fois ! (Je me tourne vers la table.) Et toi, l'Américaine, chante, rigole, profite… parce que la prochaine fois qu'on se verra c'est tous mes potes qui te passeront dessus. Tu verras comment on rigolera bien.

Son nouveau crachat, je ne le vois pas venir, il m'atterrit sur les chaussures. Tiens, elle n'allait pas rester sur un échec. Elle n'a pas pu s'en empêcher, la petite garce, c'est vraiment la reine de la provoc. Et la haine que je vois dans ses yeux, je ne suis pas près de l'oublier.

Tout le monde s'écarte devant nous et on se retrouve sur le palier désert. Paul claque la porte tellement fort qu'il y a un morceau de plâtre qui tombe du plafond.

Fred-l'Esquimau rigole un peu, Sacha aussi se met à pouffer. Bon. Un, deux, trois… on est six, le compte y est. Sauf Sam qui a dû rester, évidemment.

Je me tourne vers eux :

— Vous croyez qu'il a mordu ? C'était gros, non ?

— Ça, on va bientôt le savoir, me répond Fred qui continue de rigoler. S'il y croit, il va aller avertir ses petits copains cracheurs de cette info de dernière minute. Tu parles si ça les intéressera, de savoir où nous trouver.

— Tu as joué comme un acteur, mon vieux, impec de bout en bout ! dit Paul. Mais assez rigolé, il faut se planquer, et vite !

Ce qu'il est sérieux, ce Paul. On ne le reconnaît pas.

Et derrière cette porte, qu'est-ce qui est en train de se raconter dans mon dos maintenant que je suis parti ? Est-ce qu'ils ont vraiment cru que j'étais un violeur ? Il n'y en a pas eu beaucoup pour me défendre en tout cas, à part ceux qui étaient dans la combine... Je suis vraiment si insupportable que ça, comme chef ? Est-ce qu'il suffit d'une jolie menteuse et d'une grande gueule comme Charly pour qu'ils me laissent tomber aussi facilement ?

— Grouille, Léo ! Qu'est-ce que tu fous ?

Paul me tire par le bras jusqu'à l'escalier. On se cache tous au quatrième, dans l'appartement des moitié-grands. À nous sept, ça devrait être suffisant pour les recevoir, si tout se passe comme prévu. Ils seront combien en face ? Se coller derrière la porte, regarder par l'œilleton, se faire tout petits. Marie a fait mettre des bougies sur les paliers, soi-disant pour la déco : quand le morpion descendra, on ne pourra pas le rater.

Fred continue de rigoler.

— Ah, ils ont tous bien joué ! Franchement, bravo à Charly, on aurait dit qu'il te détestait vraiment, Léo, hein ? Et Joan, quelle impro elle nous a faite, j'étais scotché !

Je réponds, amer :

— Je crois qu'ils n'ont pas eu besoin de se forcer beaucoup, tous les deux...

— Vos gueules ! fait Paul.

Là-haut, la porte vient de s'ouvrir sur le palier du cinquième. Dans l'appartement, ça s'est remis à chanter et à crier : ils nous ont déjà complètement oubliés, on dirait. Je n'entends pas un bruit, pas un frottement. Est-ce qu'il descend l'escalier ? Tout à coup, ça claque et ça résonne comme si quelqu'un venait de manquer une marche.

— Merde ! fait une voix étouffée dans la cage d'escalier.

Derrière la porte, Paul a la tête carrément vissée à l'œilleton, il serre les dents et se tourne sans arrêt pour avoir une meilleure vue.

— Je ne vois rien…

Nouvelles grimaces. Nouvelles contorsions. Il chuchote tellement bas que je l'entends à peine. Grande nouvelle : Paul a enfin appris à chuchoter.

— Si. Le voilà, c'est Jonathan. Il a quelque chose dans la main… Je crois qu'il a glissé sur le morceau de plâtre.

— C'est bien lui ?

— Ouais.

— Ah ! le petit fum…

— Chut !

Pendant six, dix, vingt secondes, on ne respire plus. Fred et moi, on s'est figés comme des statues, on n'attend qu'une seule chose : un mot de Paul.

— C'est bon, il est descendu !

Ouf! Respirer, ça fait du bien.

— Allez, c'est parti, je fais en regardant ma montre.

— Il va avertir ses petits copains, maintenant, et s'il a bien écouté ce que j'ai dit tout à l'heure, ils ne vont pas tarder à arriver au 15 bis pour essayer de me reprendre le flingue.

Comme l'immeuble est long, il a plusieurs numéros : le 15, où on est installés, et le 15 bis qui a sa propre entrée et son propre escalier, on peut y accéder par un couloir. Il y a même un 15 ter.

— Ça ira ? Vous vous souvenez de tout ?

— Oui, oui, fait Paul, qui ouvre tout doucement la porte et jette un coup d'œil sur le palier, encore méfiant.

Maintenant que le louveteau a quitté la bergerie, la meute ne va pas tarder à passer à l'attaque, c'est certain. Au quatrième et au huitième, il y a un corridor qui relie les trois escaliers de l'immeuble : en toute logique, c'est au 15 bis qu'ils sont censés venir nous chercher, surtout moi, le chef, et le flingue que je leur ai volé. Mes fidèles me suivent dans le calme, il faut dire que Marie et moi, on a sélectionné les plus fiables.

— C'est bon, vous avez tout ?

Ils me font signe que oui. Les deux plus costauds portent une bassine remplie d'eau. Paul tient ses bidons d'essence récupérée sur des réservoirs siphonnés. Les yeux brillants, les regards furtifs, on se chuchote des conseils : « Passe par là » « Attention, tu vas en renverser. » On va se retrouver à sept contre trente, il s'agit de ne pas se louper.

— Vous quatre, vous restez avec Paul. Vous enlevez vos jeans et vos godasses et vous étalerez l'essence partout dans l'escalier. J'ai bien dit « partout ». Il faut qu'ils se sentent complètement piégés quand ils marcheront dedans.

— Compris, Léo, répond Sacha.

— Et, une fois que c'est fait, vous vous nettoierez les pieds à l'eau et au savon. Je ne voudrais pas que l'un de vous flambe en cas d'accident.

— T'inquiète, on sait ce qu'on a à faire, me dit Paul en souriant.

Et c'est vrai qu'il a l'air de maîtriser.

— Parfait. N'oubliez pas que c'est hyper dangereux. Il se pourrait très bien que ça tourne mal. Vous avez les extincteurs ?

Sacha me fait oui de la tête.

Je les laisse au quatrième en train d'étaler de l'essence dans l'escalier et je redescends au troisième avec Fred, qui tient la lampe de poche. Je vérifie la porte de l'appartement qu'on a choisi sur le palier : un coup en avant, un coup en arrière. C'est bon, elle ne grince pas.

— Pfou, qu'est-ce que ça schlingue, ici ! fait Fred en se pinçant le nez.

Marie n'a pas lésiné sur la merde, on dirait. Sur le palier du troisième, l'odeur prend à la gorge, on se croirait au fond d'une fosse à purin. Normalement, ça devrait masquer l'odeur d'essence de l'escalier piégé jusqu'à ce qu'ils mettent les pieds dedans. Mais j'ai plus important à faire que de me pincer le nez. Bloquer la respiration, bras légèrement fléchi. Œil-viseur-cible. C'est avec ces principes-là que cette connasse de Joan a appris à cracher sur les gens avec cette précision ? Elle était obligée d'en faire autant, tout à l'heure ?

Non Léo, ne pense pas à Joan, ni à Marie, ni à Charly. Pense à Bébé Joe. Pense à l'essence, à la ficelle d'alerte d'Ahmed... Ahmed s'est posté en sentinelle au rez-de-chaussée, il a déroulé une ficelle dans la cage d'ascenseur et il en a coincé une extrémité juste sous mes yeux avec un bout de scotch fluorescent.

— Nom de Dieu, les voilà !

La ficelle d'Ahmed vient de faire un bond en avant, entraînant son bout de ruban fluo. Ils arrivent ! Ils ont mordu à l'hameçon !

— Vite, les signaux pour Paul !

Fred sort sur le palier, ouvre la porte de l'escalier et fait les trois flashs convenus avec sa lampe pour avertir Paul et son équipe là-haut, puis court se cacher avec moi derrière la porte. Du palier du quatrième, au-dessus de nous, je commence à entendre ma propre voix qui monte et qui se met à hurler. Je déteste ma voix. Marie me répond, on crie, on se dispute, je parle de tirer dans le tas si j'en vois un qui approche. Il y a aussi les voix de Paul et d'autres garçons, ça braille dans tous les sens. On a tout enregistré tout à l'heure sur un vieux magnétophone : le but, c'est de les mettre en confiance, de leur faire croire qu'on ne les attend pas du tout.

— Léo, Léo ! c'est moi, Ahmed !

Ahmed ? J'ouvre la porte.

— Qu'est-ce que tu fous ici, tu vas nous faire repérer ! Tu devais attendre en bas !

— T'inquiète, ils ne m'ont pas vu, mais on a un problème ! Ils ont un gosse en otage, un petit de la bande à Cathy-Princesse ! Qu'est-ce qu'on fait, Léo ?

Pendant une seconde, je jurerais que le monde a tourné d'un seul coup, un demi-tour complet, ça a failli me faire tomber. En fait, c'est ma tête à moi qui tourne.

Un otage ? On est foutus.

— Il est devant ou derrière ?

— Devant, comme un bouclier. C'est un grand qui le tient dans ses bras.

Réfléchir. Vite. Le plan tombe à l'eau : on est censés les menacer de foutre le feu à l'escalier quand ils seront bloqués dedans, mais on ne brûlera jamais un otage et ils le savent.

Trouver une solution de rechange, vite. Ils sont déjà là, au premier peut-être, ou au deuxième. Dans quelques secondes, ils seront sur le palier. Je me tourne vers Ahmed :

— Monte au quatrième, dis à Paul de tout annuler. Tant pis, on se replie, on fait appel aux gars de la fête pour une bonne bagarre générale à coups de barres de fer.

— Faut que je monte ? Mais, dans l'escalier, je vais me mettre plein d'essence sur les godasses...

— Tu montes ! Tout de suite !

Il me regarde une demi-seconde et puis il cesse de réfléchir : il me fait confiance. Il disparaît dans l'escalier et moi dans l'appartement.

Les Cracheurs progressent très lentement. On s'est pressés pour rien. Ils écoutent : on dirait que notre petit enregistrement les rend perplexes. Je vois la porte s'ouvrir sur le palier et des formes sombres s'avancer une par une. Le premier tient un paquet entre ses bras, sûrement l'otage. Le deuxième une lampe de poche – Bon Dieu, ce qu'il est grand ! Le troisième... Qu'est-ce qu'il porte, le troisième ? Une barre de fer ? Il ne la tient pas comme une barre de fer, il la tient comme... C'est pas vrai, c'est un fusil !

— Ça pue la merde, chez eux ! chuchote quelqu'un.

Un autre glousse.

Ils traversent le palier, tout doucement. Ils ouvrent la porte de l'escalier et commencent à monter. L'odeur de merde a couvert celle de l'essence, ils ne se sont doutés de rien. Dommage qu'on ait dû annuler le plan de départ, il aurait marché comme sur des roulettes. Quatre, cinq, six, sept, huit… Huit seulement? Non: neuf, dix. Dix, c'est trop peu. On en attendait trente! Est-ce qu'ils se sont vraiment battus entre eux, là-bas au supermarché? Est-ce qu'il y a vraiment deux camps?

— Hé! fait l'un d'eux dans la cage d'escalier.

— Ça va pas, non?

C'était quoi, ça? Il y en a deux qui ont crié! J'avais dit à Paul de se replier, d'avertir les autres! Qu'est-ce qu'il m'a fait, ce con?

— Qu'est-ce qui se passe?

Ils commencent à comprendre le piège.

— Eh, mais… ça pue l'essence!

— J'en ai plein les godasses! Qui a balancé de l'essence par terre?

Action, action, mon petit Léo. Je ne sais pas ce que Paul fabrique, mais nous y voilà: il n'a pas annulé l'opération comme je l'avais demandé. Peut-être qu'Ahmed a mangé la commission, en tout cas, je ne peux plus reculer: on reprend le plan au point de départ.

Je bondis hors de l'appartement. Derrière moi, Fred trimballe un gros extincteur à poudre et un tapis en rouleau, sanglé avec des tendeurs de vélo. Je me retrouve nez à nez avec un moitié-grand aux cheveux rasés, aussi stupéfait que moi. Il s'est peint la figure en rouge et noir, il porte une tête de mort taguée sur son tee-shirt et tient une sorte de grand taille-haie dans les mains, un truc horrible avec un crochet au bout. Mais, malgré ses belles peintures, en une seconde, il a oublié qu'il était un guerrier. Maintenant, il a juste l'air ahuri d'un gosse pris la main dans le sac.

Paa! fait mon flingue dans la cage d'escaliers qui résonne comme une cathédrale. Et celui-là, quand il parle, tout le monde écoute, même si je tire en l'air.

— Pas un geste! Le premier qui bouge, je le descends!

— C'est moi qui tiens votre otage! Et le premier qui bouge de ce côté, je le brûle! crie Paul là-haut.

— Déconnez pas ! chiale une voix apeurée. Ils ont des briquets, s'ils foutent le feu, on va tous griller ! Il y a de l'essence partout, on en a plein sur nous !

— Moi, je peux pas tirer, j'ai les mains complètement imbibées ! fait une autre voix, sans doute celle du type qui a le fusil de chasse.

Les Cracheurs pataugent dans l'essence. Paul et les deux moitié-grands avaient pour mission d'en étaler par terre et d'en balancer une bassine en plus sur les premiers arrivés. Elle coule sur la peinture écaillée des marches. Fred a jeté le rouleau du tapis devant mes pieds : il devrait arrêter l'inondation et préserver nos godasses à nous.

— Tous à poil, et vite ! je crie.

— Ton fusil ! Donne-le moi tout de suite ou je jette le briquet ! crie Paul, dont la voix résonne autant que mon Sig Pro.

Le moitié-grand que j'ai dans ma ligne de mire commence à baisser son pantalon.

— À poil ? Mon cul, oui ! dit un autre que je ne vois pas.

— À poil ou on fout le feu à l'essence ! Je m'en fous, j'ai l'otage ! braille Paul.

— Nan, les gars, ils n'oseront jamais faire ça, arrêtez, gardez vos fringues !

Je ne sais pas qui a parlé mais il n'a convaincu personne : les vêtements s'entassent devant moi.

— C'est bon, j'ai récupéré le fusil ! me crie Paul de là-haut. Maintenant, vous allez remonter un par un ! S'il y a un petit malin qui fait une connerie, je le shoote. Et ça risque d'allumer le feu, je vous préviens.

« Il a le fusil ! » La phrase est reprise tout au long de l'escalier. « Il a le fusil ! » Ils ont l'air terrifiés. Ils étaient venus ici pour une victoire facile, ils rêvaient déjà du trésor et des filles, ils s'étaient monté le bourrichon les uns les autres. Et les voilà à poil, tous ces petits caïds : la queue entre les jambes, pressés de se mettre tout nus et de remonter dans nos filets. Là-haut, on a assez de corde pour attacher la statue de la Liberté et puis, quand on est nu et gluant d'essence, c'est bête mais on perd complètement le goût de la bagarre.

Il en faut du temps pour qu'ils remontent tous. La bande enregistrée continue de beugler, personne n'a pensé à l'arrêter, on dirait : ils sont trop occupés là-haut. Quand Paul me confirme qu'il a le dernier, je redescends au rez-de-chaussée avec Fred.

— Beurk, marcher dans la merde et dans l'essence, pauvres Cracheurs...

On dirait que Fred-l'Esquimau peut rester bavard en toutes circonstances. Je lui fais un sourire et une petite bourrade sur l'épaule.

— On a gagné, hein ?

— Ouais, les doigts dans le nez, mon pote !

10

MARIE

« Rumeur n° 41 : les Hommes Droits, bis
Taux de pertinence : 4/5
Encore un témoignage au sujet des Hommes Droits. Cette fois, c'est toute une troupe d'enfants qui a débarqué dans le quartier. Ils ont essayé d'entraîner les gosses d'ici en leur promettant un abri et de quoi manger dans l'est de la ville, sous la protection des Hommes Droits.
Les chefs des bandes ne les ont pas suivis, apparemment. Ils ont déjà autant d'abris qu'ils veulent ici et, la nourriture, on leur en fournit. Mais je suis intriguée par la démarche de ces gosses « de l'est ». Est-ce qu'ils ont fait la même chose dans toute la ville ? J'ai envoyé le petit Ben se renseigner là-dessus. En tout cas, il n'y a pas eu de violence. Ils sont repartis et on ne les a plus revus depuis. Un jour, on devrait peut-être aller voir ce qui se passe là-bas, dans les quartiers est ? »

Le concert de Joan commence dans deux heures. Si on s'y prend vite, on a encore le temps de mettre un plan sur pied pour recevoir les Cracheurs, mais il faut que je trouve Léo. Dès que je pousse la porte de chez Lisa, je vois bien qu'il s'est passé quelque chose. Un bébé braillard sous le bras, elle est en grande discussion avec Marcello. Salomé regarde la scène depuis la porte de la cuisine, tenant son livre préféré à la main, celui de l'ogre, en attendant que Marcello ait fini.

— Où est passé Léo ? Vous l'avez vu ?

Ils se regardent tous les deux.

— Il nous a d… dit qu'il te cherchait.

— J'ai absolument besoin de lui parler, c'est urgent !

— Il n'était pas dans son assiette, répond Lisa.

— Il a complètement pé… pété les plombs, oui.

Pété les plombs ? Mon Dieu, Léo, qu'est-ce que tu as fait ?

— Et il n'est pas le seul…, ajoute Lisa en jetant un coup d'œil vers la fenêtre d'un air entendu.

— L'Am… l'Américaine est restée sur le balcon. Ils se sont méchamment disputés tout à l'heure et depuis elle est… elle est…

— Elle est dans le même état qu'hier soir, si tu vois ce que je veux dire, termine Lisa.

Joan a rechuté ? Il ne manquait plus que ça. Une Joan à moitié folle qui fait « mm mm », merci bien, ce n'est pas ce qu'il nous faut pour le concert. Si elle n'est plus capable de chanter, on peut dire adieu à nos renforts. Ceux qui auront fait le déplacement vont être de très mauvaise humeur.

— Marcello pense qu'il faut la laisser toute seule un moment. Moi, je crois qu'on devrait aller lui parler et la consoler.

Lui parler ? *Ma pauvre Lisa, avec ton bébé qui braille comme un sourd, tu ne pourras jamais consoler personne.*

— J'y vais.

Ils me regardent avec des yeux ronds.

— Tu es sûre ? Je veux dire… Tu crois que tu es la mieux placée ?

— Toutes les deux, vous ne pou… pouvez pas vous voir ! T… tu la détestes, non ?

— Et alors ? Je ne vais pas la laisser pleurer toute seule, quand même.

Et, par honnêteté, j'ajoute :

— Et puis on a besoin d'elle, vous le savez bien.

En fait, ça tombe mal parce que je n'ai vraiment pas le temps. Mais il faut bien que quelqu'un fasse le travail.

Le cadenas de la porte-fenêtre est resté ouvert. Dehors, il fait bon, même si le soleil est passé derrière l'immeuble d'en face. Quel fatras, cette réserve ! Un de ces jours, il faudra que je prenne le temps de tout ranger et de tout recompter.

Où est Joan ? Pas trace d'elle derrière les briques de jus de fruits en tout cas, ni derrière les bonbonnes d'eau minérale. Je passe dans une espèce d'allée étroite entre des rangées de soupes industrielles et des palettes entières de sauce bolognaise en boîte.

— Joan ?

Elle n'est pas non plus dans l'enclos des cartons de barres chocolatées. Il y a de tout là-dedans, des Mars, des Twix, des Snickers. Je prendrais bien un Twix, moi, tiens. Mais mes grosses fesses n'ont pas besoin de ça.

— Joan ? Tu es là ?

Je me retourne et je l'aperçois enfin : un petit tas, une boule roulée tout contre la rambarde, serrée derrière la plante verte. Cachée.

Elle me regarde avec des yeux craintifs, comme une petite bête blessée. Les larmes ont ravagé son maquillage et ses cheveux longs sont coiffés n'importe comment. C'est une jupe qu'elle porte ? Non, on dirait une sorte de robe longue à dentelles. Enfin, c'est difficile à dire, vu comme elle s'est roulée en boule.

Je ne dis rien, je m'assois en face d'elle. Entre nous, il n'y a pas de tendresse, mais je sens quand même qu'elle préfère que je sois là. Moi. N'importe qui. Ne plus être seule en tout cas.

— C'est froid, ce carrelage, non ? Moi, ça me fait froid aux fesses.

Si ça fait une heure qu'elle est ici, elle doit vraiment geler là-dessus.

— Tu l'as vexé, c'est ça ?

J'attends un peu, elle ne répond pas.

— Léo est bourré de défauts : il est têtu, il est râleur, et le pire de tout, c'est cette espèce de fierté mal placée… Il préférerait se faire couper un bras plutôt qu'on se moque de lui. Il prend la mouche facilement, c'est fou. Ça, c'est Léo, il faut le savoir.

Elle me regarde toujours. Avec ses yeux de petite bête sauvage.

— Des défauts, tu en as aussi. Tu es une sale égoïste, tu joues avec les gens ; tu te permets de leur briser le cœur et tu t'en fiches pas mal. Tu es vulgaire, tu es agressive, tu veux tout pour toi et la seule chose qui t'intéresse, c'est ton petit nombril. Ce qui se passe autour, ça ne te fait ni chaud ni froid… Je ne vais pas te mentir : moi, je ne t'aime pas. Tes jolies jambes et tes collants transparents, ça marche peut-être sur les garçons mais pas sur moi…

Toujours aucune réaction. Si, peut-être un léger raidissement des genoux.

— Seulement voilà… tu sais te servir de ta tête. Et d'une arme à feu. Tu sais chanter à la perfection. Et je pense qu'on peut te faire confiance pour les choses importantes : tu as assez de jugeote pour comprendre qu'on a tous intérêt à se serrer les coudes et que la Cantine, c'est encore le meilleur endroit où tu pouvais tomber dans cette ville. Léo pense comme moi. Léo, il te juge une fois pour toutes quand il te voit, et s'il te donne sa confiance, c'est pour la vie. Il est comme ça, Léo. Maintenant que dans sa tête tu es une des nôtres, il ne te laissera jamais tomber. S'il t'a raconté autre chose dans un accès de colère, alors oublie : il ne le pensait pas.

— Mm… mmmm…

Elle voudrait parler mais on dirait que ça ne veut pas sortir.

— Donne-moi la main.

Je tends la mienne. Les siennes sont serrées autour de ses genoux et elles tremblent.

— Allez, donne. Tu ne vas pas passer toute ta vie à pleurnicher, donne-moi la main et oublie tout ça. On a besoin de toi, pourquoi tu crois que je suis venue te voir ? Je ne suis pas là pour jouer les assistantes sociales. On a besoin que tu chantes. Et toi aussi tu as besoin de nous. C'est ça ou le gouffre.

Doucement, tout doucement, ses doigts se détachent de son genou et s'avancent un peu. Ils restent en l'air un bon moment, ils tremblent tellement que, à un moment, on dirait que son bras va cogner le mur de petits pots de bébés à sa droite. Mais elle regarde sa fichue main, longuement, et puis elle ferme les yeux et se met à respirer à fond. Ses doigts s'avancent vers les miens, millimètre par millimètre, en aveugle, jusqu'à toucher le bout de mes ongles. Alors elle s'accroche à moi d'un seul coup.

Moi, je l'ai attendue tout ce temps, cette main. Je n'ai pas avancé d'un pouce dans sa direction. Je la reçois dans la mienne : elle est glaciale. Moite et glaciale. Une jolie main aux doigts fins, aussi serrés que des crochets.

— C… c'est dingue se vexer comme ça. Il… il a explosé en un seul coup. Il m'a dit des choses…

— Fier comme un coq, je te dis.

Je n'ai rien laissé paraître, j'ai répondu du tac au tac, mais je suis proprement stupéfiée par cette fille et son courage. Elle était redescendue au fond de l'enfer, je la croyais à des kilomètres de moi, dans sa petite bulle de terreur et de folie. Et la voilà qui sort la tête. On lui tend la main, et voilà qu'elle la prend.

— C'est q… q… C'est quoi, un… un coq ?

— Un coq ? Euh… *Chicken*. Tu sais… Cot cot cot. Cocorico.

Je mime un peu la poule, le coq sur ses ergots ; ça la fait sourire et moi aussi ça me fait du bien. C'est vrai que c'est un sacré coq, Léo.

— Il se prend pas pour… Co… comment vous dites ?

Voilà qu'elle bégaie, maintenant, on dirait Marcello. C'est à cause des tremblements : ses mâchoires claquent, elle doit se mordre la lèvre jusqu'au sang pour continuer.

— Il se prend pas p… pour de la merde. C'est comme ça, on dit ?

— Ça fait partie de lui. C'est aussi pour cette raison qu'il t'a sauvée, tu sais. Se jeter au milieu de trente fous furieux armés jusqu'aux dents, il fallait vraiment que ce soit Léo. N'importe qui d'autre t'aurait laissée là-bas. On ne peut pas prendre les bons côtés des gens et refuser les mauvais, il faut tout prendre en bloc : Léo, il est fier, d'accord, mais c'est sa force. C'est ce qui l'empêchera de faire quelque chose de mal. Tu ne le verras jamais renoncer : il est trop fier pour laisser tomber. Il s'accroche, il n'abandonne jamais et il se bat comme un fou pour ce qui compte à ses yeux. Pour les gens aussi. Il y a une chose dont je suis certaine, c'est que si demain tu étais embarquée par les Cracheurs, je peux te le jurer les yeux fermés : dans l'heure qui suit, tu verras Léo tout laisser en plan et foncer tête baissée pour te tirer de là. Et attention : quand il veut vraiment quelque chose, Léo, il vaut mieux s'écarter de son chemin, c'est un vrai bulldozer.

Ses paupières battent une fois, deux fois. Dix fois. C'est nerveux, mais ça aussi elle le maîtrise finalement. J'ai toujours sa main dans la mienne. Elle tremble encore un peu mais moins. Physiquement, dans ses nerfs et dans sa chair, je ressens les efforts incroyables qu'elle fait pour maîtriser cette pauvre petite main.

— Bien sûr, il y en a qui le trouvent insupportable : le voir toujours si droit et si sûr de lui, ça les énerve, ils s'en veulent de ne pas être aussi blancs que lui. Mais il y a aussi tous ceux qui le trouvent beau tel qu'il est, et qui deviennent meilleurs en le regardant.

Ça y est. Sa main ne tremble plus.

— Paul, Sam, Marcello... moi. On est tous de ceux-là : on devient meilleurs en le regardant. Et toi aussi, Joan, tu en es. C'est pour cette raison que je suis venue te tirer de là.

Elle ne répond rien mais elle relève la tête et je croise furtivement son regard : oui, elle est de ceux-là. Oui, elle nous aidera.

Le salon est plein à craquer. Dans une demi-heure, Léo va débarquer au milieu de cette foule et faire sa petite comédie mais, d'ici là, moi aussi j'ai mon rôle à jouer.

Il ne faut pas que je regarde l'espion des Cracheurs. Il risquerait de se douter de quelque chose. Dans la foule de la fête, j'essaie de le décrire à la fille sans le montrer du doigt.

— Mais si, c'est le grand là-bas.

— Qui ça, le brun avec une barbiche ? Il est craquant !

— Charly ? Oh non ! Celui-là, je ne te le conseille pas : c'est un sale type. Je te parle de l'autre, le blond, celui qui était au djembé ce matin.

Il a confié son djembé à un garçon de treize ou quatorze ans, je ne sais pas très bien comment il s'est justifié. Une blessure à la main, je crois : il s'est fait un bandage. Le garçon a pris sa place, il était ravi. Et maintenant, le voilà libre de s'éclipser discrètement quand il en aura envie pour retrouver ses petits copains cracheurs, sans perturber la musique et sans se faire remarquer. *Sale petit cafard. Je vais t'attacher un fil à la patte, moi : dès que tu seras parti, je serai la première avertie.* Cette fille est tellement cruche qu'elle sera parfaite dans ce rôle.

— Il est mignon, hein ?

— Oui, pas mal... D'habitude, je préfère les bruns mais...

— Il a eu vingt sur vingt en athlétisme au premier trimestre, il paraît qu'il est super musclé. Sa copine est sortie avec son meilleur ami pendant les vacances de Noël, ça l'a complètement démoli.

J'invente tout au fur et à mesure, plus c'est gros, plus ça passe.

— Oh, le pauvre. Il y a vraiment des filles, je te jure.

Je l'ai bien choisie, je crois. À peine quatorze ans mais très grande, ça lui fait paraître beaucoup plus. Habillée sexy, joli minois, trois grains de riz dans le cerveau et intensément en chasse, pour cette première fête depuis dix jours. Comment s'appelle-t-elle déjà ? Adriana ou Ariana, un nom de ce genre-là. Il ne m'a pas fallu trois minutes pour qu'elle me considère comme sa meilleure amie. J'utilise au mieux les talents dont le Seigneur a jugé bon de me pourvoir…

— Pourtant, il était tellement romantique avec elle : pour la Saint-Valentin, il l'avait emmenée voir le coucher de soleil au parc des Pères et il lui a fait une vraie déclaration, avec un bracelet en or, en mettant un genou en terre et tout et tout.

Ce genre de choses, ça lui fait briller les yeux. Normal : les filles comme elles rêveront toujours de ce qui n'existe pas. Tout ce dont j'ai besoin, c'est de quelqu'un qui viendra me voir au moment exact où il aura disparu de la circulation… Je crois que je pourrai compter sur elle pour ça.

— Eh bien figure-toi que, tout à l'heure, quand j'étais dans le couloir, il m'a demandé discrètement comment tu t'appelais. Tu étais en train de te recoiffer dans la salle de bains. Je crois que tu lui as tapé dans l'œil. Mais je me suis dit : « Ce garçon-là, ce genre de garçon-là… Il n'osera jamais l'aborder… »

Elle me glisse un regard entendu, celui de la fille qui sait tout sur les garçons. Les espèces, les sous-espèces, les spécimens… Quand je la regarde, elle me fait l'impression que rien n'a changé et que le monde continue de tourner exactement comme avant. C'est presque rassurant, on a envie de la garder près de soi comme un souvenir qui réchauffe le cœur.

— Ah oui, je vois. C'est un timide.

— Les romantiques le sont tous.

Léo est timide, en tout cas ; il faut le bousculer si on veut que ça marche. Je me souviendrai longtemps de ce salon et de son canapé, moi…

Elle acquiesce gravement et me fait un petit sourire.

— Oh là là, qu'est-ce qu'il est mignon…

— Dépêche-toi, je crois que la brunette va te le chiper. Regarde-la, elle lui tourne autour. Attention, ces garçons-là, ils ne savent pas dire non et après ils ne trahissent pas leur copine, ils sont trop loyaux pour ça.

Elle se mord un peu les lèvres et se trémousse du postérieur, elle le regarde de loin comme un gosse lorgne un jouet dans une vitrine. Gloussements, regards complices. Mon Dieu, et dire que j'ai été exactement comme elle. J'ai bien changé depuis le Marchand de sable. D'ailleurs, finalement, est-ce que je suis meilleure qu'avant ?

La voilà qui se lance. Je regarde ma montre. D'ici une demi-heure au plus, Léo va entrer dans la pièce. Est-ce qu'il va remarquer mes boucles d'oreilles grenat et ma jolie robe chinoise, avec le décolleté qui montre la naissance du sillon entre les seins ? Non, il n'en aura rien à fiche, il aura autre chose à penser, bien sûr.

Tout à coup, une grande clameur s'élève du fond du couloir. C'est déjà lui ? Il serait en avance ? Ah non, je suis bête, c'est Joan évidemment. Elle a laissé tomber l'idée de la robe de mariée, finalement. Trop froissée, sans doute. Une minijupe, un bustier en cuir noir, des bottes qui remontent jusqu'aux genoux et des boucles d'oreille aussi grandes que des cerceaux… Ça lui ressemble déjà beaucoup plus. Il paraît que dès la première chanson, elle attaquera du Shakira. Imiter Shakira sur scène, c'est presque mission impossible. Elle va se rater, c'est certain.

Mais non, Marie, regarde-la: tout à l'heure, tu aurais pu la ramasser à la petite cuillère, c'était une loque, et maintenant la voilà prête à manger la salle toute crue. Quand je vois ce regard farouche, ce corps habité par le feu, elle me fait terriblement peur. Cette fille possède une force en elle que moi, misérable gourde, je n'aurai jamais.

— *Hello everybody, thank you, thank you!* [1]

Tout ce qu'on pourrait remarquer, peut-être, c'est qu'elle a les yeux rouges. Pour le reste, elle est parfaite, impossible de retrouver la moindre trace de la petite boule tétanisée de la réserve. J'espère qu'elle sera parfaite aussi dans son rôle tout à l'heure. Je croise les regards de Jeanne, de Bastien, qui ont un peu le trac, comme des acteurs sur le point d'entrer en scène. J'espère que j'ai choisi les bons. Jeanne a fait du théâtre au collège et Bastien possède toutes les qualités du bon comédien. Sam et Marcello seront nuls évidemment: je leur ai dit de ne pas ouvrir la bouche. Mais il fallait quand même les mettre au courant, sinon, c'est sûr qu'ils auraient défendu Léo.

Léo...

Et lui, est-ce qu'il va être convaincant?

— *You want music?* [2]

Cette voix qu'elle a... Nette, forte. C'est incroyable, on jurerait qu'elle a un micro.

— Ouaiiiis! répond tout le salon.

— *You want to dance?* [3]

Et cette démarche, cette souplesse...

— Ouaiiiiiis!

Aguicheuse, mais pas seulement. La scène: c'est ça qui fait battre le sang dans ses veines, c'est à ça qu'elle rêve la nuit quand

1. « Bonjour à tous, merci, merci! »
2. « Vous voulez de la musique? »
3. « Vous voulez danser? »

la lumière s'éteint et qu'elle reste les yeux ouverts à regarder au plafond. Pas à un garçon ou à un devoir de maths à finir, comme moi, non : elle pense à la scène. Je suis sûr que, dans sa chambre, elle doit collectionner les affiches de chanteuses et les agendas de concerts.

— *You want me, tonight?*[1]

— Ouaiiiiiiiiiiis !

Et la voilà qui commence avec *Whenever, Wherever,* sans doute une des chansons les plus difficiles à chanter. Perchée sur sa pauvre table de cuisine, elle est aussi folle que la vraie Shakira devant cent mille spectateurs. Elle met tout dans sa voix, elle y met son corps, elle y met sa rage et son espoir, c'est poignant de la voir jouer. *C'est ça,* je me dis, et cette pensée bizarre me traverse avant que je puisse la comprendre : *c'est ça, la Bible, c'est ça, la foi.*

Et dire que je suis censé avoir horreur de la musique pop-corn... Me voilà avec la larme à l'œil. Mais... c'est vrai, mon Dieu, je suis en train de pleurer ? Il ne faut pas que ça se voie, vite, la salle de bains. De toute façon, cette voix, cette salle bourrée de joie, c'est trop d'émotion pour moi, il faut que je reprenne le contrôle.

Aux toilettes, on a mis une bonbonne d'eau avec des gobelets et quelques seaux pour éviter d'avoir à faire pipi en bas. Je me regarde dans la glace, mes yeux ternes, mes cheveux raides, mes rougeurs dans le cou, mes traces d'acné... Je me tourne. Mon Dieu, mes fesses sont énormes, on dirait des ballons. Et voilà que je pleure encore. Il faut que ça s'arrête ou je vais complètement perdre pied. *Tout de suite.* Clac ! Une bonne baffe de la main droite, ça me remet les idées en place. Je passe la main dans mon soutien-gorge et je me pince le bout du téton de toutes mes forces : je pleure encore un peu mais juste de douleur, cette fois.

Ça y est, c'est passé, je peux revenir la tête froide.

1. « Vous me voulez, moi, ce soir ? »

Léo va faire son entrée dans exactement dix-neuf minutes, je n'ai pas le droit de craquer maintenant.

— Je ne comprends pas, il était ici il y a une minute et là…

Ce qu'elle est collante, celle-là.

— Il est peut-être parti aux toilettes.

J'ai bien fait de mettre cette fille dans les pattes de Jonathan, elle m'a prévenue de son départ aussitôt.

— Quand ce salaud de violeur est arrivé avec ses copains et que vous l'avez mis dehors, ça l'a passionné. Je sentais bien qu'il avait du mal à contenir ses émotions. Cette pauvre fille, tu te rends compte, c'est dingue ce qui lui est arrivé… Alors tu le savais, toi, tu savais tout ?

Collante comme du papier tue-mouche.

— Je suis sûre que cette histoire l'a remué, il avait l'air tellement retourné… Le pauvre chou, ça lui a fait un choc. Il est très sensible, tu sais.

Bon, maintenant que ce traître s'est fait la malle, je dois guetter le fil du SMS sur le balcon : les Cracheurs ne vont pas tarder à attaquer. Si tout se passe comme prévu, grâce à notre petite mise en scène de tout à l'heure, Jonathan a dû leur dire d'aller trouver Léo au 15 bis et tout a été prévu pour les y recevoir.

Mais, au cas où ils auraient la mauvaise idée de venir quand même de ce côté, Jean est resté sur le toit et il doit nous prévenir s'ils montent jusqu'à l'appartement du concert.

Le fil du SMS est toujours là : le bout de scotch est toujours collé au mur au-dessus de ma tête, la clochette ne tinte pas et le pot de yaourt rempli de peinture est toujours rempli de peinture. Le fil court d'étage en étage jusqu'au toit : si Jean et les autres petits aperçoivent quelque chose de là-haut, ils doivent tirer un grand coup. Le fil ne sert à envoyer qu'un seul SMS : *Alerte !* Si le pot de yaourt tombe avec sa peinture, j'évacue l'appartement, je distribue les barres de fer et j'envoie chercher Léo. C'est le plan.

Il n'y a presque personne sur le balcon, on peut respirer.

— T'inquiète pas, je ne le quitte pas des yeux depuis une heure, ce foutu fil du SMS.

Sam est là, penchée vers la ville, accoudée à la rambarde. Son coquard a presque disparu sous une couche de fard épaisse comme le doigt. Elle a enfilé une jolie robe toute simple, couleur crème, qui lui fait une peau magnifique. C'est rare de voir Sam bien habillée.

— Je suis sûre que si le pot de yaourt doit tomber avec sa peinture, ce sera pour ma robe.

Elle glousse un peu et tourne vers moi ses beaux yeux noirs. Elle s'est maquillé les paupières et ça lui va bien :

— Ça a marché, tu crois ? Il a gobé le morceau, le cafard ?

— En tout cas, il est sorti juste après notre petite scène. Maintenant, je dois consoler la fille que je lui ai mise dans les pattes.

Joan commence un nouveau morceau, quelque chose de plus calme.

— Tu sais… Tu as joué comme une pro devant tout le monde, une vraie actrice. On aurait vraiment dit que tu détestais Léo. Et Charly, mon Dieu, un moment j'ai presque cru qu'il allait lui sauter dessus.

Il n'en était peut-être pas loin, Sam. Entre Charly et Léo, il y a quelque chose à régler, je ne sais pas exactement quoi, même si j'ai mon idée.

— C'est surtout elle qui a été parfaite, je remarque.

— Ouais. Elle y est allée un peu fort, mais c'était tellement vrai. Elle est… elle est…

Trouver le mot juste, ce n'est pas vraiment la spécialité de Sam.

Ce n'est pas qu'elle soit bête, c'est qu'en fait elle n'aime pas beaucoup entendre les mots justes. Je dois l'aider un peu :

—... effrayante.

—Ouais, c'est ça.

Le fil du SMS reste muet. Tant mieux.

—Tu aurais dû me laisser aller avec les garçons. Je sais mieux cogner avec mes poings que… (elle pointe le salon du menton) danser…

Je ris un peu : Sam danse comme une grue.

Léo est juste à côté d'ici, à quelques dizaines de mètres à travers le béton et la ferraille. J'ai l'impression que je ressens physiquement sa présence, là, quelque part sur ma gauche… Il est peut-être en train de se battre en ce moment même avec des fous furieux. Est-ce que le plan va fonctionner ? Est-ce que notre magnétophone les a trompés ? Est-ce qu'ils vont marcher dans l'essence ?

—Ça n'aurait pas collé avec la version de Joan. Il y a des gens qui savent ce que tu as fait pour Ness, tu ne pouvais pas prendre la défense d'un violeur.

Un coup d'œil sur son verre vide, un coup d'œil en bas. Elle fait la moue.

—Et qu'on laisse tomber notre chef devant tout le monde, ça collait ? Tu crois que Jonathan est tombé dans le panneau ?

—Il y a des chances. Ces types ont pendu un des leurs. Je crois qu'ils ne savent pas ce que c'est que l'entraide, la confiance…

Tout à coup, Sam se rapproche de moi avec un petit air décidé.

—L'entraide et la confiance, ça va bien deux minutes… Écoute, je ne devrais pas t'en parler mais… je ne supporte pas de te voir baver devant Léo alors que ce type n'en a rien à fiche de toi…

Ses mots me font l'effet d'une gifle.

—De quoi je me mêle ? En quoi ça te regarde ? Trouve-toi plutôt un mec et on en reparlera !

— C'est que…

Elle a le visage de quelqu'un qui a hésité longtemps et qui vient de décider de se jeter à l'eau. Elle baisse la tête, passe un doigt sur la peau nue de mon bras. Le contact chaud de sa main me fait une sensation étrange.

— Moi, c'est plutôt les filles qui m'intéressent… Et toi ? Tu ne t'es jamais demandé si… avec une fille…

C'est comme si un pavé me tombait sur la tête. Je recule en sursautant, je la dévisage la bouche ouverte.

Joan s'est arrêtée de chanter. Une foule de braillards rougis par l'effort envahit soudain le balcon, Charly en tête, qui fait rire tout le monde avec une blague sur les blondes. J'en profite pour m'éloigner de Sam sans lui répondre, je suis trop estomaquée, je n'ai rien vu venir. J'étouffe, je n'en peux plus, je vais aller faire un tour dans l'autre appartement. Je ne peux pas rester à côté de Sam.

— Eh ! Marie, tu sors ? fait Fred-le-Rouquin en courant pour me rattraper, bousculant un autre moitié-grand.

— On a dû s'arrêter de jouer, j'ai pété une corde !

Il est rouge pivoine mais heureux comme un roi. Je lui réponds distraitement :

— Je vais voir Lisa en face.

— Moi aussi, il faut que j'y aille, sa grande sœur avait des cordes de rechange dans sa chambre… C'est un super concert, hein ?

Comment peuvent-ils être aussi insouciants ? Alors qu'ils savent très bien que Léo et les autres sont en train de se battre juste à côté ? Fred s'en fiche, Fred a la tête remplie de musique, il n'y a pas de place pour le reste.

— Oh, tu penses à… T'inquiète, ça va aller, c'est un plan génial, il va les cueillir comme des poires. Tu connais Léo.

Les deux Fred ont une vision étrange de Léo. Pour eux, ce n'est pas vraiment un homme, c'est une sorte de Dieu vivant. Il est infaillible.

Je suis à deux pas de la sortie au bout du couloir… Juste devant la poignée, la main tendue pour l'attraper, quand je vois la porte qui s'ouvre brutalement. Un peu plus et le battant m'écrasait le menton. Quelle est la brute qui se permet de rentrer comme un bolide ? Un curieux en retard ? Quelque chose brille en l'air, une main s'avance juste devant mon nez, un projectile me passe au-dessus, s'écrase deux mètres derrière contre le mur. Qu'est-ce que c'est ? Le bruit de verre brisé me fait sursauter. C'est une bouteille. Et une flaque se répand sur la moquette du couloir : ça fait de grandes raies sombres sur le mur à l'endroit de l'impact, qui partent en étoiles et qui coulent maintenant sur la moquette. Une odeur d'essence, un chiffon noirci.

Dieu tout-puissant.

C'est un cocktail Molotov qui n'a pas pris feu.

— Aleeeeeerte ! braille Fred et, dès qu'il voit la porte s'ouvrir une seconde fois, il me pousse violemment dans la chambre des filles, à gauche.

Une attaque ! C'est une attaque ! Comment les Cracheurs peuvent être ici alors que Léo a tout fait pour les attirer de l'autre côté ? Et le fil du SMS, pourquoi est-ce qu'il n'a pas…

— C'est bon, t'as rien ?

Pas le temps de répondre à Fred. Un extincteur, vite, le premier qui me tombe sous la main, j'en avais fourré tout un stock derrière la porte. Je m'y connais en extincteurs maintenant, les modes d'emploi, les types de feux : j'ai tout appris par cœur. Ce que c'est lourd, ces machins. Derrière nous, dans le couloir, j'entends le souffle chaud d'une flamme qui s'allume, ils ont dû en jeter un deuxième ! Vite, ôter cette fichue bague de sécurité, enfoncer la poignée. Combien de temps ça dure, un extincteur ? Dix secondes en principe. Je vais bientôt le savoir.

— Prends-en un, Fred, il faut éteindre ça !

Côté salon, une rangée de visages stupéfaits s'est arrêtée à la limite des flammes. On voit du jaune, du rouge, qui se reflètent dans leurs pupilles agrandies par la terreur. Le coup de l'essence… On n'est pas les seuls à y avoir pensé, apparemment.

— Attrape ! je fais à Charly que je vois parmi les autres.

L'extincteur atterrit sur une zone déjà fumante, roule une fois sur lui-même. Charly doit se pencher en avant, mettre le pied dans le feu : la moquette va flamber en quelques minutes si on ne fait rien. Les murs sont en flammes, le sol aussi, il brûle sur une surface en forme d'étoile : le tracé des giclées d'essence. Mais le feu commence à gagner le reste à une vitesse stupéfiante. Côté salon, ça hurle, ça gesticule. Moi, j'appuie à fond sur ma poignée, un long jet blanc sort de l'embout qui devient aussitôt glacial. Gaz carbonique. Je ne peux déjà plus respirer, on ne voit plus le plafond, l'air est noir, ça charbonne, je suffoque.

Je pousse un cri quand je sens la morsure du froid : je suis trempée en un clin d'œil. Ma robe avait pris feu dans le dos, Fred est en train de m'asperger avec un extincteur à eau. Épargne ton eau pour la moquette, imbécile ! On s'en fiche pas mal de moi : tout va flamber, tu n'as que dix secondes à cracher alors pense un peu à l'appartement ! La porte s'ouvre une troisième fois. Un visage grimaçant, dévoré de colère. Et, derrière celui-là, un autre visage, hilare, une autre bouteille d'essence, le canon d'un fusil. Oui, un fusil. Ils nous voient, ils sont aussi surpris que nous. Dans leurs calculs, il n'y avait personne aussi près de la sortie.

PAAN ! fait le fusil.

Raté.

Comment peut-on être assez mauvais tireur pour rater quelqu'un à bout portant dans un couloir ?

Je n'ai pas de fusil, moi, rien qu'une bonbonne rouge pleine de gaz carbonique. C'est comme un réflexe, je ne maîtrise rien : l'embout de mon extincteur, je le pointe vers eux et je lâche tout ce qui reste, ça fait de grandes giclées vers leurs visages, ils disparaissent sous un nuage blanc. La bouteille d'essence tombe sur la moquette sans se casser, et le fusil aussi, je crois, ça hurle maintenant des deux côtés. *Mes petits agneaux, vous apprendrez que le froid, ça brûle autant que le feu.* -40, -50 ° dans les yeux, ça doit piquer par où ça passe. Vide. Plus rien dans le ventre, je vais finir dévorée par les flammes. Il fait tellement chaud. Je me rue dans la chambre où l'air est encore respirable. Des extincteurs. Celui-là est plein de poudre, celui-là plein d'eau. Hop, j'en lance un de toutes mes forces vers le salon, ramasse qui pourra, moi je dois refouler les flammes qui veulent rentrer dans la chambre. Il faut que je me souvienne : contre l'essence, c'est quoi le mieux ? La poudre, c'est la poudre ! Le gaz carbonique ne peut rien faire contre un feu qui a pris autant de force. Et jeter de l'eau sur de l'essence qui brûle, c'est comme cracher sur un lance-flammes.

Et le fil du SMS qui est resté muet, qu'est-ce que ça veut dire ? Jean aurait dû nous prévenir depuis le toit ! Et Léo qui devait les piéger de l'autre côté ? Tout notre beau plan pour les attirer au 15 bis et épargner les enfants qui vivent là... Si ça brûle ici, tout l'immeuble finira par y passer. Trente bébés, soixante petits. Et tous les fans de Joan en prime. Mon Dieu, est-ce que Léo est mort ? Je n'ai pas le temps d'y penser. La poudre, flanquer de la poudre partout. Dans le couloir, les flammes se couchent sous les jets bleus, elles rampent, elles glissent, elles essaient de s'échapper, de reprendre un peu plus loin. La poudre fait de gros paquets fumants qui les étouffent, elle s'incruste, elle rend l'air opaque aussi, irrespirable. Saleté de saleté de saleté, tiens, voilà encore de la poudre, et encore, et... zut, plus de poudre. En face, quelqu'un fait la même chose, je ne vois plus que les petites langues rouges des flammes, le reste a disparu dans un brouillard gris sale : l'eau s'évapore en une vapeur suffocante et blanchâtre, l'essence brûle en faisant des gaz noirs, ça se mélange, ça tourbillonne, les murs sont cloqués, noircis. Mes yeux se ferment tout seuls. Impossible de les garder ouverts et, même fermés, ils continuent à me brûler. La chambre. Une goulée d'air.

Est-ce que je dois ouvrir la fenêtre ? Est-ce que ça va faire un appel d'air ? Je n'en sais rien mais je vais étouffer sinon. Au fait, où est passé Fred-le-Rouquin ?

J'ouvre la fenêtre, juste l'espace pour passer la tête. De l'air ! De l'air enfin ! La brise du soir glace mes joues couvertes de larmes. Ah, du froid, encore du froid. Il y a des cris dehors sur le balcon du salon, une foule s'écrase contre la rambarde, j'en vois un qui a déjà les jambes dans le vide, prêt à sauter. C'est de la folie : il n'y a pas de balcon à l'étage du dessous, il faut sauter jusqu'au troisième ! Et… Oh, mon Dieu, il y a des Cracheurs au troisième ! Ils ont dû forcer la porte de l'appartement. Avec des barres de fer, ils sont en train de frapper sur les doigts d'un pauvre malheureux qui s'est rattrapé à la rambarde. Ces types sont complètement malades !

Du calme, Marie. Que ferait Léo ? Léo essaierait de sauver le plus de monde possible. Éteindre le feu, rouvrir une sortie. Une sortie ? Il n'y en a qu'une seule et les Cracheurs la tiennent.

— Fred ? Fred, j'ai besoin de toi !

Où est-il passé, celui-là ?

Il me reste deux extincteurs : un à poudre et un à gaz carbonique. Léo choisirait sûrement la poudre, plus efficace pour éteindre le feu. Moi je prends le gaz, ce sera mon arme. Si on ne libère pas le palier, ils vont pouvoir jeter autant d'essence qu'ils voudront dans l'appartement, on ne pourra jamais rouvrir de sortie. Avec le gaz, je pourrai me battre, brûler des yeux. *Léo, mon vieux, n'essaie pas de me convaincre, je sais que tu prendrais l'extincteur à poudre mais tu as tort. En plus tu n'es même pas là, alors ferme-la. En avant, ma petite Marie, sois un bon soldat.*

Avec la manche de ma robe mouillée sur le nez, je marche droit vers la porte d'entrée. Il n'y a plus de feu ici, enfin je ne crois pas. J'avance les yeux complètement fermés. Si je les rouvre, ils vont me brûler comme des braises. J'avance. Au jugé. Un pas, deux pas, la porte doit être par là. Je donne un coup de pied en avant : c'est le vide. Tiens, j'aurais juré que la porte se trouvait là. Attent… Il y a un truc par terre, j'ai failli tomber à la renverse. La bouteille d'essence ? Le fusil ? Je ne sais pas. Je dois être sur le palier maintenant, ce n'est pas possible autrement, j'ai trop avancé. Mais pourquoi ont-ils laissé la porte ouverte ?

On se bat ici, j'entends des cris, des toussotements. J'ouvre les yeux, un tout petit peu, plissés au maximum. La fumée est moins noire sur le palier, et moins dense. Un grand corps me frôle à ma gauche, se penche, s'avance d'un bond. Un cri. Ça tousse à droite, ça tousse à gauche. Quelque chose siffle à mon oreille : une grande barre de fer qui vient cogner contre quelque chose devant moi, ça fait un bruit de métal contre le métal. Tout à coup, je me retrouve nez à nez avec un garçon agenouillé sous moi, qui porte un tee-shirt à tête de mort. Un Cracheur. Entre lui et moi, il y a la loi de la gravité : il doit lever sa barre, moi je n'ai qu'à laisser tomber mon extincteur sur sa tête. Cinq kilos de métal. Le choc fait bong, ça vibre jusque dans mes mains.

— On s'arrache, on s'arrache ! À l'escalier, tous ! hurle une voix que je ne connais pas.

Sûrement le fameux Bébé Joe.

— Rendez-nous P'tit Louis ! crie quelqu'un.

Un visage noir de suie me passe devant. C'est un garçon de treize ou quatorze ans de la bande à Cathy, je le reconnais. Que fait la bande à Cathy sur notre palier ? Il tient une énorme manivelle rouillée dans la main, avec du sang dessus. Il se retourne vers moi brusquement. Je rentre la tête dans les épaules, protège mon visage du coude, il va frapper, il va frapper. Non.

Il a disparu. Ils sont tous partis, je suis toute seule.

— MJ, c'est toi ? MJ, ça va ?

On me prend par le bras. Un visage que je connais. Enfin, sauf qu'il est noir de suie et que ses cheveux sont à moitié brûlés. Et qu'il fume comme un plat de lasagnes qui sort du four. Il ne sent pas la tomate cuite, plutôt l'essence, la fumée.

— Charly ? C'est toi ?

— Ils sont… kof… ils sont passés où ?

C'est la débandade, maintenant que le feu est maîtrisé : tout le monde sort en hurlant, on est bousculés, on doit se coller au mur.

— Charly, où est Fred ?

— Sais pas. MJ, ça va, tu es brûlée ?

Il a vraiment l'air inquiet pour moi. J'en suis surprise.

— Monte, reste pas là, tu vas étouffer.

— Non, il faut descendre. L'air d'en bas… Il faut respirer l'air d'en bas.

Les gaz chauds montent ; question de légèreté par rapport à l'air ambiant. *Tu as dû sécher tes cours de physique, toi. En bas, c'est plus respirable.* Mais je n'ai pas le temps de lui expliquer ça. Dans la foule hystérique qui s'égaille vers les escaliers, je reconnais Sam et Jeanne…

— Sam, tu as vu Fred ?

— MJ ! fait Sam en me prenant dans ses bras. Ne reste pas là, viens avec nous !

Et Jeanne :

— Oh là là, MJ, si tu voyais ta tête !

Jeanne éclate de rire. Comment est-ce qu'elle peut rire ?

— Il faut retourner à l'appartement… Vérifier que le feu est vraiment éteint.

J'ai froid, j'ai très froid. Ma robe est trempée, je claque des dents.

— C'est fini, MJ. Grâce à Charly et grâce à toi, fait Sam doucement.

11

LÉO

Le bilan ?

On a récupéré deux fusils de chasse et une vingtaine de cartouches. Trois cocktails Molotov abandonnés sur place, dont un qui est tombé tout près de la porte de l'appartement. Une demi-douzaine de barres de fer, un taille-haie, une pioche et tout un tas de trucs bricolés pour perforer, couper, écraser – des trucs que je vais mettre sous clé vite fait. Treize prisonniers, dont un brûlé au cou par le gaz carbonique, un autre blessé, un troisième assommé. Des Cracheurs, il ne doit plus rester qu'une poignée de petits cons en fuite, dont une moitié d'éclopés.

De notre côté, presque tous les invités de la fête sont légèrement brûlés ou intoxiqués, mais ça ira, hein, ils ne vont pas se plaindre non plus : Marie a avalé deux fois plus de fumée que n'importe lequel d'entre eux et personne ne l'entend se plaindre, nom de Dieu.

S'il n'y avait que ça…

Deux garçons et une fille, des moitié-grands, sont morts en essayant de passer par l'extérieur. La fille a manqué le balcon du troisième, et les deux autres… les Cracheurs ne les ont pas manqués. Et si la bande à Cathy-Princesse n'était pas venue en force pour récupérer son otage, je préfère ne pas imaginer ce qui se serait passé.

Et puis merde, on a retrouvé Fred. Quand on a pu voir quelque chose à travers la fumée, quelqu'un l'a aperçu et l'a traîné sur le palier. Il était déjà à moitié brûlé. Une pleine décharge de chevrotine dans la poitrine à bout portant. Marcello dit qu'il n'a pas souffert, il était déjà mort avant que ses genoux ne touchent le sol.

— Moi, je croyais que le tireur avait raté son coup, a dit Marie.

Non, c'est juste qu'il avait visé le garçon. La fille lui avait paru moins dangereuse… C'est bien connu : les filles ne comptent pas. Il ne connaissait pas Marie, cet imbécile. « Je croyais que le tireur avait raté son coup… », c'est tout ce qu'elle est capable de dire depuis qu'on a retrouvé Fred. C'est quand même incroyable, elle a sauvé trente personnes d'une mort certaine, mais c'est la seule qui soit rongée de remords. Les autres, côté conscience, ça va, merci pour eux. Ils commentent, ils accusent, ils se plaignent… Fred est mort et personne ne se sent le moins du monde coupable.

Enfin si. Il y a moi, évidemment.

On a retrouvé le fil du SMS sectionné au onzième étage. Ce salaud de Jonathan l'avait tranché au cutter et il avait pris soin de scotcher le bout au balcon pour qu'on ne s'en rende pas compte : sur le toit, Jean tirait sur un fil qui s'arrêtait un étage plus bas. Il croyait avoir donné l'alerte, le pauvre.

Je ne sais pas ce que vont devenir les invités de la fête. Est-ce qu'ils vont rentrer chez eux tranquillement demain matin ? La plupart parlent de rester. On leur a trouvé des appartements vides dans les premiers étages. Tu parles : ils ont la trouille de se retrouver seuls, maintenant. Le refuge du groupe, l'instinct de la meute, ça leur est revenu tout à coup, à ces enfants de l'individualisme. Il leur a suffi de se faire attaquer par une autre meute.

— Je crois… je crois il était heureux ce soir. Il était un très bon guitariste. Avant il meurt, il a réalisé le rêve de sa vie.

Joan, il ne faut plus m'en parler. Je ne suis pas près d'oublier son petit jeu au concert, le zèle qu'elle a déployé devant tout le monde pour me foutre dehors en m'accusant de viol. J'avais été très clair : on avait parlé de dispute violente, pas de viol. Maintenant, on aura beau démentir tant qu'on voudra, il en restera toujours quelque chose. Une méfiance, un malaise. « Il n'y a pas de fumée sans feu », voilà ce qu'on dira. Merci, Joan.

— Tout ça, c'est de la faute à Léo, avec ses putains de plans et de contre-plans à la con ! Lui et ses saloperies de magouilles, regardez où ça nous a conduits ! répète déjà Charly à qui veut l'entendre.

L'espion des Cracheurs leur a effectivement rapporté que j'étais parti au 15 bis avec mes fidèles, comme prévu. Seulement, au lieu de venir tous en bloc me faire la peau pour récupérer le flingue, les Cracheurs se sont séparés en deux équipes. Eh oui. C'est pour cette raison qu'ils n'étaient que dix au 15 bis. Les autres étaient occupés à jouer au barbecue au 15. Je ne vois pas comment j'aurais pu le deviner, ni comment j'aurais pu deviner que le fil du SMS était coupé. On avait pourtant prévu le coup : si Marie avait été avertie par le guetteur, elle nous aurait fait appeler à la rescousse. Elle aurait armé les quinze ou vingt garçons de la fête avec toutes ces barres de fer qu'on avait bricolées pour eux…

— Ta gueule, Charly ! répond Paul à ma place.

Ça discute sur le palier du troisième, ça ergote à n'en plus finir. Moi, je n'ai pas envie de parler.

— OK, sans toi, ceux du concert seraient peut-être morts ce soir. Mais sans Léo, on serait tous au supermarché à l'heure qu'il est. Dans les bureaux du fond, attachés aux radiateurs…

Ce qui s'est passé dans les escaliers du 15 bis, apparemment, les gens s'en fichent pas mal : juste une bagarre entre gamins excités, c'est limite si on ne nous accuse pas d'avoir provoqué les Cracheurs. Ce qu'on retient, c'est l'incendie de l'appartement. Ils l'ont vécu de plus près, bien sûr. Alors tout le reste, à leurs yeux, c'est à peine si ça a vraiment existé. Pour le gros de la troupe, c'est Charly le héros : tout le monde l'a vu éteindre le feu avec deux extincteurs. Et moi, Léo, je me suis planté. Tout le monde m'a vu remonter les étages après la bataille, avec mon ridicule petit flingue dans mon ridicule petit poing. Qu'il prenne donc ma place à la tête de cette bande de couillons, ce Charly, pour ce que ça peut me foutre.

C'est ça, c'est exactement ça que je voulais éviter : des morts, des choses qu'on ne peut plus réparer, qui sont brisées à jamais. Irréversibles. Moi j'aurais voulu… j'aurais voulu rendre le monde aux adultes exactement comme on l'avait trouvé, j'aurais voulu qu'une fois la parenthèse terminée, tout redevienne comme avant. Mais Marie a raison, ça ne sera plus jamais comme avant, même si tous les adultes se réveillaient maintenant.

Quatre morts ce soir. Alors qu'on aurait pu gentiment partager nos provisions, les mettre en commun, donner leur part aux gosses et à tous ceux qui ont un peu moins de muscle que nous.

Je croise des gens furieux qui se disputent violemment, des gens qui montrent leurs brûlures, qui se plaignent à qui mieux mieux, qui réclament des soins, des médicaments, qui braillent comme des porcs. Ça sent la fumée dans tout l'immeuble.

Au troisième, c'est un tel chambardement que personne ne me voit partir : les meubles et les affaires personnelles qu'il faut déménager, les chamailleries à propos de quoi est à qui, de qui l'avait vu en premier… Les moitié-grands refusent de loger du monde chez eux, ils disent qu'ils n'ont déjà plus de place. Je cherche Paul des yeux, je le vois encore en pleine prise de bec avec Charly sur le palier du troisième, il y a Sam derrière lui et un groupe bien plus nombreux derrière le barbichu. Tout ça sent le roussi mais je ne veux pas m'en mêler. De toute façon, je suis qui, moi, pour me mêler de leurs affaires ? Je ne suis bon à rien. Je remonte l'escalier.

Dans les étages du haut, Lisa et Jeanne sont montées rassurer les gosses. Il y en a qui pleurent ; on a ouvert les fenêtres pour faire passer l'odeur qui remonte par l'escalier, cette odeur qui se met partout, qui s'incruste dans les murs. Je continue à monter. Arrivé au onzième, je tourne la tête. Je ne veux pas voir la porte que Jonathan a ouverte pour aller couper le fil.

Jonathan, nom de Dieu, qu'est-ce que tu as fait ?

Ce qu'il a fait ? Bah, un peu comme moi au supermarché en fait : il s'est jeté dans la gueule du loup et il a compté les dents. Il faut un sacré cran pour jouer à ce jeu-là et j'en sais quelque chose. *Hein, mon cochon, tu avais du cran, tu avais un cerveau, et regarde ce que t'en as fait !*

J'aurais dû lui sauter dessus, lui faire cracher tout ce qu'il savait à coups de pied dans la tête. Au lieu de ça, j'ai voulu jouer au plus malin… Faut pas jouer au plus malin quand on ne l'est pas. Sur le toit, je jette un coup d'œil aux antennes de téléphone : quelqu'un est perché là-haut. Jean, peut-être, ou son copain Farid.

Ness est là aussi, toujours cramponnée au bord. Elle n'a pas encore abandonné l'idée de sauter mais elle n'a toujours pas trouvé comment faire. Tiens, elle roupille. Deux bouteilles de Jack Daniel's lui tiennent compagnie : elle est pleine comme un coing. *À ce rythme-là, ma fille, il te faudra des années pour te foutre en l'air, tu ferais mieux de sauter tout de suite.* La deuxième bouteille est encore presque pleine. *C'est triste de boire seule, hein ma grande ?* Le whisky me brûle la gorge. Dans mon ventre, ça fait comme une bulle en feu mais, nom de Dieu, ça soulage. Je vais bientôt oublier le visage de Fred, le visage de ce garçon heureux comme un roi qui courait jouer de la musique avec tout le bonheur du monde. Et qui courait encore chercher une corde pour sa foutue guitare, il paraît, quand il est mort.

Je suis désolé, mon pauvre vieux. J'ai dû faire une connerie à un moment. Non, j'ai dû faire des tas de conneries à des tas de moments. Je ne sais pas comment te le dire mieux que ça : je suis vraiment désolé. C'est nul, je sais, c'est juste des mots en l'air, mais tu ne peux pas savoir à quel point ils ont du sens pour moi. Si je pouvais, je te jure, je prendrais ta place, là en bas, tout cramé avec un trou dans la poitrine, et je te donnerais la mienne. Je te donnerais ces deux bras, ces deux jambes qui fonctionnent parfaitement, et même cette putain de tête qui tourne n'importe comment.

Quand je la bouge, ma vision a déjà un cran de retard sur mes yeux. J'ouvre la bouche, je la ferme. C'est pâteux là-dedans. Et si je me lève, je vais me payer une sacrée zone de turbulences : ça y est, je suis blindé. Pinté, torché. Je regarde la bouteille : il n'y a plus qu'une goutte qui se balade au fond. Et pourtant Fred est toujours là, dans ma tête, à me sourire éternellement. Je ne connais même pas son nom de famille. Et avec Fred-l'Esquimau ? Est-ce qu'ils étaient copains depuis longtemps ? Je ne lui ai pas demandé. Pas eu le temps. L'alcool, ça ne m'a jamais réussi, on dirait que je vais vomir.

Alors mes mains se tendent vers mon ventre. Là où ça brûle, là où toutes mes pensées tournent et se cognent depuis que j'ai appris pour l'incendie. Ce truc dur et tiède au contact de ma peau, tout noir, qui a déjà craché une fois ce soir sur un mur, mais qui réclame du sang maintenant. La crosse est glissante. Non, ce sont mes doigts qui sont poisseux.

— Tu veux bouffer du sang, hein ? Tu en as marre du plâtre ? Si c'est une tête de con qui te ferait plaisir, alors j'ai ce qu'il te faut.

Tac. Le levier d'armement. Grâce à Joan, je sais comment l'ôter… Merci Miss Allumette. Treize, douze, onze. Il doit rester onze balles dans ce foutu chargeur mais une seule devrait suffire. Dans le trou noir au fond du canon, je vois toujours Fred, et dans le rond blanc de la lune au-dessus de ma tête, je vois toujours Fred. Je m'allonge sur le dos. Après tout, je peux bien crever allongé pour ce que ça change. Fred, Fred, Fred. Je ne sais pas pourquoi, les trois autres qui ont sauté du balcon, je n'y pense pas. Il n'y a que Fred.

Fred qui plonge avec moi, d'un seul coup, dans un sommeil qui est au-delà du sommeil.

— Léo ?

Quel fouillis dans ma tête.

— Léo, ça va mieux ?

Qui ça ? Quoi ? Quel jour on est ? J'ai dû prendre un coup sur le caillou. Ça résonne, une vraie cathédrale, ça cogne comme une cloche. Mal. Tout autour de la tête. Encore un peu et j'ai le crâne qui va se fendre en deux.

— Je suis là, ne t'inquiète pas.

— Ma… maman ? Tu es revenue à la maison ?

— Non, Léo. C'est moi, Marie.

— Marie !

Sur mon front, c'est frais, c'est doux. Une caresse humide.

Quand j'ouvre les yeux, les images volent dans tous les sens pendant une seconde, et puis chaque chose reprend lentement sa place. Le plafond avec sa jolie suspension en papier de soie, qui ne s'allumera plus jamais, la commode en pin, la tapisserie jaune orangée. Le visage de Marie penché sur moi et sa main qui tient un gant de toilette. Ses yeux brillants, son visage un peu rouge, tendu.

— J'ai… un sale goût dans la bouche.

Elle sourit, se tourne et me tend un verre d'eau. Je bois une gorgée, deux peut-être. Cette eau a un goût merveilleux mais, chaque fois que je déglutis, ça me plante des aiguilles dans le fond du cerveau.

— Tu devrais dormir encore un peu. Ça va passer.

Alors je me rendors. Obéissant.

Marie est là, tout ira bien.

— On a dit aux autres que tu avais été attaqué en bas de l'immeuble, dit Marie. Que tu avais reçu un coup sur la tête. On t'a installé là, au douzième, pour que personne ne puisse te voir.

Ils se sont tous mis autour de mon lit, on dirait que je vais mourir et qu'ils sont venus me dire adieu. Paul a son fusil sur les genoux, Sam fait la gueule, Marcello tripote sa montre, Lisa regarde ses pieds, et Marie, évidemment, me regarde moi. La bande des six, les fondateurs de la Cantine, les copains du début. Non, je suis injuste : il y a aussi Fred-l'Esquimau qui est venu, seulement c'est moi qui n'ose pas le regarder.

— Je n'ai pas été attaqué. C'est quoi, ces conneries ?

— Faut que tu saches, Léo…, commence Paul. En ce moment, c'est pas facile. Il y a Charly qui raconte des saletés sur toi et qui voudrait bien prendre le commandement. Et il y a des nouveaux qui ne te connaissent pas, qui t'ont vu pour la première fois au concert, quand tout le monde t'a mis dehors et que tu t'es comporté en vrai salaud… Évidemment, on leur a dit que c'était une mise en scène, mais il y en a qui croient…

— Bah, vous n'avez qu'à le laisser commander si ça lui plaît tant que ça. Lui ou un autre…

— C'est un sale con, Léo. Il drague déjà les filles comme si c'étaient des putes, tu imagines comment il va les draguer, une fois qu'il sera devenu le grand manitou ?

— Ce n'est pas tout, fait Marie. Charly a peut-être un don pour l'éloquence mais il n'a aucune conscience de l'intérêt collectif. Il monte les gens les uns contre les autres, il humilie, il flatte, il achète ses soutiens à coups de promesses individuelles. S'il devient le numéro un, ici, je ne donne pas une semaine à la Cantine avant de disparaître.

Lisa s'y met elle aussi :

— Marie a raison, Léo. Les bébés, ça ne l'intéresse pas du tout. Il n'en parle même pas : ce qu'il veut, c'est commander une bande. C'est une petite cour et des larbins. Je ne crois pas qu'il soit vraiment méchant à l'heure qu'il est. Mais donne-lui le pouvoir et il va le devenir.

— Et qu'est-ce que tu veux que j'y fasse, moi ?

Ils se regardent les uns les autres.

— Léo ! essaie Marie.

Sam soupire bruyamment, se lève et fond sur moi comme un rapace sur sa proie, les deux mains comme deux serres agrippées à mon col.

— Tu vas te prélasser longtemps dans ton pieu ? Tu vas te lamenter longtemps sur ton pauvre petit sort ? On a un tyran dans nos murs et monsieur trouve le moment bien choisi pour se payer une crise existentielle ! Bordel, Léo, tu penses à quoi, là ? Tu penses à qui ? Tu vas lui montrer à ce connard de Charly ce que t'as dans le ventre, oui ou merde ? Il se prend pour un héros parce qu'il a appuyé sur le bouton de l'extincteur, mais il était où quand Joan s'est fait enlever par les Cracheurs, il était où, hein ?

— Eh, tu vas te calmer, oui ?

J'aime bien Sam, mais faut pas me chercher non plus. Déjà, ses mains, elle les pose pas sur moi.

Elle continue :

— Moi, quand je t'ai vu pour la première fois, ça a fait tilt. Je me suis dit : « Celui-là, il va nous défendre, il pensera pas qu'à sa pomme, il se laissera pas marcher sur les pieds. Il va se bouger les fesses et nous sortir du merdier. » Marie pensait que t'étais un type bien et je l'ai crue, et quand tu as commencé à faire le ménage ici, je me suis dit : « OK, celui-là au moins, il va pas s'endormir. » Eh bah je me suis plantée comme une conne, on dirait, parce que depuis un moment ça fait dodo dans ta petite tête !

— Ouais, tu t'es plantée, Sam ! Tu t'es bien plantée, même !

— La ferme, Léo ! Tu la boucles pour une fois, et tu m'écoutes : moi, je suis pas mère Teresa, si je suis venue ici, c'est pas pour consoler bébé. Quand j'ai vu que tu t'étais bourré la gueule, je me suis pas dit comme certaines : « Ce pauvre petit bout de chou, faut le cajoler. » Nan, moi j'étais furax ! Quoi ? Ce pauvre con s'est torché au whisky pendant que nous, on le défendait devant tout le monde ? Si Paul ne m'avait pas calmée, je t'aurais cassé la gueule, oui ! Ce que t'as fait, Léo, c'est pas juste nul, c'est pas juste minable, c'est pire que ça : c'est une trahison. Faire une connerie dans le feu de l'action, OK, ça peut arriver à tout le monde, mais se regarder le nombril quand tout le monde a besoin de toi, c'est lamentable.

— Ben vas-y, Sam, tu n'as qu'à…

— La FERME, j'ai dit ! J'ai pas fini. Je suis plutôt tête de lard d'habitude. Moi suivre un chef, ça ne me branche pas des masses et je crois que je ne suis pas la seule. Si je t'ai suivi, c'est pas parce que tu es le plus costaud, c'est pas parce que tu es le plus malin : tu es loin d'être le plus costaud ici, ni le plus malin. Et c'est sûrement pas, comme certaines, à cause de ta belle petite gueule de play-boy. Si je t'ai suivi, c'est parce que tu es le meilleur pour faire un chef. Pourquoi ? J'en sais rien et je vais pas me casser la tête dessus. Comme mec, je ne sais pas, mais comme chef, tu es un bon : c'est ton truc, tu es né avec. Pas besoin d'avoir son bac avec mention pour le prouver, suffit de savoir compter sur ses doigts : on était à trois combattants contre quarante pas plus tard qu'avant-hier. Et maintenant ils sont dix, nous on est trente, et c'est nous qui avons les armes à feu. Même pas en rêve, j'aurais pensé que c'était possible.

— On a eu du bol, c'est tout…

— Tu parles. Le bol, ça ne suffit pas. On fait une bonne équipe, c'est ça, le truc. On a besoin de toi, Léo : lâcher ton job comme ça, c'est dégueulasse. Alors maintenant, c'est fini les pleurnicheries, tu vas me faire le plaisir de lever ton cul de ce matelas et de reprendre ta place!

Je reste là, mes deux mains sur les deux poignets de Sam, arrêtées dans leur geste de la repousser. Je réponds finalement, très calme:

— Ce qu'il y a, c'est que… je ne sais pas si Fred serait d'accord avec toi, Sam…

Quand je regarde Sam, c'est encore Fred que je vois. Fred et sa guitare, Fred et son sourire de musicien. Marie baisse la tête, elle souffre pour moi. Sam ne trouve rien à redire, elle reste là, immobile, ses deux mains toujours sur mon col. Parler, ce n'est pas sa spécialité. Elle a sorti tout ce qu'elle avait dans le ventre: tous les mots qu'elle avait préparés, ça y est, elle les a crachés. Elle se sent vide, sèche comme une vieille bouteille.

— Bien sûr qu'il serait d'accord…, fait la voix timide de l'Esquimau. Fred et moi, on était… très proches. On se parlait de tout. Depuis le jour du Marchand de sable, on avait décidé de rester ensemble quoi qu'il arrive. C'est lui qui voulait quitter les Cracheurs. Moi, j'avais trop la trouille. Parfois, on s'est demandé si on avait bien fait. Et Fred, il me disait: «Je ne sais pas comment on va finir dans un camp ou dans l'autre, je ne sais pas où on sera le plus en sécurité. Mais je suis sûr au moins d'une chose: c'est qu'avec Léo comme chef, on ne deviendra jamais des salauds.» Fred est mort, ouais, c'est… c'est moche, c'est très moche, il était au mauvais endroit au mauvais moment. Mais au moins il a eu de la chance: il est mort du bon côté. Et ça pour lui, c'était plus important que tout.

Fred ne parle plus. Il pleure tout doucement, sans faire de bruit. Et ça le rend vachement convaincant.

— D'accord.

Je me redresse un peu sur les coudes.

Ils ont gagné, ils ont raison.

Je les regarde tous l'un après l'autre. Dans chacun d'eux, je vois le visage de Fred et il continuera encore longtemps à me hanter.

Mais si je continue à faire le con, ce sera aussi celui de Marie que je verrai partout, celui de Paul, celui de Sam et de tous les autres. Et ça, il n'en est pas question.

— J'ai merdé. Désolé, tout le monde. Je ne recommencerai pas. Sam a raison, on forme une bonne équipe et on ne va pas se laisser dicter notre loi par un tocard. Ce Charly, on va lui botter le cul.

Quelque chose change dans la pièce. L'air, la lumière, je ne sais pas, quelque chose. C'est plus léger.

— Marie, tu seras chef des services secrets. Paul, ministre de la Défense. Marcello, ministre de l'Économie. Lisa, ministre des Morveux. Fred, ministre de la Chapka. Sam, ministre des Bons Coups de gueule.

Ça les fait un peu glousser, Paul demande :

— Et toi, tu es qui ?

— Moi je suis le président, banane. Et toi Sam, lâche-moi le col, tu veux ?

Le centre de gravité du QG s'est déplacé vers le bas : c'est au quatrième que la plupart des nouveaux se sont installés et le « clan des anciens », comme on nous appelle, a déménagé au troisième. Tout y est exactement pareil, même Joan et Ness dorment dans la chambre des filles à côté de la porte. Il n'y a que Mana qui ait décidé de changer d'air : il est maintenant au quatrième avec les « fidèles » de Charly. Les autres nouveaux sont répartis entre les deux étages ; quand ils ont envie de voir du monde, ils hésitent entre les deux paliers.

Il me suffit de redescendre et de considérer ma place de leader comme une évidence pour qu'elle redevienne une évidence. Faire nettoyer l'appartement brûlé et le 15 bis par les prisonniers, dégager au troisième étage une nouvelle grande salle commune, et puis…

enterrer les corps, bien sûr. Voilà du travail pour tout le monde. Un peu de sueur, d'émotions partagées… rien de tel pour dissiper les tensions. En bas de l'immeuble commencent à s'entasser tous les vieux trucs inutiles : téléphones, écrans plats, ordinateurs, micro-ondes… Si ça continue, l'immeuble va s'envoler avec tout le poids qu'on lui enlève.

Avant la fin de la journée, tout le monde est fatigué mais heureux. Les nouveaux viennent pointer le bout de leur nez dans notre salle commune, ils entrent, timides, ils regardent partout. On les accueille avec des jus de fruits, des gâteaux secs. Dans l'ensemble, on nous fait des compliments, chacun y va de sa petite remarque, de son petit conseil. Marie annonce une grande fête demain pour inaugurer la nouvelle salle. Prince Charly continue de répandre son fiel, mais pour l'instant il se contente de cracher dans mon dos : il n'ose pas me provoquer en public tant que je suis trop bien entouré. Ses fidèles organisent un tournoi de poker dans son appartement, il compte ses troupes, s'énerve un peu de voir notre succès, se laisse bercer par les mots doux de sa jolie blonde – cette Ariana qui est, paraît-il, sa régulière. Il a parfaitement compris nos intentions : en face de lui, maintenant, il y a une force, il ne sait pas si elle est de taille à lui barrer la route mais il se méfie.

— Tu lui fous encore la trouille, résume Sam, qui a joué au prof de karaté tout l'après-midi avec une dizaine de volontaires.

Le soir, tout le monde se retrouve à la grande tablée du dîner. C'est terrain neutre.

— Et du côté des Cracheurs, on a des nouvelles ?

Tout en m'asseyant, je me tourne spontanément vers Marie, qui me répond :

— La bande de Cathy-Princesse signale qu'ils sont retournés au supermarché. Ils l'ont barricadé, on raconte qu'ils l'ont piégé.

— Tant qu'ils nous fichent la paix.

Un grand aaah de satisfaction se répand dans toute la salle : Bastien, notre cuistot en chef, vient de sortir de la cuisine avec une énorme bassine de spaghettis fumants couverts de sauce bolognaise.

— Il y en aura pour tout le monde !

Le salon est coupé en deux par une longue suite de tables accolées les unes aux autres, on mange dans des assiettes en carton : impossible de faire la vaisselle, ça nous prendrait trop d'eau. Les filles râlent un peu à cause des taches sur les vêtements, on leur propose des pâtes au fromage parce qu'il faut terminer nos dernières coupes de gruyère sous vide avant qu'elles ne moisissent.

— Il fallait faire des pâtes : notre dernière eau de pluie a déjà plus de cinq jours... Demain, elle sera bonne pour la salle de bains, me glisse Marie, toujours dans le secret des dieux.

— On tiendra combien de temps sur nos réserves avec tous ces nouveaux ?

— Le temps qu'il faudra..., fait-elle en haussant les épaules. Ceux qui nous ponctionnent le plus, ce sont surtout les enfants du quartier.

Une seconde bassine de spaghettis sera gardée froide et distribuée demain : les gosses aiment bien les pâtes, d'habitude, ils viendront se servir avec leurs petites casseroles et leurs petits tupperwares.

Le salon a été débarrassé de presque tous ses meubles. Notre joyeuse troupe rigole et bavarde à tel point que ça résonne sur les murs, on se croirait dans une vraie cantine. Et puis tout à coup, le volume sonore diminue et s'éteint complètement.

— *Hi*[1], fait Joan avec sa belle voix triste en entrant dans la salle.

Tous les visages se tournent vers moi. Pourquoi ils me regardent comme ça ?

---

1. « Salut »

12

MARIE

« Rumeur n° 55 : traitement contre le virus
Taux de pertinence : 4/5
Le jour du Marchand de sable, des petits avaient entendu à la télévision que les adultes étaient sur le point de trouver un traitement médical au virus, à base de médicaments connus. Les gamins de la bande à Memel ont volé quelques boîtes de médicaments en pharmacie et ils ont lu les notices. En pilant des gélules ensemble et en les diluant dans un peu d'eau, ils se sont fabriqué une sorte de tambouille liquide.
D'après la bande à Cathy, ils auraient pris une seringue et testé leur cocktail sur la boulangère de la rue Gargouleau, endormie dans sa boutique.
Elle aurait fait un arrêt cardiaque. »

— Et pourquoi elle ne chante pas, Joan, ce soir ? fait Sacha, qui a toujours été son premier fan.

Ce soir, c'est la fête. On célèbre notre victoire sur les Cracheurs, mais pour lui, une fête sans un concert de Joan, ce n'en est pas vraiment une. Il y a bien un vieux baladeur fatigué qui crache un peu de musique mais même moi je suis forcée de l'admettre : ça ne vaut pas Joan. La salle commune a été changée en piste de danse même si pour l'instant, les gens préfèrent déboucher des bouteilles et piocher dans les gâteaux apéro sur des tables au fond ; avec tout ce monde, on a déjà chaud malgré les fenêtres ouvertes.

— Elle a vraiment dit ça ? fait Léo, effaré.

On s'est installés sur le balcon en attendant que tout le monde arrive.

— Elle a vraiment dit ça ! répond Paul.

Oh oui, et je ne suis pas près de l'oublier…

Léo était introuvable, les gens étaient complètement paniqués après l'attaque, on avait deux filles qui n'arrêtaient pas de pleurer, un garçon qui claquait des dents. Il y avait des brûlures, des contusions. Et tous ces visages qui cherchaient quelque chose à quoi se raccrocher. Si tu savais comme tu nous as manqué, Léo. Et tout le monde qui demandait à Joan : « C'est vrai qu'il t'a violée ? C'est vrai qu'il t'a violée ? » Il y en avait tellement que ça formait un double ou un triple cercle qui grouillait autour d'elle.

— Nan, c'est des conneries ! répondaient tous les moitié-grands de Léo, ceux de la bataille du 15 bis, mais on ne les croyait pas.

On ne croyait même pas Jeanne, celle qui avait prétendu avoir tout vu.

— De toute façon, il n'est pas net, ce type…, répétait Charly à qui voulait l'entendre.

— Comment ça, une mise en scène ? demandaient les autres. Pourquoi il a fait une mise en scène ?

— Il n'est pas net, je vous dis. C'est un tordu. Il fait des coups foireux.

— C'est vrai qu'il t'a violée ?

Joan ne disait rien. Elle se bouchait les oreilles, elle pleurait. Elle aurait voulu fuir la foule mais elle avait encore plus peur de la solitude que de la foule. Qu'est-ce que j'ai pu lui crier dessus, moi aussi : « Dis-leur qu'il ne t'a pas violée, dis-leur que tu as tout inventé, merde ! »

— C'est peut-être ce que tu aurais voulu, après tout, hein ! a crié Paul tout à coup.

Paul était furieux contre elle : son histoire de viol ne faisait pas les affaires de Léo, c'était peut-être pour cette raison qu'on ne le retrouvait pas.

Elle a redressé la tête, elle a regardé autour d'elle avec un petit sourire satisfait, et elle a attendu que tout le monde ait les yeux rivés sur son visage. Est-ce que ça avait été une mise en scène depuis le début ? Attendre de faire monter la tension, ne pas ouvrir la bouche, juste pour être écoutée au moment où elle l'aurait décidé ? On pensait qu'elle allait enfin parler. En fait, au lieu de ça, elle a éclaté de rire. Ça a duré longtemps, et c'est vraiment quelque chose de bizarre, un rire solitaire au milieu d'un grand groupe.

— Violée, moi ? Par Léo ? Tout ça, c'était *bullshit* pour mentir à l'espion des Cracheurs évidemment. Pour attirer ses copains au 15 bis. Vous feriez mieux d'écouter Paul, c'est lui qui a raison. Violée, moi ? Mais j'adorerais qu'il essaie. Si Léo veut avoir sexe avec moi, c'est quand il veut, où il veut. Moi, je suis toute la sienne.

Il y a eu un silence, pendant lequel tout le monde s'est demandé si elle avait parlé sérieusement ou si c'était de l'ironie… de l'ironie qui aurait accusé Léo.

— Allez, viens…, a fait Charly en lui passant une main sur l'épaule. Vous l'étouffez avec vos histoires, laissez-la respirer un peu, merde !

Mais Joan s'est violemment détournée et l'a repoussé des deux mains avec tant de force qu'il a failli tomber :

— Ta gueule, Charles ! Je suis pas une barjotte ou une malade, ou quoi vous dites ici. Léo a jamais mis la main sur moi et tu le sais très bien !

Et elle s'est mise à hurler: « C'est quand il veut, où il veut ! » Tellement fort que plus personne n'a douté qu'elle parlait sérieusement.

— C'est bon, c'est bon, ça va ! a murmuré Charly tout doucement, en reculant.

Et il a admis devant tout le monde :

— Je sais bien qu'il n'a jamais mis la main sur toi. Allez, viens maintenant.

Il s'est approché d'elle et elle s'est laissé entraîner loin de cette foule.

— Je te jure ! fait Paul, une lueur grivoise dans le regard. C'est ce qu'elle a dit : « Je suis toute la sienne ». On en a parlé dans tous les étages et même dans tout le quartier. Je peux te dire qu'après ça, plus personne ne t'a traité de violeur.

Paul, j'ai envie de te tuer pour avoir dit ça.

— Pourquoi elle a raconté un truc pareil ? dit Léo. C'est quand même dingue, non ?

— Joan est dingue, ce n'est pas nouveau. Tu la connais, quoi, il faut toujours qu'elle se fasse remarquer. Elle a trouvé la manière la plus provoc de te tirer du merdier, c'est tout. Faut lui reconnaître ce talent quand même : ça a complètement réussi.

Paul, j'ai envie de t'embrasser pour être aussi bête.

— Joan, eh Joan ! fait Léo.

Tiens, quand on parle du loup. La voilà justement qui traîne ses jolies bottines près du balcon. Coïncidence ?

Elle ne le regarde même pas venir à elle, trop occupée à draguer deux de nos petits nouveaux, un brun grassouillet et un beau blond aux oreilles farcies de piercings. La tactique habituelle : quelques grands éclats de rire, une main qui se balade sur le bras viril, un œil vif, surtout, qui a toujours l'air de poser une question ou de répondre à une question qu'on n'a pas posée… Joan ne peut pas vraiment jouer la carte du décolleté, elle manque un peu de seins, mais elle sait très bien se débrouiller avec ses jolies jambes et ses jolies fesses.

Finalement, Léo est obligé de lui poser la main sur le bras, c'était peut-être ce qu'elle attendait. Elle se retourne et, sur son visage, son sourire disparaît. Elle crie quelque chose de dur que je ne comprends pas, le repousse de la main. Et puis hausse les épaules et lance probablement une blague, puisque les deux garçons se mettent à rire.

En la regardant partir vers un autre groupe, il a un petit air triste, mon Léo.

— Mais qu'est-ce que je lui ai fait, moi ?

Il revient vers nous sur le balcon.

— Avec tous les garçons, elle est super cool et, avec moi, elle fait toujours la gueule… J'ai l'impression qu'elle me voit toujours comme le sale chef qui donne des ordres.

Il n'a pas encore compris. Joan prétend qu'elle a oublié ce qui s'est passé au supermarché, mais elle ment. Le fameux trou noir, je n'y crois pas : elle se souvient de tout. Seulement, elle préfère oublier. Son humiliation devant Léo, sa nudité, les bras de ce garçon contre son corps, ses lèvres qui ne pouvaient plus s'ouvrir… elle préfère ne pas du tout y penser, ça lui donne des frissons.

— Allez, laisse-lui un peu de temps… Elle en a vécu des pas drôles, dit Paul.

Elle ne lui fait pas la gueule : elle est enragée. Enragée amoureuse, évidemment. Il fallait la voir ce fameux soir où il l'a ramenée d'entre les morts. Elle l'adore, elle le déteste. Dans sa petite tête d'Américaine, il n'y en a que pour lui… *Tu es le seul qu'elle ne drague pas, Léo, parce que tu es le seul qu'elle veut vraiment, le seul à qui elle fasse confiance. Avec tous les autres, elle joue la comédie, elle écarte le mal. Mais à toi, elle ne sait pas mentir. Dès que tu apparais, elle se sent idiote, honteuse avec ses manières de fille facile. Elle t'évite.*

Ness et elle ont vécu le même enfer mais on ne peut pas imaginer deux manières plus opposées de réagir : Ness se traîne en pliant le dos, elle s'enferme dans sa rancœur et déteste le monde entier.

Elle ne laissera personne s'approcher d'elle et surtout pas Sam dont la bonté la brûle comme un poison. Joan, c'est le contraire, elle prend tous les risques : elle se force à monter sur scène et à s'exposer en public, elle sort toute seule en rollers en pleine ville, elle drague tous les garçons qui se présentent. Et la voilà qui donne son cœur à l'ennemi. Un garçon, un homme. Elle marche sur la corde raide. Pour elle, c'est ça ou tomber au fond du trou. Elle espère que les hommes lui mangeront dans la main plutôt que de la dévorer, elle.

Je ne peux pas m'empêcher de l'admirer.

Et moi qui la croyais juste *allumeuse*; j'ai mis tellement de temps à comprendre... Dire que c'est moi qui suis venue la consoler à la réserve après sa dispute avec lui. Non. En fait, je crois que j'ai senti le danger dès que je l'ai vue, sinon, je n'aurais jamais trouvé le courage de faire du rentre-dedans à Léo sur le canapé. Cette nuit-là, j'ai brûlé ma dernière cartouche. J'ai joué mon va-tout et j'ai perdu.

Il ne pouvait rien m'arriver de pire que cette fille. Comment je peux lutter, moi ? Jolie comme une star, raide amoureuse à en bafouiller devant lui, victime jusqu'au bout des ongles et jusqu'au fond de l'âme sans même avoir besoin de simuler. Quand elle chante « *Like a Virgin* » avec cette force, c'est pour lui, c'est uniquement pour lui. D'ailleurs, toutes ses chansons sont pour lui, je suis sûre qu'elle chantait avec moitié moins d'âme avant de le connaître. Elle est répandue à ses pieds et il ne le voit même pas.

Enfin, pour l'instant.

Parce qu'ils vont finir par se trouver, c'est écrit. Le jour où il va comprendre, il va s'embraser d'un seul coup, il va l'aimer comme un fou et il sera prêt à mourir pour elle. Je n'ai pas la moindre chance : ces deux-là sont faits l'un pour l'autre.

— Qu'est-ce que tu as, Marie, tu pleures ? Ça va ? me dit Paul.

— C'est rien, c'est juste le... c'est le vent dans mes yeux.

Il n'y a pas de vent évidemment. Pas un souffle d'air...

— Elle dit qu'au supermarché, fait Paul, ils n'ont pas eu le temps de la… enfin… En tout cas, quand elle danse sur scène, quand elle fait du roller sans être gênée, on ne voit pas du tout… On ne pourrait pas dire que… tu vois…

Ce bon vieux Paul, ça le démange d'en parler mais il bute à chaque mot. Il a quand même raison : c'est vrai, Joan n'a pas l'air physiquement blessée.

— Je ne pense pas qu'ils aient eu le temps de la violer, lance Léo à voix basse. Moi, je l'ai regardée quand elle était toute nue et j'ai rien vu, pas de marques, pas de sang. Mais elle était terrorisée. Ce Bébé Joe, c'est vraiment une ordure, il l'avait préparée. C'était pas seulement un viol qu'il voulait, c'était de voir la terreur dans les yeux de sa victime, de voir sa souffrance. Il savait très bien ce qu'il faisait.

— C'est pour ça qu'elle était dans cet état après, je veux dire… bloquée, incapable de parler et tout ?

— En fait, je préfère qu'on ne parle plus de ça, dit soudain Léo. C'est déjà assez dégueulasse, ce qu'ils lui ont fait. Ça lui appartient à elle, on ne devrait pas en discuter.

— OK, comme tu veux.

Finalement, Paul est soulagé d'abandonner le sujet.

— Au fait, Cathy est venue me voir tout à l'heure.

— La Cathy de la bande à Cathy-Princesse ? demande Léo.

— Elle venait me dire merci. Tu te souviens de P'tit Louis, l'otage des Cracheurs dans l'escalier ? C'était un gosse de sa bande.

— Tiens, c'est vrai, je ne t'ai même pas demandé comment tu avais fait pour le prendre aux Cracheurs…

— Un coup de boule.

Léo hoche la tête, admiratif. :

— C'est plutôt moi qui devrais remercier Cathy et sa bande, on leur doit une sacrée chandelle.

Je reprends la parole, avec une voix un peu plus assurée :

— Cathy voulait récupérer P'tit Louis. Toute sa bande a suivi les Cracheurs jusqu'ici et les a attaqués au moment où ils étaient occupés à nous incendier sur le palier du cinquième. Cathy s'est juste trompée de Cracheurs : P'tit Louis était à l'autre bout de l'immeuble avec le groupe du 15 bis et c'est Paul qui l'a récupéré.

Ça y est, j'ai réussi à refouler mes larmes.

— Paul a foncé dans le tas, il a écrabouillé tout ce qui se trouvait sur son chemin, enfin, tu connais Paul. Quand Cathy-Princesse a appris ce qui s'était passé, elle a voulu le rencontrer et je crois qu'elle a le béguin pour lui, maintenant.

Paul rigole un peu, secoue la tête, murmure « n'importe quoi… » et n'en pense pas moins.

— Elle a quel âge, cette fille ? demande Léo.

Je sors mon carnet et je regarde à la lettre « C ».

— Quatorze ans.

— Ah, quand même… Et mignonne ?

Paul rougit un peu, marmonne quelque chose. Moi, je fais oui de la tête.

— Pfff, c'est qu'une gamine…

Il se fige d'un seul coup, il a vu quelque chose dans le salon. Une excuse plus tard et le voilà parti. Et nous voilà tout seuls tous les deux.

— Qu'est-ce qu'il a vu ?

Léo lève les yeux au ciel.

— Sam, évidemment… Je crois que c'est pour ce soir : il va se lancer.

— Oh, mon Dieu !

— Ben quoi, elle ne va pas le manger.

— Le manger, non, mais…

— Dis donc, Marie, qu'est-ce qui se passe entre Sam et toi ? Qu'est-ce qui lui a pris de t'asticoter tout à l'heure, avec ses « comme certaines », « comme certaines » ?

Je fais la moue et regarde mes ongles.
—Si on te le demande, tu diras que tu n'en sais rien.

Dire que j'ai enfilé ce petit haut hyper moulant avec une seule bretelle qui dévoile toute une épaule et la naissance de la gorge. Un petit haut qui s'arrête au-dessus du nombril, que j'ai trouvé dans un appartement du onzième. Même Paul a jeté un coup d'œil à mes seins avant d'aller parler à sa chère Sam. Et cette jupe : encore plus courte que la précédente, on ne voit plus seulement mes genoux, on voit carrément mes cuisses. Jamais je ne m'étais habillée de cette façon, je sens les regards de tous les garçons posés dessus, ça me fait comme des braises. Tous les garçons sauf le seul que je voudrais, évidemment. Depuis qu'elle l'a envoyé sur les roses, il n'arrête pas de regarder dans la direction de l'Américaine. Être sexy, c'est tout un art. Je crois qu'elle est plus douée que moi.

Quand je m'en vais, il ne le remarque même pas. Trop occupé, avec son grand ami Marcello, à parler récupération des eaux de pluie et construction de chiottes moins malsaines. Ce n'est pas un homme que j'aime, c'est un tuyau. Autant aller me mettre la tête à l'envers, tiens. Pour cette fête-là, on a sorti de quoi boire, ça nous change du concert de Joan où Léo avait interdit l'alcool. Champagne, s'il vous plaît, et vodka orange. Hop et hop. Mon Dieu ce que c'est fort. Qu'est-ce que ça donnerait mélangé avec, mettons, du Martini pour voir ? Immonde, bien ce que je pensais.

Danser, moi ? Ma foi, pourquoi pas. Qui c'est, ce garçon-là ? Jamais vu. Ah si, c'est un des nouveaux moitié-grands. Il va dé-scotcher un peu les yeux de mes seins, oui ? J'ai aussi un visage, bon Dieu.

— Vas-y, mon grand, te gêne pas, mets-y carrément les mains tant que tu y es.

Et voilà, j'ai fait fuir mon cavalier.

Il fait chaud ici, c'est fou. Et l'autre qui est toujours à pérorer avec son Marcello, et la citerne par-ci, et les bouteilles par-là… Ah ça, l'eau, ça les intéresse, en attendant, je crève de soif, moi. Et un autre Martini, un.

Tiens, là-bas au bout du balcon, il y a Paul qui est en train de se prendre le râteau de sa vie. *Tu n'as aucune chance, mon pauvre vieux, c'est sur moi qu'elle flashe, elle aime les filles !* J'avais l'évidence sous les yeux et j'étais la tête dans le sable : pour la psychologue du groupe, je vous jure… C'est parfait. Comme ça, je n'ai même plus de meilleure amie. Quand je lui parle de Léo, elle est jalouse. Elle me dit que ça la fait souffrir.

Et moi, je ne souffre pas, moi ?

— Qu'est-ce que tu dis ? fait un garçon qui m'entend grommeler.

— Rien, ta gueule, toi !

Connard, va. Même plus le droit d'être bourrée maintenant. Et hop, un grand verre de vodka pure. Et Dieu, hein… Oui, Toi là-haut. Tu es où quand on a besoin de Toi ? Ce n'est pas possible d'avoir mal à en crever comme ça. C'est comme un énorme fleuve sur un énorme barrage et… tout cet amour se trouve bloqué là pour personne ; je n'ai droit qu'à des tout petits riens, un bonjour le matin, une bise le soir. Moi je veux donner plus, moi je veux donner tout. Ça monte, ça monte et un jour, il faudra bien que ça éclate. « L'amour espère tout, il endure tout. » Des conneries oui ! L'amour, c'est un acide qui vous ronge de l'intérieur.

C'est con, ce qu'on raconte sur l'alcool. Finalement, à part le plancher qui se met à tourner, ça ne change rien du tout. Ah, et puis ça me gratte les jambes, ces fichus collants. Ça me gratte, ça me gratte.

— Tu veux un coup de main, MJ ?

Je réponds sans même tourner la tête :

— Ta gueule.

— Pourquoi est-ce qu'il est le seul à t'appeler Marie ? C'est bizarre, non ?

Parce que Marie c'est mon vrai nom, ducon. MJ c'est du flan.

— Tu as tort de t'en faire pour lui. Regarde-le, ton Léo, il s'en fout.

Comme une idiote, je le regarde en effet. Et, en effet, il s'en fout.

— Il n'a même pas fait le moindre effort pour s'habiller. Un pauvre jean troué, un tee-shirt repassé dans la gueule d'une vache, et ses vieilles baskets pourries... Il s'en fout, je te dis.

Qui c'est, celui-là, au fait ? Ah tiens, mais c'est Prince Charly en personne.

— Tandis que toi, mon lapin, tu as sorti le grand jeu, hein ?

Pantalon de flanelle, chemise de soie décontractée, on dirait que Charly tout entier sort du pressing. Barbiche taillée au cordeau sur une barbe de trois jours soigneusement entretenue, parfum léger, cheveux en arrière.

— Dis donc. C'est vrai que tu as la classe.

Il sourit modestement.

— Et toi, tu es de loin la fille la plus bandante de toute la fête...

Bandante ? Pas le compliment le plus romantique qu'on m'ait fait... mais ça me fait rosir un peu les joues. Je suis bandante. Finalement, j'en suis ravie, quelqu'un au moins s'en est aperçu.

— Tu fais fausse route avec Léo. Tu t'es trompée d'espèce. Ce n'est pas un homme, c'est un rêve, un nuage, la flamme d'une bougie. Laisse donc les jolis papillons tourner autour et s'y brûler les ailes..., fait-il en pointant le menton vers Joan.

— Pff, Joan, un papillon ? N'importe quoi...

Oh là là, qu'est-ce que ça tangue par ici. On se croirait sur un ferry.

— Regarde-la, légère comme le vent, avec ses longs cils et ses longs cheveux. Regarde-la comme il la fascine. Aussi belle qu'un papillon, aussi fragile, aussi volage. Essaie de l'attraper : elle s'enfuit.

Sois patient : elle vient se poser dans ta main. Elle se promène un peu partout, butine de-ci, de-là, mais attention : elle ne perd jamais de vue la lumière…

— Léo.

— Tout juste.

— La salooope !

— Mais non, c'est juste un petit animal effrayé, un oiseau tombé du nid. Le sexe lui fait terriblement peur.

— Mmh.

— Alors que toi…

Il me regarde des pieds à la tête, avec une effronterie parfaitement assumée. Je sens son regard qui fait disparaître mes vêtements un à un, je le sens sur mes hanches, sur mon sexe, sur mon ventre. Il ne me touche pas, mais une chaleur me gagne comme s'il m'avait caressé tout le corps du bout des lèvres.

— Toi, tu n'es pas un papillon. Toi, tu n'as pas peur de ton corps.

— Ben alors… si je suis pas un papillon, je suis quoi ?

Il me regarde avec ses yeux brillants, son sourire coquin. Il sait bien que je suis déjà au royaume de la vodka-Martini, il ne m'aurait jamais approchée dans mon état normal. Mais dans mon état normal, je ne me serais peut-être pas adossée au mur pour remonter une jambe, je n'aurais peut-être pas cambré le buste à ce point, je n'aurais peut-être pas eu envie d'un garçon avec autant de force.

— Tu es une araignée.

Une araignée ? Charmant.

— Les araignées sont des animaux magnifiques, elles sont pleines de couleurs et de grâce. Ce sont des carnassières, des créatures de la nuit. Regarde-toi : tu tisses tes toiles dans l'ombre ; d'une patte, tu fais ceci, de l'autre, tu fais cela. Planifier, prévoir, attendre la proie… Tu es une bête de chair et de sang ; les papillons, toi, tu les dévores ! Crois-moi, les araignées ne tombent pas amoureuses des bougies comme ces idiots de papillons. Ce que tu prends pour de l'amour, c'est autre chose, c'est juste… un désir de femme, une pulsion, une faim dévorante…

D'où sort-il, celui-là, pour me connaître aussi bien ? Je le regarde avec de grands yeux curieux : je l'ai sous-estimé. Une faim dévorante, oui, je la sens dans mon sexe et jusqu'à la pointe de mes seins.

Il s'écarte un peu jusqu'au buffet, évite un couple de danseurs de slow et revient avec deux coupes de champagne. Je tends la main pour en attraper une, mais il retire la sienne. Je m'avance, trébuche un peu, il va me la donner, cette fichue coupe ? Non, au lieu de ça, il me prend par la taille et m'entraîne sur la piste. Une main derrière mon dos, l'autre sous mon nez… Il me fait boire une gorgée, puis porte le cristal à ses lèvres. Il se penche à mon oreille, tout en nous faisant doucement tourner sur nous-mêmes.

— À la plus belle paire de nichons de toute la Cantine ! murmure-t-il.

Je pouffe comme une grosse dinde bourrée que je suis, et je tourne comme une grosse dinde sur le gril, que je suis aussi. Les coupes ont dû disparaître de ses mains, sinon, il n'aurait pas eu autant de doigts libres pour les glisser sous l'élastique de ma jupe, là, dans mon dos. Ses doigts contre ma peau, c'est un frisson de chaleur, un frémissement dans tout mon corps. Et tourne, et tourne, et tourne manège, nos mains emmêlées, nos ventres collés, ma poitrine qui frotte contre sa chemise. Et ses doigts, ses doigts magiques qui descendent encore un peu plus…

Il est grand. De beaux yeux bleu sombre, une peau parfaite. Il a des lèvres de fille, pulpeuses et rouges, des traits fins, un visage allongé, et surtout ce velours dans tous ses gestes, ce sourire de conquérant. Il est tellement plus mûr que moi, plus sûr de lui. Dans ses bras, le monde paraît simple et à portée de la main. Les gens comme lui ne se battent pas avec le monde : ils jouent avec. Comme c'est bon de se laisser porter par la vague ; le fardeau sur mes épaules s'évapore lentement, l'angoisse de prévoir, l'angoisse de maîtriser. Tourner avec ce garçon qui est si fort et si beau, tourner et se laisser porter… Au début, je voulais que Léo nous voie ensemble, je voulais le rendre jaloux, qu'il accoure et qu'il se mette en colère. Mais maintenant je m'en fiche. Pour la première fois depuis des années, Léo m'est complètement sorti de la tête.

Il me glisse des mots à l'oreille, des mots que j'ai toujours voulu entendre, il me fait rire, il me fait me sentir forte et belle. Une vraie femme séduisante, sensuelle, intelligente. Je n'ai plus seize ans, dans ses bras, j'en ai vingt-cinq. Je n'ai pas de grosses fesses, je n'ai pas de sale caractère, je suis brillante et adorée, je suis désirée. Enfin.

Quand on entre dans la chambre des filles, un couple qui se bécotait s'enfuit en gloussant. Il fait sombre ici. Il referme la porte avec un sourire, tourne la petite clé argentée et, avec un clin d'œil complice, la fourre dans sa poche. Sa langue est goulue et insatiable, ses mains brûlantes, passionnées, je m'entends pousser des gémissements, je l'entends, lui, grogner, respirer fort. Nos parfums emmêlés, l'odeur de la sueur, déjà. Oh mon Dieu, sa bouche sur le bout de mon sein, le bout de mon sein dans sa bouche, sa façon de…

—Non… Non… S'il te plaît…

J'ôte sa main de mon sexe.

—Oh ! pardon…

—Je suis… je suis vierge.

Il se redresse, me caresse les cheveux, m'embrasse encore.

—Ne t'inquiète pas. Je vais être très doux. Très très doux…

—Non. Je veux dire. Je suis désolée, je ne suis pas prête. Pardon. Je ne savais pas ce que je faisais…

—C'est normal…, fait-il avec un sourire. La première fois, ça fait toujours un peu peur. Ça va aller…

Et sa main se pose de nouveau entre mes jambes. Ses lèvres contre mes lèvres.

—Non, Charly. Je n'ai pas envie. Pas comme ça. Pas avec toi. Je sais que ce n'est pas correct… mais j'ai beaucoup trop bu et je me sens… pas bien.

—Allez, regarde-toi. Tu en as envie autant que moi.

—Charly, arrête.

Mais Charly n'arrête pas. Ses mains se font plus dures, ses doigts ne caressent plus, ils tirent sur mes vêtements, s'enfoncent en moi.

—Charly!

Je le repousse violemment; il se tient devant moi, stupéfait.

—Bordel, tu ne peux pas me dire non maintenant!

—Je… je suis désolée.

—Désolée? Tu es désolée, hein?

Il a trop bu lui aussi. Il revient à la charge, ses mains sous ma jupe, sa bouche dans mon cou.

—Allez quoi… sois sympa, c'est pas grand-chose quand même.

Avec horreur, je m'aperçois qu'il croit vraiment à ce qu'il dit: ce n'est pas grand-chose. Juste mon corps, juste mon hymen. Ce n'est pas grand-chose à ses yeux…

—Charly. S'il te plaît, ouvre cette porte.

—D'accord, d'accord…

Il recule un peu.

—Puisque tu insistes, bien sûr, je vais l'ouvrir…

Son sourire, je n'aime pas du tout son sourire.

—Mais enlève ta petite culotte, d'abord.

Ma petite culotte? Mon Dieu, il va le faire. Il va le faire. Qu'est-ce que tu croyais, pauvre idiote? Qu'est-ce que tu t'imaginais? Qu'est-ce que tout le monde raconte sur Charly? Ce type a un problème avec les filles, c'est évident. Ce sourire conquérant, ces mains expertes… C'est un sourire de macho, des mains de violeur.

—Ouvre cette porte.

—Juste ta petite culotte. Ensuite, c'est promis, j'ouvre la porte. Franchement, tu me dois bien ça.

Charly n'est pas doux, Charly n'est pas gentil, comment j'ai pu croire une chose pareille?

—Charly, je te préviens, je vais hurler.

On dirait un de ces rêves horribles que je faisais quand j'étais gamine. Un rêve qui se change en cauchemar. Maman me serre contre elle tout doucement, je lui dis que papa me manque et elle me console, et puis tout à coup, je relève la tête et je vois qu'elle s'est changée en monstre, avec des yeux rouges et des dents énormes, et elle me poursuit dans toute la maison avec un rire dément. *Mon Dieu, qu'est-ce que j'ai fait ? Aide-moi, Seigneur. Je promets d'être très sage et de ne plus jamais, jamais…*

— Ben vas-y, hurle…

Il tourne la tête vers le mur. Qui aurait dit que ce petit baladeur sur batteries pouvait pousser le son aussi fort, une fois tourné à fond ? La musique est assourdissante.

— … si ça peut te soulager.

Je me rue à la fenêtre. Hurler vers le balcon noir de monde, juste à côté… Paul et Sam peut-être… Mais, comme dans mon cauchemar, mes jambes sont lourdes, la tête me tourne et la bête, là, derrière, la bête du cauchemar avec son souffle chaud, ses mains poisseuses, elle m'attrape par les cheveux et elle me jette contre le mur. Il est fort, il est lourd, ses bras sont des étaux, sous sa poigne, il pourrait me broyer.

— Enlève-moi cette putain de culotte, maintenant, ou je défonce ta jolie petite gueule à coups de ceinturon ! Allez, fais pas ta sainte-nitouche, tu me fais marrer, tu crois que ça se sait pas, que ta mère est une salope ? Tu crois que tu vaux mieux qu'elle, peut-être ?

Je hurle, hurle, hurle.

Il me cogne la tête contre le mur et me force à m'allonger par terre. Il me tire les cheveux en arrière, ma nuque craque.

— Le monde a changé, figure-toi. Avant, les filles, elles pouvaient dire non : nous les mecs, on s'écrasait. Maintenant, c'est fini ce temps-là. Maintenant, les filles, elles vont dire oui, elles vont toujours dire oui. Et toi aussi, je vais t'apprendre à dire oui !

— D'accord ! je vais l'enlever !

— C'est ça, grouille, grouille.

Une pulsion, une faim dévorante… Quelle conne j'ai été ! Évidemment, il connaissait bien ses formules ce petit salaud : la faim dévorante, ça le connaît. Elle est dans ses yeux, dans ses mains et dans son sexe. C'est moi qu'il va dévorer.

Les collants et la petite culotte glissent sur mes jambes, se coincent aux genoux et puis aux jolies chaussures à talons qu'il faut enlever.

— Grouille !

Il me tire la tête en arrière, je crie.

— Écarte !

Il se met entre mes jambes, appuie de tout son poids, me lâche un instant pour défaire son bouton, baisser sa braguette. Je suis écrasée par sa masse, la respiration bloquée, ma peau en sueur plaquée contre le lino de la chambre. On dirait un toxico en manque, il est terrifiant à voir.

— Écarte, bordel !

La musique.

On ne l'avait pas réalisé ni lui ni moi. La musique. Qui s'est éteinte.

Quand on tambourine à la porte, ça fait comme un vide : le silence était là depuis quelques secondes et on ne s'en était pas rendu compte.

— M… MJ ? Tu es là ? Tout… tout va bien ?

— Au secours ! Marcel…

— Ta gueule !

Ma petite culotte qu'il me fourre dans la bouche jusqu'au fond de la gorge, une gifle qui claque et résonne dans toute la pièce. J'étouffe. Des étoiles plein les yeux, la joue en feu.

— Ça va, c'est rien ! fait Charly d'une voix agacée. MJ s'est coincé le doigt dans l'armoire, mais ça va mieux !

Derrière la porte, le silence.

Ici, les chuchotements haineux de Charly :

— Toi, tu fais un seul bruit, tu gémis une seule fois et je te jure que je te tue.

La poignée de la porte s'abaisse, le battant bloque sur le loquet. La porte est solide, la serrure je ne sais pas.

— M... MJ, réponds-moi !

— Elle va bien, je te dis, lâche-moi un peu. Elle est partie là-haut chercher du... du désinfectant.

Comment il va s'en tirer maintenant ? Qu'est-ce qu'il va encore inventer ? Il sait bien que je vais tout raconter dès que je serai dehors. Sa seule solution c'est... c'est de me tuer. Prendre son plaisir, parce que ça, il n'y a pas renoncé. Et me tuer. Pas par goût mais par nécessité. Et pour se débarrasser de mon corps ? La fenêtre, évidemment. S'il réussit à les embrouiller, si on lui donne encore dix minutes de répit, il ira chercher mon cadavre en bas, il creusera un trou quelque part... On est au troisième, s'il me jette vivante, je ne vais peut-être pas mourir ? *Ne m'abandonne pas, Marcello, ne t'en va pas, ne rallume pas la musique. Par pitié, Marcello...*

— Maintenant, Charly, tu vas sortir de là gentiment !

Ce n'est plus Marcello.

— Tout de suite et les mains en l'air !

Léo ! Mon cœur fait un bond dans ma poitrine, un cri s'échappe de mes lèvres, étouffé en gémissement. Une seconde gifle claque, plus fort que la première. En me tenant les deux mains prisonnières dans la sienne, il se retourne, assis sur mon ventre, et cherche quelque chose à tâtons avec sa main libre. Il trouve un extincteur. Moi et ma passion des extincteurs... Il le traîne jusqu'à moi. C'est sa dernière chance. Me défoncer le crâne, me jeter par la fenêtre, ouvrir la porte, prétendre que je suis sortie et que tout va bien. Aller ramasser mon cadavre en bas dès qu'il en aura l'occasion.

La petite culotte est à moitié sortie de ma bouche à la seconde gifle. Lentement, avec ma langue et mes dents, je la repousse, millimètre par millimètre, j'en fais une boule compacte, prête à sortir. Il est fort, mais deux mains contre une, c'est un sacré avantage. Et c'est lourd un extincteur, ça occupe largement tous les muscles disponibles. D'un seul coup, je relève la tête, je crache la culotte, j'attire sa main et je mords à pleines dents.

La douleur est foudroyante. Avec sa main, j'ai mordu la mienne. Nos deux cris sont simultanés.

Paa ! Paa !

La serrure tressaute sous les balles, la porte s'ouvre sous un coup de pied et la lumière revient. Léo est là, son automatique au poing, une lueur sauvage au fond des yeux.

— Debout !

Il s'approche. Derrière lui, des visages effarés dans l'encadrement de la porte. Aucun qui n'ose entrer.

— Oh, du calme Rambo ! Quoi… c'est elle qui est venue me voir, fringuée comme une pute ; elle m'a dragué à mort. Vous l'avez tous vue, quoi ! Tu nous fais une crise de jalousie, c'est ça ? Faut pas toucher à la bonne femme, sinon le mari sort son flingue ?

— DEBOUT, j'ai dit !

Charly se lève très lentement, déplie ses longues jambes, un sourire aux lèvres. Il est bien plus grand que Léo, il le domine de la tête et du regard. D'où peut bien lui venir cette assurance, cette nonchalance de vainqueur ?

Du sentiment de sa supériorité, bien sûr. Il a au moins dix-huit ans mais ça n'explique pas tout. Charly évolue dans un monde où les autres sont tous médiocres, un monde rempli d'ombres dont il est la seule lumière.

Je m'écarte aussitôt du monstre, ramasse ma robe, rampe vers la lueur des bougies, les yeux hagards, les cheveux défaits. Tous les regards sont fixés sur eux. Tant mieux, moi je voudrais disparaître, je voudrais n'avoir jamais existé. Charly avance de quelques pas, Léo recule, le viseur toujours pointé sur lui. Est-ce qu'il pourra tirer ? Non. Léo est incapable d'appuyer sur la détente, je le sais depuis toujours. Sur une serrure, peut-être, mais sur un homme, même le dernier des salopards, jamais il ne pourra tirer. Est-ce que Charly le sait ?

Le couloir est rempli de gens qui s'écartent devant moi. Le salon est illuminé de bougies, déserté, le sol jonché de bouteilles de bière et de miettes de crackers. L'odeur de cigarette prend à la gorge, et celle de la sueur, la chaleur des corps en transe...

— Je te fous dehors, fait Léo, et je t'interdis de remettre les pieds à moins de cent mètres de cet immeuble. Sinon je te farcis de plomb.

Charly marche vers Léo tout ce temps, et Léo a reculé devant Charly. Ils sont presque au milieu du salon maintenant, tous les deux.

— Vas-y mon vieux, qu'est-ce que tu attends : tire !

Charly écarte les mains, compte ses alliés parmi les visages qui le regardent.

— Qu'est-ce que tu as dans les couilles pour te protéger derrière un flingue ? Est-ce que je suis armé, moi ? Je vais te dire un truc, Mister l'Embrouille : tu te crois le chef, mais tout ce que tu es, ici, c'est le type qui porte le flingue. Quand tu auras tiré ta dernière cartouche, tu seras Mister Nobody et tout le monde crachera sur toi. Pose ce flingue par terre et t'es plus rien !

Non, mon amour, ne fais pas ce qu'il dit, surtout. C'est un piège grossier, il n'attend que ça.

— *Don't do that!*[1] fait un cri suraigu derrière moi.

Trop tard.

Il vient de toucher Léo sur son point faible : la fierté. Léo a déjà jeté son arme et donné un coup de pied dedans. La petite foule s'est écartée en poussant un cri, le Sig Pro a glissé jusque sous le buffet encore couvert de cacahouètes et d'Apéricubes périmés. En fait, je suis sûre que Léo attendait ce moment depuis longtemps. Du jour

1. « Ne fais pas ça ! »

où il a pris ce pistolet entre les mains, il n'a plus été tout à fait le même ; cet engin de mort contre lui, ça lui brûlait le cœur.

— Mister Nobody, il t'attend, mon gars, dit Léo d'une voix forte et claire. C'est quand tu veux, à la loyale.

Un sourire s'étire sur les lèvres de fille de Charly, une lueur mauvaise dans ses yeux bleu marine. À les voir tous les deux face à face, il est facile de comprendre pourquoi : Léo doit lui rendre au moins dix kilos et autant de centimètres. Charly est mince mais sportif, c'est connu. Quel sport déjà ? Quand il enlève délicatement sa belle chemise en soie, on voit ses muscles qui lui taillent un corps de rêve, chacun d'eux me porte un coup au cœur. Il y a une telle force dans ses bras… Je l'ai sentie tout à l'heure, cette puissance, cette aisance… La boxe ! C'est la boxe, le sport de Charly, je m'en souviens maintenant !

Oh, mon Dieu, je vous en prie, je vous en supplie, faites que Léo…

Léo passe son tee-shirt par-dessus sa tête d'un geste rapide, fonctionnel. Il a de la grâce lui aussi, et de la beauté dans ses yeux noirs. Et je crois que c'est une surprise pour tout le monde de voir qu'il n'est pas si maigrichon qu'il en a l'air. Sauf pour moi, bien sûr, je l'avais déjà vu torse nu. Léo a fait de la gymnastique, de la course de fond. Il y a des filles qui ouvrent de grands yeux. Ce n'est pas juste le gentil intello qu'il paraît, mon Léo.

Mais mon pauvre amour, c'est Charly qui a tout à gagner dans ce combat de dupes. S'il gagne, il est capable de te tuer. C'est pour moi que tu te bats ? C'est pour m'avoir vue à moitié nue avec ma petite culotte sur le ventre ? Ce serait trop beau. Non, tu t'es fait piéger par ta fierté, une fois de plus. Et par ce pistolet qui te brûlait les doigts. C'est peut-être à dessein que tu as reculé jusqu'au salon : tu en avais envie autant que Charly, de ce combat de coqs. Ce que les garçons peuvent être stupides.

Je regarde le cercle de visages autour de ces deux magnifiques abrutis. J'y vois de la peur, un peu, et de l'excitation surtout. Combien sont-ils ici à souhaiter la victoire de Charly ? Dans un angle, je vois un petit groupe de trois ou quatre qui ont un air tellement réjoui que je me demande si Léo, finalement, avait vraiment le choix. Il faut se rendre à l'évidence : une bonne moitié du public soutient Charly, surtout parmi les nouveaux. Bien sûr, je suis bête… c'était un calcul depuis le début : s'envoyer la petite MJ et se débarrasser de Léo, d'une pierre deux coups. Il faut que Léo le batte maintenant, il faut qu'il montre à tous pourquoi il est le chef.

Ils se tournent autour tous les deux, les yeux dans les yeux, pendant un temps infini. Ce ne sont pas des têtes brûlées ni l'un ni l'autre. Charly a la meilleure allonge, il attend tranquillement Léo. Et Léo n'est pas fou, il attend que Charly se lasse. Et il a raison : c'est Charly qui part le premier, un pas en avant, un coup à la tête. Dieu qu'il est rapide ! Esquive de Léo, bien menée, un coup dans les côtes. Pas très convaincant le coup dans les côtes, trop court, et les revoilà en train de tourner en rond.

Depuis le premier échange, les yeux brillent deux fois plus fort dans le public, je vois Sam qui se ronge les ongles, Paul qui se dandine d'un pied sur l'autre, et Joan… où est passée Joan ? Joan n'a d'yeux que pour Léo et Joan se mange les cheveux.

Léo se jette d'un seul coup sur Charly mais l'autre le bloque d'un bras, lui renvoie un coup sur la bouche, Léo est projeté sur le côté. Attention ! Charly profite de son joli coup : une frappe dans le ventre, bloquée du poing, il repousse Léo qui recule en titubant. Le public s'écarte en poussant des cris, Léo se cogne le dos contre une des tables du buffet. Mais au lieu de tomber, il envoie un coup de pied au visage de Charly : il a pris appui derrière lui des deux mains et il a lancé sa jambe en l'air, plus haut que sa propre tête. Il n'y a qu'un acrobate de gymnase pour faire un coup pareil. Pas très puissant, mais Charly est sonné sur le coup. Il s'avance, feinte à gauche et attaque à droite. Bloqué. Il est en train de se rendre compte que Léo n'est pas le minable qu'il croyait. Le petit sourire a disparu de son visage. Il n'a pas peur, non, mais il se demande comment il va faire, maintenant. Et puis… il n'avait pas du tout prévu qu'il prendrait des coups.

Les revoilà qui se tournent autour. Retour à la case départ. La lèvre de Léo saigne à flots, mais il a une lueur meurtrière au fond des yeux. Je ne l'ai jamais vu dans cet état de rage froide : c'est pour moi ? C'est pour moi toute cette colère ?

Charly rôde à côté du buffet et… oh, mon Dieu ! il attrape soudain une bouteille de champagne ! Il frappe ! Léo met sa main devant son visage pour dévier le coup et crie de douleur sous le choc. La bouteille n'a pas éclaté, elle n'a pas éclaté ! Elle a laissé une giclée dorée sur Léo, qui pétille maintenant sur sa joue. Une bouteille en verre ! Espèce de salaud de tricheur, je vais te…

Mais Léo vient d'esquiver une nouvelle attaque, il a de nouveau le dos contre le buffet ; d'un geste éclair, il attrape un verre de vodka et le fait gicler au visage de Charly, qui se met à hurler. *Bien fait pour tes yeux de con !* Quarante degrés d'alcool sur la cornée, ça doit piquer sous les paupières ! Léo est enfin passé sous sa garde. Il n'a pas les gestes puissants de Charly, ses coups manquent de technique, alors il se jette sur lui en hurlant, le renverse par terre d'une seule poussée des deux bras. L'autre tombe sur l'épaule qui craque, il pousse un cri. La bouteille a roulé vers le public et quelqu'un l'a ramassée. Le match de boxe est terminé maintenant, place à la lutte. Et à la lutte, aucun doute : ce sera Léo le plus fort. Avec son coude, il faut le voir écraser le visage de Charly qui essaie de se protéger des bras. Avec son genou, il faut le voir écraser les couilles de Charly, qui essaie de tortiller des jambes. À chaque coup, Léo hurle, Charly hurle. Vient le moment de lui serrer le cou. *Vas-y, Léo, fais-lui éclater les veines à ce petit salopard !* Moi en tout cas, je serre les poings tellement fort que mes ongles me rentrent dans les paumes. *Fais-lui payer ! Fais gicler le sang !*

— Il va le tuer ! s'écrie un des fidèles de Charly, le visage décomposé.

Il y en a deux qui s'avancent mais Paul se met en travers, le fusil baissé. Pauvres petites âmes sensibles… Ils n'ont pourtant pas beaucoup protesté tout à l'heure, quand l'autre salaud s'est servi d'une bouteille.

Mais non, Léo ne va pas le tuer. Charly n'est plus qu'un corps en loques. Le nez en morceaux, le visage en sang, il pousse des râles, il s'agite par soubresauts comme un pantin. Léo le traîne par les pieds jusqu'au couloir, jusqu'à la porte d'entrée, jusqu'à la porte de l'escalier, suivi par trente adolescents hagards.

— Tu n'existes plus, Charly. Maintenant ce sera toi, Mister Nobody, dit-il doucement.

Et, d'un coup de pied, il le balance dans l'escalier avant de jeter aussi sa belle chemise de soie roulée en boule.

Il se retourne vers nous. Suant, saignant, soufflant comme un taureau, les yeux encore brillants et les veines du cou toutes bleues et gonflées. Comme dans un rêve, je le vois qui cherche quelqu'un du regard, qui cherche et qui cherche encore. Joan ? Non, il passe devant. Paul ? Non, Paul est là. C'est sur moi qu'il s'arrête. Sur moi qu'il s'avance. Les bras ouverts, les yeux pleins d'amour.

— Marie, tu es blessée ? Il t'a fait du mal ? J'ai eu tellement la frousse pour toi… Viens, allez, c'est fini…

Ses bras, son odeur, sa chaleur. Je me blottis contre lui. Je me cramponne à lui, j'enfouis mon visage dans son corps, je voudrais m'y enfoncer complètement, ne plus jamais en sortir. Et les larmes se mettent à couler toutes seules. C'est le trop-plein du barrage, le trop-plein d'amour qui se déverse…

Tout ce que je trouve à bafouiller sur sa poitrine brûlante, tout ce que je trouve à murmurer, c'est : « Je ne suis pas une araignée. Non, je ne suis pas une araignée… »

Je ne boirai plus jamais de vodka.

13

LÉO

Charly n'est plus qu'un tas de viande en bas de l'escalier. J'ai les dents qui grincent tellement je serre les mâchoires. La haine. Je ne savais pas encore ce que c'était mais voilà que je découvre. *Tu as voulu faire du mal à Marie, hein ? Tu as voulu faire du mal à ma Marie, hein ?*

Il avait perdu avant même de commencer. Quand je l'ai tenu enfin entre mes mains, quand j'ai senti ses dents qui explosaient une à une sous mon coude, là il a compris. Sa pensée lui a échappé, elle est revenue en arrière, au début du combat, il s'est demandé quelle connerie il avait pu faire. Alors il s'est souvenu de la chambre, de Marie, et il a enfin compris. Il aurait pu m'écraser facilement, il aurait pu devenir ce qu'il voulait ici, il était plus malin que moi et plus fort, aussi. Mais non, il a trouvé le moyen de faire exactement la seule chose à ne pas faire. Y en avait qu'une, c'est vraiment pas de chance : *fallait pas toucher à Marie.* Marie, je la connais depuis que j'ai huit ans, j'ai passé la moitié de ma vie à la protéger.

Si tu avais compris ça, mon pauvre vieux, c'est toi qui serais là, en haut de l'escalier, et c'est moi qui serais en bouillie.

— Il est passé où, le flingue ? demande Paul, penché sous le buffet.

Je ne l'écoute pas. Marie est toujours dans mes bras en train de sangloter et le monde peut bien s'écrouler, je n'ouvrirai pas ces putain de bras.

— Je veux…, fait-elle, reniflant, s'essuyant les yeux, me fichant de son maquillage mouillé plein la poitrine, je veux dormir avec vous, ce soir. Avec vous, les garçons.

Elle a du sang dans les cheveux, sur le front, sur la joue. C'est le sien ? ou le mien ? Celui de Charly, peut-être. Dans mon doigt, une douleur commence à se manifester, à vibrer de loin en loin. Il a dû me casser l'index tout à l'heure quand j'ai dévié la bouteille. Je dois puer le champagne. Ah, le coup de la bouteille, quel salaud ! Ma lèvre continue de saigner, j'ai aussi mal dans les côtes, et dans le dos, là où il m'a poussé contre le buffet. J'ai mal partout, c'était estompé comme dans du coton et maintenant ça commence à venir. Mon Dieu, qu'est-ce que j'ai fait ? Je ressens encore le craquement des dents qui sautent les unes après les autres. Mon coude ? Je regarde : il est en sang lui aussi, tout déchiré au bout, lacéré comme s'il avait été écrasé à coups de cailloux. C'est la trace des dents…

— Tu dormiras où tu voudras, Marie. Cette nuit, demain, aussi longtemps que tu voudras.

Est-ce que je suis passé de l'autre côté ? Est-ce que j'ai franchi la ligne des salauds, moi aussi ? Je pose les yeux sur elle. Non : je n'ai pas tué Charly. J'ai fait ce que j'ai dû, c'est tout, je n'aurais pas pu faire moins, sinon il aurait pris ma place. Si je n'avais rien fait, si j'avais démissionné, c'est là que j'aurais franchi la ligne. Est-ce que je me raconte des histoires ? Est-ce que je l'ai franchie ? Je l'ai frôlée, je crois. Toute cette rage, toute cette haine… C'était moi, ça ? Il y a tout ça en moi ? Une sueur froide me glisse le long du dos : j'ai failli le tuer, je suis passé à deux doigts. Tout à l'heure, j'aurais pu faire n'importe quoi. Je commence tout juste à sortir de mon mauvais trip et à comprendre ce qui s'est passé.

Je regarde ces ados autour de moi, tous les nouveaux qui chuchotent en me pointant du menton, ces sourires, ces rires étouffés. En fin de compte, pour eux, c'est comme une bonne vieille émission de téléréalité : ils mettent deux candidats ensemble, ils les regardent se battre en direct. Ça manque un peu d'humiliation mais il y a du vrai sang pour compenser.

— Léo. Eh, Léo, me fait Paul à l'oreille, discrètement. Je ne retrouve pas le flingue. Je ne sais pas où il est, je l'ai cherché partout…

— Laisse tomber, Paul. De toute façon, je ne pouvais plus la voir, cette saleté.

C'est une connerie, je le sais. Ce flingue, c'est ma couronne de prince. Mais il n'ose pas dire un mot : ce soir, je suis le chef, je ne l'ai jamais autant été. Même Paul se sent intimidé.

Essayez d'organiser le quotidien pour la survie du groupe, de trouver de l'eau, de répartir la nourriture… ils vous crachent dessus, ils conspirent dans votre dos pour en mettre un autre à votre place. Serrez les poings et pétez la gueule du rival, et vous voilà le grand manitou, on vous fait des courbettes. Quels cons ! Est-ce qu'ils font comme nous, les gorilles, là-bas dans la jungle ? À se montrer les dents, à bomber le torse, à se jeter l'un sur l'autre et à se cogner dessus, tout ça pour la domination des femelles ?

— Merci, Léo.

Non.

Marie n'est pas une femelle. Marie ne sera jamais une femelle. Si je me suis battu, c'est pour autre chose, c'est pour une autre idée de ce que sont les hommes. On n'est pas des putain de gorilles, merde ! Est-ce que je suis le seul à y croire encore ?

Marie n'est plus dans mes bras. Où est-elle passée ? Ah, elle est avec Paul. Et là, c'est Lisa qu'on a dû aller chercher au cinquième, et

Joan qui sert de coursier pour aller récupérer des affaires médicales dans la réserve. Marcello donne ses conseils de toubib. On nettoie mes plaies, on me passe des pommades, des cotons à l'alcool, mon corps se couvre de petits pansements roses, il y en a un nombre incroyable. Joan pouffe en redescendant du cinquième et tout le monde se met à pouffer ; je dois être marrant à regarder. Je me laisse faire complètement. Les bras en l'air ? Les bras en l'air. Tourner la tête ? OK, je tourne la tête.

J'ai l'impression que mes os ont fondu à l'intérieur, je me sens mou comme un caramel. Si Charly revenait maintenant, il n'aurait qu'à me souffler dessus pour me faire tomber par terre. Joan se sert un verre de jus de litchis, le vide et le remplit de nouveau pour moi. Je l'avale d'un trait.

— On n'a que ça, du jus de litchis ?

Elle hausse les épaules, regarde la brique entamée.

— *You're welcome*[1], gros malpoli.

Grignoter des biscuits apéro, boire sucré, ça me redonne un peu de couleurs. Bon Dieu ! j'étais loin, j'étais très loin d'ici ; ça me fait bizarre de revenir parmi les vivants.

— Moi aussi, je veux dormir avec les *boys*, cette nuit !

— Hé, vous n'allez pas me laisser toute seule ? ronchonne Sam.

Dans ce monde glacial, rempli de chaos et de terreur, on a tous besoin de se rassurer. Sentir contre ma peau celle des autres, leur tiédeur, leur tendresse, partager des gestes de réconfort…

— Cette nuit, tout le monde dormira par terre sur le tapis, on va se récupérer toutes les couettes de l'appartement et on fera lit commun !

Ils me regardent, ils se regardent, c'est une proposition sexuelle ?

— Ben quoi, vous croyez peut-être qu'on tiendra tous dans la chambre des garçons avec trois filles en plus ?

---

1. « De rien »

—Et moi, je compte pour du beurre ? crie tout à coup Lisa. Moi, j'ai le droit d'aller dormir avec les mômes, c'est ça ! Parce que Lisa on s'en fout, de toute façon, elle est moche et elle ne sert qu'à torcher les morveux !

Si Lisa voulait une avalanche de bisous sur les joues et de gros câlins affectueux, elle est sacrément bien servie. Allez, après tout, on finira peut-être par en faire quelque chose, de ces foutus Homo sapiens.

—Moi je r… rêve de croissants frais. Vous savez, les croiss… croissants tout chauds du boulanger emballés dans un s… sachet en papier q… qui craque dans la main…

Dans le salon, ils ont tous hurlé pour qu'on ferme les stores jusqu'en bas et qu'on éteigne les bougies. On a poussé la table basse, les fauteuils ; il ne reste plus que le noir complet, le tapis sous nos fesses et la chaleur des corps allongés les uns contre les autres.

—Moi, je voudrais un œuf à la coque, fait la voix de Paul. J'en mange jamais d'habitude mais là, un œuf à la coque, avec des mouillettes… Je pourrais tuer quelqu'un pour un œuf.

—Ah ouais, avec un peu de sel, du pain de mie grillé plein de beurre et le blanc qui se décolle à la cuillère…

—Et un steak ? Un gros steak frites bien saignant, avec de la moutarde !

—Un steak… ah, un steak !

—Beurk…

—Moi, je voudrais des cubes de la glace.

—Des glaçons ?

—*Yeah.* Croquer de la glace avec les dents, sentir le froid dans la bouche…

—Des glaces ! Oh, moi, je voudrais des glaces ! Caramel chocolat, avec des noix de pécan.

Ça gigote là-dessous, Lisa fait aïe ! quelque part à gauche, je sens un genou qui me rentre dans le ventre.

—Ouille !

—Aoh… *Sorry*[1] Paul.

—Quoi ? dit Paul.

—Non, c'était pas Paul, c'était moi.

J'informe, juste…

—Alerte ! Y a une grosse bestiole en dessous ! crie Fred-l'Esquimau.

Fous rires, coups de coude, cheveux dans le nez.

—Mais qui est-ce qui ronfle comme ça ? dit Lisa. C'est Sam ?

C'est vrai que quelqu'un ronfle.

—C'est pas moi ! s'écrie la voix de Sam, étouffée sous les couettes.

—Qu'est-ce que tu fais là, toi ? je lui dis. Je croyais que tu étais de l'autre côté ?

Ah, la vache ! Quelqu'un s'est glissé sous les couettes, m'écrase les cuisses avec ses coudes et commence à remonter tout le lit en travers.

—Rhooo, quoi, fallait réserver sa place ? répond Sam, toujours quelque part sous la couette.

—Moi, en plus de l'œuf, continue Paul, je voudrais entendre le son du téléphone. Vous savez, le son de la voix, un peu métallique, qu'on entend au téléphone.

—Vous avez… un… nouveau message…, fait Lisa, et tout le monde se met à rigoler.

—*Today… at… 10 P. M…. Message one*[2] : « Salut les gars, je suis en bas de l'immeuble, là… », fait Joan dans une parfaite imitation de Charly. « Mon chemise Chevignon, il fait un affreux faux pli dans le dos. Allez, soyez sympa, quoi, filez-moi un fer à

---

1. « Désolée »

2. « Aujourd'hui… à… 22 heures… Message un »

repasser le linge ! Je peux quand même pas sortir comme ça, ce serait trop beaucoup atroce… »

Tout le monde se met à pouffer, elle a vraiment un don, c'est incroyable. Quant à Charly… quelle horreur de penser à lui ! Ça nous fait du bien d'en rire un peu.

— Quelqu'un s'est occupé de lui, au fait ?

— Sacha et Ahmed l'ont descendu dans le hall.

— Et ses copains, ils n'ont rien fait, ses copains ?

— Tu parles. Ils n'ont pas bougé le petit doigt pour le ramasser.

— Vous croyez il va mourir ?

Personne ne répond. Peut-être. Blessé comme il est, tout seul dehors. Peut-être.

— Moi, je voudrais me faire un bon Final Fantasy. Je ne demande pas grand-chose. Deux ou trois jours toute seule enfermée avec la PlayStation, murmure Sam.

— Ah ouais, un RPG…

— L… le XIII. Moi je voudrais me r… refaire le XIV. Et après ça, aller au cinéma.

Ça se met à parler de jeux vidéo, de *Star Wars* et de séries télévisées…

— Et toi, Léo, qu'est-ce que tu voudrais ?

Tu me prends de court, là, Paul. Qu'est-ce que je voudrais, moi ? Papa surtout, je voudrais papa. Et maman aussi tant qu'on y est. Internet avec ses forums, Facebook, ses sites sur la gym. Le lycée, rien qu'un cours, même un cours d'allemand, où je serais dans le fond et personne ne ferait attention à moi. Je voudrais manger des pizzas surgelées, des poires bien mûres, du fromage de chèvre… entendre le Klaxon des voitures, le crachotis de la radio, sentir l'odeur des saucisses grillées… Mais, après tout, de quoi je me plains ? Je voudrais tellement de choses depuis dix jours et, tout à coup, je m'aperçois que je ne suis pas si malheureux.

— Moi je voudrais… je voudrais que cette nuit avec vous ne finisse jamais.

Pour le coup, je fiche un sacré coup de tatane dans la joyeuse ambiance. Le silence se fait, léger, rempli de l'air du bonheur. À ma gauche, je sens une main qui cherche la mienne, à ma droite, une autre qui serre doucement mon épaule.

— Et moi, je veux que tout le monde me fait un câlin tout de suite ! hurle soudain Joan.

Et de toutes parts, les couettes se soulèvent, des mains écrasent des ventres, des coudes cognent contre des crânes, ça glousse, ça hurle… des cheveux plein la bouche, je serre un corps contre moi. Lisa ? Non, c'est Paul.

— T'es où, Joan ? crie Fred, dont la voix nous vient de l'autre bout de la pièce. Aïe, mais… c'est le mur, ça !

Je sens soudain ma tête happée par en dessous et des dents qui me mordillent l'oreille… Je hurle d'indignation, et puis je suis renversé sur le côté par une brute qui fait deux fois mon poids, Joan crie qu'on lui marche sur le dos, Lisa dit qu'elle a perdu une lentille de contact, elle prévient qu'elle va rallumer la lumière.

Sa lampe de poche nous fige tout à coup comme le flash d'un appareil photo. Sam debout est en train de faire des bisous sur la joue de Paul, tellement surpris qu'il vient de me pousser sur Lisa ; tout près, là-dessous, c'est Joan qui me regarde avec un air coquin ; à l'autre bout de la pièce, Fred à notre recherche est en train de tâtonner le bout du mauvais tapis, celui du couloir.

— Où… où est passée MJ ? fait Marcello.

Marie est restée à la place où elle s'est couchée, tout simplement, enroulée dans un dessus-de-lit comme une chenille dans son cocon. Elle ronfle doucement, bercée par nos fous rires de gamins.

***

Il doit encore faire nuit. Sinon, on verrait la clarté du jour à travers le store. Quelqu'un se cramponne à moi, il faut que je me dégage. Pendant un moment je reste là, assis dans notre lit à huit, et j'écoute leurs respirations entremêlées. Sam ronfle, comme toujours mais, si on tend l'oreille, on entend aussi les autres, apaisés, heureux dans leur sommeil.

— Maman, papa… ça va mal finir, vous savez…, marmonne Marcello sans bégayer une seule fois.

Tu as sûrement raison, mon vieux. C'est peut-être la dernière fois qu'on est ensemble, tous les huit. Ces visages endormis que j'imagine dans le noir, ça ne me fait pas oublier celui de Fred-le-Rouquin qui pourrait être là, avec nous sous les couettes.

— *Staying alive, staying alive. Mh, mh, mh, mh…*, chantonne Joan qui fait encore de la musique, même en dormant.

— Je vous aime…

Les larmes aux yeux, je répète, un peu plus fort :

— Je vous aime tous.

Pourquoi est-ce que j'ai besoin qu'ils dorment pour leur dire ça ? Ces mots-là, on a l'air con de les dire, je ne sais pas pourquoi.

Une jambe, l'autre jambe. Où est la lampe de poche ? Je tâtonne debout.

— Merde !

Mon pied a roulé sur quelque chose. Une cartouche de fusil de chasse tombée des poches de Paul. J'espère que je n'ai réveillé personne. Ah, voilà une lampe. Je cache la lumière d'une main et j'allume de l'autre.

Ce qu'ils sont mignons, tous les sept. Joan a enlevé son tee-shirt pendant la nuit. Elle dort sur le ventre, un bras autour du cou de Lisa, un autre sur l'épaule de Marcello. C'était Paul qui se tenait cramponné à moi ; depuis que je suis parti, il s'est replié sur la chaleur de Marie, qui n'a pas bougé d'un centimètre depuis hier soir. Fred et Sam sont sortis de la zone des couettes, ils dorment en pyjama sur le tapis, roulés en boule.

J'enfile mes baskets dans le couloir, mon doigt enflé me fait mal. Marcello dit que c'est juste un hématome, qu'il n'est pas cassé, sinon je ne pourrais plus le plier. J'ai mal à tous les doigts, j'ai les phalanges violacées. De toute façon, j'ai mal partout. J'ai l'impression d'avoir été passé dans une machine à laver avec un essorage à cinq mille tours minutes.

Alors imagine dans quel état il doit être, lui.

Vacherie, ma lèvre s'est rouverte, on dirait, elle est tellement gonflée que je vais avoir du mal à parler. Tant pis, je verrai ça tout à l'heure. Pour l'instant, il faut que je descende. C'est fou ce qu'elle grince, la porte de cet appart, il faudra arranger ça avec un peu d'huile. Sur le palier, c'est le silence et le noir complet. Qu'est-ce qu'on fera quand on n'aura plus de piles pour les lampes ? Et plus de bougies ? Est-ce qu'un jour on sera capables de fabriquer des choses nous-mêmes ? D'arrêter de nous servir dans les stocks du vieux monde, de faire pousser du blé ou je ne sais pas, moi, de forger nos outils ?

En attendant, ça y est, me voilà au rez-de-chaussée. Et il n'y a personne dans le hall d'entrée.

— F... Farly ?

Putain de lèvre.

Personne derrière la porte, personne dehors dans l'escalier de l'entrée, juste quelques taches de sang. Il pleut des cordes, le vent s'est levé et il tourne à la tempête. Ça souffle tellement fort qu'on n'a pas envie de sortir de chez soi.

— Farly, tu es là ?

Quel besoin j'avais de lui casser les dents ? Qu'est-ce qui m'a pris, nom de Dieu ? J'étais furieux. Je voulais montrer que je l'avais battu, d'une manière qu'on ne pourrait pas contester. Que personne ne pourrait oublier. Est-ce que j'ai passé la ligne ? Non. Je n'avais pas le choix. Il était plus costaud que moi, j'avais une occasion alors j'ai cogné comme un sourd, le plus fort que je pouvais. Les dents y sont passées, c'est tout. Et le nez aussi peut-être. Je ne suis pas un boxeur, moi, je ne sais pas où il faut cogner pour faire un KO.

Il est parti en tout cas. C'est donc qu'il n'est pas mort. Je n'ai tué personne.

Cathy-Princesse est plus petite que je croyais. Elle aurait pu être une jolie blondinette avec un chouchou dans les cheveux et une robe rose bonbon, mais non. Jolie, elle l'est. De beaux yeux bleus cerclés de noir, un petit visage farouche, très fin, et puis surtout ces cheveux qu'on remarque tout de suite : elle a dû se faire une couleur brune et les cheveux blonds ont continué à pousser derrière. On dirait une couronne d'or. C'est pour ça que les gosses l'appellent Cathy-Princesse.

Une couleur à quatorze ans… Pas en retard, la gamine.

— Il faut aller voir fe qui f'paffe.

— Quoi ? fait Sam. Articule un peu, Léo !

Putain de lèvre.

Ce matin, c'est conférence au sommet à la Cantine : le « Conseil des ministres » au complet, avec Cathy en plus, qui s'est invitée pour nous donner des infos. Il paraît que le supermarché est désert, les gosses l'ont vu de loin sans oser y entrer. Maintenant qu'on a réglé le problème de Charly, il ne faudrait pas oublier les Cracheurs.

— Ve dis : faut aller voir ce qu'il fe paffe evactement au fupermarffé.

— Moi, je ne vois pas à quoi ça servirait…

Comme d'habitude, Sam dit non. Sam dit toujours non, ce n'est pas nouveau.

— C'est peut-être un piège de Bébé Joe, je suis sûre qu'ils nous attendent bien planqués dans les rayons et qu'ils ont préparé le terrain pour nous recevoir… Je ne vois pas pourquoi on irait se précipiter là-bas. La réserve est pleine, on a tout ce qu'il nous faut ici.

— On pourra toujours y aller quand on aura besoin de quelque chose, dit Fred. Si c'est un piège, ils finiront par se lasser de nous attendre, non ? Et s'ils sont vraiment partis… eh bien tant mieux, après tout.

Que Fred dise non, par contre, c'est nouveau.

Paul a l'air dubitatif. Même Marcello n'est pas pour.

— Mais pourquoi aucun gosse n'a rien vu ? fait Marie. Si les Cracheurs étaient partis, ils auraient dû s'apercevoir de quelque chose, quand même.

— Ils font peur aux petits, explique Cathy-Princesse. Moi, depuis qu'ils ont enlevé P'tit Louis, j'ai interdit à tous ceux de ma bande de s'approcher du supermarché. Je crois que les autres font pareil.

« Je vais shooter un gosse. » C'était déjà une de leurs menaces, du temps du Flic. Au fait, il est toujours là-haut, celui-là ? Il faudra que je demande à Paul s'il n'a pas oublié de le nourrir. Faire des prisonniers, c'est vraiment la plaie.

— Et puis c'était la tempête, tous les gosses étaient cachés dans leurs trous en attendant que le vent retombe. Déjà que la nuit, c'est dangereux de sortir… là, personne n'a mis le nez dehors.

C'est vrai que Cathy regarde Paul deux fois plus que les autres. Imaginer ce géant à côté de cette poupée, ça fait un drôle d'effet. Mais, après tout, ils ont presque le même âge. Il rougit, ce grand con, on dirait que c'est son premier coup de drague. Regardez-moi ça, avec ses petites œillades par-dessous, comme il est tenté… Dire qu'hier soir, il en pinçait pour Sam. *T'es pas sérieux, Paul, et tu as bien raison après tout, qui sait si on sera encore là demain pour en parler ?*

Je fais un petit tour d'horizon de mon Conseil des ministres. Les nouveaux ne sont pas admis : je ne leur fais pas confiance. Ils gueuleront si ça leur chante, moi je n'oublie pas qu'ils ont soutenu Charly. De toute façon, la plupart d'entre eux se fichent complètement de prendre des décisions et de participer. Joan, par exemple : je lui ai proposé de se joindre à nous mais elle m'a rigolé au nez. S'en fiche. Bien trop occupée pour ça, Miss Allumette.

— Marfello ? T'en penfes quoi, toi ?

Salomé, sur les genoux de son protecteur, me jette un de ses regards opaques. Impossible de savoir ce qu'elle a en tête.

— J… je ne vois pas de raison de se précipiter, Léo. Pour l'instant, c'est la t… tempête, et puis Fred a raison, s… si c'est un piège, ils finiront bien par se ma… manifester.

— Ouais… et fi une autre bande allait f'inftaller là-bas pendant fe temps ? Vous y avez penfé à fa ? Un fupermarffé vide, fa va fe favoir, fa va attirer du monde.

— On n'a pas de nouvelles de la bande des Crânes qui était dans le Huit-à-Huit de l'avenue Charles De Gaulle. Ni de la bande des Pirates de Laleu. On dirait que la ville est calme en ce moment.

Si Cathy s'y met elle aussi, moi, je jette l'éponge.

— Pas fi calme. Le petit Vean a quand même entendu plufieurs fois des coups de feu au fentre-ville. Bon, OK, on va attendre un peu. On va refter tranquillement au faud ifi. Moi ve penfe que f'est une connerie, mais on va attendre, puifque tout le monde pense que fa vaut mieux comme fa.

Les Cracheurs qui disparaissent du jour au lendemain, ça devrait être une bonne nouvelle, je devrais m'en réjouir. Sauf que non. Je ne comprends pas et je déteste quand je ne comprends pas. Est-ce que Charly serait là-dessous ?

Je vais demander à l'équipe de Jean de réactiver les tours de garde sur le toit.

14

MARIE

« Rumeur n° 62 : disparition de la bande des Pirates
Taux de pertinence : 5/5
Memel est venu nous raconter que le Lidl de Laleu était désert. Il prétend être allé y faire un tour avec sa bande et il a rapporté quelques bonbons, il nous a même récupéré des couches-culottes et du lait maternisé en poudre. D'après ce qu'il dit, il n'y avait déjà presque plus rien.
Je lui ai demandé où était passée la bande des Pirates qui squattait les lieux, mais il n'a vu aucune trace d'eux, c'est « comme s'ils avaient disparu ». Au début, j'avais un doute, mais les couches et le lait en poudre m'ont convaincue de mener une enquête. J'ai envoyé le petit Ben vérifier l'info et il a confirmé. C'est du sérieux : le magasin est entièrement pillé et il n'y a plus personne à l'intérieur.
Où sont passés les Pirates ? J'espère qu'ils ne se sont pas alliés aux Cracheurs. »

Il est revenu ? Je me retourne en sursaut, la frousse au ventre. Ce n'est pas Charly.

Mais non, pauvre cruche, Charly est dans une telle marmelade qu'il serait bien incapable de remuer un orteil. Je sens encore ses mains sur mes seins, sa bouche qui m'étouffe, et ces souvenirs-là vont me hanter encore longtemps. Est-ce que je vais continuer à avoir peur de Charly toute ma vie ?

Il faut que tu te reprennes, ma petite Marie.

Le faisceau d'une lampe de poche aux piles fatiguées trace un cercle dans le hall et s'avance dans le salon.

— *Shit! What the hell... Oh, sorry, mister...* [1]

Tiens, Joan. Le faisceau se rabat soudain au sol et découvre les rangées de corps endormis. Elle n'était encore jamais venue au rez-de-chaussée dans « l'appartement des adultes ». Je rallume ma lampe et la pointe sur son visage. Elle est pétrifiée comme un chat pris dans les feux d'une voiture, ses grands yeux bêtement fixés sur la lumière.

— Un papillon. Un vrai papillon...

— C'est toi, MJ ? Quoi tu fous ici ?

Je m'approche un peu en essayant de n'écraser personne.

— Je cherche ma mère.

— Aoh, tu veux dire... elle est ici avec... avec ces gens ?

C'est un spectacle fascinant et horrible, tous ces corps allongés là comme des baleines échouées, tous ces visages figés dans des expressions étranges : celui-là est dans une colère terrible, celui-ci a pleuré, on voit la trace des larmes, et cette grosse femme, là, on dirait qu'elle rigole...

— Où elle est, ta mère ?

— Je... je ne sais pas, je ne la trouve plus, il fait tellement noir ici.

Il y a une femme enceinte, juste devant. Le fœtus doit dormir à l'intérieur, lui aussi, je suppose. Est-ce qu'elle n'a pas envie de le mettre au monde, son bébé ? Est-ce qu'elle va le garder en elle jusqu'à la fin des temps ?

1. « Merde ! qu'est-ce qui... Oh, pardon, monsieur... »

— C'est ici que vous avez mis tous vos parents, hein ?

— Pas seulement nos parents. Tous les gens qu'on a retrouvés dans la rue, tous ceux qui étaient exposés aux animaux. Les oiseaux et les chiens surtout.

— Ah ? Mais alors, il y a peut-être mon *daddy* ?

Ce qui est fascinant avec Joan, c'est de voir à quel point les émotions la traversent comme du verre. La colère, la terreur, l'amour : elle les vit avec une intensité incroyable et elle y est totalement transparente, comme une gosse.

— Je meurs de voir *daddy*. Où il est ? Où il est ?

La petite lampe se met à fureter dans tous les sens, les jolies jambes partent à l'assaut de la pièce.

— J'ai entendu Léo se réveiller et descendre, dit-elle, je croyais tu avais un rendez-vous secret avec lui. J'ai suivi toi, quand j'ai entendu toi sortir de la chambre…

— Tu es vraiment culottée.

— C'était pour parler, seulement. *Look, that's him!*[1] Ah non, c'est pas lui, c'est juste un autre chauve.

— Au fait, ils ne sont pas divorcés, tes parents ?

La petite lampe s'arrête une fraction de seconde, reste perchée en l'air. Est-ce ma question qui l'a surprise ? Elle reprend son batifolage. Joan n'a aucune méthode : elle se déplace à un bout, revient par un autre, sans faire aucun quadrillage de la pièce, en repassant tout le temps aux mêmes endroits.

— C'est quelqu'un très grand et gros, mon *daddy*. Presque complètement chauve, avec un costume démodé et sûrement un nœud papillon. Si tu vois lui, tu peux pas oublier lui…

— Quoi ?

Je ne connais qu'une seule personne qui ressemble à ça :

— Ton père, c'est M. Anthony, le prof d'anglais ?

---

1. « Regarde, c'est lui ! »

— Tu connais lui ? C'est le meilleur *daddy* du monde !

M. Anthony est un adorable hurluberlu à moustache qui faisait tourner la moitié des associations du lycée : le club théâtre, le club photo… C'était lui qui organisait tous les ans le voyage scolaire de la classe « bilingue » à New York, qu'on aurait dû faire au mois d'avril. Exactement en ce moment, en fait.

— C'est ton vrai père ? Je veux dire, tu es à moitié française alors ?

— *No.* Bien sûr non. Ça fait six mois j'ai arrivé en France, je connaissais pas un mot votre foutue langue, avant. Moi, j'appris espagnol à l'école. *For all I care, now…* [1]

Six mois ? Je suis bien obligée de réviser mon opinion : en fait, Joan a un don évident pour les langues. En si peu de temps dans un pays étranger, je n'aurais jamais appris à parler aussi bien, surtout une langue aussi confidentielle que le Français pour une Américaine.

— C'est mon *daddy* juste par adoption.

— En tout cas, je sais qu'il est quelque part ici. Paul et Léo l'ont ramassé au lycée dans les premiers avec d'autres professeurs. Ils l'ont installé dans la salle de bains, je crois.

— La salle de bains ? Où elle est, la salle de bains ? Pouvais-tu pas le dire plus tôt ?

Je la fais repasser dans le vestibule et prendre le couloir.

— *Daddy !*

— C'est aussi là qu'on a déposé le père de Léo. Regarde, il est tout contre la baign…

Mon dernier mot s'étrangle et refuse de passer : le faisceau de ma lampe s'est jeté droit devant, vers la baignoire, et… ce qu'il y a là me fige sur place. Le père de Léo est couché sur le côté. En face de lui se tient le père adoptif de Joan, et ces deux-là pourraient sembler

1. « Pour ce que ça me sert, maintenant… »

en grande conversation, tournés l'un vers l'autre, s'il n'y avait pas justement un troisième corps entre eux : le corps de maman, tranquillement allongée sur le dos, en train de se faire admirer par deux hommes… comme du temps où elle était réveillée.

— Maman !

— Alors tu l'as retrouvée, toi aussi, fait Joan en se penchant sur M. Anthony.

— C'est… c'est… incroyable, je l'avais laissée à l'autre bout de l'appartement, dans le salon à côté du canapé !

Comment maman a-t-elle pu se déplacer jusqu'ici ? Est-ce que c'est une blague ? Un des petits nouveaux qui l'aurait transportée jusque-là ? Est-ce qu'elle s'est vraiment levée pour aller se recoucher ici, d'elle-même ? Mais c'est impossible, elle dormait !

Joan s'en fiche complètement. Elle s'est penchée vers son *daddy* et, sur son visage d'ange, il se forme une telle expression de bonheur que, pendant un instant, je garde la lampe fixée sur elle et que je ne peux pas en détacher les yeux. Elle se tourne vers moi et dans son regard, toute rancœur a disparu. À cet instant-là, auprès de son père retrouvé, elle n'éprouve que de l'amour pour moi, elle aurait de l'amour pour n'importe quel être humain qui se trouverait ici avec elle. La voilà maintenant qui me prend la main tellement sa tendresse déborde et demande à se partager, et qui la serre contre sa joue en fermant les yeux. Cette fille adore son père d'adoption, c'est une évidence.

— Le meilleur homme j'ai jamais connu… (Elle pleure un peu, renifle.) Quand j'ai rencontré lui, je suis venue en arrière à la vie.

— Tu veux dire, tu es revenue à la vie ?

Mais elle ne m'écoute pas, elle est trop occupée à embrasser ce visage endormi, à lui chuchoter ses malheurs à l'oreille et à glousser en jouant avec les quelques mèches bouclées qui lui restent derrière les oreilles.

— *I said to myself*, j'ai dit à moi : « Tu vois Joan, il y a pas que *bastards*, il y a aussi bons hommes. » Je croyais c'était pas possible.

— Quand on voit son fils, on a du mal à y croire.

— *What?* Quel fils ?

— Eh bien… Charly.

— Charly, c'est pas le fils de *daddy* ! Charly, c'est le fils du voisin. *Daddy* le prend souvent à la maison, parce que la mère de Charly est partie ailleurs avec un autre homme et que son père est toujours à travailler loin. *Daddy*, il prend tout les petites bêtes perdues à sa maison. Même ma maman et moi, parfois, je crois il nous voit comme des petites bêtes perdues.

Charly, adolescent laissé à lui-même. Ça donne à réfléchir.

— Tu n'es pas du tout sa sœur alors.

— Hein ? *No, thanks god!*[1]

Elle se signe par réflexe et fait la grimace comme si elle venait d'avaler une limace.

— On arrive dans la même voiture au lycée le matin, c'est tout.

Tiens, la rumeur venait donc de là.

— Je suis désolée pour Charly. J'aurais dû dire toi de faire attention avec lui…

Elle me regarde de biais, pas vraiment désolée en fait, mais avec l'air de quelqu'un qui a envie de parler de Charly.

— Il a dit quoi ? Il a comparé toi avec un animal ?

— Une araignée. Pour lui, je suis une araignée.

— Et moi, j'étais quoi cette fois ?

— Un papillon.

— *Butterfly*… N'importe quoi. Il trouve toujours à comparer les gens avec petits animaux, jamais une insulte au début, on se dit. Juste bestiole. Mais si on réfléchit, on s'aperçoit que c'est toujours pour faire les gens plus petits, plus ridicules. Avec lui, les gens sont jamais des gens. Toujours des petites bêtes. Moi, la première fois,

1. « Non, Dieu merci ! »

j'étais une chatte tigrée, et puis une hirondelle, je sais plus après. Et Léo, il a dit quoi sur Léo ?

— Un rêve, un nuage, la lumière d'une bougie…

— Aoh, je vois. Le papillon attracté par la bougie… *Very brilliant.*

— Il a quel âge ? Il est plus vieux que nous, non ?

— Dix-huit ans, il a eu son anniversaire en janvier. Je sais pas pourquoi il a pas tombé endormi comme les autres, c'est bizarre.

— Il est amoureux de toi ?

— Charly, amoureux ? (Elle fait une moue dubitative.) Je sais pas si ça est possible, vraiment. Non, je crois je l'ai juste, comment c'est vous dites ? *Charmed*. Charmé.

— Ensorcelé.

— Ouais, c'est ça. Il a toujours fait très peur à moi. J'ai pensé c'était la seule manière de le tenir à distance. Le rendre fou, le *sorceler*.

Nous voilà toutes les deux, moi penchée sur ma mère, elle sur son père, et une sorte de lien silencieux se tisse entre nous.

— Faut pas croire ce qu'il dit sur les gens. Papillon, c'est *bullshit*, araignée aussi, et bougie, c'est méga *bullshit*.

Elle redresse la tête, hésite un peu et lance finalement :

— Quand j'ai rencontré Léo la première fois, j'ai pas vu une bougie, moi. J'ai vu quelqu'un bien réel, pas juste un rêve ou un nuage mais quelqu'un qui risquait sa vie. J'ai dit à moi : « Il y a pas que *daddy* de bon, il y a aussi des *boys* bons, même des *boys* mon âge. » C'était nouveau, grande surprise pour moi.

Et, avec un petit air de défi, elle ajoute :

— Je suis tout de suite tombée en amour avec Léo, le moment où je l'ai vu. Pourtant, je pensais c'était impossible, je pensais je pourrais plus jamais tomber en amour avec un garçon.

Nous y voilà. Je le savais.

— C'est parce que… parce qu'il t'a sauvée, c'est ça ?

—*No*. Pas du tout. Sinon, j'aurais dit merci et j'aurais oublié, enfin, j'aurais dit gros gros merci, mais j'aurais oublié. C'est comment il a fait ça, tu vois. Quand j'ai vu lui penché sur moi, il était blessé, terrorifié, pas du tout chevalier blanc sans peur. Et pourtant il était tellement rempli de courage, de... de volonté, j'ai pensé à moi-même : « Qu'est-ce qu'il est beau ! »

—Ah d'accord, tu l'as trouvé mignon.

—*No*, tu comprends rien ! Pas seulement beauté physique : beauté complète, tout entier beau. Pas comme Charly qui est beau seulement à moitié, parce qu'il y a toujours de la laideur dans ses yeux. Laisse-moi expliquer. D'habitude, j'aime mieux les *boys* grands, et j'aime mieux les *boys* plus vieux, et puis j'étais sûre je pouvais pas aimer un garçon avec les yeux pas bleus. Il est pas moche, Léo, mais vraiment, c'est pas pour ça que je suis tombée en amour. On m'a dit qu'il était au lycée avec toi et Paul et Marcello, *well*, tu sais, j'avais jamais remarqué lui, pourtant je regarde toujours les beaux garçons. Paul, j'ai remarqué, et même Marcello pour ses béquilles, mais Léo, je me souviens pas du tout.

Évidemment. Léo était monsieur-tout-le-monde à cette époque, pas le roi de La Cantine. Les rois attirent les filles comme une fleur attire les abeilles : demain, toutes les conquêtes de Charly changeront de cap et iront tourner autour de Léo. C'est écrit... Elles ne lui auraient même pas jeté un regard au lycée et demain, il faudra les voir glousser et minauder devant lui. Moi, je l'aimais avant, Léo, je l'aimais inconnu, quand personne ne savait encore ce qu'il avait dans le ventre.

—Il était beau, parce que... il avait la beauté du courage. C'était la plus belle chose j'avais jamais vue de ma vie, ce garçon penché sur moi qui faisait ça pour rien, pas pour mes fesses, pas pour argent, juste parce qu'il croyait c'était la bonne chose à faire. Et il est tout le temps comme ça, Léo, tout le temps à faire les bonnes choses à faire.

— Eh oui…

Elle me regarde, la tête penchée, avec une lueur joyeuse au fond des yeux :

— C'est un vrai bulldozer, hein ? « Si demain tu es embarquée par les Cracheurs, tu verras Léo tout laisser en plan et foncer tête baissée pour tirer toi de là. » C'est ce que tu as dit à moi sur le balcon, tu souviens ? Tu avais complètement raison, on dirait, sauf que c'est toi il a sauvée. Comment il a massacré Charly, *my God* ! Je croyais pas quelqu'un pouvait battre Charly. Il fait la boxe, tu sais.

Une seconde, la tête me tourne à l'idée que Léo a affronté un boxeur, et puis je me mets à rire, et elle se met à rire avec moi.

— Un vrai bulldozer !

C'est un fou rire maintenant, comme j'en ai rarement eu. Deux gamines au milieu de cinquante pauvres gens dans le coma, accroupies dans la salle de bains avec leurs lampes de poche et écroulées de rire, jusqu'à en avoir mal au ventre. C'est incroyable comme on peut rire de ce qui nous fait peur… Sacrée Joan. *Amie ou ennemie, moi aussi à cet instant, je t'aime de tout mon cœur.* Et pourtant, je croyais que ce n'était pas possible.

Quand on reprend notre sérieux et notre souffle, la question plane au-dessus de nos têtes. Et si ça avait été Joan ? Est-ce qu'il se serait battu aussi ? Est-ce qu'il aurait jeté son flingue par terre pour mettre une raclée à ce salopard ?

— Pour toi aussi, il l'aurait fait. C'est certain.

Joan ne répond rien. Elle sourit, elle baisse la tête et soudain, sans crier gare, elle se précipite sur moi et me fait un petit baiser sur la joue, avant de reprendre sa place comme si de rien n'était. Elle est contente que j'aie dit ces mots-là, elle ne les oubliera pas.

— Avant, je croyais un *boy*, c'était vraiment pas grand-chose. C'était juste petit cerveau dans gros muscles, c'était couilles à la place de tête.

Une fille trop jolie, trop joueuse, ça finit fatalement par mépriser un peu le gibier. Les garçons sont tellement vulnérables, tellement prévisibles. Quand elle a vu Léo, elle a dû se demander ce que c'était que cet OVNI… *Jésus Christ marchant sur l'eau*… Moi aussi, j'ai eu la même vision de Léo quand je l'ai vu marcher tout seul vers le chien de la rue Paradis qui me terrorisait sur le chemin de l'école. Il me défendait déjà et il n'avait que huit ans.

—Après, je croyais il allait me draguer, rouler des mécanos avec moi…

—Des mécaniques.

—Je croyais il allait faire son GI Joe, tu vois, genre *« me Tarzan, you Jane »*. En fait, j'attendais pour ça… Je tenais moi prête, impatiente. Mais non, lui, il continuait à être occupé avec d'autres choses. Juste des choses importantes, bonnes à faire. Je l'ai détesté de pas draguer moi, comme jamais j'ai détesté un garçon et, en même temps, je l'ai adoré encore plus. Après j'ai essayé de trouver une *explanation*. J'ai dit à moi-même : « Il est en amour avec Marie-Jane, c'est pour ça. » Mais non, hein, il est pas en amour avec toi ?

Je hausse les épaules. Je ne vois pas comment je pourrais prononcer ces mots-là sans fondre en larmes.

—Amoureux. On dit amoureux. « En amour », ça n'existe pas.

—Moi, j'ai toujours eu tous les *boys* que je voulais. Dès que j'en voulais un, j'avais seulement à cligner deux fois des yeux et hop ! j'avais lui, c'était simple, j'ai jamais eu à attendre très longtemps. Je savais pas qu'un *boy* pouvait dire non, c'est la première fois que je vois ça, j'ai aucune idée quoi faire.

Et c'est vrai qu'elle a l'air complètement perdue. Léo brise la grande règle de l'amour : normalement, ce sont les jolies filles qui dictent les règles et qui font leur choix. Dans neuf cas sur dix, c'est de cette façon-là que ça se passe. Seulement voilà, Léo, c'est le dixième cas.

Je décide de faire un peu de pédagogie :

— Quelqu'un t'a parlé de Sarah ?

Elle fait non de la tête.

— C'est une fille du lycée, une jolie blonde. Avant le Marchand de sable, il en était amoureux. Je suis sûre qu'il pense encore à elle. Eh bien, il ne lui a jamais adressé la parole.

— *What?* Il aime une fille il connaît même pas ?

— La mère de Léo est partie de chez lui quand il était tout petit. Je crois que ça l'a complètement démoli à l'intérieur. Je fais peut-être de la psychologie de bazar, mais je crois que maintenant, il cherche une fille un peu comme sa mère : un rêve, un fantasme de fille idéalisé, mille fois imaginé dans sa tête de petit garçon. *You see,* je fais avec mon meilleur accent, *for him, love is not a girl, it's a dream.*[1]

Joan me jette un regard perplexe.

— Il serait pas un peu gay, non ?

J'éclate de rire, mais Joan a l'air tellement désespérée que je me sens obligée de lui répondre :

— Oh non, crois-moi ! Il est tout ce qu'il y a de plus hétéro.

Je me souviens encore de la chaleur de sa main contre ma peau et de ses yeux remplis de désir. Pauvre Joan, elle croit que si un garçon ne veut pas d'elle, c'est qu'il est homo !

— Chaque fois que je pense à lui et que je me dis on sort pas ensemble, ça fait mal à moi tellement beaucoup.

Elle appuie quelque part sur son ventre avec son petit poing serré. *Eh oui, Joan, ça s'appelle l'amour non partagé, moi aussi ça me fait mal. Seulement toi, tu n'as pas encore changé l'amour en amertume, parce que ça ne fait que trois jours que ça dure. Tu souffres, tu pleures, tu te cognes contre la vitre comme un vrai papillon devant une fenêtre, mais tu n'as pas encore compris. Tu es tellement persuadée que tu y arriveras. Tu es tellement sûre que tu peux séduire n'importe quel garçon qui te plaît, que ce sera juste une question de temps, qu'il*

1. « Tu vois, pour lui, l'amour n'est pas une fille, c'est un rêve. »

sera bientôt là, contre toi, à te dire des mots d'amour. Pour l'instant, il y a encore tellement plus de bonheur que de souffrance à penser à lui...

J'en suis passé par là, moi aussi.

— Pourquoi tu es venue en France ? je demande tout à coup.

— C'est ma mère qui est venue ici...

— Mais pourquoi au milieu de l'année scolaire, pourquoi dans une petite ville, dans un petit pays, pourquoi de l'autre côté d'un océan ?

— *Shut up*, ta gueule ! C'est pas tes salades ! fait-elle avec bien plus de rage que nécessaire. Tes oignons, je veux dire, dit-elle finalement, plus doucement. C'est ma mère, elle a rencontré M. Anthony, alors elle est partie avec lui en France...

Je ne dis rien. Je la laisse se livrer d'elle-même, à son rythme. Je soupçonne qu'elle est rongée par un secret. Il la brûle de l'intérieur et elle n'a personne à qui en parler. Petite étrangère perdue. Petite fille trop jolie pour se faire des amies. *Vas-y ma belle, fais-moi sortir tout ça, tu n'es pas le genre de fille qui peut garder une souffrance pour toi et l'avaler toute seule.*

— C'est à cause de mon beau-père, le deuxième mari de ma mère, il harcelait nous, dit-elle finalement d'une voix basse et un peu rauque, très différente de ses cris aigus d'il y a un instant. Ma mère s'est jetée au cou le premier venu pour partir le plus loin possible, pour qu'on échappe à lui. *Bad man*. Plus jamais, jamais, jamais voir lui... Et mon nouveau *daddy*, il me plaît beaucoup mieux que l'ancien. Oh oui, il me plaît beaucoup mieux.

Et elle se tord les mains avec une telle force que je soupçonne bien pire encore que du harcèlement. Ness aussi se tord les mains tout le temps. Non, Bébé Joe n'a peut-être pas eu le temps de violer Joan, mais il a rouvert une blessure atroce dans des souvenirs récents.

Hier, peut-être, j'aurais vu tout cela avec détachement. Aujourd'hui, j'ai senti la force de Charly, son désir affamé, mon impuissance totale dans ses bras d'homme...

Ses jolies mains qui se tordent, je les prends dans les miennes, et je sens la petite Américaine fondre à mon contact, s'écrouler dans mes bras de femme et sangloter comme un bébé.

Je la sens longtemps pleurer en silence, cette fille que je devrais détester et que je suis en train de consoler sur mes genoux. Elle renifle un peu, me demande un mouchoir et, la tête toujours bien installée sur mes genoux, essaie de remettre un semblant d'ordre dans la pagaille de ses cheveux longs. Elle lève une tête au visage misérable, des yeux brillants qui cherchent les miens et elle dit finalement :

— Peut-être que Léo veut juste pas vexer une de nous. Il hésite entre les deux, il sait pas quelle choisir… (Elle me jette un regard par en dessous.) Et si on faisait, tu sais, ce que vous, les Français, vous appelez…

Elle fait la grimace. Elle agite ses deux mains comme si ça suffisait à remplacer les mots.

— Ce qu'on appelle quoi ?

Attention, rester sur ses gardes. J'ai affaire à Joan, la fille dont Léo va fatalement tomber amoureux. Celle qu'il aime déjà sans le savoir. Celle qui va me le chiper sous le nez.

— Allez, tu sais (soupir, regard en l'air), c'est vous, les Français, qui a inventé le mot…

Je secoue la tête, je ne comprends rien. Où est-ce qu'elle veut en venir ?

— Quoi ? Qu'est-ce qu'on a inventé ?

— Ménage à trois.

— Quoi ? Ménage à trois ? Non mais… non mais…

Elle se prend pour qui, la garce ? Se partager Léo comme un gâteau aux fraises ? J'en ai le souffle coupé, il faut que je m'y reprenne à deux fois pour hurler : « ça va PAS la tête ? »

— Oh, *calm down*, quoi… J'ai pensé, après tout, c'est la France. Peut-être ici, c'est comme ça que ça marche. Faut adapter l'endroit où je vis…

— Tu as vraiment une case en moins, ma pauvre fille. Ménage à trois, et puis quoi encore ?

Ménage à trois ? Réfléchis, Marie. Quand elle sera la petite amie officielle de Léo, quand tu les verras tous les deux couchés dans le même lit, et le matin se tenant la main au petit déjeuner, et tous ces regards complices, ces caresses, ces petits baisers entre eux… Est-ce que tu ne le regretteras pas, ton ménage à trois ? Une moitié de Léo pour moi, même un tout petit peu de Léo, est-ce que ce serait si mal ? Mais il n'acceptera jamais. Et moi non plus. Je me connais. Je ne pourrais pas.

— Hors de question. N'y pense même pas.

Elle pointe le doigt vers nos trois parents allongés :

— Regarde, ils le font bien, eux.

Le père de Léo a un bras tourné vers ma mère, on dirait qu'il lui tend la main.

— Je me demande qui a pu la transporter jusqu'ici. Ce n'est vraiment pas malin.

Je me souviens de nos jeux d'enfants avec Léo, de nos discussions passionnées… Il espérait que son papa tombe amoureux de ma maman et qu'ils se marient ensemble. « Comme ça, on serait frère et sœur ! » Moi, je ne disais rien mais cette idée me terrifiait. Je savais bien que, si ça arrivait, ma mère serait incapable de rester en couple, elle continuerait à séduire d'autres hommes. Elle ne pourrait pas s'en empêcher.

Si on voulait rester amis, il ne fallait pas y mêler nos parents… ils auraient tout gâché. J'avais bien regardé le monde autour de moi, je savais que les amours de gosses étaient bien plus forts que ceux des adultes. Les gosses, quand ils aiment, ils veulent que ce soit pour toujours. Les adultes, on ne pouvait pas leur faire confiance : ils n'aimaient jamais pour toujours. D'ailleurs, est-ce qu'ils savaient encore aimer ? Ils étaient bien trop occupés à rêver à l'amour pour le vivre. Est-ce qu'ils dormaient déjà, tout ce temps ?

Je regarde Joan, son amour tout neuf qui brûle dans son petit cœur de midinette. *Et si c'était une tocade ? Et s'il te faisait envie juste parce qu'il te résiste ? Peut-être que demain, tu vas croiser un autre garçon plus beau, plus grand, et que tu oublieras Léo !*

Mais, au fond, je sais que c'est faux. Il est le seul garçon dont elle n'aura jamais peur. C'est peut-être le seul qui puisse encore la sauver. C'est une fille blessée, cassée en mille morceaux, et chacun des morceaux reflète Léo, c'est la seule chose qui puisse les remettre ensemble. Il y a des moments dans une vie qui vous marquent à jamais : Léo penché sur elle, sa voix contre son oreille, son visage crispé par la terreur… Il pourrait se passer mille ans, ce moment-là, elle le gardera toujours au fond de son cœur.

— Écoute, Joan…

Elle tourne les yeux vers moi, remplie d'espoir, la tête pleine de son ménage à trois et de Léo qu'elle pourra enfin serrer contre elle.

Je voudrais lui dire que Léo est amoureux d'elle, qu'il ne le sait pas encore, mais qu'il l'aime déjà comme un fou. Son ménage à trois, c'est un marché de dupes : elle n'a pas besoin de partager, elle peut l'avoir pour elle toute seule. *Si tu le connaissais un peu mieux, Joan, si tu le connaissais autant que moi, tu saurais que tu n'as qu'à lui parler gentiment, tu n'as qu'à lui parler clairement, sans petits jeux. Il te tombera dans les bras, je le sais, je le connais par cœur. Vous serez heureux tous les deux, vous pourrez peut-être reconstruire quelque chose dans ce monde en ruine, et d'une certaine façon, même si j'en crèverai de jalousie, j'en serai heureuse aussi.*

Mais non, je n'arrive pas à finir ma phrase. C'est trop gros pour moi. Je ne peux pas le dire. Ça dépasse mes forces. Désolée.

— Non… Non, rien.

***

Les quatre jours qui suivent sont sans doute les plus fous de ce monde complètement fou. Pas de Cracheurs à craindre, pas de nouvelles de Charly, pas de pénurie en vue. Il y a même un peu de pluie : on a pu faire des toilettes de chat et récurer nos sous-vêtements, ce qui n'était pas du luxe. On passe notre temps à s'amuser comme des gamins : parties de chasse géantes à la sarbacane et au papier mâché, courses en sac sur le toit, rafting dans les escaliers sur des matelas défoncés. Il nous suffit de pas grand-chose pour attraper le fou rire, il faut dire que ça drague dans tous les coins. Sam m'évite, elle est tout le temps fourrée avec Paul ; maintenant, ce sont les meilleurs amis du monde. Les nouveaux sont complètement déchaînés, les garçons braillent pour attirer l'attention des filles, qui braillent pour attirer l'attention des garçons. Il y en a, comme la fameuse Ariana, qui ont carrément le feu où je pense. Si ça continue, Lisa aura une armée de petits pensionnaires en plus dans quelques mois.

Bon, il y a bien des disputes, des petits chagrins, des jalousies, des groupes qui se forment et des bagarres parfois, mais rien de grave, rien qui dégénère. Léo est toujours là : le souvenir de son match de boxe contre Charly est resté dans les mémoires. Et son copain Paul, qui est tellement grand et qui a un fusil, n'est jamais loin lui non plus. Alors les cantiniers se tiennent à carreau, ils se disent que finalement, ça n'en vaut pas la peine, qu'il y a mieux à faire qu'à se chercher des noises.

Même les prisonniers ne sont plus vraiment des prisonniers, sauf le Flic bien sûr. Depuis qu'ils savent que leurs copains ont disparu du supermarché, ils ont abandonné l'idée de les rejoindre. De toute façon, ils s'amusent plus ici que là-bas, du temps de Bébé Joe. Ils nous en racontent de belles sur lui, en fait, je crois qu'ils commencent à se dire qu'ils ont eu de la chance d'être faits prisonniers.

C'est comme si tout le monde sentait que ces jours-là, il fallait en profiter au maximum. Comme si on savait que notre jardin des jeux, c'était un sursis, un petit cadeau du ciel avant la catastrophe. Quelque chose qui ne durerait pas. Comment expliquer sinon cette rage de s'amuser jusqu'au milieu de la nuit, ces rires passionnés, ces fringales de baisers ?

Léo reste un cas à part. Il ne cesse jamais d'avoir peur pour nous ; chez lui, la tension ne s'est pas relâchée une seconde. Oh, il rigole avec les autres, bien sûr, il faut le voir courir après le ballon sur la place... Jamais vu un joueur aussi acharné ! Mais quand je le regarde attentivement, je m'aperçois qu'au fond du fond, loin dans le secret de ses pensées, son œil reste froid.

Le ménage à trois, Joan n'a pas osé lui en parler. On dirait qu'avec lui, elle est comme paralysée, une petite fille à son premier rendez-vous. Quand on pense à ce qu'elle est capable de faire avec les autres garçons, c'est assez incroyable. Incroyable à tel point que Léo n'a toujours rien compris, d'ailleurs... Ils se parlent, bien sûr, ils rient beaucoup ensemble, ils se disputent aussi parfois, mais elle n'ose rien lui avouer, pas un mot : elle attend que ce soit lui qui vienne vers elle. Tant de timidité... Qui aurait cru ça de Miss Allumette, la fille aux trente garçons en trente jours ? De toute façon, Léo ne pense ni à elle ni à moi. Même s'il le voulait, il n'y a pas de place dans sa tête pour une histoire d'amour. Il ne pourrait pas appartenir à une fille : il appartient à tout le monde. C'est la clé de voûte secrète de notre « paradis », comme on l'appelle, le petit point tout en haut qui fait que ce bonheur peut exister pour nous, là, tout en bas. À première vue, notre petite société n'a pas de lois, chacun est libre de faire ce qui lui plaît, c'est le règne de la joyeuse anarchie. Mais personne ne s'y trompe : Léo est là. S'il n'était pas là, rien ne serait pareil. Dans le monde de Léo, par exemple, les filles continuent de pouvoir dire non à qui elles veulent. Et rien que ce détail-là fait une belle différence...

Moi, je préfère encore ça que de le voir entre les bras de Joan. Un fou rire ensemble, un regard, une main dans les cheveux : ça fait longtemps que j'ai appris à me contenter des miettes. Pour elle, c'est différent. Petit à petit, son amour tout neuf se change en rancœur, elle est impuissante à l'oublier et elle est impuissante à le vivre. Quand elle est avec Léo, elle s'enflamme, elle s'embrase, elle est incapable de se maîtriser parce que c'est trop fort pour être contenu. Mais, dès qu'il s'en va, quelque chose en elle s'éteint. Il ne reste que la surface brillante et le vide sous ses pas. Son amour, elle l'enfouit lentement en elle, comme on enterre quelqu'un vivant.

Elle se rabat sur les autres, sur tout ce qui porte un caleçon : pas un seul mâle qui n'ait subi ses coups de drague. Elle s'épuise à conquérir le reste du monde avec un appétit frénétique, alors que le seul qui l'intéresse est hors de sa portée. Derrière ses rires, sous la gaieté de façade qui éblouit les garçons jusqu'à les rendre fous, moi je devine le désespoir, je vois ses coups d'œil discrets vers Léo et ses yeux rouges quand elle sort de la salle de bains. *Ça devait arriver, ma jolie. À force de dévorer la vie à pleines dents, il fallait bien que tu te casses la mâchoire un jour ou l'autre.*

15

LÉO

On a droit à quatre jours de répit. Quatre : je les ai comptés. Toujours pas de nouvelles des Cracheurs, toujours pas de nouvelles du flingue, toujours pas de visite au supermarché.

Quand le petit Jean débarque dans notre QG un matin, complètement essoufflé d'avoir descendu les neuf étages, je ne suis pas surpris. *Ça y est,* je me dis, *les ennuis recommencent.* Le calme avant la tempête, c'est terminé.

— Il y a quelqu'un qui arrive du centre-ville…

Il reprend son souffle

— … en remontant l'avenue sur une moto…

La fille casquée du centre-ville, celle qui nous avait tiré dessus ?

— Fille ou garçon ?

— Garçon… je crois.

— Tu l'as reconnu ? Est-ce que c'est Charly ?

— Non, c'est…

— C'est Bébé Joe ?

— C'est quelqu'un que j'ai jamais vu. Et la moto : elle est toute verte…

Le pauvre Jean, il fait le fier mais il est rouge comme une écrevisse, avec les cheveux collés par la sueur.

— Verte ? Genre vert fluo ?

— Genre vert kaki. De l'armée. Et l'uniforme aussi.

Ça vient tout seul à la bouche de Marie :

— Les Hommes Droits ! La bande de l'est de la ville. D'après ce qu'on raconte, ils ont des uniformes de l'armée.

— Ils ont dû les trouver à la caserne Foch, fait Ahmed.

Les Hommes Droits ont leur QG à la caserne, la rumeur court depuis un bon moment. Je ne vois pas pourquoi les gosses l'auraient inventée.

— Bon. Marie, qu'est-ce que tu sais sur la bande des Hommes Droits ?

— Euh… pas grand-chose. On dit qu'ils s'occupent bien des enfants, qu'ils leur donnent à manger. On raconte aussi qu'ils se sont battus avec d'autres bandes à l'est. Maintenant, ils ont pris le contrôle de toute une moitié de la ville. Ce sont eux qui ont brûlé les abattoirs, pour éviter les épidémies.

— Ils ont l'air d'être des types bien, fait timidement Ahmed.

Je hausse les épaules :

— Peut-être. Et peut-être pas. De toute façon, pas de panique. S'il est tout seul, c'est qu'il veut seulement discuter.

Marcello est à la réserve avec Salomé et Lisa. Joan est quelque part au quatrième à faire du gringue à tout ce qui passe. Fred joue à la course-poursuite à vélo dans le quartier avec ses nouveaux copains. Je suis tout seul avec Marie et Ahmed. Même Paul est parti en camionnette avec Sam pour lui apprendre à conduire – ça va mieux entre ces deux-là depuis que la petite Cathy en pince pour Paul. Comme quoi, quand l'ego va, tout va.

— OK, il est seul ? Il est armé ?

— Il n'a pas de fusil en tout cas. Et il est seul, oui.

Je me lève et je vais chercher ce qu'il nous faut : trois grands couteaux de cuisine bien tranchants.

— Prenez-en un chacun.

Je les tends à Ahmed et Marie. C'est tout ce que j'ai comme combattants sous la main.

— Jean, va chercher Lisa et Marcello, alerte les moitié-grands au quatrième, qu'ils viennent avec les barres de fer. Et ensuite essaie de retrouver les autres, Paul et Sam en priorité. Passe le message à tous ceux que tu verras sur ton chemin, c'est important.

Je me tourne vers les autres :

— Si c'est un émissaire, il faut lui en mettre plein la vue, qu'il ressorte d'ici en se disant que c'est une forteresse imprenable. Compris ?

Marie et le petit Ahmed se regardent. Ils se demandent : *c'est nous, les gardiens de la forteresse ?* Marie a envie de pouffer, mais mon regard la décourage tout de suite.

— C'est... c'est compris, répond Ahmed.

— Et maintenant, tous au rez-de-chaussée, on va lui faire notre petit accueil.

Ce que j'appelle « notre petit accueil » consiste à se cacher dans le hall de chaque côté de la porte et à lui sauter dessus avec nos couteaux pour le mettre hors d'état de nuire.

— Surtout, on ne le blesse pas. Il faut juste l'impressionner.

— Et s'il passe par le 15 bis ?

— Normalement, la porte du 15 bis est fermée à clé, à moins bien sûr..., dis-je en regardant Ahmed droit dans les yeux, à moins qu'un petit con l'ait rouverte juste pour jouer à foot-palier.

Foot-palier, c'est un jeu inventé par les moitié-grands : une équipe essaie de faire grimper le ballon d'un palier par les escaliers. Et un gardien tente de les en empêcher. Ils sont capables d'y jouer pendant des heures. Ahmed est champion à ce jeu-là.

— Euh… non. Je ne crois pas.

— Attention, le voilà !

Le bruit d'une moto se rapproche doucement, dehors. La porte est restée grande ouverte, accueillante. Il lambine un peu, il longe l'immeuble… et s'il n'entrait pas ? S'il était juste venu pour jeter un coup d'œil ? Non : le moteur s'arrête.

Dans notre dos, un groupe de moitié-grands descend l'escalier et vient se poster derrière nous. Ils sont armés jusqu'aux dents.

Une ombre s'avance lentement dans le cadre ensoleillé de la porte. Bientôt, toute sa silhouette est là, étirée sur le côté par le soleil de 9 heures. Il s'arrête un moment, s'éclaircit la voix et fait un pas à l'intérieur.

Je lui saute dessus par-derrière, je lui plaque une main sur la bouche et un tranchoir à viande sur la pomme d'Adam. Je chuchote à son oreille :

— Tu es armé ?

Il n'est pas très grand, beaucoup moins que son ombre en fait. Son uniforme, ce n'est pas une tenue ordinaire mais plutôt le genre de truc qu'on met pour un défilé : bien repassé avec les plis dans le dos, celle que les officiers mettent pour les cérémonies. Des épaulettes rouge et or, un beau képi rond à la place du béret bleu. C'est un capitaine, enfin en tout cas, il a les trois barres du capitaine sur les épaules. Mon grand-père était militaire, je connais leurs grades.

Il lève les mains en l'air et il ouvre de grands yeux devant notre traquenard : une douzaine de visages grimaçants, des barres, des pics, des couteaux… J'abaisse lentement la main qui couvre sa bouche. Je vois aussitôt le visage de Marie qui se décompose.

— Léo, lâche-le, c'est William ! fait Marie.

— MJ ! c'est toi ?

Je relâche un peu la pression, je retire le tranchoir de sa gorge mais je le garde toujours bien en main, prêt à frapper en cas de traîtrise.

— William ? William de l'école Annexe ?

— Léo ? fait William en essayant de tourner la tête en arrière. Léonard Cadillac, c'est toi, mon vieux ? Ben quoi, Batman, tu ne me reconnais pas ? C'est moi, Hulk !

Aussi vite que possible, je lui tâte la ceinture, je descends jusqu'aux rangers lacées jusqu'en haut et je remonte à la poitrine.

— T'inquiète pas, je ne suis pas armé. Enfin Léo quoi, c'est moi, Will !

William ! William de *Will, Léo, Paul et Marie*, la bande des quatre de l'école Annexe. Ça alors, je croyais qu'il avait déménagé dans une autre ville à des centaines de kilomètres d'ici !

— Combien de temps ça fait depuis la cour de l'école ?

Il est ravi de nous revoir.

— Six ans, c'est ça ?

Il se retourne et me tend la main :

— Dis donc, vous êtes sacrément méfiants, les gars…

Il désigne d'un geste tous les moitié-grands en embuscade.

Je réponds, un peu mystérieux :

— Et encore, tu n'as rien vu…

William ou pas William, je n'oublie pas que le monde a changé. Marie me jette discrètement un regard où je lis : « Léo, réveille-toi, c'est Will, notre copain Will ! »

— Excuse-nous, fait-elle, on a eu des soucis avec une bande de supermarché. On est obligés de prendre des précautions.

— Ah oui, les fameux Cracheurs, il paraît que vous leur avez flanqué une sacrée peignée !

Will éclate de rire, de ce bon vieux rire qui nous pliait en quatre autrefois. Il n'a pas beaucoup grandi, il n'a pas beaucoup forci et son rire n'a pas changé. La seule chose qui tranche avec le vieux Will, c'est… cet horrible uniforme de capitaine de l'armée de terre.

— Eh bien, on dirait que les nouvelles circulent…

Je fais signe aux autres de baisser leurs armes :

— Will est notre hôte, je veux qu'il soit traité comme un ami. Et même… Will, est-ce qu'il faut te traiter comme un émissaire ?

Il rougit un peu, bafouille et dit finalement :

— Ben… si tu veux, oui. Je fais partie d'une nouvelle organisation qui a son quartier général à la caserne Foch. Un groupe qui essaie de remettre un peu d'ordre dans le chaos, vous en avez peut-être entendu parler…

— Les Hommes Droits ? dit Marie.

Il lui sourit pour confirmer. Voilà donc un de ces fameux Hommes Droits… Dans notre dos, Paul accourt avec son fusil à la main, suivi de Sam. Nouvelles exclamations, nouvelles embrassades. Présentations avec Sam, éclats de rire… Au troisième étage, une foule de curieux l'attend au pied des marches.

— Réunion d'urgence du Conseil des ministres !

Voyant que Joan nous tourne le dos, je l'attrape par le bras et j'ajoute :

— Toi aussi, Joan.

Elle se retourne brusquement et dégage son bras d'un air furieux, alors je me sens obligé d'ajouter : « S'il te plaît. » Joan ne connaît pas Will, elle ne se laissera pas embobiner par le coup de la vieille amitié.

Je vois sa poitrine qui se soulève beaucoup trop vite, le rouge qui lui monte aux joues et tous les muscles qui se tendent sous les traits de son joli visage. Chaque fois que je lui parle, j'ai l'impression que c'est comme si je la touchais avec des braises. Elle explose pour un oui ou pour un non, de rire ou de colère. Il y a parfois de bons moments où elle a l'air heureuse, mais ça finit toujours en drame. Je ne comprends rien à Joan : quand je la regarde, j'ai l'impression de voir les pièces d'un puzzle en vrac.

— *Okay*, aucun problème, fait-elle finalement.

Même quand elle retrouve son calme, elle me prend par surprise : elle n'avait encore jamais accepté de nous suivre dans nos Conseils des ministres, je croyais vraiment qu'elle allait refuser.

***

Il me faut cinq minutes, pas plus, pour comprendre que Will est venu ici dans un but très précis. Non, ce n'est pas juste un vieux copain venu faire une visite de courtoisie : c'est un ambassadeur, c'est-à-dire autre chose, complètement autre chose qu'un vieux copain. Ça, Paul et Marie ne l'ont pas du tout compris. Pour eux, Will c'est Will, un point c'est tout. Même les autres réagissent comme eux. Lisa, Marcello et Sam : ils sont vite sous le charme du phénomène. Il faut les voir, tous accroupis en cercle sur le tapis du salon, fascinés par l'artiste comme des gosses au cinéma... Will a un don pour mettre les gens dans sa poche, ce n'est pas nouveau. Avec ses grands yeux exaltés, il vous dépeint le monde de demain et tout ce que les Hommes Droits vont y apporter. Ils ont des réserves d'eau et de nourriture pour des années, ils ont de quoi loger des centaines d'enfants à la caserne, ils ont du carburant, des groupes électrogènes, un puits avec une pompe en état de marche, quelques armes et une tonne de matériel en tout genre. Et ils n'ont qu'un seul but en vue : sauver tout ce qui peut l'être et les enfants en premier lieu. Ils veulent déclarer toutes les bandes armées hors la loi et assurer un avenir à tous.

Tout cela a l'air tellement brillant qu'on a envie de battre des mains et de signer en bas du contrat. J'ai toujours pensé que Will ferait un commercial formidable, il serait capable de vendre une PlayStation à ma grand-mère.

— Réfléchissez bien. En ce moment, c'est le printemps, saison facile : pas trop chaud, pas trop froid, un peu de soleil pour se promener, un peu de pluie pour les réserves d'eau. Parfait. Mais projetez-vous dans l'avenir : dans deux mois, ce sera l'été. Et après, l'automne et l'hiver. Vous vous imaginez ici en été, à vivre sur les quelques bouteilles d'eau que vous aurez pu garder de côté ? Vous allez puer dans vos fringues raides de sueur, l'eau va croupir, il y aura des invasions de bestioles et des épidémies qui vont aplatir la moitié de vos gosses. Et après ? Après ce sera l'automne : la pluie, la pluie, la pluie. Et encore après, l'hiver. Vous avez pensé au chauffage ?

En ce moment, il fait bon, juste un peu frais le matin, mais en se roulant dans les couvertures, y a rien de bien méchant. Vous savez ce que c'est, de sortir le matin quand il a gelé : ça pique les yeux, il faut mettre des gants et des écharpes, on se précipite au chaud dès que c'est possible. Alors imaginez ce que c'est quand il gèle à l'intérieur des appartements : nulle part où se réchauffer, le froid partout, tout le temps, impossible de lui échapper. La grippe, les gastros, les bronchites, ce sera l'hécatombe. Vous allez tous en crever.

Je l'interromps :

— Et qu'est-ce que tu proposes exactement ? Qu'on déménage tous à la caserne ?

— Discutez-en entre vous, prenez votre temps, y a rien qui presse. Mais c'est votre seule solution. Nous, les Hommes Droits, on sait bien que vous n'avez rien à voir avec les racailles de quartier. Vous êtes des gens bien, on vous fera une petite place au chaud.

— Et les gosses qu'on nourrit dans le voisinage ? Ils vont devenir quoi ?

— Aucun problème : ils vous suivront. Vous les connaissez, ils se déplacent. Les gosses, ils vont là où ils trouvent à manger et où ils se sentent en sécurité. En ville, il n'y a que deux endroits où on trouve encore des gosses : chez vous et chez nous. Vous avez ratissé toute la partie ouest. Il y a même des gosses qui descendent des banlieues nord en espérant trouver de quoi manger dans votre Cantine.

Sur ce point, il a raison : les gosses, il y en a de plus en plus dans le quartier. On signale au moins une douzaine de nouvelles bandes.

— Qu'est-ce que vous croyez ? Vous êtes devenus célèbres, les gars. Depuis que vous avez dégommé les Cracheurs, on entend parler de vous un peu partout. Il se raconte des choses, vous savez. Vos exploits, on en parle d'ici jusqu'au port.

Un peu de peur par ici, un peu de flatterie par là. *Pourquoi tu t'appuies sur ce qu'il y a de mauvais chez les gens, Will ? Où est-ce que tu veux nous emmener ? Qu'est-ce que tu nous caches ?*

— Il y a un truc qui me tracasse, Will… Comment vous prenez vos décisions, dans votre bande ? Je veux dire, vous avez une assemblée, un chef ? Comment ça se passe ?

Pour la première fois, il ne répond pas du tac au tac. Cette réponse-là, il ne l'avait pas préparée.

— Ce n'est pas une… bande, Léo. C'est une… organisation.

Tiens, on dirait que ce mot ne lui a pas plu. Il se contrôle mais, pendant un instant, j'ai ressenti son indignation. On aurait dit que j'avais… mais oui, que j'avais commis un blasphème.

— On a un chef, bien sûr. Un chef comme toi. Il en faut un, sinon c'est vite n'importe quoi, vous le savez bien.

Et puis il se rend compte qu'il est en train de parler à une assemblée de huit personnes, il se dit que, peut-être, les décisions chez nous sont prises en commun. De vieux souvenirs lui reviennent à la mémoire, des mots comme « démocratie », « droit de vote », « citoyen ».

— Enfin, il consulte toujours ses officiers avant d'agir, évidemment.

Ses officiers. Voilà, tout est dit, je crois. Will vient de nous proposer une dictature militaire.

— Bon, écoute, Will, on n'a rien contre toi. On n'a rien contre les Hommes Droits. Vous savez bien qu'on ne cherchera pas la bagarre, on vous considérera comme des amis, comme des alliés même. Mais notre QG, on ne le quittera pas. Je ne crois pas qu'on meure tous cet hiver, ou du moins, si on n'est pas capables de survivre ici entre nous à la Cantine, alors on ne survivra nulle part. Et puis l'hiver c'est loin, c'est beaucoup trop loin pour en parler. D'ici là, on ne sait pas ce qui peut se passer… Peut-être que les adultes se seront réveillés…

— Léo !

Je sursaute : Will vient de crier.

— Arrête-moi ça tout de suite, s'il te plaît ! Bon Dieu, je ne pensais pas que vous en étiez encore là…

Il soupire un peu, secoue la tête.

— Hé, mon vieux ! les adultes, c'est de l'histoire ancienne, c'est Rome, c'est Babylone, c'est un autre siècle, faut oublier tout ça !

Oublier ? *Will, qu'est-ce qui te prend ? Qui es-tu devenu ?*

— Non. Moi, je n'oublie pas d'où je viens, je n'oublie pas que j'ai un père qui m'a élevé pendant seize ans. Oublier ça ? Non. Il se réveillera, et le tien aussi, et tous nos parents se réveilleront un jour, les gars !

Je balaie le salon du regard : ils me regardent tous comme si le bon Dieu venait de me proposer un billet de TGV pour le jardin d'Éden et que j'avais dit : « non merci, on va rester à la maison. »

Fred et Lisa gardent les yeux baissés, Paul et Marie s'échangent des regards effarés, Marcello se ronge les ongles en me regardant de travers. Et Sam, bien sûr, Sam se retient d'exploser. Je peux sentir la catastrophe qui est sur le point d'éclater. Pour l'instant, personne n'a encore osé ouvrir la bouche, mais ils sont tous contre moi. Ils ne voient que Will, son sourire, son visage rieur, sa tête de premier de la classe… Ils ne voient pas l'uniforme, là, sur ses épaules, qui devrait leur crever les yeux.

— C'est un vrai uniforme ? Ça est drôlement joli, l'uniforme. Ça donne beauté à un garçon, ça fait un homme avec un *boy*. Vous avez des filles pour faire repassage dans votre caserne ?

On en reste tous abasourdis, les yeux comme des soucoupes. Miss Allumette passe à l'attaque ! Will ne comprend pas ce qui lui arrive ; Joan n'est plus gentiment accroupie à sa place dans le cercle, elle s'est collée à lui, sa jambe touche son genou et elle le dévore des yeux comme si elle était complètement fascinée par ses foutues taches de rousseur. Nous évidemment, on connaît Joan, mais lui, il se demande à qui il a affaire. Il faut le voir bafouiller et rougir comme une pivoine.

Quelque chose d'étrange se passe alors. À force de la voir tous les jours, j'avais oublié à quel point elle était jolie. Pour moi, c'est juste Joan l'Américaine, la dragueuse de service, la fille qui pique des crises, qui fait des fautes de français. Je ne la vois plus comme il doit la voir, lui : une fille incroyablement sexy. Je pourrais dire « belle » à cause de ses jolis yeux bleus, de son visage aux traits fins, de sa silhouette aux lignes parfaites. Mais c'est « sexy » qui vient à l'idée. Tout en elle, son corps, son esprit et jusqu'à sa voix, tout est taillé pour la séduction, c'est un prédateur…

Bon Dieu ce qu'elle est jolie.

— Tu dois absolument revenir nous revoir bientôt, tu sais, dit-elle en se levant. Ici, il y a pas beaucoup de fun, on voit jamais nouveaux visages. Jolis visages comme le tien.

Et elle est tellement convaincante, elle est tellement fascinante que le voilà qui se lève à son tour et, comme par miracle, tout le monde se lève aussi comme si tout était dit. Alors que… si on y réfléchit bien, rien n'est encore dit.

— C'est quoi, ces petites barres sur le côté, c'est colonel ? C'est général ?

— Ca… capitaine, répond Will qui sent une bouffée de chaleur quand elle lui passe la main sur l'épaulette pour tâter la dorure, en effleurant son cou du bout du pouce.

Et sa main n'en reste pas là : elle descend dans son dos, qu'elle invite gentiment à se retourner vers la porte, elle l'accompagne jusque-là, pendant que sa tête se penche, que ses yeux battent des cils, que sa bouche susurre un millier de promesses avec ses intonations gourmandes et ses sourires entendus. Je donnerais ma vie pour être une seconde à la place de Will. Elle est tout entière à ce qu'elle fait, Joan, pas une parcelle qui ne serve à rien : les jolies jambes jouent leur rôle, évidemment, mais aussi les pieds qui frôlent les rangers bien cirés, les cheveux qui caressent la joue bien rasée, les épaules dénudées qui se pressent contre les épaulettes quand il faut se serrer pour passer dans le couloir.

—Capitaine ? C'est un *high rank*[1], ça, capitaine. Tu dois avoir beaucoup soldats à commander dans ton armée. Un très important homme.

Bénie sois-tu, Joan, et bénie soit l'Amérique. Tu viens de me tirer d'affaire d'une façon magistrale : pas de colère, pas de scandale, alors que tout le monde était prêt à faire bloc contre moi… Et voilà la porte qui se referme sur Will et sur son marché truqué.

Elle sait. Est-ce qu'elle a vraiment réfléchi à tous les aspects de sa proposition, est-ce qu'elle a été choquée par sa réponse sur le commandement ? Non, je ne crois pas. Elle a agi d'instinct. Elle a vu que l'homme n'était pas honnête, elle les a sentis : la fausseté, le charme. Il a joué avec des armes qu'elle connaît très bien. *Au petit jeu de la séduction, Will, tu as trouvé ton maître. Ou plutôt, ta maîtresse.*

1. « Un grade élevé »

16

MARIE

« Rumeur n° 75 :

le fantôme dans la maison à la façade bleue

Taux de pertinence : 1/5

Le petit Gabin raconte la même histoire à tout le monde : il se promenait dans le parc, tout près de la Cantine, et il a entendu des gémissements qui venaient de la maison à la façade bleue, dans l'avenue. Il dit qu'il est entré à l'intérieur et qu'il a vu un fantôme.

Gabin est mignon, mais il a tendance à raconter n'importe quoi.

C'était peut-être une bestiole coincée dans un garage ? Un chat ? Un chien ? J'ai pensé que ça pouvait être un enfant enfermé et j'en ai parlé au petit Ben, qui est allé sur place. Il a jeté un coup d'œil dans la maison bleue, il a appelé et il n'a rien entendu de suspect. »

Léo s'est trompé.

Pour la première fois depuis le jour du Marchand de sable, Léo s'est trompé.

Quand j'ai vu arriver Will avec son bel uniforme sur le dos, j'ai pensé : *enfin, le cauchemar est terminé.* Quelqu'un va s'occuper de nous, on n'aura plus jamais à avoir peur des Cracheurs et des autres bandes. On n'aura plus jamais à se demander si la réserve sera suffisante, si l'eau va manquer ou si les enfants auront froid. Quelqu'un le fera pour nous, on ne sera plus que des petits rouages dans une grande machine qui tournera avec nous, au-dessus de nous, pour nous.

J'ai tout de suite vu la catastrophe qui s'annonçait, Léo qui ne desserrait pas les dents, Will qui faisait tout ce qu'il pouvait pour lui montrer sa bonne foi. *De quoi tu as peur, Léo ? Il y a un temps pour la méfiance et un temps pour construire l'avenir. On nous tend la main, qu'est-ce que tu attends : prends-la !*

— Tu nous expliques, là ? Parce que j'ai dû manquer un épisode.

Et voilà. Sam explose encore une fois.

— On ne mettra pas les pieds dans leur foutue caserne. Un point, c'est tout.

— Merde, j'y crois pas !

Elle essaie de rire, hoquette un peu, secoue la tête et vérifie du coin de l'œil que tout le monde est d'accord avec elle.

— Tu l'as écouté, un tout petit peu ? Quand il a parlé de l'été, et quand il a parlé de l'hiver ? Tu avais les oreilles bouchées ou quoi ?

— Oui, ce sera bientôt l'été et, oui, après ce sera l'hiver : le scoop du siècle ! Quoi, vous ne le saviez pas ?

— Non mais je rêve ! Et alors, qu'est-ce que tu proposes, Monsieur Météo, c'est quoi ton plan génial pour nous sortir de là, hein ?

Elle s'est avancée jusqu'à lui, debout au milieu du cercle, et on jurerait qu'elle va lui envoyer un coup de pied dans les dents. Les autres sont toujours accroupis sur le tapis, sauf Joan qui a laissé une place vide.

— Ce que je propose ? En tout cas, sûrement pas d'aller nous livrer pieds et poings liés à des gens qu'on ne connaît pas. Et toi, Sam, tu as écouté quand il a parlé du commandement ?

— Le commandement ? C'est toi qui nous parles du commandement ? Ça te choque tellement qu'ils aient un chef qui décide pour eux ? ou alors tu as peur de perdre ta petite place, c'est ça ? Parce que c'est qui, là, qui vient de décider tout seul, c'est qui, là, qui vient de lui claquer la porte au nez sans nous consulter ?

— C'est moi, Sam. Tu te souviens ? Le type que tu es allé chercher, là-haut sur son matelas, pour lui dire qu'il n'avait pas le droit de se défiler, pour lui dire que comme chef, c'était un bon, il avait le don, il était né avec. Et puis… qu'est-ce que tu as dit aussi ? Que si je quittais mon poste, c'était dégueulasse, c'était « une trahison » ! Ça te revient maintenant ?

— Ça ne te donne pas tous les droits, merde !

— J'ai dit que je ne me défilerai plus et je tiendrai parole. Crois-moi, ma foutue place de chef, si je pouvais, je me la mettrais où je pense. Seulement chacun doit faire son boulot ici, c'est toi qui l'as dit : si on veut s'en sortir, c'est la seule manière. Mon boulot à moi, c'est de commander et aujourd'hui je vous dis non, que ça vous plaise ou pas. Ces gars-là sont dangereux. Ce qu'ils vous proposent, c'est la dictature, c'est un type qui commande à tout le monde, après avoir consulté ses putain d'« officiers ».

— C'est toujours mieux que de commander sans consulter personne ! C'est quoi la différence avec toi, hein ? C'est quoi ?

— La différence, Sam ? La différence, c'est que ce type qui commande là-bas, on ne sait pas qui c'est, on ne sait pas ce qu'il veut. En fait, on ne sait même pas comment il faudra l'appeler. Général ? Empereur ? Grand pacha ? Qui l'a choisi, d'où il vient, à quoi il ressemble ? La différence entre lui et moi, c'est que *toi*, tu m'as choisi. Et toi aussi, Marie, ne me regarde pas avec ces yeux-là, toi aussi tu m'as choisi. Et vous tous aussi, ouais, toi, Marcello, et toi, Paul, vous m'avez choisi. C'est pas une sacrée différence, ça ? Vous êtes une majorité contre moi, et alors ? La majorité, elle peut se planter, en attendant, c'est moi que vous avez choisi comme chef alors je décide.

Là, Léo marque un point. Mais pour Sam, ça ne suffit pas. La peur de l'été, la peur de l'hiver, ça lui a complètement retourné le cerveau, elle est aussi folle que Léo et aussi têtue que lui. Ah, elle a pris de l'assurance depuis le premier jour où elle l'a rencontré ! Grincheux comme ils sont, ces deux-là ne s'en sortiront jamais sans que je les aide. *Sam, tu es en train de le braquer, alors arrête un peu et laisse-moi faire.* Je suis sûre qu'on peut le faire changer d'avis : il sait écouter, il sait calculer, il verra bien qu'on a raison.

— Léo, je dis doucement. D'accord, on ne connaît pas leur chef. Mais on connaît Will, non ? Tu crois que Will nous voudrait du mal ?

— Marie…

Il me répond avec la même douceur.

— Je connaissais Will quand il avait dix ans et qu'il était grand comme le petit Jean. Aujourd'hui, tout ce que j'ai vu, c'est un ado habillé en officier de l'armée qui nous faisait son baratin en évitant les questions qui fâchent. Je vais le tourner autrement : vous les avez vus, nos prisonniers ?

On se regarde. *Les prisonniers ? Qui ça, les treize anciens Cracheurs ? De quoi il nous parle, là ?*

— Est-ce qu'ils sont si méchants que ça ? Ils vivent au milieu des gosses, on ne les enferme même plus, ils sont devenus des citoyens de la Cantine comme les autres. Est-ce qu'il y en a un seul qui a shooté un gosse ? Est-ce qu'il y en a un seul qui a attaché une fille à un radiateur ? Toi, Sam, on t'a attachée à un radiateur ?

— Où tu veux en venir ? Je comprends rien !

— Là où je veux en venir, Sam, c'est que Will n'a rien de méchant, lui non plus. En fait, il est comme tout le monde : il s'adapte aux règles qui se fabriquent autour de lui. Comme vous tous, vous auriez shooté un gosse si vous aviez été dans la bande des Cracheurs et que le Flic vous l'avait ordonné.

Sam secoue la tête, écœurée.

— Fred, tu aurais shooté un gosse si on te l'avait demandé, pas vrai ? demande Léo.

Fred le regarde, baisse la tête et marmonne

— Ben, si j'avais pas eu le choix…

— Là, vous voyez. Pourtant, Fred a une vraie conscience. Il s'est tiré de chez les Cracheurs quand il en a eu l'occasion. Vous l'avez regardé, Will ? Est-ce qu'il a l'air d'avoir encore un peu de libre arbitre ? Moi, je vais vous dire, j'ai eu l'impression de voir un fanatique. Pas un soldat, pas un gosse, non : un fanatique. Il a toujours été comme ça, Will, la tête dans les étoiles. C'est un exalté. Si, dans son monde à lui, il faut nous faire tomber dans un traquenard, il le fera, croyez-moi.

— Faut arrêter la parano, mon pauvre Léo. Il est où, ton traquenard ?

— Première chose, Sam : pourquoi c'est Will qui est venu ici ? Pourquoi justement le Will qu'on connaît, le Will qu'on accueille comme un vieux copain ? Vous croyez que c'est un hasard, vous ? Ils savaient très bien à qui on allait faire bon accueil.

— Et alors ? Même si c'est vrai, je ne vois pas le problème.

— Et les coups de feu au centre-ville, les Cracheurs qui ont disparu, les autres bandes qui ne donnent plus aucune nouvelle, ça ne vous dit rien ? Ça ne vous rend pas un peu méfiants, vous ?

— Bah ! les Hommes Droits se sont battus avec la racaille, il l'a dit.

— « La racaille » ? C'est quoi ce mot-là, Sam, « la racaille » ? Et si, pour lui, on était de « la racaille » nous aussi ? La bande du centre-ville, d'accord, ils nous ont tiré dessus, mais ils avaient des gosses de leur côté, et ils ne sont jamais venus marcher sur nos plates-bandes. C'était juste des gens comme nous, qui essayaient de protéger leurs mômes et leurs boutiques. Quelle raison les Hommes Droits avaient-ils de les attaquer ?

— Mais enfin, Léo…

Il faut que je l'arrête, là.

— Tout ce que le petit Jean a entendu, c'est quelques détonations, ou peut-être juste des pétards. Et toi, tu en conclus que Will et sa bande les ont attaqués ? C'est un peu rapide, non ?

— Pas sa « bande », Marie. Tu l'as entendu ? Son « organisation ».

— L... Léo. S... s... s... sérieusement.

Marcello tremble, il déglutit et prend son courage à deux mains.

— T... t... tu as des doutes, d'accord. Mais v... voilà, on est tous d'accord contre toi. C'est pas j... juste une majorité, c'est tout le monde, c'est... c'est l'unanimité. T... tu peux pas prendre une décision si on est tous contre.

Le voilà qui baisse les yeux, le pauvre Marcello, qui cherche un trou où se cacher. Dans le regard de son copain Léo, celui qui l'a toujours soutenu, qui est venu vers lui au lycée quand tout le monde l'avait relégué au rôle de souffre-douleur, dans ce regard, il y a le mot « trahison » qui se lit comme écrit à l'encre noire.

— Cool. Et moi, alors ?

Joan réapparaît à l'entrée du couloir.

— Je compte pour *peanuts*[1], c'est ça, Marcello ?

Tiens, je croyais qu'elle était restée avec son flirt du jour, de l'autre côté de la porte.

— Moi, je pense c'est Léo qui a raison, je pense ce type il cache des choses et il pue le tricherie. Et puis un gosse de seize ans qui s'habille en soldat... *What ?* Je trouve ça nul, *childish*[2], ridicule. Et un peu apeurant aussi.

— C'est bizarre parce que tout à l'heure, tu avais plutôt l'air de le trouver sexy, son uniforme, dit Sam.

— Ce que j'ai fait tout à l'heure, vous pouvez dire merci à moi. Sans ça, il entendait en direct tout quoi on dit maintenant, qu'on se bagarre entre nous comme des siffonniers.

---

1. « Des cacahouètes »
2. « Puéril »

— Entre nous… Qui ça, « nous » ? De quoi tu te mêles, toi, est-ce que tu es là d'habitude quand on doit prendre une décision ? Et puis, est-ce que tu étais là quand on a choisi Léo ? T'étais même pas dans ce pays il y a six mois !

— Sam, dit Léo.

Aïe, il va s'énerver. *Sam, tu es allée trop loin.*

— Qu'est-ce que tu es en train de nous dire, là, que Joan n'a pas le droit de vote parce qu'elle n'est pas française ?

Sam hausse les épaules, se rend vaguement compte qu'elle vient de commettre une erreur.

— Non, mais bon, c'est juste que…

— Et si je te disais que tu ne peux pas voter, toi, parce que tu es black ? Tu le prendrais comment ? Attends, j'en ai une autre : si je te disais que tu ne peux pas voter, et Marie et Lisa non plus, parce que vous êtes des filles ?

— Je m'excuse, c'est pas ce que je voulais dire ! C'est pas le sujet !

— Ah non, c'est pas le sujet ? Et quelle place il y aura pour les filles, vous croyez, à la caserne ? Et pour les blacks ?

— Oh, allez, pourquoi ils seraient racistes ?

— Combien tu crois qu'il y avait de gros racistes dans ce pays, qui se taisaient parce que c'était mal vu et qui rêvaient de prendre leur revanche ? Combien tu crois qu'il y en a qui vont s'en donner à cœur joie, maintenant qu'il n'y a plus de flics, plus de journaux et plus personne pour leur faire la morale ?

Là, Sam ne peut rien répondre. Elle est quand même mal placée pour prétendre que le racisme n'existe pas.

— Et le machisme, c'est pareil. Dans le monde d'avant, c'était parité, égalité homme femme et tout le baratin… Mais, si on gratte le vernis, le machisme, il est toujours là et vous le savez très bien. Il y avait quelle place pour les femmes chez les Cracheurs, hein ? Demande à Ness !

Évoquer Ness, c'est inviter un peu de silence au milieu de l'orage. Ness et ses crises de larmes, la nuit dans la chambre, Ness et ses crises de rage devant la réserve quand on lui refuse son whisky. Personne n'ose regarder Joan et, finalement, c'est elle qui prend la parole :

— On sait rien à propos ces gens-là, mais il y a des bizarres choses. Faudrait aller voir ce qui a passé au supermarché, déjà. On aurait dû faire ça depuis longtemps, pourquoi personne est allé là-bas ?

Sam baisse la tête, Fred regarde ailleurs. C'était ce que voulait faire Léo depuis le début, mais tout le monde était contre lui. Elle a raison, évidemment. Les Cracheurs ont disparu depuis plus de trois jours maintenant. Ça ne peut plus être un piège de Bébé Joe, il s'est passé quelque chose.

— Moi, je suis *okay* pour aller voir.

Belle leçon de courage qu'elle nous donne, de retourner sur les lieux du crime. Elle nous regarde avec un air de défi et j'ai beau chercher la moindre trace de peur dans ce visage-là, tout ce que je vois, c'est un peu trop de dureté, un peu trop de tension.

— Paul, Sam, Fred, on y va avec Joan. Les autres, rendez-vous ici dans une heure pour faire le point, tranche Léo.

Cette fois, même Sam ne dit pas non.

« Il faisait affreusement sombre dans le gosier de l'ogre. On entendait le ronflement de sa respiration, comme un énorme soufflet devant une forge, il résonnait sur les parois humides de l'estomac. On aurait dit une gigantesque caverne.

— Qui es-tu ? demanda une petite voix dans le noir.

— Toi aussi, tu as été mangée par l'ogre ?

La princesse serra son minuscule paquet entre ses mains, elle gratta une allumette et découvrit les visages terrifiés de tous les enfants du village que l'ogre avait dévorés. Ils se tenaient serrés les uns contre les autres et regardaient la lumière, comme s'ils avaient oublié que la lumière eut jamais existé.

— Oh ! tu as des allumettes ! crièrent-ils. »

— Marcello ? Ça fait une heure qu'ils sont partis, non ?

Il lève la tête du livre de Salomé et jette un œil sur le cadran de sa montre.

— En… encore dix minutes.

Bras croisés, gorge serrée et ongles fourrés entre les dents, je parcours pour la millième fois la distance entre la fenêtre et la porte de la cuisine. Il faut dire aussi que cette histoire d'ogre ne fait rien pour détendre l'atmosphère. C'est la dixième fois qu'il lui lit et relit et rerelit son fichu bouquin, Salomé ne veut entendre que celui-là. Elle pourrait le lire toute seule, elle est assez grande, non ?

— Et si c'était un piège ? Bon, d'accord, les Cracheurs sont partis, mais imaginons qu'ils aient laissé quelque chose derrière eux ? Je ne sais pas, une bombe avec une bouteille de gaz, par exemple ?

Marcello glousse un peu et lève une seconde fois les yeux vers moi :

— C'est pas des in… ingénieurs chimistes, n… non plus.

Son sourire rassurant ne me rassure pas du tout. Une bombe, c'est peut-être trop compliqué, mais on peut fabriquer toutes sortes de pièges.

— Marie ! Marie, tu es là ? fait soudain la voix de Léo dans l'escalier.

— Léo !

Je me précipite vers lui mais je m'arrête à un mètre. Non, je n'ai pas le droit de lui sauter dans les bras.

— Viens, on a besoin de toi, fait-il avec un sourire. Réunion du Conseil des ministres au troisième.

J'adore quand il dit qu'il a besoin de moi. Tout le monde adore que Léo dise « j'ai besoin de toi ». Est-ce que c'est ça qui fait de lui un bon chef?

Au troisième, Sam fait profil bas, Paul est lancé dans une discussion passionnée avec Fred – qui s'arrête net quand on redescend avec Lisa et Marcello. Où est Joan ? Joan sort la tête de l'appartement. Je ne l'ai jamais vue aussi pressée de se rendre à un Conseil. Évidemment, elle va être la petite reine de la séance. Après tout, visiter le supermarché, c'était son idée à elle.

— Tout le monde est là ? fait Léo en nous comptant du doigt. Venez, on a du pain sur la planche !

Si ça pouvait être vrai… Je donnerais n'importe quoi pour un morceau de pain frais.

Et nous revoilà assis tous en cercle sur le tapis du salon, c'est devenu un rituel, chacun a sa place maintenant.

— Au supermarché, on a retrouvé ça.

Léo tend la main vers Joan qui lui remet un petit tube en métal doré.

— C'est quoi ? fait Lisa.

— Une douille. On en a retrouvé plusieurs sous des étagères.

— Calibre 5,56, précise Joan, munition de guerre pour fusil de l'armée. En France, votre fusil, c'est Famas.

— Notre quoi ? Fa quoi ? demande Lisa.

— Famas. C'est le fusil des soldats français, répète Léo.

— *Yeah.* Si tu prends une *bullet* 5,56, ça explose dans toi, c'est fait exprès pour tourner dedans comme perceuse. Et si ça rencontre un os, ça rebondit, ça projette des petits bouts dans tout le corps, pas beaucoup chances de survivre.

— C… comment tu sais, t… tout ça, toi ?

— Ma *mummy* et moi, on a eu des… des problèmes avec quelqu'un dangereux, gros problèmes. Elle a appris moi à me défendre. Cours de tir, avec connaissance des armes à feu, montage, démontage… À la maison, on avait six pistolets et *machine-guns*. Mais les armes de guerre, c'est interdit, même en Amérique. En France, c'est impossible à trouver. Un fusil de chasse, c'est possible dans une maison avec un peu la chance, Famas, non, pas possible. Sauf dans les *barracks* de l'armée.

— Les casernes, tu veux dire ?

Il n'y a qu'une seule caserne dans toute la ville et c'est celle des Hommes Droits.

— Ça tire à plus de trois cents mètres avec précision. À côté de ça, la pétoire de Paul, c'est la préhistoire, ajoute Léo. S'ils ont récupéré des armes de guerre à la caserne, même juste quelques-unes, je comprends comment ils ont maté les autres bandes de la ville.

Il faut que je l'interrompe :

— Bon, d'accord, ils ont des Famas. Et alors ? Si on en avait trouvé nous aussi, on les aurait sûrement pris. Ils n'allaient quand même pas se battre contre les Cracheurs avec des lance-pierres !

— Marie… qu'est-ce que tu viens de dire, là ? fait Léo.

— Quoi ? Qu'est-ce que j'ai dit ?

— Ils se sont battus contre les Cracheurs, c'est ça que tu as dit. Parce que c'est évident, non ?

C'est vrai, ils se sont forcément battus contre les Cracheurs pour qu'on retrouve des douilles au supermarché. Un silence s'installe entre nous. Léo demande :

— Pourquoi Will ne nous l'a pas dit ?

— Je… je n'en sais rien.

Comment je pourrais savoir ?

— Moi, je sais, répond Léo. Ce sont les Hommes Droits qui ont liquidé toutes les autres bandes. Celle du centre-ville, celle du

Huit-à-Huit et celle du quartier Laleu aussi. Ils pourraient nous rayer de la carte dès demain s'ils le voulaient.

— Alors pourquoi ils ne l'ont pas fait ?

— Et pourquoi ils nous ont menti ? Et pourquoi Will, dès qu'il est sorti d'ici, s'est précipité vers les moitié-grands pour leur répéter la proposition qu'il nous a faite, et dire à tout le monde que je l'avais refusée ?

Il attend que je réponde.

Pourquoi Will nous aurait-il menti ? Peut-être pour ne pas nous effrayer. Pourquoi il a répété à tout le monde sa proposition ? Sûrement pour nous forcer un peu la main. Mais c'est vrai que c'est bizarre.

— Il a vraiment tout répété à tout le monde ?

— Léo a une idée, Marie. Je crois que tu devrais l'écouter, dit Paul.

Je fais un petit geste du menton : *Vas-y raconte, Léo, j'écoute.*

— On va déménager.

— Quoi ?

Je regarde les murs de cet appartement, de cet immeuble qu'on a défendu de nos mains.

— Où ça, dans un autre immeuble ? Dans un autre quartier ? Mais… et les gosses qui vivent ici ?

— Au début, on déménagera juste les bébés, les tout-petits et une partie de la réserve. On laissera un petit stock ici pour les bandes de gosses du quartier et, dans un second temps, on essaiera de les emmener eux aussi, s'ils nous le demandent.

— Où est-ce qu'on va trouver un endroit aussi bien qu'ici, je veux dire… Pourquoi partir si vite, est-ce que…

— De toute façon, Marie, fait Paul qui est visiblement déjà convaincu, on ne pouvait pas continuer longtemps à vivre ici. Sam a raison : on ne va pas pouvoir passer l'été sans eau. Et puis, même si on a une belle réserve de nourriture, on ne tiendra pas éternellement. Sûrement pas plus de quelques mois, avec tous les nouveaux gosses. Ils sont des centaines.

Même Sam a l'air d'accord, pour une fois.

— Mais avec tout le supermarché pour nous…

— D'accord, mettons qu'on a quatre mois devant nous. Et après, qu'est-ce qu'on fera ? poursuit Paul. Moi, je connais un endroit à la campagne à une trentaine de kilomètres, près de Marsilly, j'allais y faire de l'équitation avant le Marchand de sable. Il y a une petite école avec des lits et des jeux pour les petits, et des tas de fermes. Il y a aussi une rivière et des vieux puits, on aura de l'eau toute l'année, même pour le linge. L'hiver, on trouvera des maisons avec des cheminées pour faire du feu, on coupera du bois. Et puis il y aura des poules, des moutons, peut-être des vaches, il y aura des potagers et des vergers, on pourra essayer de faire pousser des cultures, je ne sais pas… Il va bien falloir recommencer à vivre comme autrefois, à produire nous-mêmes notre nourriture. Sinon, on ne va pas s'en sortir.

— Mais… si les Hommes Droits ont vraiment de mauvaises intentions ? S'ils n'attendent pas quatre mois avant de venir nous trouver ?

— Ouais, je sais, fait Léo. Ils reviendront sûrement, d'une manière ou d'une autre. L'idéal, ce serait de transporter tous les gosses du quartier, mais ce serait un boulot énorme et on n'a qu'un seul conducteur. En attendant, il faut déjà mettre les bébés à l'abri et faire du tri dans la réserve. Peut-être même un inventaire…

Waoh ! Un déménagement. Rien que ça. Après tout, pourquoi pas ? Aller vivre à la campagne cet été, les pieds dans une rivière en croquant des pommes…

— Lisa ? Marcello ?

Ils ne disent pas non. Ils savent qu'ils ne peuvent pas dire non, ce serait absurde.

— Marie, tu commenceras l'inventaire. On te laisse garder la maison avec Lisa, Joan et Marcello. Sam, Paul, Fred et moi, on va aller repérer le terrain là-bas et peut-être y passer la nuit. Et surtout, pas un mot à qui que ce soit : ce sera notre retraite secrète, les autres n'ont pas besoin de savoir où elle est. Je compte sur vous.

Il est tard. J'ai ressorti mon carnet de comptes et me voilà à lister ce qui doit être emporté avec nous en priorité. Les autres sont déjà partis mais, à la lueur des bougies, Marcello et Salomé m'aident à faire le tri et à préparer les cartons sur le balcon. Je mets un moment à remarquer Ben, mon petit espion de onze ans, qui m'attend à la porte-fenêtre.

— Salut, fait-il en roulant des mécaniques et en admirant mon décolleté au passage.

Dire qu'il a seulement onze ans. Mon Dieu, ce que ça doit être fatigant d'être un garçon !

— Faut que je te parle, fait-il avec des airs de conspirateur.

Je l'emmène dans l'appartement brûlé pour être sûre qu'on ne soit pas dérangés.

— Vas-y, je t'écoute.

— Le gars qui est venu tout à l'heure, là, le militaire…

— Oui ?

— Il a parlé à tout le monde et il y en a certains qui avaient l'air intéressés par sa proposition d'aller chez les Hommes Droits. Il leur a dit qu'il reviendrait demain matin pour voir si on avait changé d'avis.

— Demain matin !

— Et puis, surtout, il y a Ness qui lui a tenu la jambe pendant un bon moment sur le palier du second. Je sais pas ce qu'ils se sont dit entre eux, mais je suis sûr d'avoir entendu qu'ils allaient se revoir ce soir en secret…

Ness et Will ? Qu'est-ce que c'est que cette histoire, encore ?

— Ils se croyaient seuls, mais je m'étais caché dans l'escalier. Will a dit : « Je compte sur toi pour en savoir plus. Et motus, hein ? Je t'attendrai en bas. » Et l'autre conne, elle a répondu « à ce soir ! » Et après ça encore, il est allé voir plusieurs bandes de petits en ville. Je me suis renseigné : il leur a répété la même chose, que là-bas à la caserne, ce serait beaucoup mieux, que la nourriture serait meilleure et tout et tout.

Alors Léo disait vrai, il essaie de monter la base contre nous. Quelle cruche j'ai été : Will et les Hommes Droits ont une idée derrière la tête, ils ont une stratégie. Je ne sais pas encore laquelle mais ça ne me plaît pas du tout.

— Et toi, Ben, tu en penses quoi ?

— Moi ?

Il a l'air surpris que je lui pose la question.

— J'sais pas. Euh… je pense comme toi.

— Et Ness, tu sais où elle est ?

— Justement. Après leur petit papotage au second, elle est remontée au troisième, j'ai dû remonter en vitesse pour ne pas me faire repérer. Et là, je l'ai vue : elle est rentrée dans le QG et elle y était encore quand vous avez tenu votre conseil de guerre.

Bon Dieu ! elle a joué les espionnes ! Elle a dû se cacher dans la chambre ou dans la cuisine, nous attendre tranquillement et nous écouter au retour de Léo. Maintenant elle sait tout de notre fuite, elle sait tout de Marsilly… Et elle va tout raconter à Will !

Chacun doit jouer son rôle, disait Léo.

Quel est mon rôle, à moi ?

Chef des services secrets.

Est-ce qu'il est déjà trop tard ? Je prends une lampe de poche, je dévale les escaliers jusqu'au quatrième et je rentre en trombe dans l'appartement des anciens amis de Charly. On joue aux cartes, ici, on boit de la bière, on me regarde comme une intruse. Quand je demande où est Ness, il y en a un qui rigole, il me dit qu'elle vient de partir avec le feu aux fesses, soi-disant pour un rancard. « Vu comme elle est moche, il doit être aveugle, le type. » Je redescends encore un étage et je la trouve sur le palier du troisième. Bon, il n'est pas trop tard. Mais je n'ai jamais vu son visage aussi rayonnant et je n'aime pas ça du tout. Elle s'est lavée et elle porte une robe pour la première fois depuis qu'elle est ici, je crois même qu'elle s'est coiffée et parfumée. Elle va retrouver Will, c'est certain !

— Salut Ness.

Il faut que je fasse quelque chose, vite, n'importe quoi. Je ne peux pas la laisser faire.

— La ferme, Marie, ce n'est pas le moment !

Toujours aussi aimable… Elle se dirige en courant vers l'escalier du bas. Bon Dieu, et si c'était l'heure de leur rendez-vous ? Est-ce que Will est là, en bas, à l'attendre ? Évidemment qu'il l'attend.

— Qu'est-ce que tu fais, où est-ce que tu vas ?

J'ai dû parler sur un drôle de ton, j'ai la voix qui déraille. Je la colle au train, elle doit me pousser pour passer dans l'escalier.

— Il faut que tu mettes ton nez partout, hein ? Fous-moi la paix, je te dis.

Je ne l'ai jamais vue dans cet état d'excitation. Elle descend les marches en se tripotant la frange, en se reniflant le poignet. Je la suis stupidement, comme un petit chien. Est-ce que je dois vraiment l'arrêter ? Et à quel prix ?

— Tu vas voir Will, c'est ça ? Tu as rendez-vous avec lui ?

Elle paraît à peine surprise, elle ricane et bombe fièrement sa petite poitrine.

— Sacrée fouineuse… Tu veux m'en empêcher ? T'as qu'à appeler ton chéri !

Elle se frappe la tête du plat de la main.

— Oh, zut, c'est vrai ! il est parti prendre des vacances à la campagne ! Pas de chance.

Et elle reprend la descente, arrive au palier du second, le traverse jusqu'à l'escalier d'en face.

— Tu as tout entendu ? Tu nous as écoutés ? Je te préviens, si tu dis un seul mot à Will, Léo te fera passer un sale quart d'heure, demain !

— Oh là là, arrête, j'ai trop peur ! Surtout que Will m'emmène ce soir à la caserne… Ciao, la Cantine !

On est déjà au milieu de l'escalier et je ne sais pas si c'est un effet de mon imagination, mais je crois que j'entends le moteur d'une moto au ralenti, en bas… Je n'ai pas le temps d'appeler du renfort. Il faut que je me décide toute seule. Est-ce que c'est juste un rancard amoureux ou est-ce qu'elle va vraiment nous trahir ?

— Si tu… si tu sais des choses importantes pour nous, s'il te plaît, ne les dis pas à Will !

— Je ne vois pas pourquoi je me gênerais. Votre plan de fuite à Marsilly, il va beaucoup l'intéresser.

— On t'a sauvée des Cracheurs, on t'a soignée, pourquoi est-ce que tu nous fais ça ?

— Tu parles. Vous me traitez comme une débile, je n'ai droit à rien. Je vous déteste !

Nous voilà au premier et il faut que je me décide. Sinon, plus de refuge, plus de nouvelle vie, plus d'avenir. On sera à la merci des Hommes Droits.

— Je ne peux pas te laisser nous trahir, Ness…

17

LÉO

Sam a adoré les chevaux :

— Je trouve ça parfait, on sera comme des rois !

Moi, j'ai surtout adoré les puits, mais je suis heureux de voir l'enthousiasme de Sam. C'est rare de la voir aussi contente.

— Tu as vraiment eu l'idée du siècle, Léo.

Elle me donne un petit coup de poing viril dans l'épaule en me souriant, histoire de me faire oublier, sans doute, tous les mots qui ont été prononcés la veille. De toute façon, entre Sam et moi, c'est plus fort que nous : on ne peut pas se faire la gueule bien longtemps, on aurait toutes les raisons du monde de ne jamais être d'accord mais on s'aime bien quand même. Question de caractères, peut-être.

— Et puis c'est loin d'ici, c'est en dehors des grands axes… S'ils nous cherchent, ils auront vraiment du mal à nous trouver, dit Paul, très fier que son refuge nous plaise.

— Et les gosses ? me demande Fred.

On avait trouvé là-bas quelques enfants dans un état lamentable. Rien au-dessus de douze ans, rien en dessous de cinq ou presque. Dans les campagnes, j'ai bien peur qu'une grande partie des enfants ne soient déjà morts. En tout cas, avec quelques barres de chocolat, on s'est vite fait des amis parmi les survivants.

— Eh bien, on s'en occupera, je ne vois pas le problème.

Le retour à l'immeuble au petit matin nous fait un drôle d'effet. Après avoir vu le vert des pâtures et entendu l'eau couler dans la rivière, notre béton nous paraît affreusement triste.

Joan nous accueille à l'entrée, nerveuse.

— Vous avez été longs.

Elle nous regarde, nos baskets boueuses, nos mains sales, elle pouffe un peu. Quand elle me fait la bise, c'est à peine si elle me touche les joues alors qu'elle se colle carrément contre Paul. Même Sam a droit à un câlin.

— Des choses se sont passées ici, pendant vous étiez partis. Ness est morte cette nuit, on a retrouvé elle ce matin.

Tout le monde se fige, on se regarde entre nous. Cet immeuble est maudit, il attire la mort.

— Elle est tombée dans l'escalier en voulant descendre pisser et elle s'est cassé son cou.

— Merde. Elle avait bu ?

Joan n'en sait rien et n'a pas l'air franchement accablée par la nouvelle.

— Salomé dit qu'elle n'a pas donné alcool à elle, mais on trouve facilement bouteilles un peu partout dans l'immeuble. C'est pas tout : le soldat, Will, il est revenu ici cette matin, il a parlé aux moitié-grands. Il y en a qui lui ont tout raconté, pour le déménagement. Il était furieux, il a demandé où serait notre nouveau QG, très fort, *very angry* et, comme personne a pu lui dire l'endroit, il a dit qu'on le regretterait.

— Nom de Dieu !

Ils vont passer à l'offensive. Je ne sais pas ce qui les a retenus jusque-là, mais ça ne les retiendra plus très longtemps.

— Il va falloir accélérer le déménagement. Sam, est-ce que tu te sens prête à conduire ?

Sam a pris quelques leçons de conduite avec Paul ces derniers jours, mais elle rechigne à prendre le volant toute seule. Il faut qu'il insiste pour qu'elle accepte. C'est qu'il a changé, Paul, il a mûri.

— Fred, essaie de repérer une autre camionnette arrêtée pas loin d'ici, avec les clés dessus. Vous, Paul et Sam, commencez déjà à descendre les bébés dans la première camionnette, serrez-les comme des sardines et, s'il reste de la place, prenez de quoi les nourrir et les changer pour un bon moment. Je veux que ce van soit rempli jusqu'à la gueule. Prenez des mômes sur les genoux s'il le faut et mobilisez-moi tous ceux que vous pourrez trouver, c'est le grand départ !

— Mais Léo…

— Je sais, Paul, il y a mille détails à régler. Mais je sens l'orage qui gronde. Il faut que tout le monde comprenne bien la situation comme elle est : maintenant, ce n'est plus un déménagement, c'est un naufrage, d'accord ? Le bateau prend l'eau, les gars, on n'emporte plus que ce qui est vital et on met les bouchées doubles.

Ils me regardent d'un air grave. Je crois qu'ils ont compris.

— Joan, où est passée Marie ?

— Marie, elle…

Joan hésite, regarde le bout de ses pieds.

— Elle va pas très bien. Je crois tu devrais la voir.

Dans les étages, c'est le branle-bas de combat, on crie, on se bouscule, on se dépêche. Personne ne veut rester ici. J'aurais cru que certains voudraient rejoindre les Hommes Droits, mais non, ils veulent tous venir avec nous. Avec une deuxième camionnette, Paul et Sam ont déjà fait deux allers et retours et sont repartis avec leur double cargaison de bébés et de tout-petits. Ils ont aussi emmené Lisa, Jeanne, Ahmed et quelques moitié-grands qui aident à la crèche. Devant l'entrée de l'immeuble, on a entassé des bouteilles de gaz, des réserves de bougies et de conserves, ce sera pour le prochain départ.

— Tu veux quelque chose, Marie ? Un verre d'eau, une biscotte ?

Elle est allongée dans la chambre des filles. Son visage est marqué, tendu à l'extrême comme si elle n'avait pas dormi de la nuit. De vilains cernes lui entourent le nez et ses yeux sont brillants de fièvre. Ça va un peu mieux depuis qu'elle a pris un cachet tout à l'heure, mais elle a vraiment l'air sonnée.

— Léo…

Je ne l'ai jamais entendue parler comme ça. Ce n'est pas qu'elle ait la voix cassée, non, il y a bien quelque chose de cassé, mais ce n'est pas la voix, c'est autre chose. Je ne sais pas quoi exactement.

— Léo, je veux voir un prêtre.

Elle n'a pas de larmes, mais c'est comme si tout son visage pleurait en silence.

— Eh, attends un peu, ma vieille, ce n'est pas demain qu'on t'enterre.

Je me force à rire un peu :

— C'est juste un petit microbe, tu seras vite remise.

— J'ai… j'ai besoin de me confesser. C'est très important pour moi.

Elle se redresse sur le lit, suppliante, et dans ses yeux, je vois la folie étrange de la fièvre.

— Marie… tu sais bien qu'il n'y a plus de prêtres. Ils sont tous endormis.

Je serre sa main, je passe les doigts dans ses cheveux trempés de sueur.

— Mais je peux t'écouter, moi, si tu veux. Je ne suis pas prêtre mais si tu as quelque chose sur le cœur, je ne dirai rien à personne…

— Non ! Surtout pas toi ! Non. S'il n'y a pas de prêtre alors je veux parler à… à…

Elle cherche dans sa mémoire.

— À Sam ?

— Non, je veux parler à Joan !

***

Je reste planté là devant la porte, les bras croisés. Dans mon dos, ça monte, ça descend, les bras sont chargés de boîtes, de cartons, de couvertures. Un gosse de trois ans pleure parce qu'il a perdu son doudou ; son grand frère lui fait un bisou et le lui ramasse. Paul et Sam viennent de rentrer de Marsilly. Ils recommencent à charger leurs camionnettes juste devant l'entrée. Tout le monde se précipite : évidemment, ils ont tous peur. Ce seront les tout-petits d'abord, avec les denrées de première nécessité. Les moitié-grands et les grands attendront leur tour. Je regarde ma montre : deux heures de l'après-midi. En toute logique, les Hommes Droits devraient attendre la nuit pour attaquer, est-ce qu'on aura le temps de sauver tout le monde ?

Quand Joan sort de la chambre de Marie, je lui saute presque dessus.

— Qu'est-ce qu'elle a dit ? Ça va mieux ?

Elle me jette un drôle de regard.

— C'est… une confession, j'ai pas le droit de dire. Chez vous les catholiques, c'est un secret, non ?

— Bon, d'accord. Oui. Tu as raison.

— Je crois elle va mieux. La fièvre est finie. Arrête de manger ça !

D'une petite claque, elle écarte mes ongles de ma bouche. J'en reste complètement stupéfait.

— Tu vas te blesser, mettre microbes là-dedans. Et puis c'est dégustant.

— Oui, maman, je lui fais avec un sourire.

Elle soupire un peu, essaie de faire la tête et n'arrive pas à s'empêcher de rigoler un peu.

— Sale gosse.

Je rigole aussi et soudain, en un clin d'œil, je vois son visage qui se métamorphose, ses yeux qui brillent comme des diamants, sa bouche qui s'ouvre en un grand sourire. Joan est surprenante parfois, et paf, elle me donne un petit coup du plat de la main dans l'épaule.

— Si j'étais vraiment ta mère, tu passerais un mauvais quart d'heure.

— Dis donc, tu fais de drôles de progrès en français.

Elle rougit et lève les yeux au ciel en secouant la tête avec son air de Miss Britney.

— Tu ferais mieux aller la voir, maintenant, fait-elle en sortant une cigarette et un briquet d'un paquet déjà bien amorti.

— Eh, tu ne vas quand même pas fumer sur le palier ?

Elle rigole un peu, fait semblant de croire que c'est une blague.

— On va dans nouvelle maison, non ? La fumée va déranger personne ici.

Cette fumée dans les couloirs, cette odeur que je retrouvais parfois dans l'escalier, ces mégots sous les paillassons…

— Tu fumes dans l'immeuble ? Non, je rêve, c'était toi qui fumais à l'intérieur alors qu'il y avait des gosses partout ici ? Tu veux les faire crever, c'est ça ?

Elle pince ses paupières, provocante, et penche la tête en arrière avec sa cigarette neuve à la bouche.

— Je suis une femme fatale…, dit-elle d'un air pénétré, en faisant un gros effort sur son accent et manifestement très fière de son jeu de mots.

Ce qui ne m'empêche pas de lui attraper la cigarette de la main et de l'écraser entre mes doigts. Je ne suis pas seulement Léo, le mec sympa qui rigole entre deux portes. Je suis aussi le gardien de cette bande de gosses, ça ne me plaît pas beaucoup mais il n'y a personne d'autre pour ce rôle.

— Je ne plaisante pas avec ça. D'ailleurs, on n'a plus le temps pour rigoler : toi, tu vas gentiment descendre et me prendre la prochaine camionnette sur le départ.

La Joan aux yeux brillants disparaît, remplacée par une fille aux yeux ronds, à la bouche furieuse. C'est toujours comme ça entre Joan et moi, il faut que ça finisse mal.

— *What?* Hors de question. Tant que vous êtes ici, vous deux, moi je reste aussi.

Quand je vois le bleu de ses yeux, ce bleu clair comme de l'eau, presque gris, je me demande comment j'arrive à trouver la force d'aller à l'encontre de sa volonté. Ce bleu est d'une beauté à couper le souffle.

— Joan.

Joan, je t'aime.

— Je vais être plus clair : ce n'est pas une permission que je te donne. C'est un ordre.

Je vois ses mâchoires qui s'affaissent, comme si je venais de lui dire la pire des insultes.

— Tu peux pas dire ça à moi. Partir sans… sans toi et Marie ? C'est dégueulasse me faire ça, je peux pas.

— Je ne savais pas que vous étiez si proches, avec Marie.

Elle ouvre la bouche, s'apprête à dire quelque chose et renonce finalement.

— Je partirai pas.

Je la prends et je la secoue par les épaules, ses jolies épaules, et je la regarde dans les yeux, ses jolis yeux. *Joan, je ne veux plus te voir dans cet immeuble. Je veux que tu sois très loin d'ici, en sécurité. Je ne laisserai personne t'attacher une seconde fois à un radiateur, tu peux comprendre ça ?* Rien que de l'imaginer, j'en suis malade.

— Si je te revois encore dans cet immeuble dans un quart d'heure, je te laisse toute seule. C'est compris ?

Je ne vois rien venir. Si, le visage crispé, la grimace de fureur, je les vois. Mais la main qui part en avant, le paquet de cigarettes roulé en boule, non.

Ce projectile dérisoire sur ma joue, c'est comme un coup de sifflet dans ma tête. Depuis que mes poings ont cogné sur Charly, ils sont prêts à y revenir, ils se sont programmés pour se serrer, pour cogner à nouveau. J'ai changé. Qu'est-ce que je suis devenu ? Qu'est-ce que ce monde est en train de faire de moi ? J'ai laissé la haine m'envahir une fois, et maintenant elle est là, tapie comme une bête affamée, prête à revenir aux commandes. *Léo, arrête ! Regarde ce que tu fais !* Quand je reprends le contrôle, j'ai le bras tendu derrière moi, prêt à frapper. Joan me regarde avec des yeux remplis de terreur. Elle recule, tremblante, je la prends entre mes bras, je la serre contre moi. Les tremblements s'estompent peu à peu. Tout à coup, elle se dégage et me crie à la figure : « tu reverras pas moi dans cet immeuble, ça au moins, tu peux être sûr ! » avant de courir vers l'escalier et de bousculer tout le monde pour descendre.

Bon, je me dis, les jambes un peu flageolantes, la tête en compote, *maintenant au moins, je sais qu'elle sera à l'abri.*

— Est-ce que tu peux te lever ? Il va falloir partir maintenant, Marie, mais je peux te porter si tu veux.

Il ne reste plus aucun bébé dans l'immeuble, presque tous les moitié-grands sont déjà partis en camionnette. Les grands attendent en bas. Parmi les gosses, il n'y a plus que Salomé qui soit encore ici quelque part : on ne l'a pas retrouvée, impossible de lui remettre la main dessus.

— Mais ? Je croyais… qu'il fallait que je fasse un inventaire du trésor ?

Elle a l'air mieux. Beaucoup mieux même. Je ne sais pas ce que Joan lui a fait mais c'est assez spectaculaire. La fièvre est complètement tombée, Marie est assise dans son lit, les genoux serrés contre son corps.

— Personne ne t'a dit ? On déménage en catastrophe, Will sait qu'on a l'intention de partir et ça ne lui a pas plu du tout. C'est devenu beaucoup trop risqué de rester ici un jour de plus, on ne laissera personne dans l'immeuble cette nuit.

— Et les enfants du quartier ? Qui va les nourrir ?

— On fera ce qu'on pourra. On reviendra demain, on essaiera d'en emmener le plus possible avec nous.

Elle me regarde pendant une longue minute. Et, au moment où je commence à me demander si elle est bien dans son état normal, elle dit simplement :

— Alors il faut que je m'habille.

Elle se lève, encore mal à l'aise sur ses jambes, considère pensivement le grand tee-shirt mauve qui lui a servi de pyjama et de chemise de nuit.

— Dis donc, gros dégoûtant, tourne-toi un peu !

Je croise les bras et je me mets face à la porte, à fixer les charnières. On dirait qu'elle a décidé de faire comme si elle n'était plus malade. Ou plutôt comme si elle avait mis sa maladie de côté, momentanément... Est-ce qu'elle a vraiment été malade ?

— Qu'est-ce que tu es en train d'enfiler, là ?

J'entends que ça s'agite derrière.

— Rien : j'enlève tout.

— Oh. Je vois.

Évidemment, je ne vois rien, mais j'imagine.

— Et là, j'enfile mes chaussettes.

Ses chaussettes ? Elle se fiche de moi.

— Tu me diras quand tu en seras au soutien-gorge.

— Sors de cette pièce, espèce d'affreux !

Et, bizarrement, je suis sûr que c'est une de ces fameuses phrases de fille. Une de ces phrases où elles réclament le contraire de ce qu'elles disent. Elle n'a pas vraiment envie que je sorte. *Tiens,* je me dis, *peut-être qu'un jour, avec beaucoup de persévérance, je pourrai arriver à comprendre comment elles fonctionnent.*

Pa ! fait un fusil quelque part en bas. Papapa !

Je me retourne aussitôt : Marie est là, debout sur le lit, en train justement d'agrafer un soutien-gorge. Nos regards se croisent, terrifiés. Puis le mien se baisse entre mes jambes : notre fusil est toujours là. Alors qui a tiré ? Sur qui ?

— On avait donné l'autre fusil à Fred pour qu'ils en aient un à Marsilly ! fait Marie.

Bon Dieu, ses seins sont magnifiques. *Comment tu peux penser à ça, Léo ? Enfin qu'est-ce qui cloche dans ta tête ?*

Papapa ! reprend un fusil en rafale. Suivi de plusieurs autres.

— Nom de Dieu, les voilà ! C'est les Hommes Droits, ils n'ont même pas attendu la nuit !

Je monte sur le lit, je la tire par la main et je l'entraîne hors de la chambre au pas de course.

— Ils seront ici dans une minute ! Will sait très bien où se trouve notre QG !

Sur le palier, malgré la porte fermée, on entend déjà des bruits de pas précipités dans l'escalier, des ordres, des cris.

— Trop tard pour descendre, viens, on monte !

J'ouvre la porte de l'escalier, les bruits de pas se confirment : ils sont tout près. Je tire Marie à l'étage. Ils nous talonnent ! Vite, passer la courbure de l'escalier en colimaçon. Trop tard, ils sont déjà au troisième. S'arrêter, se figer, espérer qu'ils ne regarderont pas vers le haut… Ma main sur la bouche de Marie. Jouer les statues, vite. Rester pétrifiés.

— Ici, au troisième ! fait la voix de Will.

Je vois d'ici son béret bleu marine : s'il pense à lever la tête, on est morts. Plus aucune séduction, plus aucune embrassade, plus aucun « oh, Léonard Cadillac, c'est toi mon vieux ? » Sec, autoritaire. Ce n'est pas Will que j'entends, c'est le capitaine Will. Et qui sont les soldats ? La porte ouverte me les cache, ils entrent en groupe.

En tout cas, ils ne nous ont pas vus. Je croise le regard de Marie : elle me regarde, moi, elle attend que je prenne une décision. Je pose un doigt sur mes lèvres. En lui tenant toujours la main, je commence à monter tout doucement les marches. *Suis-moi, sois une ombre, fais exactement ce que je fais.* En bas, il y en a sûrement d'autres, impossible de redescendre. On n'entend plus de coups de feu : si certains d'entre nous se sont défendus, alors ils se sont rendus ou ils se sont fait tuer. Combien ont-ils de Famas ? Est-ce qu'ils ont d'autres armes, des canons, des mitrailleuses ? Inutile de chercher l'affrontement, c'est perdu d'avance. Et les grands qui attendaient en bas, et Marcello ? Est-ce que les Hommes Droits font des prisonniers ? Au moins Joan est partie avec la dernière fournée. Ne pas y penser. Sauver notre peau à Marie et à moi, se concentrer sur nous. Notre salut, il est vers le haut. Au quatrième, on pourra passer au 15 bis et au 15 ter par le couloir de communication. Peut-être redescendre et ressortir par une autre porte, discrètement.

Le palier du quatrième est désert, je fais signe à Marie de prendre le couloir. Ce même couloir que j'ai pris il y a cinq jours pour tendre un piège aux Cracheurs.

Elle me retient d'une main sur le tee-shirt.

— Attends ! chuchote-t-elle.

En arrêt, à l'écoute du moindre bruit, on peut entendre le couinement du cuir des rangers, je sens dans mes pieds la légère vibration de nombreuses bottes sur le carrelage. Marie l'a sentie avant moi : elle est toujours en chaussettes. Ils sont dans le couloir, derrière la porte, ils vont débouler dans une seconde… L'escalier, vite, en haut, toujours en haut. Fermer la porte. Clac.

— Il n'y a personne ici ! fait une voix derrière nous.

Une voix étrange, décalée. Pas une voix de soldat.

— Reste là, le temps qu'on fouille les apparts. Si t'en vois un, tu tires à vue !

Eh bien, au moins c'est clair, on est prévenus…

Le 15 ter, il faut oublier. Ils bloquent les paliers, ils montent les escaliers : ils suivent une méthode, un plan d'attaque. La visite de Will, hier, c'était vraiment pour nous convaincre de partir ? ou juste pour repérer les lieux avant d'attaquer ? Non, je crois qu'il comptait nous attirer à la caserne, nous laisser nous-mêmes saborder la Cantine, en douceur, en confiance.

— S'ils regardent dans tous les appartements, ils en ont au moins pour quelques minutes à chaque palier, fait Marie, toujours en chuchotant. En montant directement jusqu'au toit, on prendra de l'avance et on aura un peu de temps devant nous.

— Sur le toit ? Mais on sera faits comme des rats, là-haut !

— Peut-être pas… j'ai mon idée, tu me fais confiance ?

Elle me redresse brusquement la tête d'une main sous le menton : zut, j'étais encore en train de reluquer ses seins. Une idée, pour le toit ? Quelle idée ? Tant pis, je lui fais confiance. Marie a largement autant de cerveau que de nichon.

Je mets le fusil en bandoulière. Le canon me cogne dans le dos à chaque marche, je serre la sangle, j'essaie de le tenir avec la main mais il continue de cogner. C'est sur la tête maintenant, comme s'il voulait me faire rentrer quelque chose dans le crâne.

— Eh, Marie, si on se planquait dans un appartement ?

Elle se retourne. C'est elle qui a pris la tête, maintenant.

— Non, ils nous trouveraient. Et puis, même s'ils nous rataient, quelque chose me dit qu'on ne doit surtout pas moisir dans l'immeuble.

Pourquoi ? Qu'est-ce qu'ils peuvent lui faire, à ce malheureux immeuble ? *Voyons, Léo, réfléchis : si tu voulais être sûr de tuer ou de faire prisonnier tout le monde, tu ferais quoi ? Rappelle-toi qui a mis le feu aux abattoirs…* Ils vont incendier tout le bâtiment, ce sera un symbole magnifique pour frapper les esprits de tous les gosses du quartier qui croient en nous : la Cantine, c'est fini. Place aux Hommes Droits.

Elle s'arrête au huitième et reprend son souffle, penchée contre le mur.

Quel idiot, j'avais oublié qu'elle était malade.

— Je vais te porter, viens dans mes bras.

— Ne dis pas… de bêtises… Léo…

Elle avale sa salive, me regarde avec ses yeux brillants.

— Tu as déjà eu un mal fou… à porter Joan dans tes bras… jusqu'au cinquième.

Elle se coule par terre.

— Et je suis deux fois plus grosse qu'elle.

— Il ne faut pas s'asseoir quand on a perdu le souffle. Ça coupe la circulation, ça bloque la respiration. Allez, debout.

Je lui tends la main :

— En tout cas, c'est sûr, ça doit peser lourd, tout ce qu'il y a dans ce soutien-gorge.

Je réussis quand même à la faire sourire.

— Tu n'as pas idée comme ils me cassent le dos.

Je me force à regarder ailleurs.

— Tu aurais pu me laisser le temps d'enfiler quelque chose, quand même…

— Tu parles. Une seconde de plus et on se retrouvait nez à nez avec Will. Et puis, tu es beaucoup plus sexy comme ça.

Je n'ai qu'un vieux tee-shirt sur moi, que je lui prête en ronchonnant. Les quatre étages suivants, on les monte plus lentement, trempés de sueur et soufflant comme des phoques.

— Je ne comprends pas…, dit-elle, pourquoi Jean, là-haut… n'a pas donné l'alerte.

Nous voilà face à la porte. Le télescope de Sam est toujours là, personne n'a pensé à l'emporter. Sam est à l'abri, elle, c'est déjà un soulagement. Même si les Hommes Droits ont fait des prisonniers, personne ne leur dira où se cache notre petit paradis : il n'y a que nous qui connaissions l'endroit, ici.

— Jean n'aurait jamais quitté son poste…

Je n'aime pas le bruit que fait la respiration de Marie. Ça fait comme un voile dans sa gorge quand elle inspire. Le sport, c'est bien la seule matière où elle n'a jamais brillé à l'école.

— … sans une bonne raison.

Bon, pas de panique. Je vais partir en reconnaissance.

— Reste ici, repose-toi. Marche un peu de long en large, c'est encore le meilleur moyen de retrouver son souffle.

J'ouvre la porte, Marie ne proteste pas, elle me regarde sans bouger. Cette tête de mule s'est encore affalée par terre au lieu de m'écouter. Qu'est-ce qu'elle est rouge. Après tout, elle a peut-être raison, il vaut mieux qu'elle s'assoie.

Sur le toit, pas de soldat en uniforme. Je regarde à gauche, à droite, on dirait bien qu'on est les premiers arrivés. Devant, les gaines d'aération. Derrière, les deux blocs de cheminées. Et là-bas, tout au bout, le château d'eau. Tiens, je l'avais complètement oublié celui-là, qu'est-ce qu'on va bien pouvoir faire du Flic ? Chaque chose en son temps. L'antenne du téléphone ? Personne n'est perché dessus, Jean a dû quitter son poste, finalement. Pourquoi est-ce qu'il n'a pas donné l'alerte ? Une forme sombre attire soudain mon attention au pied de l'antenne, cassée en deux sur un panneau solaire. C'est un corps, un corps d'enfant. Oh, mon Dieu ! Je jette un nouveau coup d'œil à droite et à gauche mais, cette fois, sur les toits des autres immeubles. Est-ce qu'il y aurait un tireur embusqué, là, quelque part, avec un fusil de précision de l'armée ? Encore une chance : notre immeuble est le plus élevé de tous, de là où je suis, au centre du toit, il n'y a aucune ligne de visée d'un autre toit. S'il était monté sur l'antenne, Jean, lui, était parfaitement exposé : l'antenne fait bien trois mètres de haut et elle est plantée sur un angle.

En marchant courbé jusqu'au sol, je m'approche du corps. Vers la fin, j'y vais en rampant sous le couvert du rebord en béton qui fait cinquante bons centimètres de haut. Je reconnais son petit visage d'enfant.

Sa tête est trouée de part en part, il me regarde avec des yeux vides, quelques mouches lui tournent autour. Je sens monter une envie de vomir.

Ils ont dû utiliser un silencieux, sinon ça ne servait à rien de supprimer l'homme de veille. Un silencieux, ça limite la portée ; et puis, de toute façon, ce ne sont pas des pros, ils n'ont pas pu tirer de très loin. Je ne vais pas jusqu'au rebord, je lève tout doucement la tête jusqu'à ce que j'aie une vue sur l'immeuble le plus proche. Au début je ne vois rien, et puis quelque chose bouge à l'angle et, là, je ne vois plus que lui : un soldat avec un fusil interminable entre les mains, qui se penche pour regarder en bas. L'assassin de Jean.

Je reviens vers Marie, presque à quatre pattes. Elle s'est remise debout.

— Quoi, qu'est-ce qui s'est passé ?

Elle doit voir, rien qu'à mon visage, que j'ai vu un cadavre.

— Il y a un tireur sur l'immeuble de l'Amirauté, en face. Il a tué le petit Jean.

Je pointe le doigt sur la tempe.

— Une balle dans la tête. Il est mort.

— Oh, mon Dieu !

Elle porte une main à sa bouche, se signe et murmure une prière silencieuse. Jean, c'était un gentil garçon, attachant, loyal, il n'avait jamais fait de mal à personne. Il me faisait confiance et moi, je n'ai pas pu le sauver.

— L'immeuble de l'Amirauté, tu dis ? Est-ce qu'il y en a d'autres ?

Haussement d'épaules, soupir... je n'en sais rien.

— Tant pis, viens, de toute façon, on ne peut pas rester ici.

Elle me prend par la main et se dirige résolument de l'autre côté de l'immeuble. Arrivée au rebord, elle s'accroupit, regarde autour d'elle puis jette un coup d'œil en bas. De ce côté-là, ce sont les parcs, et après encore, le centre-ville. Sur cette partie du toit, on ne peut pas nous voir depuis l'immeuble de l'Amirauté.

— Alors c'est quoi ton plan, Marie ?

— On va descendre par le fil du SMS.

— Hein ? Tu es folle ou quoi, le fil du SMS, il est fait pour agiter une clochette et renverser un pot de yaourt, pas pour supporter le poids d'un homme !

Elle lève les yeux en l'air.

— On l'appelle « fil » mais c'est une corde. Tu ne savais pas ? Quand ce petit cafard de Jonathan avait tranché le fil au onzième, le jour de l'attaque des Cracheurs, Paul l'a remplacé par les cordes qu'on avait trouvées à la piscine, les lignes d'eau. Ce sera facile de descendre en se tenant aux flotteurs, il y en a au moins trois par mètre.

Une corde, oui, si on veut. Un filin blanc épais comme mon doigt, avec des flotteurs orange. Sauf qu'une ligne d'eau, c'est fait pour flotter, pas pour faire de l'escalade.

— Oui, mais… Le fil du SMS ne descend que jusqu'au cinquième.

— Jusqu'au troisième. Tu sais bien que notre QG du cinquième a brûlé et qu'on a remis un fil plus long pour le relier à notre nouveau QG.

— Et après ! Imaginons que ça marche, on sera quand même bloqués au troisième. Toutes les sorties de l'immeuble sont bouclées, ils nous attendent avec leurs fusils.

Elle me fait son petit sourire de conspiratrice.

— On a une autre corde.

— Hein ?

— Celle du Flic. Pour lui descendre et lui remonter son seau, on avait trouvé une autre corde, une verte, beaucoup trop longue pour ce qu'on voulait en faire : au moins trois mètres, peut-être quatre. On l'avait trouvée sur le chantier de la nouvelle Sécu, rue de Suède, tu te souviens ? On pourra descendre encore un étage et demi et se jeter sur le balcon du premier et, de là, sur le sol. Côté parc, l'immeuble n'a pas de porte et je crois qu'il n'y a pas de soldat non plus.

Je réfléchis, je penche la tête en bas pour me faire une idée de ce que ça fait, un étage.

— Ouais, ça devrait aller en y allant l'un après l'autre. Si les lignes d'eau tiennent le coup.

— C'est ça ou se livrer tout de suite.

— Pas question de se livrer !

Les Hommes Droits, j'en ai l'intuition, dépassent en sauvagerie tout ce dont les Cracheurs étaient capables. C'est une sauvagerie organisée, planifiée… et une sauvagerie déjà bien rodée, j'en suis sûr. Le règne de l'anarchie, c'est fini, voici celui de la réaction autoritaire, la dictature. Nous ne sommes pas les premiers et nous ne serons pas les derniers à nous faire manger par le monstre… Si on se livre, ils nous tueront tous les deux et je préfère ne pas penser à ce qu'ils feront à Marie avant.

— D'accord, on essaie, mais d'abord il faut libérer le Flic. On ne va pas le laisser brûler dans sa prison.

Marie me regarde d'un air effaré. Elle ouvre la bouche pour protester et puis elle change d'avis. Finalement, son visage s'adoucit, elle me sourit et fait :

— Oui, évidemment.

Quand on jette la corde à ses pieds, le Flic la regarde sans comprendre.

— Monte ! Allez grouille, on est attaqués, tout va cramer ici !

Il se lève, lentement, se dirige vers la corde. Il essaie de monter, une fois, deux fois, mais il ne sait pas grimper à la corde. Il faut que je le tire à la force des bras. Une fois qu'il est arrivé en haut, je l'aide à prendre appui sur le bord. De près, le Flic ne ressemble pas du tout à un meneur de bande. Il ressemble à un clochard barbu, à moitié stupide.

— M… merci, dit-il finalement, timidement.

Une fois sur le toit, il regarde Marie à moitié nue, qui le regarde aussi. Il n'est pas si grand que ça. Il est maigre en tout cas, et il pue. Je pointe le menton vers la porte de l'escalier :

— Bon, je vais la faire rapide. Dans cinq minutes, dix au maximum, il y a des tueurs qui vont débouler sur ce toit. Plein de tueurs, qui auront tous des fusils d'assaut de l'armée. S'ils nous trouvent, ils nous tireront dessus. Et après, ils brûleront tout l'immeuble.

Il me regarde, sans avoir l'air de comprendre :

— Ouah, trop délire… Le truc de ouf.

— Oui, on peut dire ça. Alors tu vois cette corde attachée autour de la grande cheminée, avec des flotteurs orange ?

— Ouais.

— Marie va y descendre en premier. Ensuite, ce sera moi. Ensuite toi. On ne peut pas descendre plusieurs à la fois, la corde n'est pas faite pour ça. On se donne rendez-vous au troisième étage. Là, on descendra avec ta corde verte.

Marie me jette un regard effrayé : *tu vas le laisser derrière nous ? Tu vas descendre au bout de cette corde alors qu'il sera sur le toit et que tu seras à sa merci ? Oui, Marie, ne t'inquiète pas : il ne va pas la couper, il en aura besoin lui aussi. Et puis il n'a pas de couteau, qu'est-ce qu'il pourrait bien faire ?*

Le Flic se penche par-dessus le rebord, regarde en bas puis jette un coup d'œil sur la corde verte enroulée en tas à mes pieds. Il rigole un peu, hausse les épaules. D'un coup, je me demande : est-ce que Paul n'a pas cogné trop fort ? Est-ce qu'il y a quelque chose de cassé dans cette tête-là ?

J'enlève mes chaussettes et je les fourre entre les bras de Marie.

— Mets tes mains là-dedans pour ne pas t'écorcher les paumes, laisse-toi glisser en serrant très fort les mains et les pieds. À chaque balcon, arrête-toi, reprends ton souffle et surtout ne regarde pas en bas.

Elle porte les chaussettes à ses narines et fait la grimace. Je sais, je pue des pieds mais, comme je n'ai pas l'air de rigoler, elle acquiesce gravement et met ses petites mains tout au fond. Je l'aide à passer par-dessus le rebord et je la tiens par les épaules.

Elle prend sa respiration comme avant de plonger au fond de l'eau, et elle se lance. Chaussettes aux mains, chaussettes aux pieds, flotteur après flotteur. Arrivée au onzième, elle se met debout sur la rambarde du balcon. Les flotteurs ont été arrachés ici, sans doute par Paul, pour que la corde glisse mieux sur la rambarde. Elle s'arrête un peu, elle me jette un dernier regard et disparaît à ma vue.

Je ne quitte pas cette foutue corde des yeux, qui bouge, qui remue et qui grince. La gaine en plastique frotte contre le rebord en béton mais j'ai l'impression que ça tient le choc. Un coup d'arrêt. Elle a dû arriver au balcon du neuvième. Je compte : un balcon à tous les étages impairs. Encore un arrêt : septième. Cinquième. Allez Marie, plus qu'un petit effort, tu es presque arrivée, ma belle, ne lâche pas maintenant. Ça y est ! La corde s'est arrêtée, je la vois maintenant qui glisse de vingt centimètres sur le côté : c'est notre signal, Marie se déplace le long du balcon avec la corde pour nous dire qu'elle est arrivée.

Je jette un coup d'œil en arrière : le Flic n'a pas bougé de sa place, il me rend un regard vide. La porte de l'escalier reste fermée, les Hommes Droits doivent encore être occupés à nous chercher dans les étages. Bon, à mon tour. Le fusil de chasse en bandoulière et notre deuxième corde enroulée autour de la taille, je confie ma vie à la minuscule ligne d'eau et à ses boudins orange. Moi qui ai toujours eu horreur des piscines… Faute de chaussettes, je fais très attention à mes mains, les flotteurs permettent de s'accrocher mais c'est fatigant de les passer un à un et ça prend du temps. Arrivé au cinquième, je jette un œil en bas : Marie est là, au troisième, qui me fait un signe de la main. Dans la rue de derrière, il y a deux Hommes Droits qui font le guet à l'angle, mais ils discutent entre eux et ne regardent pas vers le toit. Tous les autres sont du côté de la rue Kléber et des trois portes d'entrée.

Bon, ça y est, j'y suis.

— Ça va, Marie ? T'as rien ? Montre-moi tes mains.

Les mains de Marie ne sont pas trop abîmées, mes chaussettes, par contre, c'est un vrai massacre. Elle déroule la corde verte dans mon dos et commence à l'attacher aux barreaux du balcon, c'est plus court que prévu mais ça ira bien pour atteindre le balcon du premier. Le dallage est couvert de peinture : le pot de yaourt du SMS s'est renversé, évidemment, quant à la clochette, Marie l'a déjà arrachée.

— Attention !

Elle me pousse tout à coup sur le côté, je perds l'équilibre et je me cogne la tête contre une jarre en terre cuite sur le côté.

— Chut ! fait-elle en me collant la main sur la bouche, couchée sur moi et les yeux brillants.

L'appartement de l'autre côté de la porte vitrée, c'est notre ancien QG. Là où on a mangé, dormi et rigolé. Là où on a dressé par terre notre « lit à huit » dans le salon. Là où on se tenait, Marie et moi, il y a quelques minutes à peine, et où Will est venu nous chercher avec ses soldats.

— Je crois..., dit-elle en chuchotant.

Elle est toujours allongée sur moi et elle me fait mal avec ses coudes qui me rentrent dans les côtes, et le fusil aussi me fait mal, il me coupe le dos en deux.

— ... je crois qu'ils sont encore à l'intérieur.

Avec le vent dans les oreilles, on n'entend rien de ce qui se passe dans l'appartement. Je la repousse tout doucement, je me redresse sur les genoux et allonge la tête.

Malgré les reflets du ciel de l'après-midi, je vois quelque chose bouger de l'autre côté. Une silhouette de petite taille qui se rapproche. Je me plaque contre le mur, hors de vue : il doit être à la vitre, maintenant.

— C'est un gosse ! je chuchote à Marie.

— Un gosse qu'on connaît ?

— Non, un gosse avec un tee-shirt vert et un béret bleu marine. Un gosse en uniforme.

On se regarde, effarés. C'était ça qui clochait dans leurs voix ! C'était ça qui leur donnait ce ton étrange, décalé. Ils ont des voix d'enfants, pas des voix d'adolescents. L'Afrique n'est pas si loin d'ici, apparemment, le Congo, le Liberia et tous leurs salopards de dresseurs d'enfants.

— Voilà pourquoi ils voulaient mettre la main sur les gosses. Ils en font des soldats !

Bravo, les Hommes Droits. Joli monde meilleur que vous nous proposez là. Des enfants soldats, c'est un sacré progrès pour l'humanité.

Je regarde la corde verte que Marie vient d'attacher aux barreaux du balcon.

— Tu crois qu'il est encore là ? je fais. Tu crois qu'il a vu les cordes ?

La corde verte, c'est juste un nœud sur un barreau, mais le fil du SMS, lui, se balance à un mètre cinquante du sol avec ses flotteurs orange, ça attire le regard. La porte s'ouvre, lentement. Une petite main se pose sur la gâche, une tête sort, regarde en l'air cette foutue ligne d'eau qui continue de se balancer comme la corde d'un pendu. Il s'avance d'un pas et là, il nous voit. Il n'a pas d'arme, juste sa voix, qui vaut un millier de fusils s'il a des petits copains à l'intérieur. Sa voix qui reste bloquée dans sa gorge, autant que mes muscles, bloqués dans mes bras et dans mes jambes. Il n'a même pas dix ans, son tee-shirt lui descend jusqu'à mi-cuisses, son béret est tout de travers. C'est un blondinet aux yeux bleus, un visage de jardin d'enfants tel qu'on en voyait tous les jours dans toutes les écoles de ce pays, en train de rigoler ou de se chamailler dans les cours de récré.

Quand le bout de la ligne d'eau touche le sol, il ne comprend pas et nous non plus. Juste à ses pieds, quelque chose est tombé, alors il baisse la tête. Il ne voit pas les trente mètres de corde qui jouent au serpentin lâché dans les airs et qui lui tombent en plein sur la tête, selon la géométrie étrange d'une corde pleine de flotteurs en plastique détachée d'un point fixe, qui se met à tomber dans le vide en heurtant les rambardes des balcons. Le boucan est assourdissant. Quand c'est fini, je suis déjà sur lui, une main sur sa bouche, l'autre sur sa gorge ; il est tellement petit. Si je veux, je peux le tuer d'un coup sec.

—Attache-le ! je dis à Marie, tout doucement. Et referme cette porte.

Il sera difficile pour les autres de savoir d'où venait le bruit exactement, mais ils vont chercher sur les balcons et ils ne vont pas tarder à nous trouver. Mon prisonnier ne bouge pas d'un cil. Son béret est tombé maintenant, il ne reste plus que son petit visage et ses grands yeux de gosse qui me regardent fixement.

—Écoute-moi bien, petit. J'ai un message pour ton chef, peu importe comment il s'appelle… Le salopard qui est aux commandes, là-bas, dans votre caserne. Dis-lui que son monde, on n'en veut pas. Dis-lui qu'on va en construire un autre, où les enfants ne porteront jamais de bérets bleus. Dis-lui ça de la part de Léonard Cadillac. Tu as compris ?

Il me fait oui de la tête, lentement. Je retire ma main, j'enlève son tee-shirt et je le bâillonne avec. Et puis je visse le béret sur mon crâne, de loin, je pourrais peut-être passer pour un Homme Droit. En tout cas, le gosse n'ouvre pas la bouche : il est trop terrifié pour ça. Je jette un coup d'œil là-haut, tout là-haut, jusqu'à ces fichus balcons qui nous cachent le rebord du toit. *Qu'est-ce que tu as foutu, le Flic ? Pourquoi tu as défait la corde ?*

Tatata ! Tatata ! fait un Famas quelque part au-dessus de nos têtes. Le gosse lève les yeux, Marie aussi. D'autres tirs répondent, ça crépite comme au carnaval. *Tu as préféré finir en beauté, hein ? Prendre son arme au premier qui pointerait le bout de son nez et tirer sur les autres ? Pauvre petit Flic, jouer à la guerre, finalement, c'était tout ce que tu demandais. Tu es mort comme tu l'aurais voulu : sur un champ de bataille. Pauvre con.*

Les deux Hommes Droits qui faisaient le guet à l'angle ont disparu, sans doute partis aux nouvelles après avoir entendu les coups de feu. La voie est libre. Et puis on ne manque plus de corde, maintenant.

Je descends en premier, Marie attache le gosse et le fait descendre comme un paquet jusqu'au sol. On ne peut pas le laisser trop près de l'immeuble, ils risquent de ne pas le retrouver et s'ils font flamber le bâtiment, il va brûler avec…

Je regarde Marie. Soudain, un coup de sueur froide me glace le dos : et nos parents ? et s'ils font brûler nos parents avec l'immeuble ?

Pa ! Pa ! fait encore un fusil là-haut. Tiens, on dirait que le combat du Flic dure plus longtemps que prévu.

Au rez-de-chaussée, la fenêtre de nos parents est toujours ouverte : cinquante personnes dans le même appartement, même endormies… Il fallait bien les aérer un peu.

— Je vais les chercher !

— Non, Léo, tu ne pourras pas tous les prendre !

Je jette un coup d'œil dans la rue.

— Non. Je prendrai juste… (je bouche les oreilles du gosse) juste nos parents, nos parents à nous. Et je les mettrai dans le camping-car, là-bas. Mets un bandeau sur les yeux du petit, arrange-toi pour qu'il ne puisse pas regarder ce que je fais.

Par la fenêtre, je passe les parents de Sam et de Paul, la mère de Marie, mon père, M. Anthony, les parents de Lisa et sa grande sœur, j'en sors complètement épuisé… Et, après ça, il faut les traîner jusqu'au vieux camping-car dont Marie a brisé une vitre, les entasser là-dedans, refermer.

— Je ne peux pas… Je ne peux pas sortir les autres… Je n'ai pas la force…

— Léo, il faut s'enfuir maintenant, il ne faut pas rester ici.

Le gosse, on le laisse dans la rue, allongé en travers et les yeux bandés, ils le retrouveront bien. Au carrefour à cent mètres, on repère un autre gamin en kaki occupé à surveiller la rue. Et il y en a un autre à gauche en embuscade, avec un fusil. Mais tout à coup, sur le toit, on entend deux énormes boum ! qui claquent aux oreilles. Tout le monde rentre la tête. L'un des deux veilleurs rejoint l'autre en criant je ne sais quoi, ils se mettent à jacasser en commentant les explosions et on en profite pour traverser en courant.

C'était quoi, ce bruit ?

À ton avis, Léo… C'était des grenades évidemment, des grenades à fragmentation. Le Flic vient de terminer sa carrière.

On se faufile dans un jardin en escaladant une grille. C'est la maison à la façade bleue, on la connaît, on a déjà fracturé la porte depuis longtemps pour piller la cuisine. Une vieille maison de vieille dame, qui sent le renfermé. Dans le jardin, il y a un drôle d'escalier extérieur qui mène directement à la chambre ; Marie et moi, on y rentre discrètement et on se colle aux carreaux. Par une fenêtre entrouverte, on a une vue sur l'autre face de l'immeuble. La vitre est sale, c'est une fenêtre à l'ancienne, le verre est un peu tordu et ça ferme à l'espagnolette. Une bouffée d'air soulève des moutons de poussière sur le tapis.

Les Hommes Droits ont aligné leurs prisonniers en rangs devant l'entrée du bâtiment, par sexe et par ordre de taille. Quatre ados en treillis braillent et commandent à une armée de petits singes en tee-shirts kaki comme celui du balcon. Ils n'ont pas tous des armes : en fait, il y en a très peu qui en ont. Will est en bas et il a l'air furieux, il aboie sur un groupe de moitié-grands qui ressortent de l'immeuble. Il vient sûrement d'apprendre ce qui s'est passé sur le toit : la fusillade, le Flic… Il fait un geste à un gamin de onze, douze ans qui se tient devant les rangs de prisonniers, le Famas entre les mains. Alors il se passe quelque chose que je ne pourrai jamais oublier. Quelque chose que je donnerais n'importe quoi pour n'avoir jamais vu. Le petit s'approche de Mana allongé sur le trottoir, sa jambe toujours prise dans l'attelle. Il pointe le fusil sur sa tête, Mana hurle, il recule en rampant. Un coup claque, Pa! et résonne sur l'immeuble en face.

— Non! fait Marie en se cachant les yeux.

Je mets mes mains sur ma bouche, sur mon nez. Ils ont éliminé le poids mort. Pour eux, Mana, c'était exactement ça: un poids mort.

— Nom de Dieu!

— Quoi? me demande Marie.

Le gamin au Famas vient de se décaler de deux pas. Il s'est planté juste devant une autre silhouette. Une silhouette un peu différente des autres, avec trois jambes.

— C'est... c'est Marcello!

Il lève le fusil.

— Non, ils ne vont pas...

Marcello est handicapé. Marcello ne ferait pas fait un bon soldat. Il ne sert à rien ni à personne: dans leur foutu monde de salopards, un type qui a une jambe raide, c'est un bon à rien! Il n'y en a pas un seul parmi tous ces petits cons qui lui arrive à la cheville et eux, ils se permettent de penser que...

Marie me tire par la manche et me jette un regard terrifié. Je m'aperçois que je me suis mis debout devant la fenêtre, que ma main s'est déjà tendue vers le battant comme pour l'ouvrir. Mais, même en courant, je n'arriverai jamais assez vite, je ne peux rien faire pour empêcher ce qui va se produire. Je ne me suis jamais senti aussi misérable, aussi impuissant de toute ma vie.

Marcello ne recule pas, il ne hurle pas. Il regarde le gamin droit dans les yeux, jusqu'au bout. Je me force à penser: *je le dirai à ses parents quand ils se réveilleront, oui, je leur dirai que leur fils était quelqu'un de très courageux.*

Pa! fait le fusil.

Marcello... Je ne peux pas y croire, ça ne devait pas être lui, ou alors il va se relever. Un jour, demain peut-être, ou après-demain, je me retournerai et il sera là derrière moi, et on discutera et il bégaiera en clopinant sur sa béquille. Mais non, il ne se relève pas.

Le petit assassin a fermé les yeux au dernier moment. Ça devait être une épreuve, il devait flinguer quelqu'un : ça y est, c'est fait, il est des leurs maintenant, il a franchi la ligne des salauds, il a du sang sur les mains.

Une silhouette minuscule jaillit de sous une voiture, comme un chat perdu. Elle se jette sur le corps de Marcello par terre, qui a encore des spasmes, elle se presse contre lui, on entend d'ici comme elle hurle, on dirait un cri de bébé, déchirant. Un piaulement d'oiseau, un sanglot. Il n'y a pas de haine pour le tueur chez Salomé, il y a juste ces cris, ce chagrin que rien ne pourra consoler, le lien d'amour avec l'autre coupé brutalement, arraché par la force, et qui fait saigner l'âme comme une vraie blessure. Et qui ne guérit jamais.

—Je vous salue, Marie, pleine de grâce, Vous êtes bénie entre toutes les femmes et Jésus, le fruit de vos entrailles, est béni…, murmure Marie, les mains jointes, la tête baissée, les larmes plein les yeux.

Marcello, Marcello ! Moi, je n'ai pas de larmes, je n'ai pas de Dieu, je n'ai que le visage de Marcello dans ma tête qui me sourit, qui vient rejoindre celui de Fred-le-Rouquin et de Jean, et qui continuera de me sourire pendant toute ma vie ou ce qu'il en reste. Pendant un moment, je suis jaloux de Marie et de sa prière, moi aussi j'aimerais me mettre à genoux et croire que Marcello nous attend, là-haut, dans un autre monde. Qu'un Dieu bienveillant va l'accueillir auprès de lui, donner un sens à sa mort. Mais je n'y crois pas : mon monde à moi, il est là. Il est pour nous, il est à nous, à ceux qui veulent le construire. Il n'y a pas de paradis et pas d'enfer, il n'y a que la joie et la douleur, la fierté et le remords, il n'y a que des gens qui aiment et des gens qui souffrent… et des gens qui meurent.

Marie étouffe un sanglot, elle se signe, elle ne veut plus regarder par la fenêtre. Se roule en boule contre le mur, gémit doucement. Je me coule par terre tout contre elle et je lui passe un bras sur les épaules. Moi, je suis courageux, je suis un garçon. Même pas mal, même pas triste. Tu parles… s'il n'y avait pas Marie à consoler, là, juste à côté, c'est moi qui serais en train de chialer.

Je ne sais pas combien de temps on reste là, tous les deux. Pas très longtemps. Tout à coup, le vent soulève les voilages de la fenêtre entrouverte et puis retombe. Il a remué l'air dans la pièce, une odeur. Écœurante. Je me lève lentement et je m'approche du fond. On est dans la chambre de la vieille. Je la regarde, allongée sur son lit à baldaquin aux draps rouges, elle dort tranquillement, la tête sur l'oreiller. Elle sent mauvais, mais une autre odeur vient du fond. De la porte du couloir.

— Léo ? murmure Marie derrière moi d'une petite voix misérable. Ne me laisse pas toute seule, Léo !

Je reviens, je m'accroupis devant elle, je lui prends la tête entre mes mains, la serre contre ma poitrine, ses cheveux sous mon menton. Elle se laisse faire.

— Dis donc, Marie, tu ne sens pas quelque chose ? Comme une odeur ?

Elle me suit jusque dans le couloir, que je traverse avant de descendre l'escalier. L'odeur se fait plus forte. Dans le hall d'entrée, elle devient vraiment insupportable.

— Ça… ça vient de cette porte, là !

C'est la porte de la cave. Il fait sombre dans le hall, il n'y a qu'une petite vitre en demi-cercle au-dessus de l'entrée. La clé de la cave est sur la serrure. Je tourne la poignée, le battant s'ouvre tout seul dans un grincement. L'odeur nous enveloppe comme un fantôme, nous prend à la gorge. Elle est si dense que, quand on respire, on a l'impression que l'air est devenu solide. Marie tourne la tête et met la main sur son nez. Je sens l'envie de vomir qui monte.

— Oh, mon Dieu…

— Ne descends pas, Marie, je vais y aller tout seul.

Je pose le pied sur la première marche. Il fait noir comme dans un four et je n'ai pas de lampe de poche, la couche de poussière sur l'escalier crisse sous mes baskets.

— Non, je viens avec toi.

Elle me prend la main. De l'autre, elle tâte le crépi du mur en descendant, marche après marche. Je respire par la bouche, maintenant, pour ne pas sentir l'odeur ; le bois de l'escalier craque et gémit sous mes pieds. Quelque chose me cogne le front violemment. Une poutre.

— Aïe !

— Ça va ? fait la voix de Marie, effrayée.

— C'est rien. Attention à la tête.

Encore une marche.

— Je crois… je crois que j'ai trouvé une boîte d'allumettes sur la poutre, fait Marie.

Mon pied s'enfonce vers la marche suivante et rencontre une surface molle. De la terre battue.

— On y est.

Une étincelle dans mon dos, le frottement de l'allumette. Elle casse la première, en sort une seconde, elle doit s'y reprendre à trois fois. Finalement la petite flamme jaillit.

— Ah !

Elle lâche l'allumette, recule, se met à courir, je cours aussi, je la bouscule, on tombe dans l'escalier.

Elle crie, je me débats. Et puis on se calme.

— Une autre allumette, vite !

Le soufre frotte sur la boîte, la lueur tremblote, nous dévoile la scène.

Charly est là, étendu par terre, les bras en croix. Il n'a rien à voir avec le Charly du combat de boxe. Il a toujours le visage en sang et couvert de bleus. Mais la peau est grisâtre, le ventre noir et boursouflé, il a été déshabillé entièrement. Une armée de mouches bourdonne autour de ses plaies. Surtout la plaie entre les jambes : quelqu'un lui a tranché les parties génitales, il n'y a plus qu'un trou noir à la place. Quelqu'un lui a tranché la gorge aussi.

Ce quelqu'un, on le connaît. On la connaît. Elle est juste à côté de lui, aussi morte que lui, les veines tailladées, le couteau encore dans la main.

— On… on l'a déjà vue, non ? je demande à Marie.

Elle se signe d'un geste réflexe.

— Oui. C'est la gamine complètement terrifiée qui était venue juste après notre deuxième visite au supermarché.

— Celle qui demandait si on était les Hommes Droits ?

— C'est ça, répond Marie. Juste une gamine qui était sortie de chez elle pour trouver refuge chez nous. On ne l'a plus revue après le combat de boxe, je n'y avais pas fait attention.

— Pendant la période de flottement après l'attaque des Cracheurs, quand Charly était plus ou moins le seul maître de la Cantine, elle a dû… Enfin Charly a dû…

Je ne finis pas ma phrase. Quand je me suis bourré la gueule au Jack Daniel's là-haut sur le toit, Charly a eu le champ libre pendant à peu près vingt-quatre heures.

— « Va falloir que, toi aussi, je t'apprenne à dire oui… », murmure Marie.

— Quoi ? Qu'est-ce que tu dis ?

— Rien. C'est juste… une phrase que Charly a prononcée. Je n'étais pas sa première victime apparemment. Et si tu ne lui avais pas fichu une rouste, je n'aurais pas été la dernière.

Elle passe une main sous son nez, à cause de l'odeur.

— C'était peut-être cette fille que le petit Gabin a entendue gémir dans la maison et qu'il a prise pour un fantôme…

— Allez viens, on s'en va…, je fais en lui prenant la main.

L'allumette s'est éteinte depuis longtemps maintenant, il ne reste plus que le noir et les horreurs qu'il cache ici. Et l'odeur qui est toujours aussi insupportable. Pire encore, depuis qu'on a vu les visages.

Le claquement de la mitraille nous fige sur place dans l'escalier.

— Qu'est-ce que c'est encore ?

— Oh non, Léo ! on avait oublié !

— Quoi, qu'est-ce qu'on avait oublié ?

Mais j'ai à peine fini ma phrase que la réponse vient toute seule : Paul et Sam, on avait oublié qu'ils devaient revenir en camionnette chercher les grands de la Cantine. Qu'ils devaient revenir nous chercher.

— Nom de Dieu !

— Léo, non !

Elle s'agrippe à moi, me retient de toutes ses forces.

— C'est trop tard, on ne peut plus rien, tu vas te faire tuer !

Mais je me dégage brusquement, je monte l'escalier quatre à quatre. Le fusil, vite, le passer par-dessus l'épaule, fichue bandoulière. La porte, l'ouvrir, faire diversion, tirer n'importe où ! Sauver Paul et Sam !

Quand je reprends mes esprits, je suis toujours dans le hall d'entrée. La porte de la cave a été refermée. Ma tête me fait mal et Marie est penchée sur moi.

— Je suis désolée, Léo, je suis désolée. Pardonne-moi…

Je me redresse lentement sur les coudes.

— Aïe !

— Attention, il y a des bouts de porcelaine par terre.

— Tu m'as… tu m'as…

— Je t'ai assommé avec le vase du guéridon. Tu allais te jeter dans la gueule du loup, tu allais te faire tuer pour rien !

— Tu m'as assommé avec un vase ? Mais… nom de Dieu, Paul et Sam !

— Sam n'est pas venue, je ne sais pas pourquoi. Elle savait à peine conduire, elle a peut-être eu un petit accident sur la route. En tout cas, il n'y avait que Paul. Et il a fait ce qu'il fallait.

— Hein ? De quoi tu parles ?

Je me relève complètement cette fois, je me rue dans le salon. À travers les volets entrouverts, je vois d'abord la fumée noire, les flammes qui lèchent les murs de notre immeuble, et puis ça me frappe comme un coup au cœur : la vieille camionnette jaune renversée devant l'entrée, les quatre roues sur le côté. Des soldats se tiennent là, accroupis devant les portes de l'immeuble à regarder l'incendie.

— Je n'ai pas tout vu, dit Marie. Mais heureusement, je crois qu'il est mort sur le coup.

Je la regarde, horrifié. « Heureusement ? » « Heureusement il est mort sur le coup ? »

— Quand il a compris ce qui s'était passé pendant son absence, il a fait ce qu'il fallait faire : il a foncé dans le tas, il en a écrasé deux ou trois et ils lui ont tous tiré dessus.

Je voudrais parler, je voudrais dire quelque chose, mais tout ce que j'arrive à produire, c'est un gémissement et un tremblement des lèvres.

— Ils l'auraient torturé, tu sais, pour savoir où se cachaient les autres. C'était le seul à connaître le secret de notre petit paradis. Avec nous, bien sûr.

— Marie, j… j'ai rien fait. Pour le sauver… j'ai rien fait.

Je me lève, je tourne en rond une fois, deux fois, je vais dans le couloir pour ramasser le fusil.

— Eh, qu'est-ce que tu fabriques, là ?

— J'en sais rien.

— Léo !

Elle me balance une gifle. Décidément, encore une. Ça me réveille un peu.

— Tu ne vas pas ouvrir cette porte ! Tu ne vas pas me laisser toute seule ici !

— Mais Marie…

— Tu ne vas pas me laisser toute seule ici !

— Arrête de crier, ils vont nous entendre.

Elle me prend la tête entre ses mains, complètement défigurée par la rage, les tendons de son cou ressortent sur ses épaules, elle me secoue comme un pantin et finalement, se jette contre moi, se met à hurler dans mon tee-shirt et à pleurer sans s'arrêter.

— Ne me laisse pas, ne me laisse pas toute seule !

Mes deux mains se referment autour de sa taille, sur son tee-shirt maculé de poussière et de sueur, sur son corps chaud, qui vibre encore sous mes doigts, un corps bien vivant celui-là.

— Tu as raison, Marie, on va rester ensemble. Ces salopards, on ne va pas les laisser gagner, oh que non.

— Je m'en fous…, sanglote Marie, la voix étouffée contre mon épaule.

C'est la première fois que j'entends ce mot-là dans la bouche de Marie.

— Je m'en fous, ils vont nous trouver et ils vont nous tuer, tu le sais aussi bien que moi. Les dernières heures qui me restent, je veux les passer avec toi et c'est tout.

18

MARIE

Je ne sais pas ce qu'on aurait pu faire. Ils avaient placé des guetteurs autour de l'immeuble : ils attendaient nos camionnettes. Mais on n'a même pas essayé de les prévenir. On a oublié, on a été pris par autre chose. Léo ne se le pardonne pas, il ne se le pardonnera jamais. Je crois que, pour lui, survivre sans Paul et Marcello, survivre alors que le groupe a disparu, c'est devenu absurde. Un peu comme de sauver la poussette vide quand le bébé s'est fait écraser par une voiture.

On décide de s'enfuir, mais c'est comme si on faisait semblant. Quelque chose s'est brisé en nous. Il faut quitter la maison de la vieille dame, c'est trop risqué. Le dernier endroit où aller, c'est le supermarché : ils ont sûrement laissé quelques-uns de leurs soldats là-bas. À l'heure qu'il est, ils ont dû trouver notre petit prisonnier en bas de l'immeuble. Je suppose qu'ils savent qu'on est là, quelque part : les deux chefs de la Cantine en fuite et à portée de la main… Ils doivent être des dizaines à nous chercher dans tout le quartier.

Léo ne dit plus rien ; parfois il me donne la main, parfois il s'éloigne un peu. Dans une ville remplie d'enfants où les Hommes Droits contrôlent tout et tout le monde, on n'a pas une seule chance de s'en sortir. Ce serait peut-être différent si on avait de quoi boire et manger pour plusieurs jours, ou si on savait conduire, l'un ou l'autre. Mais ce n'est pas le cas. Des gosses nous ont déjà sûrement vus sortir de la maison, d'autres gosses sont peut-être en train de nous regarder, ici même, et il y en aura partout, quel que soit l'endroit où on ira. Ce n'est qu'une question de temps avant que l'un d'eux ne nous dénonce pour un peu d'eau.

La traversée des parcs au soleil de fin d'après-midi, c'est une expérience étrange. Chaque fois que mes yeux se posent sur un bosquet ou un sentier, je me trouve en terrain rassurant. « Tu es juste en promenade dans les parcs », voilà ce que me dit cet endroit.

Et chaque fois, un détail vient briser le rêve. Ces balançoires abandonnées, ces mauvaises herbes dans les massifs, ces plumes de canard sur les berges de la rivière – les pauvres bêtes ont été dévorées par les chiens et les chats depuis longtemps... Ici, dans la descente du chemin, je suis tombée de vélo le jour de mon onzième anniversaire et je me suis écorché les mains. Il y avait Léo ce jour-là, et toute une bande de gamins. J'étais angoissée à cause du temps qui tournait à l'orage et de tout ce que j'avais prévu de faire. Est-ce qu'il serait réussi, cet anniversaire ? Est-ce qu'ils seraient tous contents ? Je n'aurais pas dû inviter Vanessa, elle faisait toujours des histoires, et puis elle n'arrêtait pas d'asticoter Paul.

Paul.

L'image de la camionnette devant l'immeuble me revient comme un mauvais goût dans la bouche. Renversée comme une tortue sur le dos, les roues sur le côté. Je ne veux pas y penser, je refuse de revoir cette image. Il faut que je regarde ailleurs.

Un écureuil effrayé monte dans les branches d'un érable, un pigeon nous suit de son œil noir, la tête tournée, perché sur une poubelle en bois. Derrière le petit pont, un cerisier du Japon croule sous les fleurs, on dirait qu'il est en train de rire tellement il est heureux. Je cours jusque-là et je ramasse des brassées de pétales entre mes mains, Léo me regarde et, tout à coup, son œil revient à la vie, il me sourit, s'approche, me jette une poignée de fleurs dans les cheveux. Commence une bataille sauvage autour de l'arbre, qui se finit à la giroflée et à la jonquille. Si les jardiniers voyaient le massacre ! J'ai l'impression d'être Ève au jardin d'Éden, c'est moi qui ris la première mais c'est contagieux : il se met à rigoler lui aussi. Survivre ? On y pensera demain. Cette bataille de fleurs, c'est toujours ça que les Hommes Droits n'auront pas.

On ne sait pas très bien où on va. Il s'agit vaguement de se rendre à Marsilly, je crois, en marchant pendant deux ou trois jours, en se cachant des Hommes Droits. Mais lui et moi, on sait très bien qu'on n'y arrivera jamais. S'en sortir vivants ? C'est une formule creuse. On est déjà morts et, au fond, on le sait tous les deux. Notre petit groupe n'est plus qu'une liste de noms biffés à l'encre noire, Fred-le-Rouquin, Jean, Marcello, Paul… et aussi Ness.

Les prochains, ce sera nous.

En attendant, sans avoir besoin de se consulter, de fleur en fleur, de papillon en papillon, c'est la rivière qui guide nos pas, c'est elle que l'on suit. Quand on débouche sur le carrefour du mail avec ses voitures arrêtées sur la route, montées sur le trottoir, une bouffée de nostalgie me remonte au creux du ventre. La petite camionnette du marchand de glaces a perdu son store le jour de la tempête ; dans les bacs en plastique, on peut voir les restes noirâtres de sorbets fondus, sucés par les fourmis. Quel jour est-on ? Samedi, je crois ? Mon Dieu, on dirait que j'ai même perdu le décompte des jours. Un samedi comme aujourd'hui, avec ce soleil, avec cet air tiède qui monte de la mer, il y aurait eu du monde sur la promenade. Des petits chiens, des enfants, des grands-mères…

— Eh, regarde ! je fais en pointant du doigt un poney en train de brouter les feuilles d'un prunus. Tu te souviens des tours de poney à 2 euros ? J'emmenais toujours mes petits-cousins ici, quand ils venaient chez nous aux grandes vacances.

— Ils ont dû ronger leurs longes, ils ont tout le parc pour eux…

Oui. Les poneys sont libres d'aller et venir dans les parcs, maintenant. Ils n'ont plus de parcours imposé. Je m'approche de lui et, délicatement, je lui retire sa selle et ses œillères. Il me laisse défaire les sangles, me regarde avec un air bonhomme, comme s'il regrettait le temps des caresses et des mots doux.

Sur la pelouse, Léo se met à courir comme un gamin, il chasse les pigeons qui protestent en faisant de grands cercles autour des parterres de fleurs. Je me mets à le poursuivre et le fou rire nous reprend. Puis Léo se met à pleurer et, cette fois, c'est moi qui dois le consoler.

Au bar-restaurant de la Pergola, il n'y a plus rien à manger depuis longtemps. J'ai moi-même vidé la plus grande partie des provisions dès les premiers jours pour les intégrer à notre trésor. Le reste a été pillé par les bandes de petits. On trouve des bouteilles de Coca vides sur les marches de l'entrée, des canettes de bière aussi. Léo m'invite à une table et va fouiller dans les cuisines à la recherche de couverts ; il trouve des bougies d'anniversaire mais pas d'allumettes. Je finis par dénicher un allume-gaz près des fourneaux, mais on a beau s'acharner sur la mèche d'une bougie, rien n'y fait.

Comme une idiote, je commets l'erreur de débutante d'ouvrir un des frigos : la puanteur de la viande pourrie s'en échappe aussitôt. Je le referme en claquant la porte.

— Eh, regarde ! fait Léo en brandissant à deux mains une énorme conserve oubliée.

— Une boîte d'ananas géante !

Elle servait de marchepied devant l'étagère, sous une serpillière. Léo défonce le dessus à coups de couteau à huîtres : il n'y a pas d'ouvre-boîte ici, enfin, sauf une grosse machine avec un moteur électrique. Comme j'ai finalement trouvé des allumettes au-dessus de la hotte, on se fait un dîner aux chandelles avec des couverts en argent, à même le sol de la cuisine.

— Le chef vous propose le menu des îles, commence-t-il avec un torchon blanc plié sur le bras. En entrée, rondelles d'ananas et leur nappé de courants d'air...

— Le plat du jour : cubes d'ananas et leur poêlée de mâchouillis gourmands.

— Oui, madame. Et le dessert du chef : sucée de miettes d'ananas en coulis.

— La boisson est-elle comprise dans le menu ?

— Bien entendu, madame : cocktail d'ananas en jus, servi dans sa conserve.

Quelque part entre l'entrée et le plat du jour, un invité surprise vient nous faire une visite : un tout jeune chat, presque un chaton, qui renifle nos assiettes et se frotte à nos jambes.

— Celui-là, au moins, il n'a pas tourné sauvage, fait Léo pendant que la petite bête lui saute sur les genoux et allonge sa tête vers sa main en ronronnant.

Il est rigolo, tout gris et rayé avec une tache blanche sur le bout du nez.

— Je me suis toujours demandé... À ton avis, pourquoi est-ce que les chats aiment tellement qu'on les caresse ?

Je regarde Léo et son chat, sa façon de lui passer la main sous le menton, le bonheur du chat fermant les yeux. Et je m'imagine à sa place.

— Il ne comprend pas un mot de ce que tu dis, mais chaque fois que tu lui passes la main sous le menton, pour lui, ça veut dire « je t'aime ». Les chats sont comme nous, c'est tout.

À la tombée de la nuit, on installe une épaisse couche de nappes sur le carrelage de la cuisine et on se fait notre petite place là-dedans comme on peut. Le chat vient se blottir entre nous, joue un peu avec mes cheveux jusqu'à ce que je le gronde. Puis il décide de s'en aller. On dirait qu'il fait exprès de nous laisser un peu d'intimité.

— Marie, fait Léo dans le noir.

Par la porte ouverte sur la salle, un peu de lumière d'étoiles vient lui caresser le profil. Il regarde vers le plafond.

— Tu crois que je serai comme mon père ? Tu crois que je n'aurai pas de femme et que je vais rester seul toute ma vie ?

— Et toi, tu crois que toute ma vie, je me jetterai au cou du premier venu, comme ma mère ? Tu crois que je serai incapable de garder un homme à mes côtés, parce que j'aurai toujours envie de coucher avec un autre ?

— Non, fait-il sans même réfléchir. Toi ? Je n'y crois pas une seconde.

— Alors moi non plus, je n'y croirai pas.

Dire qu'il faut attendre qu'on soit certains de mourir demain pour oser parler du futur. Comme s'il y avait le moindre avenir pour nous.

Cette fois, c'est lui qui vient vers moi. Sa main sur ma joue essuie mes larmes, je lui embrasse le bout des doigts, il blottit sa tête contre la mienne, nos cheveux s'emmêlent. Oh, ça, je ne suis pas aussi pimpante que la Marie du salon, il y a cinq jours, celle qui avait préparé son coup toute la soirée, celle qui s'était épilée, nettoyée, parfumée… Je suis sale, je sens la sueur, la poussière et la fièvre, ma peau est couverte de grains de terre et de sable collés qu'il avale comme des trésors. Sa barbe de jeune homme me chatouille un peu le cou. Je sens sa peau lisse, ses muscles, sa poitrine qui se soulève et qui bouillonne d'un souffle tiède. Dès qu'il pose ses lèvres sur mon ventre, c'est comme un raz-de-marée qui m'emporte et m'ouvre un autre monde. Quand je le reçois en moi, il a les mains sur mon visage, j'ai son dos dans mes mains, ses yeux brillent dans la nuit et je pousse un cri de surprise.

Je sais qu'il ne m'aime pas comme je l'aime moi, mais tout ça ne veut plus rien dire. Non, on ne sera pas morts sans l'avoir fait. Au moins une fois.

***

Cette nuit-là, je dors bien. Je crois que je n'ai jamais aussi bien dormi de toute ma vie. Dans mon rêve, je dors dans le même lit que Léo, il m'a fait l'amour tendrement, il est allongé, tout contre moi, entre mes bras. Dans mon rêve, il n'y a rien d'autre, il n'y a personne d'autre, le monde n'existe pas.

Au réveil, je ne suis pas vraiment surprise, et Léo non plus, je crois.

Il fait toujours nuit, à ce qu'il semble. Une dizaine de fusils braqués sur deux ados en cavale, tout nus, enveloppés dans des nappes de restaurant… franchement, je pourrais en rire. On aurait pu se tuer nous-mêmes hier soir, l'un après l'autre, avec le fusil. Oui, on aurait dû. Mais ni lui ni moi, on n'était faits pour finir de cette façon-là. On aurait pu se cacher mieux, marcher toute la nuit ou se terrer dans un trou… mais, en fin de compte, ça n'aurait rien changé et on le savait tous les deux : tôt ou tard, ils nous auraient mis la main dessus.

Plusieurs lampes torches sont braquées sur nous, il est difficile d'y voir quelque chose. Les gamins sont tous habillés en jaune avec des tee-shirts et des shorts de sport, on dirait une équipe de football. Derrière les fusils, je reconnais deux visages : celui de Will qui reste en retrait et, juste à côté, celui de Ben qui me regarde avec des yeux brillants. Pourquoi Ben ? Pourquoi ces yeux-là ? Ah oui, c'est vrai, je suis toute nue. Ils échangent un regard et je comprends ce qui s'est passé : c'est lui, c'est Ben, mon petit espion. C'est lui qui m'a retrouvée et qui m'a vendue. Il a dû nous suivre depuis le début. Nous épier de loin et attendre qu'on s'endorme pour aller chercher la troupe ; oui, ce serait bien ses méthodes… Sa récompense, je la connais : ce sera moi. Juste moi et ma belle grosse poitrine qui lui fait tellement envie. Quel âge peut avoir ce gamin ? Onze ans au maximum ? Seigneur tout-puissant, quel genre d'enfants ce monde a-t-il fabriqué ?

À l'arrière du camion, une douzaine de gosses frigorifiés montent en file indienne et se serrent les uns contre les autres sur les banquettes en bois. C'est un petit camion vert avec les bâches défaites, le pare-brise séparé en deux vitres comme deux gros yeux carrés. Il a un drôle d'avant joufflu avec un radiateur noir au milieu, qui lui fait comme une bouche ouverte. Ce camion a une tête de hamster.

— Ça devait finir de cette façon, fait Will de sa voix douce en cherchant le regard de son ami.

Léo a les poignets et les chevilles liés et la ceinture de sécurité attachée. Will nous a installés à l'avant, Léo sur le siège passager, moi roulée en boule à ses pieds, jetée là comme un paquet.

Le camion fait un bruit de moteur d'avion quand Will démarre. On le sent vibrer comme un marteau-piqueur, j'en ai les dents qui s'entrechoquent. Je me tuerais plutôt que de le lui dire, mais il faut reconnaître qu'il est assez impressionnant avec son engin à grimper sur les trottoirs, à rouler sur les plates-bandes pour contourner les voitures arrêtées. Ses mains courent sur le volant avec une habileté surprenante, poussant, tournant, agrippant le caoutchouc avec une sorte de rage froide. Il a peut-être appris à conduire une voiture avec ses parents, comme Paul, mais il n'a sûrement pas son permis poids lourds. Enfin, je suppose que, depuis le jour du Marchand de sable, il a eu le temps de s'entraîner dans la cour de la caserne.

Où va-t-il comme ça ? Au lieu de prendre l'avenue Leclerc vers la place de Verdun, le voilà qui tourne en sens inverse. Il nous fait passer devant la clinique, d'où s'élève une puanteur de charnier. Il roule doucement, avec les pleins phares, en faisant très attention. Devant la vitrine éventrée d'une pharmacie, je vois deux yeux de chat, brillants de peur.

Tiens, qu'est-ce qu'il fabrique ? Il s'arrête au milieu d'un carrefour maintenant ; il ôte sa ceinture, se tourne vers l'arrière et tend la main à travers un hublot carré défoncé :

— Jamel ! aboie-t-il vers les gosses agglutinés derrière. Haut-parleur !

Le ton de sa voix est atroce. La haine. Le mépris. Le commandement. Will déteste ses petits soldats et ils le détestent aussi. Ce qui les unit, dans cette armée de gamins, c'est la force, la terreur, la volonté de puissance ; le monde de Will n'a rien à voir avec celui de Léo. Dans la ville des Hommes Droits, il n'y avait pas de place pour nous : c'est un monde qui veut tout contrôler, qui n'admet pas la contradiction, qui n'est soudé que par la guerre et la haine.

Sa main fait plusieurs moulinets avec la manivelle de la fenêtre qui s'ouvre par à-coups en couinant. Le matériel militaire, c'est rustique.

— Ici le capitaine William Lebourd qui vous parle ! fait-il dans son engin qui renvoie le son sur les murs des maisons endormies.

Et, pour être sûr de se faire bien entendre, il décroche son Famas de son support et tire une rafale en l'air. Dans le silence de la nuit, ça fait comme un coup de tonnerre ; une balle traçante laisse un long trait orangé dans le ciel, c'est incontestablement beau.

— Je suis le nouveau commandant en chef du district de la Genête.

Un écho fatigué répond à la voix métallique du haut-parleur.

— Avis à la population. Ce soir, nous avons retrouvé et arrêté le chef de bande Léonard Cadillac et sa lieutenante Marie Duval. Je répète : ce soir, nous avons arrêté Léonard Cadillac et sa lieutenante Marie Duval. La bande de pillards dite de la « Cantine » est à présent complètement démantelée. Tous ceux qui n'auront pas déposé les armes demain soir au coucher du soleil et proclamé leur allégeance au général des Hommes Droits seront considérés comme des ennemis et traités comme tels.

Il dépose le haut-parleur sur le tableau de bord et remonte sa vitre. Le froid est mordant, cette nuit. Will se frotte un peu les mains, fait quelques nuages de buée et nous jette un coup d'œil pressé. Je comprends pourquoi on ne va pas tout de suite à la caserne : il doit d'abord annoncer la nouvelle de notre capture à tout le quartier. La petite Cathy-Princesse n'a sûrement pas livré sa bande de gamins, ce ne serait pas son genre. Non plus que Yassine, ni Memel, qui sont de sacrées têtes dures et qui se sont habitués à leur liberté.

—Le soldat Raphaël nous a raconté votre évasion par le toit. Tu sais, le gosse que vous avez ligoté derrière l'immeuble. Moi, j'avais laissé tomber l'idée de vous retrouver, je croyais que vous étiez déjà partis avec les autres. On a commencé à vous chercher partout, on a promis le grade de lieutenant à celui qui vous trouverait, avec tous les… enfin tous les avantages qui vont avec. Certains de vos gosses nous ont aidés mais pas beaucoup, je dois le reconnaître. La plupart d'entre eux ne veulent même pas nous parler ; votre évasion, ça les fait rêver. Dire que tu aurais pu éviter tout ça, Léo… si seulement tu m'avais écouté.

Si Léo avait livré la Cantine aux Hommes Droits comme on l'avait tous voulu, est-ce que Will nous aurait assassinés tous les deux ? Est-ce qu'il aurait assassiné Marcello ? et Mana ? Est-ce que Paul aurait été tué ?

Oui, évidemment. Si Léo avait écouté Will, il se serait passé exactement la même chose, la dignité en moins – Lisa, Joan, Fred-l'Esquimau et tous les petits en plus. Léo est peut-être bourré de défauts, c'est un râleur, c'est loin d'être un orateur et pour ce qui est de comprendre les filles, il ne vaut pas un clou. Mais, comme leader, il a les pieds sur terre, c'est lui qui avait raison contre nous tous. Sam était dans le vrai quand elle parlait de lui : la politique, il a ça dans le sang.

Je revois Sam, son visage, la façon dont je l'ai évitée depuis qu'elle m'a fait sa déclaration. Tous ces mots que je ne lui ai pas dits et que je ne lui dirai jamais. *Tu es toujours mon amie, Sam, je ne t'en veux pas. J'espère que tu es saine et sauve à Marsilly avec les autres. Surtout, restes-y…*

Le camion roule dans un silence absolu, dans un noir absolu. Le monde se découvre devant les phares, il disparaît derrière nous et l'obscurité nous engloutit.

— Le général s'est posé beaucoup de questions sur toi, Léo, avant de lancer l'assaut. Il se demandait quel genre de gars tu pouvais bien être. Tu étais un vrai casse-tête, pour lui. Les autres bandes, c'étaient des ramassis de crapules, des ados un peu plus costauds que les autres et qui se croyaient tout permis... Les Cracheurs par exemple : on leur fichait la paix, on n'en avait pas fait une priorité... Eh bien, ces petits cons ont attaqué un de nos camions pour essayer de voler des armes. Ils voulaient prendre leur revanche sur vous, j'imagine. On a été forcés de les liquider en avance sur le programme. Ces foutus Cracheurs, ils étaient comme les autres... Des anciens dealers, des petits trafiquants, des grandes gueules qui se prenaient pour des rois. On n'a jamais eu de mal à se débarrasser de ces racailles-là et, chaque fois, les gosses du coin nous accueillaient en héros.

— Même la bande du centre-ville ?

Will me jette un coup d'œil surpris. Je crois qu'il avait oublié que j'étais là. Toute son attention est fixée sur Léo ; il le regarde comme un trésor, comme une pièce de grande valeur, presque comme un amant. Léo, lui, regarde droit devant lui, il fait comme s'il n'entendait même pas.

— Au centre-ville, il n'y avait pas vraiment une « bande », c'était quelques familles qui s'étaient regroupées. Elles nous ont laissés tranquilles tant qu'on s'en prenait aux autres gosses. Elles ne défendaient que les enfants de leurs fratries à elles. On n'a pas eu de mal à débaucher une fratrie pour trahir les autres et tous leurs gosses sont chez nous, maintenant.

Le camion continue de rouler, il prend la direction de la place de l'Europe. Je connais déjà son but : la seule attraction connue de la place de l'Europe, c'est le supermarché des Cracheurs. Quand on arrive sur le boulevard, on voit déjà la lueur orangée de l'incendie et, en s'approchant, on distingue très nettement le contour des flammes, on entend le ronflement affamé de l'essence en train de brûler. Will éteint le moteur, cette fois. Il ouvre la portière et il descend de la cabine, le fusil dans une main et le haut-parleur dans l'autre. En levant la tête, j'aperçois des silhouettes noires devant le feu, certaines ont des extincteurs entre les mains, d'autres ont des fusils. Ils veillent à contenir l'incendie d'un côté et les gosses du quartier de l'autre. On les voit, les gosses. Ils sont de l'autre côté de la grande place, hors de portée. Ils restent là, immobiles, rasant les murs, prêts à bondir et à disparaître si un soldat s'approche. Ils regardent brûler leur avenir.

Will répète son discours avec le haut-parleur, sans tirer en l'air cette fois – les effets pyrotechniques sont déjà largement développés derrière lui. Évidemment... brûler le supermarché, c'est couper aux gosses toute possibilité de se nourrir, c'est les obliger à prêter allégeance aux Hommes Droits pour ne pas mourir de faim. Il ne leur vient pas à l'idée, à ces imbéciles, qu'ils sont en train de brûler une des dernières réserves de nourriture de la ville, une des dernières ressources utiles du vieux monde.

Quand il remonte derrière son volant, Will n'a pas l'air particulièrement heureux d'être le vainqueur de la journée, il n'y a pas de joie sur son visage ni même de fierté. En fait, le visage de Will n'a pas d'expression, il est aussi lisse qu'un miroir, et aussi froid.

Le vacarme du moteur couvre de nouveau le bruit de l'incendie et la lueur des flammes disparaît peu à peu derrière nous.

— Non, crois-moi... on a fait tout le tour de la ville, on est allés dans tous les quartiers et même dans les communes de la périphérie : on n'a rien trouvé qui ressemblait de près ou de loin à votre petite Cantine, à ces idées bizarres, comme de faire venir chez vous tous ceux qui le voulaient bien, sans lien de famille, de race ou de religion. Sans uniforme, sans règle précise, juste une vague idée d'universalité... Nous, on ne comprenait pas.

En fait, Will n'a aucune sorte d'admiration pour cette liberté que Léo a su préserver chez ceux qui étaient sous son aile. Ce qu'il admire, c'est une toute petite chose : c'est que ça marchait. Léo n'a jamais été renversé en interne, la Cantine n'a pas été détruite par les attaques extérieures, et les gosses ont encore assez foi en lui pour ne pas écouter les promesses des Hommes Droits. Dans la tête de Will, notre Cantine, c'est une hérésie, c'est un phénomène sans cause, il n'a pas les outils pour le comprendre.

Ce qui dépasse complètement ton entendement, mon pauvre Will, c'est que Léo n'était ni un tyran, ni un imbécile. Rien que ces deux éléments réunis, ça te paraît impossible, ça te dépasse. Pour toi, quand on est intelligent, on s'en sert forcément pour écraser les autres. Ce que tu ne peux pas saisir non plus, c'est que derrière Léo, il y avait des gens qui croyaient à ce qu'il faisait. Pas seulement en lui, Léonard Cadillac. Non : ils croyaient à ses idées, ils étaient prêts à se battre et à mourir pour un monde, pas juste parce qu'ils avaient la trouille du chef ou qu'ils lorgnaient une place de lieutenant.

— Maintenant, on se retrouve avec des centaines de gosses hostiles. On n'avait jamais vu un truc pareil. Et avec un petit groupe de rebelles quelque part dans la nature loin de la ville, en plus… On a perdu deux Famas et six ados dans l'attaque : deux tués là-haut sur le toit, quatre écrasés par Paul devant l'entrée. On n'en avait jamais perdu autant. Tu sais ce qu'ils disent, les gosses ? Tu sais ce qu'ils se racontent entre eux, en chuchotant ? Tu ne vas pas le croire… Ils disent que tu dois être un superhéros. Si, si, je t'assure, ils disent que tu dois avoir des superpouvoirs, et que, sans ça, tu n'aurais jamais pu battre les Cracheurs, et tu n'aurais jamais pu mettre tous tes bébés à l'abri, et tu n'aurais jamais pu t'échapper de l'immeuble. Tu sais comment ils t'appellent depuis cet après-midi ? Ils t'appellent *Léo-man*. Comme Superman, tu vois : *Léo-man*. C'est pour ça que je dois faire le guignol avec ce haut-parleur. Je suis obligé de casser leur mythe.

Dans les yeux brillants de Will, je vois autant d'admiration que de jalousie secrète. Nos souvenirs d'enfants me trottent dans la tête : Superman est mort, Hulk a trahi et Batman est capturé. Qui va sauver Marie-Jane ? La suite à la prochaine récré…

— On n'avait pas du tout prévu ça, je dois dire. On n'avait encore jamais rencontré un vrai héros. Dis-moi, Léo, c'est quoi ton secret ? Comment tu as fait ?

Will ne sait plus ce que c'est de discuter tranquillement avec un ami pour le plaisir. Il se croit obligé de flatter l'orgueil de son interlocuteur pour qu'on lui réponde, comme on ferre un poisson. Mais Léo n'a pas l'intention de tourner la tête vers Will. Il continue à regarder droit devant lui.

— Il ne te répondra pas, Will. Pour lui, tu as franchi la ligne, celle qui sépare les gens bien des salauds. Cette ligne, à ses yeux, c'est ce qu'il y a de plus important ; il n'y a pas de retour possible une fois qu'on est passé de l'autre côté.

La ligne, la fameuse « ligne » de Léo. Il nous en rebat tellement les oreilles. *Si seulement tu pouvais lire dans mes pensées, Léo, tu verrais que moi aussi je l'ai franchie, ta saleté de ligne, je suis passée de l'autre côté : j'ai tué Ness. Si tu le savais, est-ce que tu m'adresserais encore la parole ? Tu es tellement rigide sur la morale, tellement intransigeant. Un jour tu t'apercevras que tu es trop intransigeant, un jour tu verras que, peut-être, on peut avoir franchi ta fameuse ligne et vouloir en revenir, le vouloir à en crever.* Will me regarde d'un air étonné, et finalement il éclate de rire.

— Ah oui, j'oubliais : tu crois encore au monde d'avant, Léo, c'est ça ? Tu crois encore aux adultes ? Tu penses qu'ils vont se réveiller demain, qu'ils vont distribuer quelques fessées aux vilains garçons et que tout redeviendra comme avant ?

C'est assez étrange, cette conversation à trois où Léo ne répond pas à Will, où Will ne me répond pas à moi, où je suis la seule à répondre, en fait. Will freine brusquement, son visage fait la grimace tellement il écrase la pédale. Oui, décidément, le matériel militaire est rustique. Les gosses sur les bancs poussent des cris, derrière. Léo fait un bond en avant, retenu par sa ceinture, et moi je me cogne la tête contre la boîte à gants. Will se penche sur la ceinture de son prisonnier, qu'il défait d'un clic, puis il descend de son côté et fait le tour de la grosse tête de hamster pour venir ouvrir notre portière à nous. Il attrape Léo par les épaules et le force à descendre, en le retenant pour qu'il ne tombe pas. Il sort un petit couteau brillant et, en deux coups, se met à trancher les liens de ses chevilles.

— Viens voir un truc. Allez, viens, je te dis !

Il tire Léo par le bras tellement fort que l'autre n'a pas vraiment le choix.

Sous les phares du camion, juste devant nous, il y a une grosse Mercedes et une petite Toyota qui se touchent les pare-chocs. Je m'approche aussi.

— Regarde-moi ça !

Il montre la vitre avant, côté conducteur.

— Toutes les vitres sont entrouvertes. Regarde !

Il se rue sur la voiture d'à côté, pointe du doigt un petit espace en haut :

— Dans toutes les bagnoles où y a quelqu'un à l'intérieur, la vitre est un tout petit peu ouverte. C'est comme les moules : pour savoir celles qui sont vivantes, il suffit de regarder celles qui s'ouvrent. Tu sais pourquoi ? Parce que sinon, dans leurs voitures, ils auraient fini par étouffer : même dans leur coma bizarre, ils respirent un peu, l'oxygène aurait manqué. Alors qui a appuyé sur le bouton de la portière pour baisser la vitre ? Qui a tourné la manivelle dans la Toyota ? Eh bien ouvre les yeux, Léo, regarde-les !

Il lui attrape la tête avec ses mains et le force à se pencher vers la vitre, vers le siège passager.

— Ils ont même défait leurs ceintures. Tiens, celui-là ! il est tranquillement passé derrière, il trouvait que c'était plus confortable de roupiller sur la banquette arrière. Il a raison, le gars, pourquoi il serait resté sur le siège du conducteur ? On se casse le dos, on ne peut pas étendre les jambes...

Moi, je le vois aussi, ce gros bonhomme douillettement installé sur ses banquettes en cuir. Il est comme un bébé, heureux, les mains sous la tête et le bouton du pantalon défait, on voit son ventre qui prend ses aises. Oui, il a baissé sa vitre, oui, il s'est installé à l'arrière. Il l'a fait tout seul. Comme maman qui s'était levée et qui s'était tranquillement installée entre le père de Léo et M. Anthony.

— Ils n'ont jamais été malades. Il n'y a jamais eu de virus. Un jour, ils ont décidé de foutre le camp de ce monde. Ils ont décidé qu'ils en avaient marre de la place de conducteur et qu'ils allaient se mettre sur la banquette arrière. La voilà, la vérité : ils ne s'intéressent qu'à leur petit nombril. Nous, ils nous ont laissés tomber depuis longtemps. Les enfants par-ci, les enfants par-là, ils ne parlaient que de ça, l'enfant roi, l'enfant sacré... Tu parles, en fait, ils n'en avaient rien à secouer de nous autres. Les gosses, ils les faisaient pour eux, parce qu'il fallait en faire, parce que ça les amusait, parce que ça remplissait le vide qu'ils avaient dans le cœur. Ils ne les faisaient pas pour leur donner une vraie vie, sinon, ils n'auraient pas été là, à bourrer notre planète de poisons tous les jours et à nous préparer un avenir de merde. Leurs gosses, ils s'en foutaient pas mal. Au fond, ils ne pensaient qu'à eux, ils ont oublié la grande loi de la nature, ils ont brisé la chaîne millénaire de la solidarité entre les générations.

Will s'exalte maintenant. Son visage n'a plus rien à voir avec le miroir lisse de tout à l'heure. Revoilà notre Will visionnaire, notre Will philosophe, celui qui parle pour l'humanité. Il se retourne vers le gros monsieur endormi sur sa banquette arrière.

— Ce gars-là est fasciné par son petit confort, par son petit nombril. Il ne pense qu'à lui, son petit bonheur, sa petite « réalisation de soi », son petit porte-monnaie. La merveille des merveilles, pour lui, c'est sa belle voiture, c'est son beau GPS et ses jolies vitres électriques. Son salaire, son cholestérol, le nombre de filles qu'il a baisées dans sa vie, c'est ça qui le passionne. Tu crois qu'il a des gosses, ce type-là ? Sûrement. Et qu'est-ce qu'il fait, au lieu de leur construire un avenir ? Il dort.

Léo se redresse, très digne, et continue à regarder droit devant lui. *Mon pauvre Will, pour ébranler Léo sur la question du bien et du mal, il en faudra plus qu'un bouton défait et une fenêtre ouverte. Tu as passé la ligne. Aux yeux de Léo, tout ce que tu pourras dire est faux, ça sortira de la bouche d'un salaud.*

— C'est ce monde dégueulasse qui a produit ça. C'est ce monde pourri qui a pourri les gens. C'est des mots comme « je suis une victime », comme « c'est jamais de ma faute », comme « moi j'ai bien le droit de »… Ce monde-là, nous, les Hommes Droits, on va le démolir et tant pis si ça fait de la casse, on ne peut pas lancer un grand chantier sans soulever un peu de poussière. Mais je te promets qu'à la place, on va en construire un nouveau, un monde neuf, avec des hommes neufs.

« L'homme nouveau »… Ce cher Will vient de réinventer le fil à couper le beurre. « L'homme nouveau », tu parles, Hitler n'aurait pas dit mieux.

Will a fini, il ramène son prisonnier au camion. J'ai l'impression que je suis devenue transparente, je les suis dans la cabine, je monte toute seule. Moi, je n'ai pas les mains attachées dans le dos. Je crois que Léo voudrait me laisser la place assise, mais Will lui attache brutalement sa ceinture de sécurité.

— Le général, tu vois, c'est un homme qui voit grand. Maintenant que la ville est à nous et qu'on a autant de soldats qu'on veut, il ne va pas s'arrêter là. Il va envoyer ses troupes dans d'autres villes. C'est dommage que tu n'aies pas été là dès le début avec nous. Tu aurais sûrement fait un capitaine génial, peut-être même un commandant !

Le début ? Je me demande à quoi a pu ressembler le début des Hommes Droits. Il aura fallu un adolescent à poigne, sans doute. Quelqu'un qui aurait trouvé l'armurerie de la caserne ouverte, qui aurait appelé ses copains pour former un gang. Un peu comme le Flic avec son pistolet de la police. Mais non, ça ne colle pas. Ce fameux général, qui est-il pour avoir une vision si large des choses ? Pour faire de Will non seulement son petit soldat, mais un fanatique ? Pour penser à un monde nouveau et le mettre en œuvre de manière aussi froide et méthodique ?

— Notre prochaine étape, une fois qu'on aura définitivement nettoyé toute la ville, c'est le plan « dragon », dit finalement Will, guettant du coin de l'œil une réaction chez Léo, impatient de le voir quitter ce mutisme qui le blesse et qui l'inquiète.

Léo-man et ses superpouvoirs continuent de lui faire peur, même avec dix soldats derrière lui armés jusqu'aux dents, même avec son fusil à portée de main et ces liens autour des poignets qu'il a serrés lui-même.

— Le plan « dragon », c'est comme dans *La Belle au bois dormant*. Tu te souviens de *La Belle au bois dormant*, le Walt Disney ? La belle dort dans sa chambre et un dragon garde l'entrée du château ensorcelé pour que personne ne puisse la réveiller. Le dragon, ce sera nous : on va ramasser tous les endormis de la ville, on va les entasser les uns sur les autres dans un gymnase, en pyramide. Et on va y foutre le feu une fois pour toutes, comme ça, les vieux, plus personne n'en parlera, on pourra passer à autre chose.

Will a eu ce qu'il voulait : Léo a tressailli. Ça n'a duré qu'une seconde mais je l'ai vu. Pourtant, Will a l'air déçu. Il n'a peut-être pas eu le temps de voir ce petit moment de faiblesse. Léo a repris son immobilité parfaite, il s'est recomposé un visage de statue.

— Tu vas me regarder quand je te parle ? Eh ! c'est moi, Will, je suis là !

Ça y est, Léo a gagné : finalement, c'est Will qui craque.

— Regarde-moi !

Le camion s'est encore arrêté. Je jette un coup d'œil dehors : la caserne ! On est arrivés ! Un planton d'un mètre trente nous salue et reste raide comme un piquet, attendant qu'on redémarre.

— Si tu me regardes, là, maintenant, une seule fois, je te promets que tu ne seras pas torturé.

Léo n'y croit pas du tout et moi non plus. Will est un menteur, il nous l'a assez prouvé.

— Ah, OK. Je comprends ! Tu crois encore que tes petits copains vont venir te délivrer, c'est ça ? Tu crois que Paul va débarquer ici ?

Bizarrement, c'est Will qui tremble de peur. Léo a l'air parfaitement calme, comme s'il était très loin d'ici.

— Ce grand con de Paul est mort, figure-toi ! Et les autres, d'ici demain, ça va être leur fête aussi, on sait très bien où ils se cachent !

Toujours aucune réaction. *Mon Dieu, Léo, pour une fois, j'adore ta maudite fierté. Vas-y mon grand, continue à lui montrer que pour toi il n'existe même pas. Fais-le souffrir, fais-lui peur rien qu'en regardant droit devant toi quand il te parle. C'est la seule arme qui te reste et tu continues à te battre avec, tu n'abandonnes jamais. Si tu savais comme je suis fière de toi.*

— Joli coin, Marsilly.

Will a repris le contrôle sur lui-même, il a jeté sa dernière phrase comme s'il parlait du mauvais temps, il regarde Léo par en dessous, à l'affût. Il sait ! Comment le sait-il ? Qui lui a dit ? Mais Léo n'a montré aucune surprise, aucun abattement, Léo n'a rien montré du tout. Le vide absolu.

— Eh ! fait une voix dehors.

Will hésite, ravale sa rage et ouvre finalement la portière.

— Tu vas rester là toute la nuit ? Allez, amène-toi, on se les gèle.

Un autre ado en treillis attend debout en se frottant les mains pour lutter contre le froid. Lui aussi porte les trois barres de capitaine sur le torse, mais un torse beaucoup plus musclé que celui de Will.

— Le Général-Dieu attend ton rapport et, je te préviens, il est furax.

Le Général-Dieu ? Rien que ça ?

— Tu les as tous les deux, au moins ?

Will acquiesce en silence. Entre ces deux-là, les grades sont égaux, et égales aussi les haines qui les séparent.

— Cool, descends-moi la fille, pour voir, il paraît qu'elle a des nichons encore plus gros que ceux de Scarlett Johansson.

Les petits derrière se pressent contre les ridelles et piaillent tous ensemble :

— Ils étaient en train de baiser quand on les a trouvés ! crie un gosse d'à peine huit ans.

— Elle a des lolos… comme ça ! fait un autre en mimant ma poitrine de ses deux mains.

Manifestement, les gosses aiment mieux ce capitaine-là. Enfin, je ne sais pas s'ils l'aiment, mais ils ont envie de lui plaire en tout cas.

— Silence, dans la troupe ! hurle Will, et le silence se fait, immédiat, absolu.

Je n'ose même pas imaginer par quelles méthodes ils sont arrivés à cette belle discipline. « L'homme nouveau », « le grand chantier qui soulève un peu de poussière »… Là où ont coulé les formules creuses, le sang a coulé aussi.

— La fille a été offerte gracieusement au lieutenant Benjamin Poitevin, qui nous a livré les deux traîtres.

Le petit Ben, avec sa tête de chacal, s'avance timidement à l'arrière du camion et les autres gosses s'écartent.

— Viens, petit, descends. Allez descends.

Souple comme un chat, il saute par-dessus les ridelles directement sur le sol.

— On en fera un bon soldat, dit l'autre capitaine en jaugeant la marchandise d'un œil expert.

Tu parles, un gosse qui tabasse les autres, qui trahit ses amis… Oui, ils en feront un bon soldat dans leur armée de salauds. Comment j'ai pu lui faire confiance ?

— Si le Général-Dieu en donne l'ordre, tu seras servi le premier et après tu pourras la garder comme esclave.

« Esclave » ? J'ai bien entendu ? Au mieux, c'est mon cadavre qu'il aura ! De toute façon, j'ai l'impression d'être déjà morte.

Un murmure de jalousie s'élève au fond du camion. Ces gosses, est-ce qu'ils ont l'âge de violer une fille ? Est-ce qu'ils ont seulement l'âge de penser au sexe ? Si c'est le cas, Will avait raison sur un point au moins : le monde des adultes a pourri les enfants. Mais, en regardant le « capitaine », en croisant son regard sur mes seins, en voyant cette petite langue qu'il se passe sur ses petites lèvres, moi, je vois autre chose : je vois que c'est le monde des Hommes Droits qui a pourri ces gosses. Les enfants suivent le modèle, c'est tout. « Quand je serai grand, je serai capitaine et je violerai des filles » : voilà l'avenir qu'on leur propose.

Et ils le suivent, ces cons-là, comme des moutons.

Il fait sombre à l'entrée de la caserne, les phares du camion éclairent un poste de garde et de grands bâtiments blancs en béton. Le drapeau français flotte toujours en haut de son mât, là-bas, sur une place d'armes. Will éteint les feux, descend du camion et se dirige vers l'un des deux bâtiments en béton.

Il ordonne à un gosse qui a un grade de sous-officier :

— Emmène-le au gymnase avec deux hommes !

Ça me fait bizarre de l'entendre parler « d'hommes ». Ces gamins qui jouent à la guerre ressemblent à tout sauf à des hommes.

— Les autres, nettoyage des Famas et réintégration. Exécution !

Les petits, la tête basse, le suivent sans histoire.

On m'emmène droit vers le poste de garde. Le capitaine me tient par le bras et Ben nous suit timidement pendant que Léo est emmené quelque part vers la place d'armes. Le camion reste en plan devant la barrière relevée.

Quel effet ça fait, un viol ? un viol collectif ? Est-ce qu'on s'en remet ? Finalement, je me sens déjà très loin, la question m'effleure à peine : je me tuerai après, alors je n'aurai jamais à m'en remettre.

De toute façon, Dieu m'a abandonnée et il a bien raison. En fait, je ne pense qu'à une chose. Toujours la même depuis ce matin.

Quand je lui ai fait un croc-en-jambe dans l'escalier, Ness est tombée en avant, elle était tellement sonnée qu'elle a à peine crié, je ne sais même pas si elle a compris ce que j'avais fait. Et, quand je lui ai pris tout doucement la tête entre les mains, elle croyait que j'allais l'aider à se relever. Pas que j'allais lui écraser la nuque sur l'angle d'une marche. Je voulais l'assommer, seulement l'assommer. J'ai attendu longtemps dans le noir, j'ai entendu Will qui ouvrait la porte et qui appelait son espionne en chuchotant. Il a hésité à monter mais, finalement, il est resté en bas et il est reparti. J'ai soupiré de soulagement, j'ai rallumé ma lampe et je me suis rendu compte que je tenais dans mes mains la tête d'un cadavre.

Je suis damnée. Je comprends maintenant que l'enfer, ce n'est pas seulement la damnation éternelle : l'enfer a déjà commencé ici, dans le monde des vivants. C'est pire que tout ce que les Hommes Droits pourront jamais m'infliger.

« Combien de temps, Seigneur, vas-tu m'oublier,
Combien de temps, me cacher ton visage ? »

Pas longtemps, ma vieille Marie, pas longtemps. Quelques heures tout au plus. Oh, je ne te promets pas que ce seront les plus heureuses de ta vie, mais ce seront les dernières, ça, tu peux en être sûre. Ils ne m'auront pas vierge en tout cas. Ils peuvent prendre ce qu'ils voudront, ça, ils ne l'auront pas. C'est à Léo que je l'ai donné, ce cadeau-là, c'est à lui qu'il appartient pour toujours. Ses mains sur mes hanches, sa bouche contre ma bouche, Léo dans mon ventre, là, au plus profond de moi. Tu n'es pas cruel, mon Dieu, puisque tu m'as donné cet amour.

« Quand je marche dans la vallée de l'ombre de la mort,
Je ne crains aucun mal, car tu es avec moi.
Ta houlette et ton bâton me rassurent. »

Ton bâton ! Je ne peux pas m'empêcher de glousser en pensant à Léo, et le « capitaine » me jette un regard stupéfait. Comment est-ce que je peux rire à un moment pareil ? Est-ce qu'elle a le droit de rire, celle-là ? *Ce n'est rien, mon capitaine. Juste une association d'idées, un blasphème – mon dernier peut-être. Tu pourras toujours pénétrer dans mon corps, le forcer et le souiller tant que tu voudras, mais dans mes pensées tu ne pourras jamais rentrer, petit con. Toi aussi peut-être, quand tu mourras – parce que tu mourras dans pas très longtemps, vu la tournure que prend ce monde-là – tu auras peut-être le droit de rire une dernière fois en pensant à des bêtises.*

Ils attendent. D'après ce que je comprends, le Général-Dieu avait interdit qu'on touche aux nouvelles prisonnières tant qu'on ne nous aurait pas retrouvés, Léo et moi. Will doit lui rendre son rapport et l'ordre devrait tomber juste après. Je crois qu'ils sont contents d'attendre, ça fait monter le plaisir.

Ils l'appellent le Général-Dieu. Ces gens sont fous. Ce type est fou. Et Léo qui se demandait à quoi ressemblait le chef des Hommes Droits, qui nous disait : « Et comment il faudra l'appeler ? Empereur, grand pacha ? » Non, rien de tout ça, Léo. Il faut l'appeler « Dieu », en toute simplicité. Un Dieu qui les terrifie, visiblement : ils n'en parlent jamais sauf en termes très respectueux. Pas un seul qui n'ose une blague à son sujet ; quand ils prononcent son nom, ils prennent un ton révérencieux, obséquieux. Je suppose qu'il doit avoir ses espions partout. Pauvre Dieu, je veux dire, Toi, le vrai Dieu, Toi qui sais tout et qui nous regardes de là-haut… Tu dois être triste à en pleurer.

19

LÉO

J'ai toujours les mains attachées dans le dos et trois gosses armés de fusils ne me quittent pas du regard. Alors c'est donc ça, leur caserne. De grands bâtiments dortoirs, des arbres plantés en rangs, une belle place d'armes et un hangar à véhicules blindés pressurisés – c'est un régiment « Nucléaire Radiologique Biologique Chimique », le seul de toute la France.

— Où sont les filles ? je demande au gamin qui joue au sergent-chef.

Il évite mon regard.

— C'est vrai, où sont passées toutes les petites filles ? Les garçons, vous en faites des soldats, mais les filles, qu'est-ce que vous en faites ?

— Silence, prisonnier, dit finalement le gosse.

— Il doit y en avoir autant que de garçons en toute logique, non ?

Un des deux « soldats » me donne un coup de crosse dans le genou mais il n'ose pas frapper trop fort, je sens à peine le plastique qui glisse contre mon jean.

On passe devant des bureaux à deux étages et puis devant un long bâtiment de plain-pied avec une grande baie vitrée.

C'est sûrement la cantine. Enfin, « l'ordinaire », comme disent les militaires. Il doit y avoir des stocks énormes de nourriture, là-dedans, surtout s'ils ont rapatrié ici les réserves de tous les supermarchés de la ville. On avance toujours... Encore un hangar à véhicules, on y croise une patrouille de quatre mioches à moitié morts de froid, dont un seul est armé. Ceux-là sont habillés en maillots rouges. Des maillots de foot encore, sûrement piqués au premier magasin du coin de la rue. L'équipe verte, l'équipe jaune, l'équipe rouge... le général a trouvé le moyen d'en faire des uniformes adaptés à la taille du soldat.

— Dites donc, ça fait un seul fusil pour quatre gars. Il n'aime pas voir ses armes dehors ? Il ne serait pas un peu parano, votre Général-Dieu ?

— Silence ! répète le sous-officier, plus fort.

— Pourquoi est-ce qu'il croit que c'est à Marsilly, notre point de chute ? Quelqu'un lui a raconté ça ?

Le sergent-chef s'arrête, il braque son fusil sur ma poitrine et il gueule, comme un vrai homme :

— Tu vas la fermer, oui ou merde ?

— T'as qu'à tirer, pauvre con ! Tu crois que tu me fais peur avec ton fusil ?

Le choix entre le fusil et la torture, ça ne rend pas le fusil si effrayant que ça. Mais je n'ai plus envie de le taquiner ; de toute façon, on est déjà arrivés à destination : le gymnase. On y entre par une petite porte sur le côté qui donne sur une première salle aux murs couverts de miroirs et matelassée de tatamis. Autant que je puisse en juger à la lumière de leur lampe de poche, ils ont installé un ring de boxe rudimentaire dans un angle, mais ce n'est pas notre destination. La porte suivante donne sur un terrain de handball couvert. Les poteaux des buts sont peints en rayures noires et jaunes, et comme on ne voit que le jaune dans la nuit, on a l'impression de voir des pointillés qui flottent en l'air.

Quelle odeur de charogne, là-dedans ! Il doit y avoir une bête crevée quelque part.

En nous voyant arriver, un petit groupe d'ados se lève dans un coin de la salle. Ils fument, ils rigolent, ils écoutent de la musique. Un grand maigre allume une lampe de camping sur batteries. C'est là que je les vois : les cordes, et au bout des cordes, les formes allongées, les flaques sur le revêtement en bois. L'odeur vient d'ici, ça se précise en approchant. Les corps sont pendus, mais pas comme je m'y attendais : ils sont pendus la tête en bas. Les jambes sont attachées par un nœud très serré, très en hauteur. Le corps est allongé, les bras tendus vers le sol, et un deuxième nœud est noué autour des poignets. À certains d'entre eux, on a tranché les mains.

— Tu vas voir, me fait un petit brun rigolard en guise de bienvenue. Quand on tranche les mains, il y a tout le sang accumulé qui gicle par terre.

C'est un lieutenant. Les autres aussi, apparemment. Non, il y a un capitaine dans le lot. Le spectacle est réservé aux officiers, on dirait. Je jette un coup d'œil en l'air : avec la mauvaise lumière, je vois des visages boursouflés, des corps nus, rouges et blancs. On peut suivre les lignes de graisse comme sur des jambons suspendus. Celui-là, c'est Bébé Joe, ils ont dû le liquider récemment. Et celle-là ? Je ne la connais pas mais, vu le blouson en cuir et le casque de moto accrochés sur le portemanteau, je crois que c'est la fille du centre-ville. La casquée qui nous avait tiré dessus au fusil de chasse et qui était montée dans notre camionnette.

Où est-ce qu'ils ont vu ça ? Dans un film, une série télé ? ou dans un jeu vidéo, peut-être ? Des corps suspendus la tête en bas et qui restent à faisander pendant des jours, ça vous plante un décor de jeu, c'est sûr.

— C'est un grand honneur que te fait le Général-Dieu, reprend le petit lieutenant.

Les trois gosses en maillots rouges sont repartis rendre leurs fusils, je suppose qu'ils n'ont pas le droit d'assister à mon exécution. Un groupe a besoin de codes, de traditions, les militaires en ont plein et ces gosses singent les militaires.

— Il te donne droit à une mort de chef sous les yeux de ses officiers, parce que tu t'es battu avec les honneurs. Tes vêtements seront accrochés au portemanteau qu'on a installé derrière. Ce seront des trophées de guerre respectés.

Un autre ado en vert s'avance et bouscule gentiment le premier.

— Bon, pour tout te dire, moi, je m'en fous. Dès que tu auras crevé sur ta corde, on ira aux nouvelles putes qu'on a attrapées aujourd'hui et qu'ont encore jamais servies. Privilège d'officier, tu vois, les hommes du rang n'ont pas droit aux putes. Alors on n'a pas vraiment de temps à perdre, hein, les gars ?

Celui-ci a l'air un peu moins à cheval sur le protocole. Avec sa bière à la main et ses boutons défaits, il me fait bien plus penser à la « racaille » dont parlait Will qu'au fameux « homme nouveau » qui était censé nous bâtir un monde idéal.

— Bon, voilà les règles. Si tu te laisses faire sans histoire, on te coupera les mains et tu mourras vite fait en te vidant de ton sang. Sinon, je te préviens, ça va durer longtemps et tu vas déguster un maximum. C'est toi qui choisis, mon vieux.

Je n'ai pas l'intention de gigoter. D'ailleurs je n'ai aucune intention. Je suis déjà mort. Et, quand je les regarde penchés sur moi en train de m'attacher les poignets, une étrange idée me vient à l'esprit. Maintenant que je vais mourir, ce n'est pas à Marie que je repense ni à ce qu'on a fait tous les deux ce soir. Ce n'est pas non plus à mon père comme j'aurais cru. C'est vers Joan que vont mes pensées. Pourquoi Joan ? Je ne sais pas. Parce que j'aurais voulu lui parler avant de mourir, j'aurais voulu lui dire à quel point je l'aime et qu'on se quitte sans rancune. Je crois que je lui ai fait de la peine, je crois qu'elle a besoin que je lui dise que c'est une fille bien, que je l'ai toujours pensé. Dire qu'on en est quasiment venus aux mains pour une histoire de cigarettes, hier soir, sur le palier.

— Musique ! aboie le lieutenant à la bouteille de bière.

Quand ils me hissent là-haut et que le monde se renverse, une musique militaire s'élève dans le gymnase. Pas trop fort, juste assez pour couvrir le bruit de mes gémissements quand la corde me rentre dans les chairs et me coupe le sang. Ils se mettent à quatre pour me hisser en l'air et pour attacher la corde à un anneau dans le sol. Et puis ils me regardent pendu la tête en bas et se mettent en cercle autour de moi. Ils ont tous l'air un peu surpris.

— Il aura été le plus calme de tous. Et de loin ! fait le petit brun qui me regarde avec une sorte de fascination craintive.

— Depuis le temps qu'on en parlait de celui-là… Il faut reconnaître qu'il a de la classe…, dit un autre.

Je les dévisage les uns après les autres, eux à l'endroit, moi à l'envers. Étrange rencontre. Et puis ils se détournent, il y en a un qui va se ronger les ongles un peu plus loin, deux autres qui bavardent en s'éloignant vers un des buts. Il ne reste plus que le petit brun qui me regarde comme pétrifié, et terrifié aussi, je crois. Très vite, je sens toute la pression écrasante du sang dans ma tête, irrésistiblement attiré vers le sol ; le bas de mon corps se remplit, le haut se vide, comme un pot de miel qu'on aurait renversé sur le couvercle. Dieu, si tu existes, fais que Marie meure vite et sans trop de douleur. Fais que quelqu'un de plus fort et de plus malin que moi arrête le fou qui est à la tête de ces gens-là. Réveille mon père, ma grand-mère et les autres adultes, avant qu'ils ne soient tous entassés en pyramide et brûlés comme des piles de bois sur un bûcher. Et si tu n'existes pas, putain, j'espère que l'humanité n'est pas aussi conne qu'elle en a l'air et qu'il y a encore de l'espoir quelque part dans ce monde.

Je rêve déjà. Je vois Joan apparaître dans le cercle de lumière et je souris tendrement. Ça me fait mal au visage mais je souris. Ça y est, j'ai perdu pied, je commence à sombrer au royaume de l'oubli. Tout sera bientôt fini. Dans mon rêve, ce n'est pas exactement Joan parce que celle-là n'a pas les beaux cheveux blonds et bouclés de la vraie Joan ; à la place, elle a une sorte de chevelure rousse complètement dingue. Dans mon rêve, les visages des officiers se détournent de moi, la musique militaire est remplacée par une autre que j'aime beaucoup mieux. *You can leave your hat on*, le célèbre tube de Joe Cocker[1] poussé à fond.

— Qu'est-ce que c'est que cette fille ? C'est une des nouvelles putes ? fait une voix bizarrement déformée qui ressemble à celle du petit brun.

Les autres rigolent, dans mon rêve. Ils ne sont plus à côté du but de handball, ils se sont rapprochés de la lampe, près de la fausse Joan qui a enlevé son manteau comme dans la chanson, qui a enlevé ses chaussures et qui vient juste d'enlever sa petite robe blanche, qu'elle a jetée au loin. Ah ! c'est donc ça, le paradis. Je vais entendre ma musique préférée, je vais voir une fille sexy, je vais même la voir se déshabiller pour moi. Pourquoi a-t-on si peur de la mort ? La mort se passe très bien. J'ai cette douleur incroyable dans la tête, dans les épaules, les poignets, mais tout ce que je voulais m'a été accordé. On dit qu'on voit toute sa vie défiler en un instant. Certains, peut-être. Moi, je vois Joan et ça suffit à me rendre parfaitement heureux.

Dans le baladeur, Joe Cocker continue de chanter. Un truc à propos de vêtements à enlever un par un. Un rythme à vous rendre fou.

Joan n'a plus sur elle que des sous-vêtements hyper sexy d'un blanc flamboyant, presque fluorescent ; elle tourne autour de moi comme autour d'une barre de strip-tease, frôle mon corps nu au

1. *You can leave your hat on*, paroles de Randy Newman, chanson issue de l'album *Sail Away*, 1972. (*NdA*)

supplice, sa bouche embrasse mes lèvres à l'envers, je sens sa langue entre mes dents contre ma langue boursouflée. Applaudissements derrière nous, sifflets, exclamations. Joan se retourne, pose lascivement les deux mains sur ses seins. J'ai déjà vu ses seins, j'ai déjà vu Joan toute nue, mais la voir en spectacle, c'est un autre corps, c'est une autre fille. Joan en spectacle, c'est une féerie, un don de soi.

Oh, chante encore pour elle, Joe Cocker ! Ta musique se fait plus forte, entêtante, avec ses cuivres et ses basses.

Bon Dieu ce qu'elle est jolie !

C'est comme une révélation : je suis tombé amoureux de cette fille, comment j'ai pu ne pas m'en rendre compte ? Je ne sais pas à quel moment c'est arrivé exactement. La première fois que je l'ai tenue dans mes bras, peut-être ? Non. La première fois que je l'ai entendue chanter, je crois. La séduction dont elle est capable et la beauté poignante de ses chansons devant son public, c'est le même art, c'est le même don qu'elle a reçu du ciel. C'est sa manière de vivre et d'aimer, c'est sa manière de rendre le monde plus beau. Je me suis trompé : Joan n'est pas seulement sexy, Joan est belle. Dans notre conférence du troisième étage, à la Cantine, quand je l'ai vue s'approcher de Will et le draguer pour éviter qu'on se déchire devant lui, quand elle l'a dragué pour moi, pour nous, j'ai vu la beauté l'illuminer comme une aura. Cette fille est un mystère complet pour moi, je ne crois pas que je pourrai jamais la comprendre, mais je sais que je l'aime de toutes mes forces. C'est douloureux, c'est délicieux, je la vois, devant moi, et je donnerais n'importe quoi pour me libérer et la serrer dans mes bras. C'est comme une bulle énorme que je sens monter dans mon ventre et qui voudrait éclater là, dehors : *Joan, je t'aime !*

Ses mains remontent de ses seins à ses joues, à ses nouveaux cheveux roux tapageurs, elle incline la tête en arrière tout en continuant de rouler des hanches, ses mains passent par-dessus son front, se rejoignent derrière sa nuque. Je vois tout en rouge depuis un moment déjà, à cause du sang dans mes yeux. Elle tient son visage penché. À chaque coup de reins, les yeux des garçons sont dévorés de désir, moi je ne vois que ses fesses, rouges, qui se déhanchent presque sous mes yeux, son dos lisse, qui se balance en rythme et qui me fait deviner la danse du ventre qu'elle doit être en train de faire. Et puis soudain la chevelure saute en l'air, les mains jaillissent de part et d'autre de sa tête, elles se retrouvent juste devant ses yeux. Œil-viseur-cible. Tu te souviens de sa leçon en bas de l'immeuble, mon vieux Léo ? Du lampadaire que tu visais pendant qu'elle corrigeait ta position ? Eh bien, regarde la nouvelle leçon qu'elle te fait, ta jolie prof : un viseur vient d'apparaître dans ses mains, et tout le flingue qui va avec. Un flingue qui était scotché dans son cou, sous sa chevelure rousse. Joan s'est taillé les cheveux grossièrement, ils apparaissent sous la perruque, ils sont ras comme un champ de blé.

Paa ! crache le Sig Pro. Paa ! Paan ! Paa ! Quatre coups, rapides, précis, exactement au but, qui résonnent dans le gymnase par-dessus la musique.

Ça parle toujours d'amour dans la chanson de Joe, de tous ceux qui refusent de le connaître. Et aussi de moi qui viens de comprendre ce que c'est, enfin.

Joan se retourne, court jusqu'au tapis de réception à l'autre bout du gymnase qu'elle pousse devant elle jusque sous ma tête, elle pointe le bout du canon et tire de nouveau : Paa ! Je sens la corde vibrer au-dessus de moi, je sens la vibration gagner tout mon corps, mes chevilles, mes poignets. Paa ! Un deuxième coup. Je tombe, je chute. Je rêve encore.

Non.

Je suis là, sur le tapis, l'épais tapis de réception. Joan me redresse le dos, le sang reflue comme la marée sur les galets. Joan me parle doucement, me dit des mots tendres, que je n'entends pas. Mes oreilles sont pleines de sang, mes oreilles bourdonnent, elles se demandent où est l'endroit, où est l'envers. Ses larmes sur ma nuque brûlante, je les sens, fraîches comme la rosée, ses lèvres dans mon cou, ses mains qui courent sur les nœuds, sans pouvoir les défaire. Paa! Hop, ainsi a fini le nœud gordien. Voilà mes mains libres, maintenant. Elles sont tellement gonflées, tellement écarlates... je ne les sens plus. Paa ! même traitement pour le nœud des chevilles.

« Léo, Léo ! » Elle a une toute petite voix, une voix que je ne connais pas. Comme ces chats qui miaulent toujours de la même façon et qui, un jour, se mettent à faire un tout petit piaulement qu'on n'avait jamais entendu. Elle est toujours nue ou presque, et moi complètement. Mon cœur bat comme un fou dans ma poitrine. Je le sens dans mon cou, dans ma tête, qui renvoie le sang dans ses artères, qui le remet ici, dans les jambes, et qui l'ôte de là. Le pot de miel a retrouvé sa place sur l'étagère, il coule doucement sur les parois, il prend son temps, il revient à sa place. La douleur dans mes mains et dans mes pieds commence à monter doucement. La douleur, c'est la vie. Je ne suis pas encore mort, non, j'ai encore quelques mots à dire à ce monde-là.

« Léo ! » murmure toujours Joan, toujours collée contre mon dos, à me soutenir en position assise, ses seins contre mes omoplates, sa bouche dans mon cou, sur mon épaule. Je sens ses bras autour de moi, qui me serrent très fort, son oreille qui frotte doucement contre la mienne, ses larmes qui coulent sur ma joue. Quand je regarde entre mes jambes, j'ai la surprise d'y voir une splendide érection. Comme quoi, tout ne doit pas être complètement détraqué, dans le système sanguin.

— Jo... Joan... C'est toi ? C'est vraiment toi ?

Elle me prend la tête dans ses mains, elle serre la sienne contre mon cou. Si je la laisse faire, je crois qu'elle me ferait l'amour ici, dans ce gymnase, au milieu des cadavres. Qu'est-ce que je devrais lui dire ? « Merci, Joan ? » « Tu m'as sauvé la vie, Joan ? »

— Joan, tu es magnifique, tu es adorable, tu es incroyable, tu es la plus jolie fille que j'ai jamais vue…

Je dois rêver encore. Je suis sur un nuage, loin au-dessus des hommes, et un ange est venu pour moi, un ange a refermé ses ailes autour de moi. Un ange qui pleure, un ange qui me berce doucement, qui me retient de tomber en arrière, qui se serre contre moi en reniflant, en poussant de petits gémissements de chat.

Je me lève, maladroitement, je la relève aussi. La tête me tourne encore, mais Joan me soutient d'un bras sous mon aisselle. Les quatre officiers sont là devant nous, en demi-cercle. Une balle mortelle pour chacun d'eux : un cœur troué, trois têtes trouées. Le petit lieutenant brun remue encore un peu, par soubresauts, malgré le cercle rouge sur sa tempe. La musique est toujours aussi forte, elle a repris sur une autre chanson.

— Nom de Dieu, quel carton ! Tu es vraiment une sacrée tireuse.

— J'ai compté huit coups, il reste plus que une seule balle dedans le *gun*.

Je ne lis aucun remords sur son visage, elle vient de tuer froidement quatre garçons de quinze ans et elle regarde leurs cadavres avec juste un peu de dégoût. C'est elle qui a raison, Léo, il y a des jours où il faut laisser son empathie au vestiaire. Et si ç'avait été elle, attachée à la corde, et toi avec le flingue dans la main ? Tu n'aurais sûrement pas pu tirer. Elle serait morte et ces quatre crétins seraient tranquillement sortis du gymnase.

Elle me donne le Sig Pro par la crosse, le canon est encore chaud et ça sent un peu la poudre.

— J'aurais pu faire strip-tease sans musique, mais j'ai trouvé le disque ici, fait-elle en désignant la pile de CD.

— C'était le strip-tease le plus incroyable que j'aie jamais vu.

Elle pouffe un peu, remet en place une baleine de son soutien-gorge en satin.

— Tu as coupé tous tes cheveux pour moi, tes beaux cheveux…

Elle passe une main là-dedans, hausse les épaules. Elle avait de si jolis cheveux bouclés, ils étaient tellement importants pour elle.

— C'est moche comme ça, hein ?

— Tu as coupé tes cheveux pour moi et tu trouves ça moche ? Moi, je trouve ça magnifique.

Ses cheveux coupés à la va-vite lui font une coiffure à la n'importe quoi ; elle a dû faire une couette sur chaque côté et couper tout ça en deux coups de ciseaux, avant de les plaquer sur son crâne à coups d'épingles.

— Alors c'était toi, hein ? je lui demande.

— Moi quoi ?

— Qui avait pris le flingue, après le match de boxe contre Charly ?

Elle baisse un peu la tête et, quand elle la relève, elle y a dessiné un joli petit sourire coquin.

— De cette façon, c'était comme si tu l'avais toujours. Je savais que tu voulais pas le porter, alors je porter pour toi.

— Alors, on est quittes, hein ? Je t'ai sauvé la mise une fois, et tu viens de me rendre la pareille.

Je me penche vers ma nudité toujours indécente et, de l'œil, je désigne son soutien-gorge presque fluorescent avec tout ce qu'il contient :

— Il faut qu'on se rhabille tous les deux. Je crois que ça commence à aller mieux maintenant et on a du boulot.

Marie, je vais te sortir de là. Pas question de te laisser entre les mains de ces salopards, maintenant que je tiens debout sur mes jambes. Je ne sais pas encore comment je vais m'y prendre, mais je vais le faire.

— Ils avaient tous une arme, tes *boys* en vert ?

Je regarde autour de moi : oui, ils avaient tous un pistolet automatique dans un holster kaki au ceinturon. J'en prends un avec moi.

— Tu as vérifié le magazine ?

— Quel magazine ?

— Le chargeur.

Je finis par trouver comment l'ôter, mais rien ne vient.

— Merde. Il n'y a pas de balle.

— Pas dans le mien non plus.

Nos officiers étaient armés de jolis pistolets automatiques sans balles. Le flingue, c'était juste décoratif, il faisait partie de l'uniforme. Le général ne leur faisait pas assez confiance pour les laisser porter en permanence de quoi lui tirer dessus.

— Bon. Il ne faudra pas compter sur eux.

Je trouve quand même un long couteau sur le buveur de bière. Le petit brun fait à peu près ma taille, un poil plus petit. Et le capitaine pourrait bien être de celle de Joan. Avec leurs blessures à la tête, ils n'ont pas laissé de sang sur leurs uniformes. Je suis con, je n'aurais pas dû remettre mes vêtements : j'enlève mon jean et je me rhabille à la mode de la caserne.

— Enfile celui-là toi aussi, on va prendre leurs places. Mais si on croise quelqu'un, n'ouvre surtout pas la bouche. Avec ta voix de fille et ton accent, on se ferait repérer.

— Quoi, mon accent ? bougonne-t-elle, vexée.

— Avec ton adorable accent américain. Attends, je vais serrer un ceinturon autour de tes seins pour que tu fasses un peu plus garçon.

Elle regarde le ceinturon d'un air pas convaincu.

— *Hey*, tu vas pas serrer trop fort avec cette truc-là, hein ?

Elle se laisse serrer le ceinturon autour de la poitrine sans protester ou, du moins, en protestant juste un peu.

— Vas-y doucement, *sweetheart*, murmure-t-elle, les bras en l'air et la tête penchée en arrière contre la mienne. C'est pas une selle, cow-boy, et moi, je suis pas une jument…

Ça va, le ceinturon est large, il écrase bien sa poitrine.

— Allez, habille-toi vite.

Elle enfile son uniforme comme si elle n'avait porté que ça toute sa vie.

— Comment tu trouves moi ? fait-elle en tournant sur elle-même.

— Franchement ? L'uniforme, c'est pas sexy.

Je jette un coup d'œil aux corps à nos pieds. Elle porte les vêtements d'un cadavre et moi aussi. J'essaie de m'imprégner de cette idée, mais elle glisse sur moi. Non, je porte un vêtement qui va me protéger, c'est tout. Il n'appartenait pas plus à ce petit brun à moitié nu avec un trou dans la tête qu'il ne m'appartient à moi.

— Bon, explique-moi, j'ai besoin de savoir. Explique-moi, mais vite, chaque seconde compte. Qu'est-ce qui s'est passé ?

Elle soupire un peu, regarde ses mains et dit très vite :

— Quand tu as disputé moi tout à l'heure, je suis pas montée dans la camionnette de Paul comme tu as dit. J'étais très colère, j'ai décidé quitter vous tous. *I went back home*, je suis rentrée à la maison, j'ai pleuré beaucoup. Et puis j'ai entendu coups de feu, je suis restée cachée dans la cave. Pendant la nuit, j'ai été réveillée par le bruit du haut-parleur, j'ai tout entendu quoi Will a crié, j'ai pensé : « Joan tu es une *stupid, overstupid girl*. » J'ai pris mon vélo et le plus vite j'ai pu, j'ai foncé à la caserne avec perruque de maman et cheveux coupés, pour pas être reconnue par Will. Et aussi pour mieux cacher le gun scotché derrière mon dos. Je suis entrée juste avant vous dans le caserne, j'ai attendu un peu. Quand le camion est arrivé, de loin, je t'ai vu descendre et traverser la cour. Alors j'ai suivi, j'ai entré gymnase quand les petits sont partis. Je savais toujours pas quoi faire, mais quand j'ai vu ceux-là… (d'un doigt, elle désigne les quatre corps) en train de t'attacher, de te monter là-haut, *I lost my head*[1] et j'ai entré…

Je la prends dans mes bras, j'étouffe les sanglots qui montent, je sens ses lèvres qui cherchent les miennes, son besoin profond d'amour à donner, d'amour à recevoir, son besoin d'oublier. Mais je fais semblant de ne pas m'en apercevoir.

— Tu as été parfaite. Fantastique. Ce que tu as fait, personne d'autre n'aurait pu le faire.

— J'ai… j'ai… *These boys*[2]…, fait-elle en regardant les cadavres, comme si, pour la première fois, elle se rendait compte de leur présence ici.

— Joan. On est dans la gueule du monstre. Tu n'avais pas le choix. Je te promets qu'on reparlera de tout ça. Mais là, maintenant, on n'a pas le temps. Je dois savoir comment tu es entrée ici.

— Je suis passée par-dessus le mur, un endroit où barbelés étaient déjà couchés, juste sous le toit d'un hangar. Je pense des tas de militaires avaient passé le même endroit avant moi. Je vais te montrer, je suis sûre tu pourras passer sans problème.

— Bon. Parfait. Tu vas y retourner et tu vas m'attendre de l'autre côté du mur.

Elle me fait de nouveau ses yeux ronds et le coup de la mâchoire qui s'affaisse.

— *No way*[3]. Cette fois, tu laisseras pas moi derrière, *Mister* je-décide-tout. Je crois j'ai bien gagné le droit de venir avec toi !

1. « Je suis devenue folle »
2. « Ces garçons… »
3. « Hors de question »

— Joan. Ce n'est pas un droit, c'est… Il faut sauver Marie, et après il faut arrêter ce type, le Général-Dieu. Sinon, il va y avoir une catastrophe, la pire de toutes… Mais toi, je veux que tu vives, je veux que tu sois là pour regarder le nouveau monde qui va grandir et se reconstruire. Ce n'est pas pour toi que je te demande ça, c'est pour moi. Pour que je sache que si je me fais tuer, toi tu seras encore là, que j'aurais au moins épargné ça.

— Tu es trop *cute*[1], Léo. Il faut être plus méchant que ça, tu sais. Il faut dire à moi : « Aide-moi, tu vas sûrement être tuée mais tant pis, parce que moi j'arriverai jamais tout seul. » Non, tu arriveras pas tout seul et tu sais ça très bien. Faut être *tough*[2] dans la vie : ce gars-là, *General God*, c'est pas juste un combat de boxe qu'il faudra pour l'arrêter, comme Charly, c'est une balle entre les deux yeux.

Ce que je vois dans ces deux yeux-là en tout cas, c'est quelque chose que je ne pourrai pas briser. C'est une force que je n'ai jamais vue chez personne d'autre.

— Si tu me laisses derrière, je crier très fort pour attirer eux sur moi. Il faut pas compter sur moi pour obéir aux ordres. Je vais pas partir, je vais pas laisser toi derrière. Jamais.

— Il y a une patrouille de quatre petits qui tourne dans la caserne avec un seul fusil – chargé ou pas, on n'en sait rien. Il y a aussi du monde dans le poste de garde, au moins cinq ou six ados, tous armés. Mais les gosses qui nous ont attrapés cette nuit ont déjà dû rendre leurs armes maintenant, et les trois qui m'ont accompagné aussi.

1. « Gentil »
2. « Dur »

— Ça fait quand même sept fusils *out*[1], au moins.

Oui. Beaucoup trop de fusils pour qu'on puisse libérer Marie en tout cas, surtout sans armes. Enfin, juste un flingue de flic avec une seule balle dedans.

— D'après ce que j'ai compris, le général n'aime pas du tout laisser des armes à feu aux mains de ses soldats, il leur en donne le moins possible. Je ne vois qu'un seul endroit où il peut se cacher et contrôler personnellement son arsenal.

— *The armoury.*

— Ouais, l'armurerie.

Deux officiers traversent tranquillement la place d'armes, est-ce qu'il y a de quoi éveiller les soupçons ? Les coups de feu n'ont pas été entendus, il faut dire que la caserne est immense et que le gymnase est tout au bout ; il y a presque un kilomètre jusqu'au poste de garde. Sans compter la musique.

Ils passent au large.

— Attention voilà la patrouille, laisse-les nous saluer, c'est nous les huiles. N'ouvre pas la bouche, baisse la tête.

Les quatre petits en tee-shirts rouges s'approchent, reconnaissent nos uniformes à la lueur de la lampe torche et se mettent au garde-à-vous.

— Ils doivent être glacés, comme ça, en tee-shirts !

— Tu vas la fermer, Joan ? je réponds en chuchotant.

On dépasse le mât des couleurs, Joan jette un coup d'œil à notre drapeau tricolore et manque de tomber à la renverse, à cause d'un trou dans le bitume.

— *Shit!*

— Tais-toi ! Ou alors, dis « merde » comme tout le monde.

— Mais je peux pas voir rien du tout, il fait trop noir !

Je reconnais le petit bâtiment en béton où Will est parti faire son rapport quand il est sorti du camion. Des barreaux aux

1. « Dehors »

fenêtres, une caméra devant la porte, une lueur à l'intérieur… C'est ici que tout a commencé. C'est de cet endroit que le mal s'est répandu dans toute la ville.

— Voilà l'armurerie.

À côté, il y a un autre bâtiment tout blanc, sans doute des bureaux administratifs.

— Comment on entre dans, tu crois ? Il faut sonner ?

Il fait tellement noir qu'à vingt mètres je distingue à peine la porte et le bras mécanique de la caméra. Est-ce qu'elle marche encore, cette caméra ? Le petit ronflement régulier d'un moteur s'élève du bâtiment. Ils ont peut-être un groupe électrogène là-dedans, il doit y avoir du carburant dans la caserne et ils ont très bien pu trouver un moyen de le pomper dans les cuves.

— Non, il ne nous ouvrira jamais, c'est un parano et un maniaque. Il faut trouver autre chose.

— Et en plus, il est armé jusque dans les dents.

— Attention, planque-toi !

La porte s'ouvre brusquement. On se plaque contre le mur d'un des bâtiments de la place d'armes, à l'angle. J'ai posé la main sur son ventre : elle me la remonte doucement jusqu'à son cou, jusqu'à sa bouche où elle mordille mes doigts, lentement, avec gourmandise. Je les retire doucement. *Joan, bon Dieu, ce n'est pas le moment de jouer.* Un soldat en uniforme sort de l'armurerie, éclairé par la lumière de l'intérieur, il ramasse un fusil déposé par terre à l'entrée et il remet quelque chose en place dans la crosse.

— C'est lui, c'est Will ! Il a dû finir son rapport.

— Le boîtier sécurité, murmure Joan. Tu as raison, il est parano, leur général. Il permet même pas à son capitaine de rentrer avec une arme ; Will garde juste avec lui le boîtier sécurité de son fusil. Si quelqu'un ramasse fusil, il peut pas utiliser lui sans boîtier.

Will se dirige vers un autre bâtiment d'aspect assez peu militaire et situé de l'autre côté, à la gauche du poste de garde.

—Viens, il faut le rattraper ! On pourrait se servir de lui pour nous ouvrir la porte de l'armurerie. Et puis je ne serais pas fâché de lui tirer les vers du nez, à ce petit salopard.

— *What*, quel verre ? fait Joan derrière moi.

—Laisse tomber. Marche vite, mais sans courir. On est des officiers, on a bien le droit de se balader la nuit. Si on nous demande, je dirai qu'on va aux putes. C'était ce qui était prévu.

—Mais..., proteste Joan, tu sais où elles sont, toi ?

—Non, mais j'en connais au moins une qu'ils ont emmenée au poste de garde...

—Oh..., fait-elle, sans prononcer le nom de Marie. Au poste de garde, il y a au moins six soldats armés, je rappelle toi.

—Je sais. Je me souviens. On ne peut pas y aller comme ça, il nous faut des armes. Zut, Will est déjà rentré dans ce bâtiment, là, derrière.

—C'est une *infirmary*.

—Ah ?

Une petite croix rouge au-dessus de la porte lui donne raison.

—Qu'est-ce qu'il est venu faire ici ?

La porte de l'infirmerie s'ouvre violemment sur un moitié-grand de treize ans au plus, simple soldat, qui se retourne pour demander à l'intérieur, très excité :

—Alors, c'est bon, on a l'autorisation, je peux aller le dire aux autres ?

Puis il part comme une flèche vers la place d'armes d'où on vient, juste sous notre nez et sans nous jeter un regard. On dirait un gosse courant vers les cadeaux sous le sapin. Sauf que là, le cadeau, c'est un viol.

Marie, pardonne-moi. Je ne peux rien faire pour l'instant. Ça me tue de te dire ça, ça me rend malade, mais je ne peux pas. Je n'ai pas d'arme. Dès que je trouverai ce qu'il faut, je reviendrai, je te le promets, je te le jure.

—Allez, vite !

Je rentre par la porte restée ouverte dans un couloir assez sombre, propre et pavé de carreaux noirs et blancs. Les murs sont blancs, les radiateurs sont blancs, les vitres sont blanches : pas de doute, c'est bien une infirmerie. Des voix bourdonnent dans une pièce éclairée au fond, par une porte entrebâillée.

— Attention ! fait Joan.

La porte entrebâillée s'ouvre en grand. Vite, la première porte, n'importe laquelle. Une chance, elle n'est pas fermée ! On se glisse là-dedans, dans le noir, on referme derrière nous. Des pas pressés, le couinement de rangers sur le sol carrelé. Ça doit être Will. Je pourrais sortir, l'attaquer dans le dos. Je pourrais l'étrangler, lui prendre son fusil… Non, je ne pourrais pas, c'est trop risqué ici. Et puis c'est trop tard, il est déjà sorti.

— Maman ? fait une toute petite voix derrière nous.

Une toute petite voix d'ange.

— Tu es revenue, maman ?

Il fait tellement noir, impossible de savoir si la pièce est grande ou petite, s'il y a quelqu'un où s'il n'y a rien du tout. La seule chose dont je sois sûr, c'est de la main de Joan dans la mienne, sa main qui me serre très fort.

Je demande gentiment :

— Qui est là ?

— Papa ?

— C'est… c'est un rêve, ma chérie. Tu es en train de dormir. Et moi aussi, je dors.

— Tu vas te réveiller bientôt, papa ? Je veux rentrer à la maison. Je ne veux pas rester ici.

— Oui, ma petite fille, bientôt, on rentrera tous à la maison, avec maman.

— Ce n'est pas bien ici. Je ne veux pas rester dans la nursery. Je ne veux plus aller dans la maison avec les barreaux.

— La… la maison avec les barreaux ?

— Oui. Je n'aime pas être ici, papa. Et j'ai mal au ventre.

Sous la rainure de la porte, une lueur vient d'apparaître, un vague murmure vient du couloir, une voix de femme. Oui, une voix de femme, très douce.

À ma grande horreur, je vois la porte de notre cachette s'ouvrir un tout petit peu, dans un grincement qui me glace les os. C'est Joan qui l'entrouvre.

— Qu'est-ce… qu'est-ce que tu fais ?

Je voudrais parler, mais les paroles sont juste articulées dans ma bouche, sans souffle. J'ai bien trop peur de faire le moindre bruit. Joan a posé la main sur la poignée, bon Dieu, mais elle a quoi dans la tête ? Elle met un doigt sur sa bouche, me fait signe de ne pas parler.

— Tu verras, c'est un monsieur très, très gentil…, fait la voix de la femme dans le couloir, qui s'approche tout doucement.

Une voix très douce, très rassurante. La voix d'une femme qui sait parler aux enfants et les réconforter. Lisa a une voix comme celle-là.

— Et tu pourras même regarder la télé si tu veux.

— Je… je pourrai regarder *Bambi* ?

Cette voix ! Je connais cette voix d'enfant !

— Bien sûr. Tu pourras regarder *Bambi*. Et manger des bonbons. Et te réchauffer.

— J'ai froid dans ma chambre.

C'est la petite Salomé ! Qu'est-ce qu'elle fiche ici ?

— Je sais, mon trésor, mais dans la maison du monsieur il fait très chaud. On n'a jamais froid.

— Jamais-jamais ?

— Jamais-jamais, promis. Mais il faudra être très gentille avec le monsieur, il faudra faire tout ce qu'il te dit, tu as compris ? Le monsieur n'aime pas les vilaines filles qui font tout le temps des histoires… Mais… Tiens ? Clara ?

La fille dans le couloir s'est arrêtée. Elle a vu notre porte entrouverte.

— Clara ? Qu'y a-t-il, mon cœur ? Tu as fait un vilain cauch...

La porte s'ouvre en grand et je me retrouve soudain nez à nez avec... avec une jeune fille très jolie, blonde aux cheveux bouclés, à la coiffure très sage, habillée en infirmière de l'armée. Une fille que je connais par cœur. Une fille que je ne connais pas du tout. Une fille dont j'ai rêvé tellement souvent.

— Sarah ? C'est toi ?

La fille est bien plus surprise que moi, elle ouvre la bouche mais par chance, aucun son n'en sort. Ce qui se passe après, je ne le sais pas très bien. Ma main sur ses lèvres, le couteau sur sa gorge, la fille plaquée au mur.

— Sarah ! C'est toi qui leur sers de nurse ?

Les voilà, les petites filles qui manquaient ! Elles n'avaient pas disparu, hein, elles étaient là, dans l'infirmerie.

— Les petits garçons, il en fait des soldats, et les petites filles... Nom de Dieu, Sarah, qu'est-ce que tu allais faire, là ? Où est-ce que tu allais l'emmener, à qui tu allais l'emmener ? Tu sais quel âge elle a, cette gosse ? Moi, je le sais, je le sais exactement : elle a sept ans.

Salomé me regarde avec ses grands yeux graves, un peu trop fixes. *Oh, Sarah t'a fait belle, mon trésor : les cheveux bien lavés, coiffés avec deux jolies barrettes dorées, une jupette écossaise, une chemisette rose. On ne voit plus trace des larmes sur ton visage, tes yeux sont un peu rouges, peut-être, mais... tes joues ont été fardées. Tes lèvres sont d'une horrible couleur criarde, peintes au rouge à lèvres. Tes ongles, mon Dieu, tes ongles sont vernis. Comme elle a dû te préparer avec amour, ma petite chérie, comme elle a dû passer du temps à te rendre belle, à te rendre désirable.*

— C'est toi, Léo ? Tu es revenu ? Marcello aussi ? dit-elle.

Sarah pousse de petits gémissements étouffés dans ma main, me regarde avec des yeux tellement ronds qu'on dirait qu'ils vont sauter de leurs orbites et rouler sur le plancher. Je sens sa poitrine se soulever et s'abaisser à un rythme frénétique. Sarah est terrifiée, et ce n'est même pas moi qui lui fais le plus peur : elle vit dans la terreur.

Joan lui a déjà pris sa lampe de poche. Elle n'a opposé aucune résistance. Maintenant qu'il y a un peu de lumière, je découvre la pièce : une chambre blanche avec deux lits. Une autre petite fille nous regarde en se frottant les yeux, une jolie petite fille comme Salomé, avec les mêmes jolis cheveux bouclés. En pyjama rose sur son lit aux draps blancs. Joan revient avec des taies d'oreiller : une sur la bouche de Sarah, torsadée et nouée derrière la nuque, une autre pour lui attacher les mains.

— Parfait. Maintenant, de la tête, tu vas me répondre par oui ou par non. Compris ?

Sarah acquiesce frénétiquement du menton, ce menton que je trouvais si joli, ces yeux que je trouvais si troublants.

— Tu allais à l'armurerie, c'est ça ? Voir le général ?

« Oui. »

— Avec la gamine ?

« Oui. »

— Sans garde ?

« Non. »

— Tu es censée rentrer à l'intérieur, toi ?

« Non. »

— Est-ce que tout le monde sait ici ?

Elle hésite un peu.

« Oui. »

Oui. Tout le monde sait.

— Il y en a eu combien, des petites filles, cinq ? Plus ? S'il y en a eu plus, lève les yeux au plafond.

Clignement des paupières. Yeux au plafond.

« Plus. »

— Dix, vingt ?

Yeux au plafond.

— Bon Dieu ! Et tu étais là depuis le début ?

Hésitation encore.

« Oui. »

— Il est seul ? Dans son armurerie, il est seul ?

« Oui. Oui. Il est seul. »

Je n'ai qu'un seul but pour l'instant : entrer là-dedans et tuer ce gars. Ensuite on verra. Je regarde Joan, ses lèvres serrées, sa colère rentrée. Et Sarah, toujours terrifiée, toujours plus stupéfaite que moi.

— Joan, déshabille-la. Entièrement.

Joan me regarde sans comprendre. Sarah se met à hurler dans son bâillon, à gigoter dans tous les sens. La gifle claque. Sarah se calme un peu, la regarde, complètement perdue. Joan a le coup de main pour les gifles.

— Il y a des ciseaux ici ? Où est-ce que je peux trouver des ciseaux ?

Je l'attrape par les cheveux, je lui secoue la tête.

— Oh, la nounou ! je te parle ! Est-ce qu'il y a des ciseaux, ici ?

Mais je ne peux rien en tirer, elle tremble comme une folle, elle me regarde comme si j'allais la dévorer toute crue. Je passe tout doucement le fil de mon nouveau couteau sur mon doigt.

— Merde, il est drôlement aiguisé.

Et une coupure sur le doigt ! Comme si je n'étais pas déjà assez couturé de partout.

— Enfin, à défaut de ciseaux, ça ira bien.

Je prends une mèche de cheveux de Sarah entre mes doigts et je la tranche d'un coup sec.

— Quoi tu fous, Léo ? me demande Joan, qui a mollement commencé à déboutonner la blouse de Sarah.

Joan n'aime pas obéir sans comprendre, elle ne ferait pas un bon soldat. C'est aussi ce que j'aime chez elle.

— Regarde-la, regarde-la bien.

Je prends le menton de Sarah entre mes doigts et je secoue sa tête comme si c'était une poupée en plastique.

— *So what?*[1]

— Son visage, ses yeux, sa silhouette. Vous vous ressemblez beaucoup toutes les deux, tu n'avais jamais remarqué ça, au lycée ?

Joan hausse les épaules, répond que non, elles ne se ressemblent pas tant que ça. Je crois que je l'ai vexée. Se faire comparer à cette fille qui emmène les enfants à l'abattoir, ça ne lui plaît pas. Les deux visages ont des traits semblables, des yeux semblables, et pourtant l'une est belle comme un ange et l'autre est la fille la plus laide du monde. La beauté a ses mystères qui ne sont pas toujours dans les lignes du visage.

— Tu vas prendre sa place : tu vas emmener Salomé avec toi, main dans la main, vous allez sortir et marcher tranquillement jusqu'à l'armurerie. Et vous allez vous présenter devant la caméra comme si tu étais la vraie Sarah. Il va t'ouvrir la porte. Il y aura sûrement un sas et je pense que tu ne pourras pas entrer, méfiant comme il est. Mais au moins, tu pourras faire entrer Salomé. C'est notre seule chance, c'est notre seul moyen de nous approcher de lui.

Elle me regarde avec horreur.

— Tu veux que je donne Salomé à lui, c'est ça ? Tu veux qu'elle entre là-dedans, avec ce type ?

Salomé nous regarde tous les deux, elle ne dit rien.

— Salomé, mon lapin, mon trésor… Marcello est mort, tu le sais, hein ?

La petite hoche lentement la tête. Ses yeux se mettent à briller très fort.

— Salomé, tu sais qui a tué Marcello ?

Elle fait non de la tête.

— Tu te souviens de l'histoire de l'ogre qui mangeait les enfants ? L'ogre et la boîte d'allumettes : « Il était une fois un pays où les ogres mangeaient les enfants… »

1. « Et alors ? »

Salomé fait oui, très vite, très fort.

— Eh bien, l'ogre, on l'a retrouvé. Il est là, juste à côté. C'est le monsieur qui est dans la maison aux barreaux.

— Il mange vraiment des enfants ? fait-elle, sceptique, sans montrer la moindre peur.

— En tout cas, toi, il ne va pas te manger. Et tu sais pourquoi ?

Non, fait-elle de la tête.

— Parce que je vais te donner une boîte d'allumettes, comme la princesse dans l'histoire.

— Qu'est-ce que je vais faire avec une boîte d'allumettes ? Dans l'histoire, elle rentre dans l'estomac de l'ogre, mais c'est qu'une histoire.

— Ce ne sera pas exactement une boîte d'allumettes, je fais en sortant le pistolet automatique de ma poche. Ton allumette, la voilà. Il n'y a plus qu'une balle à l'intérieur, alors il ne faudra pas rater l'estomac du monsieur de la maison aux barreaux. Tu as compris ?

Joan me regarde, regarde la gosse.

— Léo, elle ne pourra jamais appuyer sur la détente, regarde ses mains : elles sont trop petites…

— Salomé, écoute-moi, c'est très important. Mets tes deux mains-là, autour de la crosse.

Ses petits doigts n'arrivent pas jusqu'à la queue de détente. Mais en bloquant l'arme sur sa poitrine entre ses deux poignets et son menton, elle peut appuyer des deux index et faire feu. Une seule fois. Droit devant elle.

— Voilà comment tu vas faire. Je te préviens, ce ne sera pas facile et si ça rate, l'ogre va te manger. Et après, il va manger toute la ville et peut-être même tout l'univers. Tu as compris ? Tu n'as qu'une seule allumette.

— Pourquoi il y a des barreaux, dans sa maison ?

— Parce que… parce que c'est un ogre qui a fait tellement de mal au monde entier que maintenant, il a peur du monde entier. Dis-moi, trésor, tu as compris ce que je t'ai dit, à propos de l'allumette ?

— Pourquoi tu me parles comme si j'avais deux ans ? Tu veux que je tire sur le monsieur avec ton pistolet, c'est ça ?

— Oui, c'est ça, c'est exactement ça. Et après, tu nous ouvres la porte.

J'aurais presque préféré la voir pleurer, ou crier. Mais non, Salomé ne pleure pas, Salomé ne crie pas. Salomé me regarde droit dans les yeux.

— Tu n'es pas obligée de le faire, trésor. Si tu as peur, tu n'es pas obligée de le faire.

— J'ai peur, Léo. Mais si je ne tue pas le monsieur, il va continuer à tuer des gens.

— Oui.

— C'est lui qui a tué Marcello ?

Je n'ai pas l'impression de lui mentir en lui répondant :

— Oui, c'est lui.

Elle baisse la tête et met ses petites mains l'une dans l'autre. Maintenant elle va se mettre à pleurer, j'en mettrais ma main à couper : elle va se mettre à pleurer, et – Dieu me pardonne, je suis un monstre de penser ça – on n'a pas le temps de pleurer. En plus, ça va ruiner le maquillage sur ses joues et l'autre va se douter de quelque chose.

Mais non, elle relève la tête et dit finalement :

— Marcello disait qu'il fallait toujours faire ce que tu disais. Parce que ce que tu disais, c'était toujours bien.

Une grosse boule se forme au fond de ma gorge. *Marcello… Qu'est-ce que tu me manques, mon vieux, si tu savais.* Je prends la gosse dans mes bras et… et puis merde, c'est moi qui me mets à pleurer.

— Pardonne-moi, Salomé. Je ne devrais pas te demander ça, c'est une histoire de grands et normalement, les petits, on ne devrait jamais les obliger à se mêler des histoires de grands…

— C'est pas grave, Léo. C'est pas ta faute si les adultes dorment et que tu es obligé de reprendre leurs histoires à eux.

Je me tourne vers Joan. Mais Joan a disparu. À la place, je vois une infirmière en blouse. Les cheveux de Sarah, elle les a coupés vite et bien : une couette sur chaque côté et couic, un coup de couteau. Après ça, elle les a attachés à ce qui reste des siens comme elle a pu devant une glace, avec ses propres épingles à cheveux. Sous la coiffe blanche d'infirmière en forme de bob, on ne voit pas le truc. Enfin, de près, ça se voit, mais je pense que ça peut passer dans l'obscurité et sur un écran de télé. Sarah est recroquevillée sur elle-même, à moitié nue et les cheveux massacrés, et continue de trembler en me regardant.

— Elle a très peur, Léo, elle a cru que tu allais la…

— Écoute, Joan, elle a sûrement dû vivre des choses pas marrantes du tout, mais tu ne me feras pas pleurer sur son sort. Ça n'excuse rien.

La petite Salomé regarde Joan. Elles se tiennent par la main, elles se sourient. La blouse de Joan fait une tache blanche dans la nuit quand elle sort de l'infirmerie et s'avance vers l'armurerie.

Ça y est, les voilà toutes les deux devant la porte. Ça dure, ça dure. Pourquoi il n'ouvre pas, bordel ? Tu vas l'ouvrir, ta putain de porte blindée, oui ? Mais non. La caméra bouge un peu, le bras mécanique décrit un arc de cercle, revient à sa place. Il se méfie, il y a quelque chose qui cloche. On est repérés ! *Joan, reviens tout de suite. C'est foutu pour les autres. On va s'enfuir, juste toi et moi, très loin d'ici, on ira où on pourra, le plus loin possible de cette ville et de tous ces fous furieux.*

Mais la porte fait un drôle de petit bzz et s'entrouvre finalement. Il attendait, il regardait sa proie, il faisait durer le plaisir. Joan hésite. Elle tire la porte, jette un coup d'œil à l'intérieur et pousse gentiment Salomé dans le sas. La porte se referme.

Joan regarde dans ma direction et revient lentement vers moi. Ses yeux brillent dans la nuit, je sens son souffle court contre ma joue. Joue contre joue. Elle vient de jeter l'agneau dans la gueule du loup et elle ne veut pas regarder derrière. Combien de chances a une petite fille de sept ans exactement ? De cacher le pistolet, de réussir à presser sur la détente, de viser juste, d'atteindre un organe vital ? Pas beaucoup, je suppose. Je compte les battements de mon cœur, les yeux fixés sur le cadran de ma montre ; cette petite aiguille qui trotte, qui trotte comme une idiote autour de ce foutu cadran qui n'en finit pas.

Un clac étouffé nous vient de l'intérieur.

Joan recule, cherche mon regard. Moi, je regarde la porte, juste la porte. Elle a tiré ? Elle a pu appuyer sur la détente ? Elle l'a touché ? Joan penche la tête vers le sol, je l'entends qui marmonne quelque chose en anglais. Une prière, je crois.

La porte refait un petit bzz et on la pousse tout doucement de l'intérieur. Une silhouette minuscule apparaît, qui tient contre elle un objet noir et lisse. Fumant. Décidément, Salomé n'est pas une petite fille comme les autres.

Je me précipite vers elle, je la prends dans mes bras, je la serre contre moi.

— Je… je suis désolée, Léo. Je… j'ai raté l'estomac du monsieur.

— Tu as raté l'estomac ? Attends…

Je rentre dans le sanctuaire de Dieu. Un sas, c'était bien ça. Un sas avec une deuxième porte blindée. Ouverte. De la lumière à l'intérieur, de la musique, des rires d'enfants… « Fleur ! Jolie… fleur ! » dit un mignon petit faon à l'écran. Je m'avance d'un pas, j'ouvre la porte un peu plus grand. Et voilà d'où vient le mal qui s'est répandu dans la ville. Une grande pièce carrée, un bureau, une kitchenette, un lit à ressorts, une télé au bout d'un bras en métal accroché au mur. C'est le début de *Bambi* : la pochette du DVD est ouverte sur la table au sommet d'une pile d'autres dessins animés, à côté d'une boîte de bonbons au chocolat. De l'autre côté de la pièce, une autre porte laisse deviner des sanitaires. Sur le mur sont scotchées des petites mèches de cheveux, blondes, brunes, rousses. Elles font des rangs et des rangs, alignés les unes au-dessus des autres.

Le monstre est là, par terre, il respire d'une manière saccadée comme un animal blessé. Je ne sais pas ce que Salomé a touché, je ne vois pas de blessure, juste du sang sous lui, sous son dos, une flaque qui grossit à vue d'œil. Il me regarde, il ouvre la bouche, l'air rentre, sort, il voudrait parler, crier peut-être, mais il n'a pas assez de souffle, il halète.

Ce n'est pas un adolescent. Cette peau brique, cette moustache fournie, ces poils drus sur le torse dénudé, poivre et sel, ces rides aux coins de la bouche. Cet homme a au moins quarante, cinquante ans, c'est un vieux. Je n'ai pas vu quelqu'un d'aussi vieux depuis… depuis toujours je crois. De contempler ce corps ridé, ces poils blancs… ça me fait une sensation étrange, fascinante. J'ai oublié ce que c'était qu'un adulte. Il faut que je fasse un effort pour l'admettre, mais c'est vrai qu'on peut vivre jusqu'à un âge aussi incroyable que quarante ans.

Celui-là ne s'est pas endormi, il n'a jamais sombré dans le coma. Comme Charly, Charly et ses dix-huit ans, Charly et son sexe fou. Pourquoi ? Je n'en sais rien.

Quand les braves gens s'endorment, les monstres sortent de la nuit, ceux qui se tiennent tapis dans l'ombre, les ogres, les vampires, les tyrans : ceux-là ne s'endorment jamais, ils attendent seulement leur heure. Fermez les yeux et ils surgissent de leurs tanières, endormez-vous et ils dévorent le monde.

Il n'est pas très grand, pas très musclé non plus. Est-ce qu'il a l'air particulièrement intelligent ou féroce ? Non, il est juste vieux, avec un petit ventre, des cheveux blancs. Ça a suffi pour hypnotiser Will, pour le fasciner au point de commettre des horreurs et de livrer ses amis à la torture. Qu'est-ce qui a fait de cet homme un monstre ? Ce type connaît la ligne des salauds depuis longtemps, il ne vient pas de la franchir comme la plupart des gosses de ce camp : il se trouvait derrière la ligne, de l'autre côté de la ligne, depuis des années et des années. Il nous regardait de là-bas, nous, les gens normaux, il nous guettait, il nous haïssait. Il n'attendait qu'une chose : tendre le bras et nous attirer tous de son côté, du mauvais côté.

D'un coup sec du pied, je soulève son épaule, il pousse un gémissement, une sorte de gargouillis. Finalement, ce flingue de flic aura fait son boulot. La petite a tiré de bas en haut quand le vieux lui tournait le dos, il devait se pencher légèrement vers la table, la tête courbée – sa main tient encore un chocolat à moitié fondu entre ses doigts. La balle est passée tout droit dans l'axe de la colonne vertébrale, depuis les omoplates jusqu'à la base du cou. Elle a pulvérisé deux ou trois vertèbres sur son passage, peut-être aussi écrasé le larynx. L'homme est tétanisé, paralysé, aussi vulnérable qu'une tortue renversée sur le dos. Il souffre atrocement, on peut le voir sur son visage, mais il ne peut ni parler, ni bouger.

— Eh ! fait Joan. Regarde !

Elle me tend un grand sac de sport qui était posé sur une chaise, en sort une seringue et des flacons. Je remarque alors le matériel de chimie sur la table, un bec Bunsen, quelques tubes, des boîtes de médicaments. Bon Dieu, je commence à comprendre :

— C'est… c'est un traitement, c'est ça ? Un traitement contre le virus ?

Le vieux me regarde en serrant les mâchoires, fronçant les sourcils, soufflant comme un bœuf.

— Comment ça marche ?

Je me penche sur lui et je le prends par le col. Ses traits se tordent de douleur.

— *Look*[1], Léo. Il y a plein mails imprimés, ici. Ils viennent de… C'est quoi ça comme adresse mail, « defense.gouv.fr » ?

— Le ministère de la Défense ?

1. « Regarde »

— « Objet : virus HHV 44. Essais de polystimulant à visée thérapeutique », continue Joan. Tu comprends quoi est ce charabia, toi ?

Le général écarquille les yeux et ânonne quelque chose qui se perd dans une bouillie de bave.

— « Thérapeutique », ça veut dire qu'il y a bien un moyen de soigner cette saloperie !

— Ce HHV 44, tu crois c'est le *fucking shit* qui a endormi nos parents ?

— Ça y ressemble, non ?

— « Human herpes virus 44 », continue Joan. « Groupe 1. Famille : Herpesvi… viridae… bla-bla-bla… », « Contagiosité : extrême », « Transmission : voie orale, voie cutanée. »

Je soupire :

— Embarque tous les papiers, les médocs, les seringues. Et aussi les flacons.

Je prends le vieux par les épaules et je le traîne jusque dans la salle d'armes comme un cadavre. Et, tout à coup, c'est comme une révélation : cet homme, je vais l'achever. Et je n'en ai aucun remords. Rien ne sera plus jamais comme avant. Ils ont raison, tous. Marie, Joan, Will : j'ai eu tort d'attendre qu'ils se réveillent. Ce monde, il nous appartient, maintenant, et les règles, ce sont celles qu'on lui donnera, nous. Celles qu'on réussira à construire. La première règle que je voudrais faire entrer dans la tête de tout le monde, c'est que les enfants ne seront jamais des esclaves : ni enfants soldats, ni prostituées. Et le meilleur moyen de marquer les esprits, c'est de faire sauter cette saloperie d'armurerie.

Là-dedans, des fusils sont alignés sur des râteliers, innombrables. Ça monte jusqu'au plafond sur une étagère en métal, et ça descend par un escalier en béton aussi. Il y a des mitrailleuses, empilées dans un angle, des milliers de pièces détachées sur les étagères, et là, une sorte de petit mortier. Des pistolets automatiques sont alignés sur un comptoir, des obus, des chargeurs par centaines, des boîtes de balles aussi grosses que des cartons de déménagement. Et là, des pains d'explosifs, des fusils de tireur d'élite, des lance-roquettes. Ici, des lunettes de visée à infrarouge, des lunettes à amplificateur de lumière. Et, partout, cette odeur étrange, ce mélange de white-spirit et de métal bien huilé qui imprègne les murs.

En regardant cet endroit, j'essaie de comprendre. Les soldats qui tombent dans le coma les uns après les autres le jour du Marchand de sable, la panique chez les deux clampins de garde à l'armurerie, qui sortent en laissant la porte ouverte… Parmi les rangées de combinaisons intégrales NRBC et de masques à gaz, je vois toute une étagère vide. Ce régiment est le seul de toute l'armée qui ait été conçu pour la guerre non conventionnelle, quoique visiblement, le virus s'est bien foutu de leurs belles combinaisons étanches. Je me souviens encore du ministre de la Justice à la télé : il portait un masque et ça ne l'a pas empêché de s'écrouler devant la caméra.

Mais le général, lui, s'était trouvé un traitement. Est-ce qu'il est entré le premier dans la caserne endormie ? Est-ce qu'il était un des soldats du régiment ? En tout cas, il est entré dans l'armurerie et il a refermé la porte derrière lui.

Des ados ont dû venir ici pour récupérer des armes, mais il était déjà le maître des fusils et des balles. Il les a achetés, apprivoisés et finalement dominés… C'est ici qu'il a dressé tous ses plans, qu'il a décidé de vivre tout le restant de sa vie. D'ici, il donnait les armes, et avec les armes, les ordres. Cet endroit pue l'enfer. Ce type pue le diable. Ils ont brûlé notre immeuble, ils ont brûlé notre supermarché… Eh bien, nous, on va mettre le feu à leur enfer.

— Joan, trouve-moi toutes les bouteilles que tu peux trouver, vide-les par terre.

Il y a des solvants un peu partout pour le nettoyage des armes, de l'alcool à brûler, de l'huile… Je renverse une boîte de balles dans l'essence, un lance-roquettes, des pains d'explosifs, des obus de mortier. Je ne connais pas les modes d'emploi mais j'en sais assez pour tout faire sauter. Salomé nous regarde renverser par terre tous ces instruments de la mort, briser le rangement méticuleux, transformer le musée en chaos. Dieu roule des yeux impuissants, aspire l'air comme un poisson hors de l'eau, râle et remue la bouche. Le bas de son pantalon trempe déjà dans le white-spirit. Le capitaine est sur le point de sombrer avec son navire et l'équipage ne le regrettera pas beaucoup. *T'inquiète, mon vieux, vu le sang que tu as perdu, tu auras déjà crevé quand on fera tout sauter.*

Deux Famas, une poignée de chargeurs et de grenades dans un sac. Foutre le feu, sauver Marie, vite. Joan charge mon fusil, clac-clac, arme le levier, me tend la crosse.

—Allez, Léo, il faut partir.

—Tu as raison, ça ira. Maintenant, on s'occupe de Marie.

—Qu'est-ce qu'on fait pour le *armoury*?

—On balance deux ou trois grenades là-dedans et on referme la porte, voilà ce qu'on fait. Quand ça va sauter, ils vont sortir du poste de garde et là, on les attendra. Je te fais confiance : tu vas nous dégommer tout ce qui s'approche, tu es sans doute la meilleure tireuse de toute cette foutue caserne.

—Attention. Une grenade, c'est seulement sept secondes avant ça fout la merde.

Je lui souris. La blouse blanche lui va aussi mal que l'uniforme mais elle est toujours aussi belle, avec ses deux fusils, ses yeux brillants et son petit visage farouche.

—Les mains en l'air ! fait une voix d'enfant dans mon dos. Plus un geste ou je fais feu ! Lâchez vos armes, tournez-vous, mains sur la tête !

Nom de Dieu, la patrouille…

20

MARIE ET LÉO

MARIE

J'ai peur. J'ai affreusement peur. Les prêches de la paroisse me reviennent en flots à l'esprit et je voudrais tellement y croire. J'ai foi en Toi, Seigneur. J'ai foi en Ta parole, je suis Ta servante, Ton humble serviteur. Mes lèvres remuent des psaumes, les phrases se bousculent et se mélangent.

Protège mon âme contre le glaive,
Ma vie contre le pouvoir des chiens !
Je publierai ton nom parmi mes frères,
Je te célébrerai au milieu de l'assemblée.

Ils m'ont arraché mes vêtements depuis longtemps, déjà. Ils m'ont craché dessus, ils m'ont insultée, ils ont gloussé, ils ont essayé tout ce qu'ils pouvaient pour faire de moi une chose et oublier que je suis une fille – un être humain comme eux.

Finalement, l'autorisation finit par arriver sous la forme d'un moitié-grand braillard et rouge d'excitation.

Quand ils me jettent sur un matelas, sur un lit à ressorts qui grince comme une porte de cachot, Ben se croit obligé de se déshabiller entièrement. Il s'empêtre dans son caleçon, il n'avait pas prévu que tous les autres seraient là, à regarder, ça le gêne. Il y a quatre ados et un moitié-grand dans le poste de garde, ils ont tous les yeux rivés sur moi et ils me dévorent déjà par la pensée.

— Et alors, ça vient ? s'impatiente le chef de poste.

Ben est tout nu depuis un moment maintenant, il me touche les seins, ces fameux seins qu'il rêvait tellement de toucher. Ça ballotte un peu. Un morceau de chair, un bout de caoutchouc sans vie, sans chaleur, qu'est-ce qu'il peut bien y trouver de si fascinant ? Sous les doigts de Léo, mes seins étaient des volcans. D'instinct, il savait caresser, effleurer, pincer doucement… Ou alors, ce n'était pas l'instinct. Ou alors, c'était juste moi qui m'enflammais parce que c'était sa main à lui. Léo pouvait me toucher les cheveux, la nuque, n'importe quelle partie de mon corps : je m'enflammais.

— Je… non. Ça ne vient pas…, murmure Ben au désespoir, les yeux rivés sur son petit oiseau qui ne veut pas chanter.

Les ordres sont pourtant clairs : le lieutenant Ben a le droit de « consommer » en premier, c'est la récompense de sa capture. Ils se regardent, ils soupirent, se croisent et se décroisent les bras.

— T'as quel âge ? dit un autre.

— J'ai largement l'âge ! Et puis je l'ai déjà fait d'abord !

— Ah ouais ? Et avec qui tu l'as fait ?

— Avec… bah… avec des filles endormies…

Ils se mettent à glousser, ils se moquent de lui.

— Quoi ? T'as baisé des Blanche-Neige ?

Ils se regardent, ils font des grimaces. Ils rigolent et se tapent les cuisses comme si c'était la plaisanterie la plus drôle de l'année… Je suis sûre qu'il n'est pas le seul ici à avoir « consommé » des filles dans le coma. Je mettrais ma main à couper qu'ils l'ont déjà fait eux aussi, ces vrais hommes-là. On est viril ou on ne l'est pas…

Il n'empêche, sa réponse les a un peu rassurés alors ils attendent encore. Maintenant, je sens sa langue sur mes tétons, sa main qui essaie maladroitement de tâtonner entre mes jambes. Sans résultat entre ses jambes à lui. *Qu'est-ce que tu cherches à faire exactement,*

Ben, à me donner du plaisir? Tu te crois où, mon pauvre petit, dans un film porno, c'est ça? Il faut redescendre sur terre mon lapin: les films pornos, c'est sur Internet. Dans la vraie vie, les filles, c'est des vraies filles...

— Bon! fait le chef de poste. Puisque le lieutenant Poitevineau renonce à son privilège, place aux autres!

— Je le dirai! Je le dirai! s'écrie Ben.

Et pendant un instant, je lis la terreur sur le visage des autres. Un ordre du Général-Dieu, est-ce qu'on peut l'interpréter? Est-ce qu'il faut lui reposer la question, pour être sûr? Mais... et s'il se fâchait qu'on le dérange pour si peu?

Ils attendent encore. Et puis le désir finit par l'emporter. Le chef de poste sort un couteau sûrement volé dans une vitrine, un joli couteau avec une jolie sirène frappée à la base de la lame. Très pointue, la lame.

— Toi, si tu dis un seul mot, on te fera la peau, t'entends?

Il a pris sa décision: le Général-Dieu lui fait très peur, certes, mais pas le petit Ben. Et, avec un couteau sous le menton, avec ce visage blême et ces yeux fermés, le petit Ben fait encore moins peur.

Sauf que le grand couillon a dû s'avancer d'un pas pour prendre Ben à la gorge. Sauf que maintenant, son ceinturon est juste à côté de ma main, en fait, il la touche presque. Son ceinturon et les deux grenades qui y sont accrochées. Et aussi la goupille, qui fait un tout petit clic quand je la tire vers moi d'un coup sec.

— Toi, ne me touche pas! me crache-t-il excédé, toujours très occupé par ailleurs, avec son couteau dans une main et Ben dans l'autre.

Il a dû sentir la cuillère de la grenade remonter brutalement, tirée par le ressort. Il a cru que c'était ma main, l'imbécile. Je ne regarde pas la grenade, je le regarde, lui, dans les yeux. Il est debout et moi couchée, mais dans quelques secondes, tout ça n'aura plus aucun sens. Nous serons tous les deux coupés en petits morceaux, et ces petits morceaux seront éparpillés dans toute cette pièce.

Sept, six…

Il y en a déjà un plus pressé que tout le monde qui baisse son pantalon…

Tout à coup, quelqu'un se met à hurler dehors, un seul mot qui résonne dans la caserne : « Aleeeerte ! » Ils s'arrêtent net. Ils se regardent dans le blanc des yeux, ils posent les mains sur leurs fusils, ils m'oublient complètement. Qu'est-ce que c'est ? Léo ? Il a réussi à leur échapper ? *Sois fort, mon Léo, Dieu est avec toi, je le sais ; continue à te battre, continue de fabriquer le monde à ta façon. Moi je vais mourir mais toi, où que tu sois, quoi que tu fasses, que Dieu te bénisse.*

Le chef de poste lâche le petit Ben et court de l'autre côté de la cloison vers la fenêtre à barreaux pour appeler le planton resté dehors. Les deux grenades courent avec lui, traversent la pièce, passent la cloison. La mort juste à quelques mètres de moi, juste à côté de la porte ouverte.

Quatre, trois…

Je bascule par terre ; de toutes mes forces, je tire le matelas sur moi et puis je plaque mes mains sur mes oreilles. J'ai le sang qui bat à mes tempes. Avec la cloison, est-ce que j'ai encore une chance de m'en tirer ? Une petite paroi en plâtre, avec la porte restée ouverte ? Je ne veux pas mourir, oh non, cette vie de folle, avec sa souffrance, avec ses déceptions, je l'aime plus que tout. Je veux revoir Léo, je veux revoir Lisa, je veux coucher avec des tas d'autres garçons et avoir des tas d'enfants. Seigneur, je sais que je suis un monstre, je sais que j'ai passé la ligne des salauds, je sais que j'ai tué Ness et que je vais tuer tous ces gens, mais sauvez-moi quand même, je vous en supplie.

Le chef se met à brailler, là-bas, à la fenêtre à barreaux, il n'a vraiment pas l'air content. S'il savait ce qu'il porte à la ceinture, il gesticulerait moins… Les autres se tiennent prêts à sortir, ils attendent un ordre. Il y en a un seul qui me regarde, qui se demande ce que je fabrique au bas de mon lit avec mon matelas sur la tête. *Trop tard mon lapin, tu vas mourir avec le pantalon baissé. Bonjour à Lucifer.*

Deux, un…

Vite, fermer les yeux, me rouler en boule.

Quand ça explose, ce n'est pas comme si tout disparaissait d'un seul coup, non, c'est le contraire : c'est comme si tout apparaissait en même temps, mais trop fort. Trop de lumière, trop de chaleur, trop de bruit surtout. Un peu comme une gifle, mais une gifle monumentale, sur tout le corps en même temps. La poussière, l'odeur de poudre, de sang. Quelque chose coule à l'intérieur de mes oreilles. Je suis comme plongée au fond de l'eau, je n'entends plus rien, juste le bruit sourd de l'eau au fond de la mer. Le coquillage… le fameux coquillage qui fait entendre le bruit de la mer, il a dû rentrer dans mes oreilles, je n'entends plus rien d'autre que le bruit de la mer. Le matelas a été soufflé en partie sur le côté, il fume, il est noir et quand je le repousse, je sens des choses, des gravats, des débris, qui roulent dessus. Je tourne la tête : il y avait une cloison à cet endroit, non ? Je voudrais ôter ma main de mon oreille, mais mon coude est cloué à ma poitrine. Je tire, la douleur me fait crier. Je n'entends rien mais je sais que j'ai crié. Avec mon autre main, tout doucement, je tâtonne, je sens quelque chose entre mon coude et mon bras. Dur, métallique. Je tire un coup sec, je tiens quelque chose entre mes doigts : une main toute noircie, encore chaude. Et dans la main, tenu serré, un couteau. Un couteau étroit, très pointu, avec une sirène frappée à la base de la lame. Il a dû passer à travers la cloison avec la main, soufflé par l'explosion ; il s'est planté dans mon bras. Je ne peux plus plier le coude, la douleur me tire des larmes, je hurle. Quelque chose dans mes cheveux, quelque chose qui me colle, un… un morceau de jambe, du sang… Je hurle, je hurle.

LÉO

Je me retourne, lentement. La patrouille. La patrouille des quatre mômes en tee-shirts rouges, je l'avais oubliée. Will est à leur tête et il ôte fébrilement son Famas, il s'empêtre dans la bandoulière en jurant tout ce qu'il peut.

Mais le môme dans le sas a son fusil braqué sur nous : pour nous rater avec un chargeur plein, il faudrait vraiment qu'il y mette beaucoup de mauvaise volonté. Son Famas tremble tellement que le coup pourrait bien partir tout seul.

Peut-être qu'il serait content d'apprendre que Dieu est mort ? Peut-être qu'il serait ravi de jeter son arme aux orties et de s'enfuir avec nous ? Oui, mais il ne sait pas. Il est toujours pris dans son vieux système de pensée : le diable est aux commandes et il vaut mieux lui obéir, pas le choix.

— Tournez-vous, lentement ! répète le môme. Lâchez vos armes ! Dernière sommation !

Prendre une grenade dans le sac ? Ôter la goupille et la jeter derrière moi pour tout faire sauter dans l'armurerie ? Impossible, je serais changé en passoire bien avant. Dieu est presque mort mais l'enfer est toujours là, derrière moi, prêt à trouver un nouveau maître. Dire qu'à quelques secondes près on allait pouvoir…

L'explosion fait comme une claque dans mes oreilles, je rentre la tête instinctivement, je ferme les yeux et puis je les rouvre et je regarde dans la direction du bruit. C'est derrière, dans un autre bâtiment tout près d'ici. Eux aussi, ils font exactement la même chose, c'est humain : d'où il vient, ce bruit ? Qu'est-ce que c'est ? Cent millions d'années de réflexe animal ne s'effacent pas comme ça.

Les coups partent en rafales, une rafale, deux rafales. Dès que le gosse a tourné la tête, Joan a fait feu ; Joan a plus de sang-froid que tous les hommes de cette caserne réunis. Elle n'a tiré que sur Will et sur le petit qui avait une arme, les autres n'en reviennent pas.

Cette fille vient d'assassiner deux gosses, mon Dieu. Oui, mais deux gosses qui avaient un fusil. Les autres la regardent avec des yeux de cachalots, jettent un œil sur leur copain en charpie par terre et lèvent les mains en l'air.

— Oh, nom de Dieu, Joan, c'était le poste de garde ! Il vient de partir en fumée !

À travers la porte ouverte, je vois la poussière, j'entends les petits éclats de pierre et de métal qui retombent un peu partout, ça fait comme le bruit de la pluie.

Marie… C'est Marie qui vient d'exploser là-dedans… Qu'est-ce qui s'est passé ? C'est peut-être elle, qui vient de nous sauver la vie sans le savoir.

— *Hands up !* Tous contre le mur ! gueule Joan.

Les gosses se regardent, ils n'ont pas compris. Je m'avance vers eux, j'en prends un par le bras. Il recule un peu mais il ne se défend pas, il est bien trop terrifié pour ça.

— Dehors les mômes ! Barrez-vous ! L'armée c'est fini, c'est l'heure de la quille !

Ils sortent, hébétés, me regardent marcher sur leur copain et ramasser son Famas. Joan les tient toujours en joue alors ils se mettent à courir. Tant que le monde est stable et qu'ils en connaissent les règles, les gens obéissent, ils font ce qu'ils peuvent pour se couler dans le moule. Mais, quand le monde bascule, ils sont désemparés, ils ne savent plus rien faire.

Je prends Salomé avec moi.

— Je vais lancer une bombe là-dedans, Salomé, ça va faire beaucoup de bruit et aussi beaucoup de mal si on reste là, tu comprends ?

— C'est pas une bombe, fait-elle en regardant l'engin dans ma main. C'est une grenade.

— Oui, mais elle est attachée à des pains d'explosifs, tu vois ? Alors il va quand même falloir courir très vite et se cacher derrière le bâtiment blanc, là-bas. C'est moi qui vais te prendre dans mes bras, d'accord ?

Les grands yeux graves, le joli visage, le oui qu'elle fait en hochant la tête... Décidément, Salomé me fait toujours aussi froid dans le dos.

— Joan, vas-y, cours, ne m'attends pas !

J'ai déjà retiré la goupille, je tiens la cuillère dans la main : quand je l'aurai lâchée, le compte à rebours commencera.

Dès que ce sera fait, foncer au poste de garde, essayer de retrouver Marie dans les décombres. *Marie, c'est toi qui as fait ça ? Tu étais là-dedans quand ça a explosé ?* Ça me fait comme un creux dans le cœur, un vide au fond du ventre : un monde sans Marie, est-ce que c'est encore un monde ?

Ça y est, c'est fait, je l'ai balancée. Un, deux... Oh, nom de Dieu, ça va péter ! Courir, passer devant le bâtiment blanc où j'ai caché le corps de Will, tourner à l'angle, trois, quatre...

— Joan ! rentre la tête !

Se plaquer au sol, tout contre le mur. Cinq... mains sur les oreilles, Salomé sous moi. Six... fermer les yeux, ouvrir la bouche, j'espère que Salomé a bien écouté, bien fait comme moi.

Le souffle dépasse de loin tout ce que j'avais imaginé. On est à presque quarante mètres de l'armurerie, protégés par le bâtiment blanc haut d'un étage et large comme une grande maison. Le toit est soufflé, des tuiles s'éparpillent loin autour de nous, jusque derrière le mur de la caserne, jusque sur les maisons de l'autre côté de l'avenue. Un choc tiède nous cueille comme des fleurs, j'étais couché au sol contre le mur, sur la petite Salomé, les mains sur les oreilles. Et je me retrouve soulevé un mètre plus loin, tout seul ; Salomé me regarde sans comprendre, les cheveux en hérisson. Devant nous, au-delà de notre bâtiment, une pluie de petits débris s'abat sur le toit du hangar à véhicules, sur l'asphalte et sur le feuillage du platane solitaire, là-bas dans l'angle. Quelqu'un se met à crier au loin, l'air se charge d'une odeur de poudre et d'essence brûlée. Le froid de la nuit a disparu, il fait chaud comme en été. Je rampe vers Salomé, je lui demande si tout va bien, j'ai l'impression d'avoir du coton dans les oreilles. Salomé a la peau rouge, les yeux remplis de rouge : l'air lui-même est devenu rouge, c'est comme s'il faisait jour mais que le soleil avait changé de couleur. Je me retourne, je cherche Joan des yeux. Tong, fait quelque chose derrière moi en retombant. À la place où je me tenais il y a une seconde, juste avant de ramper vers Salomé, un barreau de fenêtre tordu vient de se planter de vingt bons centimètres dans le bitume. Je serre Salomé entre mes bras comme un trésor.

J'attends que la pluie s'arrête. Je me relève doucement sur les genoux, je regarde ce barreau de fenêtre qui aurait pu me transpercer le ventre comme une motte de beurre. Joan me demande, d'un petit mouvement du menton, ce qu'on fait de la gamine.

— Occupe-toi d'elle. Moi, je fonce au poste de garde !

Retrouver ce qui reste de Marie.

Ma voix sonne étrangement décalée, étouffée. Elle fronce les sourcils, me fait signe qu'elle n'entend rien. Sa joue est noircie, on voit la trace de ses doigts en blanc là où elle a plaqué sa main contre son oreille. Sa coiffe d'infirmière a disparu, ses faux cheveux ont été à moitié arrachés, une mèche lui pend sur le côté, retenue par une dernière barrette. Elle n'a jamais été aussi belle.

Je lui confie Salomé, je ramasse mon fusil et je longe le mur du bâtiment blanc – qui est noir maintenant. En face, c'est l'infirmerie, toutes les fenêtres sont en miettes. Deux fantômes de petites filles ont ouvert la porte, elles regardent le soleil rouge qui brûle toujours à l'endroit où se tenait la maison du diable. Elles regardent l'antre de l'ogre où elles ont été dévorées, les tiges en béton armé qui s'élèvent encore, toutes tordues, le brasier rougeoyant et le nuage de poussière épais comme de la ouate, qui retombe paresseusement, qui glisse avec le vent, chassé par des flammes hautes comme des maisons.

De petites munitions claquent en rafale dans la fournaise. Je leur fais un geste de la main pour qu'elles restent à couvert. Ouste. Mais elles me regardent sans comprendre.

J'avance lentement vers le poste de garde, fusil pointé. Le planton d'un mètre trente me regarde comme si le ciel venait de lui tomber sur la tête, il vient à ma rencontre. Je suis un officier : c'est marqué sur ma poitrine. Alors je vais pouvoir lui expliquer, je vais lui donner un ordre. Ça va s'arranger, forcément.

— Donne-moi ton Famas !

Le con, il me le donne. Il me suit dans le poste de garde.

Nom de Dieu.

C'est… c'est pire que le gymnase, c'est pire que la cave de la vieille dame… Les murs sont couverts de sang et de chairs écrasées, je glisse sur une botte. Une simple botte comme des milliers d'autres, sauf que, à l'intérieur de celle-là, il y a un pied, un pied sans sa jambe. Des gravats, des briques et des lits renversés. La poussière est tellement épaisse que je vois à peine ma main devant moi. Pourtant, la lumière ne manque pas. Le rouge de l'incendie passe à travers les ouvertures défoncées de la porte et de la fenêtre. Je tousse, je crache. Les yeux me piquent. Là, un ado en treillis qui remue encore, il est presque coupé en deux, il lui manque les deux jambes. Qu'est-ce qui a pu faire ça ? Une grenade, sûrement. Les éclats de métal ont tout déchiqueté. Marie… Je vais peut-être retrouver un morceau de sa tête, ou un vêtement, ou quelque chose, n'importe quoi. Dans tout ce chaos, dans tous ces corps en bouillie, ces objets tordus, fumants, déchiquetés, une seule chose a résisté au choc : ces saloperies de fusils. Tout le reste est mort mais les fusils s'en foutent pas mal. Quand la terre entière sera couverte de cadavres, il restera encore longtemps des armes en parfait état de marche sur cette putain de planète. En train d'attendre tranquillement que la vie renaisse, juste pour pouvoir la massacrer à nouveau. PAA ! Celui-là ne tuera plus jamais personne. Un coup dans le boîtier de sécurité dont parlait Joan. PAA !

— Marie !

Je gueule comme un fou.

— MARIE !

Je m'entends à peine. Je vomis mon dîner à l'ananas sur une pile de morceaux humains tellement mélangés que je ne sais pas si c'est un ou deux, ou même trois corps.

— Oh, bordel de Dieu…

Marie est là, toute nue derrière un lit renversé, sous un matelas en charpie. Elle tient à la main un truc long et pointu qui lui a transpercé le coude. Marie est noire, elle est rouge, sa peau est brûlée, cloquée sur le bras et l'épaule. Sur son visage, ses lèvres tremblent, ses yeux me regardent. Mais, au fond de ces yeux-là, quelque chose est mort. Quelque chose s'est éteint. Elle me regarde comme un petit animal effrayé, elle tend le bras droit vers moi. Elle regarde sa main, son pouce arraché. Elle couine, gémit un peu, bave comme un bébé. Quand je la prends dans mes bras, elle me sourit, met sa tête contre mon épaule, cherche encore son pouce.

Il faut que je sorte d'ici : la poussière et le plâtre continuent de tomber du plafond, ça va nous dégringoler dessus. Le planton n'est pas entré, il regarde là-dedans, la bouche ouverte, il ne dit rien. Jouer à la guerre, il commence à trouver ça moins rigolo. Dehors, il fait toujours aussi rouge. Marie se blottit contre moi comme un petit contre le ventre de sa mère. Elle n'a pas l'air de tellement souffrir, on dirait qu'elle s'est réfugiée profondément en elle, qu'elle s'est trouvé un monde où on ne souffre plus.

— Marie, ma petite Marie… je te promets que… je te promets…

Qu'est-ce que je pourrais bien lui promettre ? De toute façon, Marie ne m'entend pas, elle sent la vibration de ma voix peut-être, mais elle n'entend plus rien, l'explosion a dû lui déchirer les tympans.

Autour de nous, des gosses sortent des bâtiments et regardent les flammes danser. C'est une vraie foule, mais il y a très peu d'ados : Will est mort, les officiers du gymnase sont morts, ceux du poste de garde sont morts ; en fait, peut-être qu'il ne reste plus un seul officier. De loin, j'aperçois une moitié-grande de la Cantine en chemise de nuit. Ariana, je crois, la jolie blonde. Je surprends quelques sourires, une atmosphère d'étrangeté, de fin du monde.

— Marie, il ne faut pas t'endormir, on va te soigner, ils doivent avoir tout ce qu'il faut ici mais ne t'endors pas, surtout.

— Ma... maman ! murmure Marie. Arrête de me secouer, Léo, je veux voir maman. C'est pas toi que je veux, emmène-moi, c'est ma maman que je veux. Et mon papa.

Marie est morte. Pas tout à fait morte. Juste à moitié vivante. Les larmes dévalent mes joues, j'enfouis mon visage dans ses cheveux roussis. *Marie, je suis arrivé trop tard, encore quelques minutes et... Et non, rien du tout, c'est toi qui nous as sauvé la mise. C'est toi qui as fait exploser ces grenades dans le poste de garde ? Sans ton explosion qui a fait diversion, Joan n'aurait jamais pu tirer sur le gosse au Famas, la patrouille nous cueillait comme des bleus, tout était fichu.*

— Joan ?

Où est passée Joan ? Je me dirige vers l'infirmerie, Marie dans mes bras. Salomé aussi a disparu, elle était venue me voir pour me dire quelque chose, mais je n'ai pas écouté.

— Joan, il faut...

Elle est là, la voilà, dans le couloir.

— Il faut faire quelque chose ! Elle est complètement...

Joan voit Marie. Sans dire un mot, elle m'emmène dans une chambre, me la fait déposer sur le lit. Nettoie ses blessures, passe de l'alcool, met un bandage sur le bras et l'épaule. Marie gémit, proteste et dit que c'est une méchante.

— Tu crois qu'elle va mourir ? Joan, tu crois qu'elle va s'en tirer ou pas ?

— Je sais pas plus que toi, Léo. Je suis pas docteur.

Elle me regarde, s'interrompt dans sa besogne.

— Tu devrais pas rester ici.

Joan est adroite de ses mains, la petite Clara l'aide comme elle peut, sans dire un mot. Les autres fillettes nous entourent, nous regardent, elles n'osent pas parler. Il y en a tellement, tellement…

— Il y a quelqu'un dans la chambre à côté celle-ci, Léo… Quelqu'un tu dois aller voir.

Je me lève lourdement comme une machine fatiguée, avec mes deux fusils en bandoulière, mon sac rempli de chargeurs et de grenades, mon uniforme de lieutenant roussi et poussiéreux, poisseux de sang encore humide. Les petites filles s'écartent pour me laisser passer. Dans le couloir, on a posé des bougies par terre. Quelqu'un de très grand est allongé sur le lit de la chambre d'à côté, la tête sur l'oreiller.

Je m'approche. La tête se tourne vers moi, une tête couverte de bandages, boursouflée sur le côté. Un long corps blessé, de grosses mains de lutteur qui pendent dans le vide.

C'est Paul.

Une chaise est posée là, je m'assois et nos regards se croisent. Il ne dit rien et détourne les yeux, je vois des larmes. Je ne sais pas quelles horreurs ils lui ont fait subir pour qu'il parle, mais Paul a livré le nom de Marsilly à nos ennemis. Ça n'a plus d'importance pour personne maintenant, sauf pour Paul, évidemment. Je tends la main, je la pose sur la sienne. Le monstre n'avait pas d'autre ambition : attirer le monde entier derrière la ligne des salauds, vers lui, dans l'ombre. *Paul, reviens, on s'en balance de cette foutue ligne, tant pis si tu es passé de l'autre côté, moi je veux te voir revenir avec nous. Peut-être que je me suis planté depuis le début, peut-être qu'on peut en revenir. Tu es un type bien, on n'en reparlera jamais, ce n'est pas ta faute. Tu as besoin de moi, j'ai besoin de toi. Quand tu souffres, je souffre aussi, tu fais partie de moi.*

La main de Paul se referme sur la mienne. Très fort.

MARIE

Dans la pièce, un petit éclair jaillit au milieu du nuage de poussière, devant. Et un autre. Une silhouette, un fusil dans les mains. Un visage que je reconnais, qui regarde par terre comme s'il cherchait quelque chose. Paf, il tire encore une fois, toujours par terre, il ramasse des trucs. Eh oh, je suis là, moi ! Tout à coup, je me rends compte que je ne sais plus qui je suis, ni où je suis. Qu'est-ce qui m'est arrivé ? Comment je m'appelle ?

Je m'appelle Marie. J'ai huit ans. Maman m'a dit qu'elle avait fait une grosse bêtise. Je viens d'emménager dans cette ville avec elle parce que papa et maman ne vont plus vivre ensemble. Enfin, ça, c'est ce qu'ils disent, parce que moi, je crois que papa va revenir, je crois que maman est toujours amoureuse de papa et qu'on va retourner vivre à Paris dans pas longtemps.

Ah oui, ce garçon-là, c'est Léo. C'est mon nouvel ami, il est extraordinaire, il dit plein de gros mots et ça, ce n'est pas bien, mais il peut faire reculer les méchants chiens rien qu'en marchant. Quand je serai grande, je me marierai avec lui et on aura plein d'enfants. Pourquoi il fait semblant de me parler comme ça ? Il ouvre la bouche, je vois ses lèvres qui remuent, qui toussent, qui toussent tout le temps. Mais il ne parle pas, il fait juste semblant.

Léo ? Tu es un Léo bizarre toi, tout en vert, grand, avec du rouge sur les bras. Mais c'est toi, je te reconnais, tu es mon ami Léo. Il me prend dans ses bras, ça colle un peu, il y a du truc collant sur lui. Il m'emmène loin de cette drôle de maison toute cassée. Il a raison : ce toit, il va nous tomber sur la tête. D'ailleurs, Léo a toujours raison, il faut toujours écouter ce que dit Léo. C'est comme Dieu, il faut toujours écouter ce que dit Dieu. Sauf que Dieu ne parle pas.

Léo me dit encore quelque chose. Il a un drôle d'air quand il me regarde. Pourquoi ? Est-ce que je suis décoiffée ? Maman dit qu'une petite fille bien élevée ne doit jamais être décoiffée. On dirait qu'il me répond. Est-ce que j'ai parlé ? Est-ce que j'ai dit quelque chose ? Je m'en fiche. Je me sens bien dans les bras de Léo. Tout à l'heure, il s'est passé quelque chose de… bizarre je crois, quelque chose de… pas normal. Mais, maintenant qu'il est là, ça va mieux. Je voudrais me serrer contre lui un peu plus. Je sais que lui, c'est un gentil. Seulement mon coude ne veut pas. Mon bras ne veut rien faire du tout, il pend, il coule. Il faudra mettre un plâtre. Stéphanie, elle a eu un plâtre aussi quand elle est revenue de Bourg-Saint-Maurice.

Tiens, voilà qu'on sort. Il fait encore nuit. Enfin, sauf là-bas, on dirait que le soleil se lève. Un drôle de soleil jaune et rouge qui part du sol et qui monte très haut dans le ciel avec plein de fumée toute noire. Oh, la jolie petite fille, comme elle est bien habillée ! J'adore sa petite robe rose, je voudrais la même. On va peut-être pouvoir jouer ensemble.

Je voudrais sucer mon pouce, mais… mais je n'ai plus de pouce. Ah, ça, c'est embêtant.

J'entends toujours le bruit du fond de la mer. L'eau glisse et coule doucement, ça me berce. Je crois que je vais m'endormir. Pourquoi Léo se fâche tout rouge, j'ai fait une bêtise ? Pourquoi il me secoue si fort ?

Arrête de me secouer ! Puisque c'est comme ça, je veux voir ma maman !

Oh, mais tu pleures mon joli Léo ? Il ne faut pas pleurer comme ça. Quelqu'un t'a fait de la peine ? Je vais te consoler, moi. Si seulement tu voulais bien parler au lieu de faire semblant, je pourrais comprendre ce que tu me dis.

T'inquiète pas, Léo, si tu as des ennuis, je suis là, moi. Et puis les ennuis, ça finit toujours pas s'arranger, non ? C'est ce que me disait ma maman.

Léo ? Où est maman ?

LÉO

— Elle veut voir sa mère.

Joan a terminé de s'occuper de Marie. Son regard se pose sur le sac de sport trouvé chez le Général-Dieu, rempli de seringues et de flacons transparents.

— Léo, est-ce que tu penses à quoi je pense aussi ?

J'acquiesce lentement de la tête :

— Si c'est un traitement, on pourrait l'utiliser sur nos parents.

Est-ce qu'ils ont survécu à l'incendie de notre immeuble ? Est-ce qu'ils sont toujours là, dans leur camping-car ? Il faut absolument que je le sache.

Joan sort du sac de sport la liasse de documents imprimés, trouvés à côté du traitement.

— J'ai un peu regardé les papiers, il y a eu beaucoup mails entre le caserne et un laboratoire militaire. D'abord ils ont demandé aux soldats de mettre masques et combinaisons, mais les hommes ont tombé endormis quand même. Alors le laboratoire a proposé aux soldats volontaires de servir comme cobayes, avec *mix* de médicaments à injecter dans le sang, et avec plein dosages différents. Caféine, tropatépine, éphédrine, adrénaline et plein autres trucs en « ine »... *Look*, il y avait plus de deux cents mélanges proposés.

— Mais oui, évidemment ! Ici, c'est un régiment spécialisé dans la guerre biologique, ils avaient des stocks de médicaments. Et ils avaient des stocks de cobayes aussi !

— Il y a pages et pages de résultats de tests, mais aucun traitement a marché. Certains provoquer attaques du cœur. La plupart juste rien faire, cobayes ont tous tombé dans le coma. Il y a une seule formule entourée avec stylo rouge, sans résultat noté à côté.

— Ben tiens ! C'était celle du Général-Dieu, c'est la seule qui a été efficace, mais ce salopard l'a gardée pour lui tout seul. Il s'est injecté le bon traitement dans les veines et il a tranquillement regardé ses copains tomber dans le coma les uns après les autres !

— Est-ce qu'on peut trouver voitures, ici ? demande Joan.

— Tu crois que si on arrive à réveiller la mère de Marie, elle pourra guérir sa fille ? Elle était infirmière, tu sais.

Dehors, la caserne s'est remplie de gosses qui courent partout en jetant leurs maillots de foot par terre, et de moitié-grands qui ont renfilé leurs jeans troués. Ariana a pris le haut-parleur dans le camion, elle annonce la mort du général et de ses lieutenants dans toute la caserne. Avec toute une troupe de filles et de garçons de son âge, elle fait le tour de la place d'armes en hurlant que la guerre est finie.

À la place de l'armurerie, on peut encore voir la fumée noire et le trou énorme dans le sol, les débris projetés à cent mètres autour, les bâtiments endommagés. Les gosses font une farandole autour de l'ancien symbole du pouvoir. Il y a des petites filles qui se tiennent par la main et qui rient avec les autres. Elles sont encore capables de rire.

Il reste bien quelques ados en treillis qui font un peu la gueule, qui paraissent perdus dans toute cette joie, mais ils se sentent isolés. Vu que certains d'entre eux ont sans doute violé des filles captives, ils sont en train de se dire que l'avenir s'annonce sombre pour eux, qu'ils ont le choix entre prendre la fuite ou le pouvoir. Il faudra bien qu'on trouve une autre solution si on ne veut pas avoir une nouvelle guerre sur les bras, il faudra les surveiller, leur donner un moyen de se racheter si c'est possible. Tout le mal que le général et ses valets ont semé dans cette ville, on ne l'effacera pas facilement.

En attendant, il y a plus urgent à faire.

Le hangar est rempli de P4 de l'armée, des Jeep à la française. Transporter Marie dedans, c'est assez facile. Tourner le bouton du démarrage aussi : il n'y a pas de clé sur les véhicules militaires. En fait, le plus dur, c'est de convaincre Paul de reprendre le volant, après l'accident qu'il a eu.

Je lui glisse à l'oreille pendant qu'il passe la marche arrière :

— On a peut-être un traitement.

Sa voix coasse, comme si elle était rouillée.

— Un quoi ?

La voiture recule, Paul manœuvre pour éviter des débris au sol, passe devant ce qui reste du poste de garde.

— Un traitement contre le virus. On a trouvé une seringue et des produits à côté du Général-Dieu. Et des papiers aussi.

Je me tourne vers Joan :

— Tu arrives à lire quelque chose ? Il y a un dosage ?

Calée à l'arrière à côté de Marie, elle allume une lampe de poche et elle essaie de comprendre quelque chose aux documents.

— Ce mail-là, il parle du virus, fait-elle en fronçant les sourcils. « Le HHV 44 est un virus pathogène extrêmement virulent. Période d'incubation : vingt-quatre à quarante-huit heures ».

Je fais un bond sur mon siège :

— Vingt-quatre à quarante-huit heures ? Mais alors ce n'est pas le virus du Marchand de sable ! Ça a duré moins d'une journée !

— *Shut up*[1], laisse-moi lire : « Pendant cette période, il est très contagieux mais totalement asymptomatique. »

Elle lève les yeux de ses papiers :

— Je comprends rien. Quoi ça veut dire, « asymptomatique » ?

— Ça veut dire que c'est pas le bon virus, fait Paul. Parce que le nôtre, il a un sacré symptôme.

— « À l'issue de la phase d'incubation, » continue Joan, « le HHV 44 produit une toxine affectant certaines zones du cerveau, ce qui fait tomber le sujet dans un coma prolongé, proche de l'état d'hibernation de certains mammifères, avec des périodes de demi-éveil ou de somnambulisme. Cet état peut perdurer sans séquelles pendant trois à dix semaines. »

Je soupire :

— Si, c'est bien notre virus.

— « Le HHV 44 a vraisemblablement infecté la quasi-totalité de la population mondiale adulte, aucun cas d'immunité naturelle n'a été observé à ce jour. En revanche, dans une proportion de 30 % à 60 %, les sujets d'un âge inférieur à 17 ans ne sont pas affectés.

1. « Tais-toi »

Très exceptionnellement, on observe des sujets sains jusqu'à 18 ans. »

— Charly, par exemple, fait Paul.

— « La quasi-totalité de la population adulte mondiale » ? je répète. C'est dingue !

— Maman ! Je veux voir maman ! crie soudain Marie.

Joan lui passe la main dans les cheveux et lui parle doucement. Marie s'apaise, ferme les yeux et se blottit contre elle.

— Continue à lire ! dit Paul.

— « Le virus est extrêmement contagieux, il se transmet par simple inhalation de l'air respiré par un individu porteur. Un seul individu dans un hall de gare suffit à contaminer l'ensemble des personnes présentes en quelques dizaines de minutes. »

— Un virus qui se répand aussi rapidement ? C'est n'importe quoi ! fait Paul en haussant les épaules.

— Pas forcément. Les virus de *influenza* ou de rhinopharyngite, par exemple, sont presque aussi virulents, fait Joan, qui nous scotche tous les deux.

Elle lève les yeux de ses papiers et fait la moue :

— Ben quoi ? Je suis pas juste une *stupid girl* qui fait le musique. Je vais en cours de SVT aussi.

— Mais elle vient d'où, cette saloperie ? s'énerve Paul.

— C'est marqué ici, répond Joan : « le HHV 44 est d'origine artificielle. » Quoi ça veut dire, ce truc ?

On se regarde avec Paul. Il cogne le volant du poing :

— Oh, putain ! Et l'adresse mail est celle du ministère de la Défense, c'est ça ?

— « Artificiel », j'explique à Joan, ça veut dire que ce virus a été fabriqué en laboratoire. Maintenant, je comprends pourquoi il est aussi contagieux, c'est parce qu'il a été créé pour l'être ! Et je comprends aussi comment les militaires l'ont identifié. Ou du moins, ils avaient déjà des infos à son sujet.

— Et qui l'a fabriqué ? fait Joan.

Je hausse les épaules.

—Les Russes, les Chinois, les Américains, ou même les Français, pourquoi pas ? Je suppose qu'ils l'ont lâché dans la nature accidentellement. Il a dû faire le tour du monde en quelques heures, d'un hall d'aéroport à l'autre. Et ça ne servait strictement à rien de mettre un masque de protection, vu que la contamination avait déjà eu lieu la veille, pendant la période d'incubation.

—Imaginez un peu ce qui se passerait en cas de guerre, fait Paul. Toute la population d'un pays ennemi qui s'endort d'un seul coup : on l'envahit sans tirer un seul coup de feu. Et après, il suffit d'un médicament pour réveiller tout le monde.

—Ah, les cons, dit Joan.

—Mais ceux qui l'ont créé, fait Paul, ils devaient bien avoir un traitement, non ? Ils en ont fait quoi ?

Je secoue la tête.

—J'en sais rien. Le virus s'est peut-être répandu par accident avant qu'ils aient trouvé un traitement sûr. Ou alors le machin a muté.

—Eh ! qu'est-ce que c'est que ça ? crie Paul.

On est arrivés à notre ancien immeuble. Des feux de joie allumés dans la rue de Norvège et une sorte de barricade nous bloquent la voie. C'est un vrai traquenard ! Des petits nous jettent des cailloux en voyant le kaki de la Jeep, un gamin lance une bouteille remplie d'essence qui éclate sur le capot. Je dois sortir les mains en l'air, expliquer patiemment qui on est, leur dire que la guerre est finie. Encore un peu et ils nous grillaient comme des cochons, ces idiots-là.

Les gosses s'approchent, méfiants, certains me reconnaissent et se mettent à pousser des cris de joie. Aussitôt, ça se met à tourner autour de nous, à jacasser, à bruisser de partout dans les rues, aux balcons, sur les toits. Yassine, le petit chef de bande, vient me serrer la main solennellement, il nous demande quand est-ce qu'on va revenir et où on va s'installer.

— Léo-man, ils murmurent entre eux, excités comme des fous. Il est revenu. C'est Léo-man, il a fait sauter la caserne !

Une odeur de brûlé flotte toujours au pied de l'immeuble, des volutes de fumée noire s'échappent encore des derniers étages. Les Hommes Droits n'avaient pas lésiné sur le combustible. Il ne s'est pas effondré, il a juste noirci comme un bouchon de liège trempé au feu. De loin et de nuit, on dirait qu'il ne s'est rien passé à l'intérieur, que les murs ont juste changé de couleur.

Le vieux camping-car est toujours à sa place. La porte s'ouvre, les corps endormis sont là. Je pousse un soupir de soulagement et les yeux de Joan brillent dans la nuit quand elle retrouve son père.

— Tu les as mis n'importe quoi, fait-elle en les voyant les uns contre les autres, enlacés comme des gens qui ont trop froid.

— Mais non, je les avais alignés bien droits. C'est eux qui ont bougé tout seuls. Tu sais, ils bougent de plus en plus.

On les sort délicatement, un à un, on les allonge dans la rue. Ils ont encore maigri et on dirait que papa a une barbe de trois jours.

Joan sort une seringue stérile du sac, consulte une page imprimée et prélève un peu du liquide transparent d'un flacon. Puis elle dénude le bras de la mère de Marie et essaie de repérer la veine.

— Combien kilogrammes elle pèse, à votre avis ?

— Soixante, estime Paul d'un coup d'œil.

Joan ajuste la dose, pique la mère de Marie et relève la tête. Une goutte de sueur lui coule sur le front, qu'elle essuie d'un revers de main. Puis elle passe à un autre adulte. Pendant ce temps, je ramasse les feuillets qu'elle a laissés par terre et je continue à lire à sa place :

— « Le traitement consiste à inhiber les effets de la toxine et à stimuler le métabolisme, afin de permettre son élimination naturelle. Le virus, en revanche, n'est pas détruit et reste à l'état dormant dans l'organisme. D'autres crises sont donc susceptibles de survenir au cours de sa vie chez le sujet infecté. »

— Mais alors ça va recommencer ! s'écrie Paul. Et nous aussi, dès qu'on sera adultes, on l'aura en nous !

— Non, je réponds. Parce que nous, on gardera le traitement. On ne fera pas comme eux. On restera vigilants.

Je me penche vers Marie qui se balance d'avant en arrière, les yeux dans le vague.

— Marie ? je demande doucement. Tu veux voir ta maman ?

MARIE

Léo est très gentil, il m'a emmené voir maman dans un drôle d'endroit. Ça sent un peu mauvais mais, comme il me sourit, je n'ai pas peur. Il y a un autre gentil garçon qui s'occupe de moi, un grand qui a plein de bandages sur le visage. C'est un ami de Léo, alors je l'aime bien.

Maman est là.

Couchée, à côté de moi.

Tiens, elle a maigri, ça lui va bien. Elle doit être contente : quand elle se regarde dans la glace, elle soupire toujours un peu et elle dit toujours qu'elle devrait faire plus attention à son régime.

Je me penche vers elle. Je me sens tellement fatiguée. J'aimerais tellement que papa soit là, lui aussi.

LÉO

Quand elle prend sa mère dans ses bras, je fais une prière silencieuse. Je ne suis pas croyant mais c'est ce qu'elle aurait fait. *Que ton Dieu te bénisse, Marie.*

Je t'aime. Je veux te prendre dans mes bras. Je veux que tu guérisses.

Paul pleure, blotti entre son père et sa mère. Il se relève, se tourne vers Marie et lui passe un bras autour des épaules.

Joan tient M. Anthony par la main et moi je suis à côté de mon père. J'ai mis du sang sur ses vêtements en le transportant tout à l'heure, le sang de Will, je crois.

— Réveille-toi, papa ! Tu vas te réveiller, oui ? Allez, réveille-toi, réveillez-vous, tous, bande de cons !

— Léo..., fait doucement Joan. Arrête.

Mais moi je ne veux pas m'arrêter. J'ai vu tant de choses horribles, j'ai fait tant de choses horribles. Tout ça, c'est de leur faute à eux.

— Vous allez ouvrir les yeux, bordel ?

MARIE

Maman est allongée dans la rue avec d'autres gens qui dorment. C'est curieux quand même, tous ces gens qui dorment. Enfin, il fait encore nuit après tout, c'est peut-être des clochards. Maman dit que les clochards, ils n'ont pas de maison.

Ça doit être embêtant, surtout pour aller aux toilettes.

Léo est venu avec de drôles de gens. L'autre garçon me fait un peu peur à cause de ses bandages, mais en fait, il est gentil. Il dit qu'il s'appelle Paul, comme mon ami Paul de l'école, qui est très beau. Et il y a une fille aussi. C'est la méchante qui m'a mis des pansements tout à l'heure. Elle est coiffée n'importe comment.

Mais maman est là, au moins.

— Maman, je dis.

Mais quand je parle, ça ne parle pas vraiment. Je dois être dans un rêve.

LÉO

— C'est votre faute, si on en est rendus là !

— Calme-toi, Léonard... C'est pas leur faute. Il faut arrêter présenter les gens comme victimes et bourreaux. Sinon, la victime se croit permis de devenir bourreau quelqu'un d'autre, et ça recommence, et il y a plus jamais paix possible.

Joan qui me donne des leçons de calme, on aura tout vu. Mais elle a raison.

— Tu crois on a été meilleurs qu'eux ? Dans le monde ils ont laissé à nous, est-ce qu'on a vraiment fait mieux ?

— Je ne sais pas, Joan. Non, peut-être pas.

Je regarde ce vieux mal rasé que j'adore, qui est là et qui dort.

MARIE

Je me retourne vers Léo. C'est bizarre qu'il pleure tout le temps quand il me parle.

Son amie est drôlement jolie en tout cas. Même avec ses cheveux n'importe comment.

Elle me regarde avec un drôle d'air de grande. Elle ne fait rien que de me sourire tout le temps comme si j'étais une idiote, et à me caresser la joue avec la main. Mais je ne sais pas si elle est vraiment méchante en fait, parce qu'elle pleure un peu, elle doit être triste. Est-ce qu'on peut être à la fois méchante et triste ?

LÉO

— Et vous..., je fais à la mère de Marie.

Je parle plus doucement. Je suis certain qu'ils nous entendent, là, quelque part dans leurs rêves, je suis certain qu'ils nous écoutent quand même.

— Ouvrez les yeux, madame. Vous n'avez pas le droit de dormir tranquillement comme ça. Il n'est pas trop tard, vous pouvez encore faire quelque chose, vous pouvez vous réveiller !

Tant de larmes réunies, tant de sang versé... Marie est couchée sur sa mère maintenant, elle lui parle de sa voix d'enfant brisée. Elle la souille de son sang.

Paul est très tendre avec elle, il lui passe une main sur la joue et l'espace d'une seconde, avec son visage bandé, j'ai l'impression qu'il a trente ans, qu'il est devenu adulte.

Marie, évidemment, ne dit rien du tout. Elle est dans son monde, elle parle à sa mère. Et dans son monde, sa mère lui parle, Marie lui répond.

MARIE

Je dis à maman que, quand je serai grande, je me marierai avec Léo ou avec Paul.

Je lui dis qu'elle m'a beaucoup, beaucoup manqué et que je l'aime très fort. Je lui dis aussi qu'elle ne devrait pas dormir comme ça dans la rue, qu'on devrait rentrer à la maison maintenant. Parce qu'il fait nuit, là. Pour les enfants aussi, c'est l'heure de dormir.

Et que demain, on ira chercher les œufs dans le jardin, parce que, aujourd'hui, c'est le jour de Pâques.

Et ma maman me répond. Je n'entends pas ce qu'elle dit, mais je sais qu'elle me répond. C'est un peu embêtant d'avoir tout le temps le bruit de la mer dans les oreilles.

LÉO

Pendant que je regardais mon père, je crois que j'ai vu remuer sa bouche. J'écarte doucement Marie et je secoue sa mère comme une marionnette.

— Regardez, regardez votre fille, elle a besoin de vous, elle a besoin de soins !

Le général était un adulte comme eux et pourtant il avait les yeux ouverts, alors c'est possible ! Peut-être qu'en voyant sa fille dans cet état, sa mère va enfin comprendre et qu'elle va arrêter de dormir !

— Je crois qu'elle a bougé. Je crois qu'elle a bougé !

— Tu es sûr ? dit Paul.

MARIE

Mais…

Pourquoi maman est là, sur le trottoir ? Maman ? Maman !

Qu'est-ce que je fais ici, moi ? Mon bras, qu'est-ce que j'ai mal au bras, mon Dieu, j'ai mal…

Paul ? Il est couvert de bandages, qu'est-ce qui lui est arrivé ?

Il fait nuit, je suis brûlée sur l'épaule, je... j'ai un pansement énorme. Où est la chambre, le QG ? Est-ce que je suis toujours malade ?

Je crois qu'il s'est passé quelque chose de terrible, je ne sais plus quoi exactement, je ne veux pas le savoir.

Mais qu'est-ce qu'il marmonne, Léo, pourquoi il chuchote comme ça ?

Qu'est-ce que tu dis ? Je n'entends rien !

LÉO

Sur le visage de mon père, une grimace tord ses joues creuses, fait saillir ses mâchoires.

— Il se réveille, on dirait !

Je regarde les autres, fou d'excitation.

— Ouvrez les yeux ! Réveillez-vous ! font Paul et Joan avec moi.

— Léo ? fait soudain Marie en tournant la tête vers moi, en me regardant avec des yeux brillants.

— Paul ? Joan ?

Joan ? Elle a bien dit « Joan » ?

Sur son visage, la douleur qui revient. La douleur et la vie.

Marie ! Bon Dieu !

Je ne vois plus rien, j'ai les yeux qui débordent. Je la serre contre moi comme un fou, je lui dis tout bas : « Pardon, pardon ! Toi aussi, je t'aime... ! »

— Marie ? fait une voix étrange, décalée, un peu voilée.

C'est une voix de femme adulte. La mère de Marie a les yeux ouverts et elle regarde sa fille en sang d'un air horrifié.

Est-ce que c'est moi qui suis bien réveillé ?

Elle a les yeux ouverts.

Aubin
IMPRIMEUR

IMPRIM'VERT
Votre imprimeur agit pour l'environnement

Achevé d'imprimer en septembre 2014
N° d'impression 1407.0055
Dépôt légal, octobre 2014
Imprimé en France
36231104-1